시적 환상과 표현의 불꽃에 갇힌 시와 시인들

시적 환상과 표현의 불꽃에 갇힌 시와 시인들

시적 환상과 표현의 불꽃에 갇힌 시와 시인들

김백겸 시론집

Poetic Fantasy &
Poetry and Poet that are
confined to Expression

푸른사상
PRUNSASANG

'시보다 산문이 좋다'는 비난

문단의 술 좌석에서 서정춘시인으로부터 나는 다음과 같은 말을 들은 적이 있다. "오해는 하지 말고 듣게. 내 생각에 자네는 시보다 산문이 더 좋네." 이 말을 칭찬으로 들어야 할지 비난으로 들어야 할지 다소 난감했다. 아주 짧은 시를 쓰는 선배시인의 입장에서는 이미지가 많고 환상과 관념이 섞인 내 시가 난해하게 비칠 수도 있다 생각이 들었다.

선배시인의 생각에 내 시보다 좋게 생각한다는 시에 대한 글들을 '시론집'으로 엮어낸다.

나는 정식으로 문학비평을 공부한 적이 없다. 그러나 『김춘수 시론집』을 자료로 보면서 시인의 문학비평이란 다소 자유롭게 써도 되겠다는 생각이 들어 용기를 냈다.

문학잡지에서 청탁이 오면 그때마다 상황에 맞춰 쓴 글들이라 책으로 묶을 준비가 안 된 글들이었다. 형식을 통일하고 맞춤법과 문장기호의 표기 등 이 책의 교열전반에 대해 평론가 김희정 선생의 도움을 받았다. 감사를 표한다.

이은봉 교수의 제안과 《푸른사상》의 배려로 이 책이 나오게 되었다. 시인인 나로서는 첫 시론집이라 다소 감회가 새롭다. '시보다 산문이 좋다.'라는 비난을 듣지 않기 위해 시를 더 잘 써야 한다는 과제도 생겼다.

2010년 처서 김백겸

"행간行間의 장미"를 추구한 눈물 시인 — 박용래론 • 97

빛과 어둠의 장엄미사, 공명마법共鳴魔法을 위한 시 — 조정권론 • 113

시인의 환상과 응시가 불러온 백제 왕국 — 문효치론 • 140

삶의 숙명과 시의 아방가르드 • 213

시간의 리듬과 휴지, 열정의 포로에 대한 시들 • 231

시의 거울과 무량無量의 거울 사이를 들여다보다 • 247

제1부

데몬(Demon)의 목소리를 들은 삶과 시

한용운론

우리 문단에 상징주의 시풍을 도입한 시인으로 이상과 오장환이 있지만 한용운의 『님의 침묵』도 있다. 서구의 정신이 아닌 동양의 정신으로 '님'의 상징시를 쓴 한용운을 얘기해보자 생각했다. 가벼운 마음으로 고은과 김광식이 쓴 『한용운 평전』을 읽어보니 엄두가 나지 않았다. 한용운은 시인에다 승려에다 독립운동가에다 소설가에다 가족사도 복잡하고 생각과 행적도 범인이 따라갈 수 없는 분이었다. 「첫 키스로 만해를 만난다」라는, 다소 에로틱한 제목인 김광식의 『한용운 평전』 말미에 만해 연구의 총목록이 실려 있다. 1차 문헌으로 『님의 침묵』만 80회 이상 발간되었고, 학위논문만 100여 건, 잡지와 기타 서지의 목록만 수백 개였다. 한국문학계의 쟁쟁한 교수와 평론가, 그리고 시인들이 총망라되어 있었다. 이 자료들을 모두 읽어볼 수도 없고 이 방대한 지식에 또 무엇을 보태나 하는 생각이 들었지만 『님의 침묵』 텍스트에 의지해 내 감수성만 믿고 써보기로 했다. 한용운도 시인이고 나도 시인인데 시인끼리 통하는 게 있을 게 아닌

가 생각했다.

1. 「님의 沈默」

님은 갔습니다.
아아 사랑하는 나의 님은 갔습니다.
푸른 산빛을 깨치고 단풍나무 숲을 향하여 난 작은 길을 걸어서 차마 떨치고 갔습니다.
황금의 꽃같이 굳고 빛나던 옛 맹세는 차디찬 티끌이 되어서 한숨의 미풍微風에 날아갔습니다.
날카로운 첫 키스의 추억은 나의 운명의 지침指針을 돌려 놓고 뒷걸음쳐서 사라졌습니다.
나는 향기로운 님의 말소리에 귀먹고 꽃다운 님의 얼굴에 눈멀었습니다.
사랑도 사람의 일이라 만날 때에 미리 떠날 것을 염려하고 경계하지 아니한 것은 아니지만, 이별은 뜻밖의 일이 되고 놀란 가슴은 새로운 슬픔에 터집니다.
그러나 이별을 쓸데없는 눈물의 원천을 만들고 마는 것은, 스스로 사랑을 깨치는 것인 줄 아는 까닭에 걷잡을 수 없는 슬픔의 힘을 옮겨서 새 희망의 정수배기에 들어부었습니다.
우리는 만날 때에 떠날 것을 염려하는 것과 같이 떠날 때에 다시 만날 것을 믿습니다.
아아, 님은 갔지만은 나는 님을 보내지 아니하였습니다.
제 곡조를 못이기는 사랑의 노래는 님의 침묵을 휩싸고 돕니다.

—「님의 沈默」 전문

한용운에 대한 일체의 정보와 선입견이 없이 이 작품을 고등학교 때 처음 읽었을 때 나는 연애시라고 생각했다. 나중에 보니 이 작품에 대한 온갖 지적인 해석이 산처럼 쌓여 바벨탑을 이루고 있었다. 그러나 나는 "임금님 귀는 당나귀 귀"라고 속삭인 순진한 아이의 눈처럼 사랑에 관한 말의 아름다움만 보고 있었다. 특히 마지막 부분 "아아, 님은 갔지만은 나는 님을 보내지 아니하였습니다./ 제 곡조를 못이기는 사랑의 노래는 님의 침묵을 휩싸고 돕니다."라는 구절은 그 당시 내가 연모하던 선배 누나에 대한 심정을 대변하고 있는 명시였다. 이때의 사랑에 관한 암송 시로 아뽈리네르의 "미라보 다리 아래 세느강은 흐르고/ 우리들 사랑도 흘러내린다/ 내 마음속 깊이 기억하리/ 기쁨은 언제나 고통 뒤에 오는 것을/ 밤이여 오라/ 종아 울려라/ 세월은 흐르고 나는 남는다"라는 시가 생각난다. 그러나 「님의 침묵」의 운율과 이미지가 펼치는 시의 깊이와 격정의 정서가 더 내 마음 깊이 다가왔다. 이 시의 이미지들이 모두 상징의 깊이를 가지고 있기 때문인 것을 나중에 지적인 선글라스를 쓰고 알았으나 당시에는 한용운이 김소월처럼 연애시의 대가라고 생각했다(한용운이 승려라는 사실도 물론 몰랐다).

나이가 들어 먹물이 든 나는 이제 이렇게 말하는 나를 발견한다.

제가 이 시를 연애시라고 생각했으나 나중에 보니 그리 간단한 시가 아니었습니다. 불교 경전과 조사들의 선어를 두루 참고해야 했습니다. 그뿐이면 다행이지만 특이하게 보이는 산문시 형식의 운율에는 시조나 가사문학도 아니고 한시의 영향도 아니어서 그 형식과 사유의 전개가 '님' 이라는 상징을 노래한 타고르의 『기탄잘리』나 『원정』과 유사해서 책을 구해 읽어보아야 했습니다. 노벨상을 받은 인도의 시성 타고르의 사상을 공부하기 위해 『베다』와 『우파니샤드』를 이룬 힌두사상과 아리안족의 세계에 대한 관념까지 뒤적였습니다.

그러나 여전히 이 시의 아름다움은 '님' 에 대한 화자의 절실한 마음과 은유의 절묘한 배치구조와 시냇물처럼 흐르는 사상의 흡입력이라고 생각합니다. 설명할 수 없는 힘이 제 마음의 현을 건드리고 있고 그 현은 침묵의 음악을 연주해서 허공으로 사라졌습니다. 그것은 마치 자연이라는 무의식의 검은 세계가 화자의 언어를 빌려 의식의 세계로 나왔다가 다시 자연으로 돌아간

한 폭의 동양화이었습니다.

후학들로 하여금 골치 아프게 하는 해석이 또 있으니 한용운이 『님의 침묵』의 서문 「군말」에 쓴 '님'에 대한 정의이다.

> '님'만 님이 아니라 기룬 것은 다 님이다. 중생이 석가의 님이라면 철학은 칸트의 님이다. 장미화의 님이 봄비라면 마치니의 님은 이태리이다. 님은 내가 사랑할 뿐 아니라 나를 사랑하느니라, 연애가 자유라면 님도 자유일 것이다. 그러나 너희는 이름 좋은 자유에 알뜰한 구속을 받지 않느냐. 너에게도 님이 있느냐. 있다면 님이 아니라 너의 그림자이다. 나는 해 저문 벌판에서 돌아가는 길을 잃고 헤매는 어린양이 기루어서 이 시를 쓴다.[1]

이 글을 보았을 때 그야말로 '군말'이요, 사족이라고 느꼈다. "선생이 승려라 사랑 시로만 해석될까봐 변명을 적었구나. 아무리 보아도 형식은 사랑시가 맞잖아. 독자의 수준을 염려해서 미리 사족을 붙여서 더 혼란스러워졌네."라고 속으로 생각했다.

이런 사유로 한용운의 '님'을 놓고 교과서에서 가르치는 '일제식민 치하의 조선 민족을 상징한 것이다'라는 아전인수의 해석이 나온다. 그 해석의 이유로 "나는 해 저문 벌판에서 돌아가는 길을 잃고 헤매는 어린양이 기루어서 이 시를 쓴다."라는 문장을 든다. 성서의 '목자로서의 예수'를 차용한 것인데 한용운이 독립투사이기 때문에 '어린양은 일제치하에 신음하는 조선민족이다.'라는 주장이다. 독립심을 고취하는 목적시라면 보다 리얼리즘 시에 가까워야지 이런 낭만주의 상징시는 어색하다. 이 텍스트를 충실하게 수용한다 해도 "너에게도 님

---

1 한용운, 「군말」, 『님의 침묵』.

이 있느냐. 있다면 님이 아니라 너의 그림자이다.”라는 말은 중생인 어린양이 아직 ‘님’의 실체를 ‘자신(Self)’이 아닌 ‘그림자’의 반영으로만 인식하고 있음을 안타까워하는 내용으로 해석해야 더 어울린다.

한용운의 ‘님’에 대한 수백 건의 논문과 주석을 깡그리 지워버리자. 한용운의 「군말」도 지워버리고 내가 좋아하는 해석으로 「님의 침묵」을 다시 읽자. 해석은 독자의 자유가 아닌가. 시의 기능은 암시이지 사실이나 진리를 드러내고자 하는 포고문이나 경전이 아니니까 말이다.

2. 한용운의 데몬(Demon)에 관한 생각

사람의 사고는 크게 두 가지 유형으로 나누어져 있다. ‘목표지향적 사고’, 즉 현실적응에 필요한 사고와 ‘꿈 혹은 환상의 사고’가 그것이다. ‘목표지향적 사고’란 외부 현실의 경험을 반영해서 가치 판단한 다음 행동을 현실에 투사한다. 이런 사고는 ‘외면화 되지 않은 행동’으로서 사고실험(Simulation)의 일종이다. 보통 사회적 가치체계가 투사된 언어에 의해 표현된다. 개인의 독자적인 사고 같지만 사실은 사회적으로 전승된 지식과 국가 이데올로기, 종족의 이해관계가 반영된 가치체계가 스며든 사고이다. 사람은 언어에 의해 ‘목표 지향적 사고’를 훈련 받는다. 사고는 교육에 의해 강화되고 다시 사회라는 외부현실에 투사해서 문화적 외부환경을 만들어간다. 이런 사고는 개인의 의지와 관계되며 정신에너지가 많이 필요하다. 직장에서 소위 머리를 많이 굴리는 일(Simulation)을 하는 분들은 이 말뜻을 이해하리라고 생각한다.

이에 비해 ‘꿈 혹은 환상의 사고’란 이미지에 의한 자동연상인데 능동적인 사고 실험이 아닌 수동몽상이다. 정신에너지의 소모가 비교적

작고 인간을 '과거와 미래의 환상'으로 이끈다. '언어의 형태를 지닌 사고'는 중단되고 '이미지는 이미지를 촉구하고 감정은 감정을 촉구하여' 사람이 소망하고자 하는 세계를 만들어낸다.

전기를 볼 때 한용운은 현실에서 '목표 지향적 사고'의 적극적인 삶과 시인으로서의 몽상적인 삶을 동시에 추구한 에너지가 넘치는 시인이었다. 행동하는 지식인으로서의 삶이 이미 어린 시절의 일화에 반영되어있다.

> 고향에 있을 때 나는 선친에게서 조석으로 좋은 말씀을 들었으니 선친은 서책을 보시다가 가끔 어린 나를 불러 세우시고 역사상에 빛나는 의인, 걸사의 언행을 가르쳐 주시며 또한 세상 형편, 국가 사회의 모든 일을 알아듣도록 타일러 주시었다. 이런 말씀을 한 두번 듣는 사이에 내 가슴에는 이상한 불길이 일어나고 그리고 '나도 그 의인, 걸사와 같은 훌륭한 사람이 되었으면!' 하는 숭배하는 생각이 바짝 났었다.[2]

"내 가슴에는 이상한 불길이 일어나고"라는 구절에 나는 주목한다. 사람의 심혼에는 사유와 행동을 결정하는 데몬(Demon)이 있고 데몬의 형식은 그 개인의 삶의 패턴과 운명을 결정한다. 며칠 전에 죽은 팝의 황제 '마이클 잭슨'의 삶은 음악으로는 전 세계인들의 우상이었으되 개인의 삶은 비윤리적이었다. 반대로 한용운은 승려로서 독립운동가로서 시인으로서 일반인이 보기에는 지나치다 싶을 정도로 공인公人의 윤리에 집착한 삶을 살았다. 어떤 삶이 더 옳고 귀중하느냐 하는 질문은 인생의 불가사의와 세계라는 수수께끼에는 의미가 없다. 다만 두 사람 모두 개인의 데몬이 시키는 대로 나름대로 최선의 삶을 살았다는 점. 그 치열함이 한 사람은 세계의 음악스타로, 한 사람은 대한

---

2 김광식, 『한용운 평전』, 장수, 2007, 18~19쪽.

민국의 존경받는 시인이자 승려이자 혁명가로 살게 했고 각각 세계문화와 한국문화에 커다란 족적을 남겼다.

한용운은 홍성고향에서 신동으로 소문났다. 5세부터 한학을 공부해서 『천자문千字文』, 『동몽선습童蒙先習』, 『소학小學』을 마치고 9살이 되던 해에 『서상기西廂記』와 『통감通鑑』을 독파하고 『서경書經』에도 능통할 정도의 실력을 쌓았다. 이로 인해 만해의 집이 어머니의 고향 '옥골'의 이름을 따서 옥골댁으로 불리던 것이 '신동집'으로 바뀌었다 한다. 배우는 과목이 다르기야 하지만 나는 초등학교시절에 국가의 한글전용정책으로 천자문도 배운 바가 없다. 성인이 되어 한문 실력의 부족이 늘 아쉬웠던 터라 한용운의 학습은 대단하게 생각된다. 이런저런 사정을 감안해도 한용운의 학습은 일반적인 수준을 넘어선다.

한용운의 '데몬'은 홍성을 박차고 19세에 출가를 단행한다. 홍성의 주변사찰에서 『주역周易』을 공부하던 중 『화엄경華嚴經』의 「보현행원품」에 빠져 출가를 단행했다는 풍문이 있으나 구체적인 기록은 없다. 이때는 동학혁명이 한창인 시기였고 홍주의병사건으로 부친과 형이 사망하는 등 가족사의 변고와 부친 때문에 결혼한 첫 번째 부인과의 불화 등으로 29세에 재출가를 단행한다. 이때부터 그의 승려로서의 인생이 시작된다. 26세에 월정사강원에서 수학 후 백담사로 입산하고 27세에 김연곡을 은사로 해서 수계受戒를 받아 법명을 봉완奉完으로 한다. 이학암으로부터 『기신론起信論』, 『능가경楞伽經』, 『원각경圓覺經』 등을 배운다. 28세에 운수납자처럼 시베리아행을 단행했다가 조선첩자로 몰려 죽다가 살아난 봉변을 당한 후 석왕사에 머문다. 29세에 건봉사에서 최초 안거安居수행을 하고 만화선사로부터 전법傳法을 받아 당호를 용운龍雲으로 한다. 불교 승 한용운은 이렇게 탄생한다. 30세에 유점사에서 서월하로부터 『화엄경華嚴經』을 배우고 다시 건봉사에서 이학암으로부터 『화엄경華嚴經』과 『반야경般若經』을 배운다. 31세에 표훈사 강원 강사를 거쳐 32세에 『조선불교유신론』을 탈고한다. 33세에 일본과 조선의 조동종 맹약에 반대하는 임제종 운동을 주도하고 종무원 관장에 취임한다. 35세에 『조선불교월보』에 「승려의 단결」을 기고하고 필명은 만해萬海로 한다. 36세에 『불교대전』을 발간하고, 조선불교회를 조직하여 회장이 된다. 37세에 조선선종 중앙포교당 포교사에 취임하고 39세에 『정선강의 채근담』을 발간하고 그해 말 오세암에서 좌선하던 중 깨달음을 얻는다.

전기에 의하면, 싯다르타는 30세에 보리수나무 아래에서 정각을 얻었고, 한용운은 39세에 깨달음을 얻은 셈이다. 역사상 수천만의 승려가 정진을 했겠지만 깨달음을 얻었다는 사례는 지극히 희귀하다. 한용운의 깨달음은 석가에 비교할 수는 없겠으나 승려로서는 귀한 일이다.

"깨달음은 깨달음이지. 당신이 무슨 재주로 당신이 경험하지도 못한 깨달음의 크기에 대해 석가와 한용운을 비교하는가."라는 반문이 있을 수 있다. 그러나 내 생각은 다르다. 한 개인의 언행이 그 사람의 깨달음이다. 세계 4대 성인들의 언행을 평가해서 IQ를 추정한 재미있는 연구가 있다. 그 과정이야 모르겠지만 나름대로의 연구에 의하면 200을 완전지完全知로 했을 때 소크라테스는 150, 공자는 160, 예수는 170, 석가는 180이었던 것으로 기억한다. 이 경우의 IQ를 나는 단순한 지적 이해력이 아닌 사물과 세계에 대한 다차원의 종합인식력으로 이해했다.

한 인간의 내면에 무엇이 작용하기에 이런 초인적인 삶이 가능할까. 앞에서 인간의 데몬(Demon)을 언급했거니와 데몬은 소크라테스가 언급한 용어이다. 소크라테스는 "내 안에는 데몬이 살고 있어서 내가 양심에 따르지 않는 행위를 할 때면 언제나 나를 저지한다."라고 말했다. 플라톤은 「파이돈」에서 소크라테스가 감옥에서 탈출하지 않은 이유의 하나로 "소크라테스가 데몬과 국가의 법에 따르고자 했기 때문이다."라고 말했다. 신비감과 수수께끼의 말씀인 데몬이란 무엇인가. 백과사전을 보니 다음과 같이 설명하고 있다.

> 고대 그리스에서 다이몬은 신에 가까운 존재 또는 신과 인간과의 중간적 존재를 의미하였다. 이것이 나중에는 인간의 수호령守護靈으로서 능력이나 성격 등 인간의 신들린 상태 또는 부분을 나타내는 데 쓰였다. 그리스도교에서는 악령·악마 또는 이교異敎의 신을 가리키게 되었고, 근세에 와서는 인간의 심리적인 힘, 즉 자기가 지배할 수 없고 그 사람으로 하여금 이상한 행동을 하게 하는 무의식적이고 어쩔 수 없는 심리적인 힘을 데모니셰(Dämonische)라고 표현하였다.

괴테는 창자에서 이 힘을 강조하여 천재성의 징표라고 생각했다. 한편 키르케고르는 '데모니셰'를 죄악감에 빠진 인간이 악惡에서 헤어나지 못한 채 선善에 대하여 품는 불안감이라고 설명하였다.

이 해석대로라면 인간의 데몬(Demon)은 선과 악 어느 쪽으로도 표현되는 인간의 비밀한 정신을 가리킨다. 천재성이란 사물과 창작에 대한 끊임없는 호기심, 지칠 줄 모르는 정열, 자신을 완성하고 표현하고자 하는 심혼의 에너지 등으로 표현된다. 이런 특질은 보통 태생적이며 후천적으로 배양이 어렵다는 점에서 데몬은 석가의 전생담에서 보듯 수많은 생을 살아온 인간의 혼의식과 관계한다고 보고 싶다.[3]

---

3 데몬을 윤회사상에서 바라보고자 하는 이유는 천재들의 정신적 특질이 육체의 유전으로는 설명이 잘 안 되는 점에 있다. 괴테나 석가의 천재의 특질이 유전에 의한 것이라면 괴테의 석가의 부모나 자식 혹은 격세유전을 감안하더라도 조상과 후손에서 동일한 천재가 반복적으로 발현해야 한다. 그러나 현실은 종종 반대의 경우가 더 많으므로 데몬의 선천적 특질에는 영혼과 심혼의 존재를 가정해야 한다.

3. 한용운의 오도송悟道頌과 타고르의 『기탄잘리』

한용운의 깨달음과 지적 인식력을 언급하고자 하는 이유는 「님의 침묵」이 보여주는 특이한 시적 세계 때문이다. 한시의 전통으로도 서구의 정신으로도 일본의 문화로도 설명이 잘 안 된다. 다만 타고르의 『기탄잘리』와 그 형식과 주제에서 맥이 닿아 있다. 『기탄잘리』는 '신神에게 바치는 송가頌歌' 라는 뜻으로, 타고르 자신의 영역英譯으로 예이츠의 서문과 함께 1912년에 영국에서 출판하여 유럽에서도 절찬을 받은 시집이다.

1913년에 타고르가 이 시집으로 아시아 최초로 노벨문학상을 받았으며, 한국에서는 1923년에 김억金億이 최초로 번역하여 이문관以文館에서 발간한 바 있다. 한용운이 『님의 침묵』을 탈고한 것이 1925년으로 많은 연구자들은 『기탄잘리』의 영향을 받은 것으로 추정하는데 내가 보기에도 역시 그러하다. '님'을 노래한 형이상학적 주제의식과 산문시의 형식과 리듬이 거의 같기 때문이다. 『기탄잘리』의 앞부분을 들여다보자.

1

임은 나를 영원하게 하셨으니, 그것이 임의 기쁨입니다. 이 연약한 배를 임은 끊임없이 비우시고 신선한 생명으로 영원히 채우고 있습니다.

이 가냘픈 갈대의 피리를 임은 언덕과 골짜기 너머로 지니고 다니셨으며, 이 피리로 영원히 새로운 노래를 부르고 있습니다. 임의 영원히 사라지지 않는 손길에 나의 작은 가슴은 즐거움에 젖어 들어서 말로 표현할 수 없는 소리를 외칩니다.

그칠 줄 모르는 임의 선물을, 나는 이처럼 작은 두 손으로 받아들고 있습니

다. 오랜 세월은 지나가도 임은 여전히 채우고 있습니다. 그러나 아직도 채울
수 있는 자리는 나에게 남아 있습니다.

2

임이 나에게 노래를 부르라고 명령하실 때, 나의 가슴은 자랑스러움으로
인하여 터질 것만 같았습니다. 나는 임의 얼굴을 바라보면서 뜨거운 눈물을
흘립니다. 나의 생명 속에 깃들여 있는 거칠고 어긋난 모든 것들이 한 줄기의
아름다운 화음으로 녹아들고 있습니다. 나의 찬미는 바다를 날아가는 새처럼
즐겁게 날개를 펼칩니다.

나는 임이 나의 노래를 듣고 있다는 사실을 알고 있습니다. 나는 오직 노래
를 부르는 사람으로 내가 임 앞에 나갈 수 있다는 것을 알고 있습니다.

활짝 펼친 내 노래의 날개 끝으로 나는 감히 닿을 수 없는 임의 발을 어루
만집니다.

노래를 부르는 즐거움에 젖어서, 나는 자아를 잃어버리고 나의 주인임을
친구라고 부릅니다.[4]

—『기탄잘리』 부분

작품에 등장하는 절대자는 인도의 『우파니샤드』에 근거한 범신론적
개념의 신이다. 이 세상에서 아름다움과 생명을 지니고 있는 모든 것
은 신의 무한한 사랑과 선물의 소산이라는 시적 깨달음으로 신을 향
한 사랑과 찬미를 경건한 리듬으로 노래한다. 『우파니샤드』에 의하면
브라만은 본질에 있어 만유의 빛이요, 생명이요, 또 세계의식이다. 이

---

4 내가 소장한 1981년에 3판을 발행한 을유문화사판 『기탄잘리』가 더 고풍스러우나 맞춤법을
위해 교육참고서 등에 등장한 현대판 해석을 인용했다. 다만 현대해석에는 절대자를 '당
신'으로 해석했으나 을유문화사판에는 '임'으로 해석했으므로 『님의 沈默』과 비교를 위해
'당신'만 '임'으로 바꾸었다.

브라만이 타고르의 '임', 곧 절대자이다. 신은 지극히 나약한 존재인 인간을 무한의 경지에까지 이끌어준다. 그것이 또한 신의 기쁨이 된다. 브라만은 불교의 '공空'처럼 완전하여 분석하거나 해부할 수 없는 존재다. 브라만은 오직 사랑과 기쁨에 의해서만 도달할 수 있는 일자一者이며 절대자이다. 힌두사상의 신비주의가 아트만과 브라만의 합일에 목표를 두는 '딴뜨리즘(Tantrism)'이듯이 브라만에 도달하기 위한 기쁨과 사랑의 노래가 타고르의 시 형식이다. 이러한 '임'의 실체가 만해 한용운의 시에도 깊은 영향을 미친 것으로 본다.

한용운의 『님의 침묵』이 쓰여진 과정을 보자. 한용운이 39세에 깨달음을 얻은 후 41세에 3·1운동 사건으로 경성지방법원에서 유죄판결을 받는다. 43세에 석방되고 나서 44세에 불교대중화 단체인 '법보회'와 '선학원'의 '선우공제회'의 발기인으로 참여한다. 46세에 '조선불교청년회' 총재에 취임한다. 현실에서 너무 많은 운동을 하다가 심신이 지친 한용운은 47세인 1925년에 오세암에서 쉬면서 『십현담주해』를 탈고한다. 십현담은 당나라 상찰常察선사의 선화禪話게송인데 만해의 회고를 인용한다.

글이 비록 평이하나 뜻이 심오하여 그윽한 뜻을 엿보기가 어렵다. 원주原註가 있으나 누가 붙였는지 알 수 없고, 열경주悅卿註가 있는데 열경이란 매월每月 김시습의 자이다. 매월이 세상을 피하여 산에 들어가 중 옷을 입고 오세암에 머물 때 지은 것이다. 두 주석이 각자 오묘함이 있어 원문의 뜻을 해석하는데 충분하지만 말 밖의 뜻에 이르러서는 나의 견해와 다른 바가 있었다. (……) 수백 년 뒤에 선인先人을 만나니 감회가 새롭다. 이에 십현담을 주해註解한다.[5]

5 고은, 『한용운 평전』, 향연, 2004, 307~308쪽.

“말 밖의 뜻”이라는 구절에 호기심이 생겨 『김시습 평전』[6]을 살펴보았더니 사실이었다. 김시습은 유불선儒佛仙을 모두 섭렵한 큰 시인인데 『십현담주해』에 관심을 가졌다 하니 조만간 구해서 읽어보고 싶은 생각이 들었다. “말 밖의 뜻”을 말 안의 뜻으로 어떻게 드러내느냐에 따라 수도자들의 깨달음과 기량이 결정된다. 한용운이 39세에 깨달음을 얻고 읊었다는 오도송悟道頌을 소개한다.

사나이 이르는 곳 어디나 고향인데
몇몇이나 오랜 나그네로 지냈던가.
한 마디로 삼천대천세계를 외치나니
눈 속의 복숭아꽃잎 펄펄 나부끼노라.

男兒到處是故鄕 幾人長在客愁中
一聲喝破三千界 雪裡桃花偏偏紅

유명선사禪師들의 오도송을 몇 편 읽어본 적이 있다. 시의 입장에서는 정신에 충격을 주는 깨달음의 급박한 상황이 역설과 아이러니로 표현된 점이 특징이고 본의本義가 생략된 상징형식을 취한다. 정신에너지의 크기와 개인적인 문학적 기량에 의한 수사의 화려함이 차이가 있을 뿐 요점은 세계는 하나[空, 佛性]라는 얘기였다. 수도자의 깨달음이란 어떻게 오는 것일까에 대해 나도 한때 관심을 가지고 공부한 적이 있다.

문헌에 의하면 깨달음은 회음부에 있는 쿤달리니 에너지를 정수리에 올려서 백회百會를 열고 하늘에너지를 몸 안에 끌어들여 소아小我

---

6 심경호, 『김시습 평전』, 돌베개, 2006.

의 인식 한계를 넘어 대아大我의 세계를 이해하는 데 있다고 한다(인도에서는 차크라 에너지를 활성화한다고 표현한다).

한용운이 일갈한 "한 마디로 삼천대천세계를 외치나니"라는 표현은 대아의 세계로 나아갔음을 은유하는데, 인도식으로는 아트만과 브라만이 합일했다는 얘기다. "눈 속의 복숭아꽃잎 펄펄 나부끼노라."는 표현이 흥미를 끈다. 이런 표현을 불가佛家가 아닌 선가仙家에서도 본 적이 있다. 단전수행자가 대주천大周天을 이루면 육근六根이 열리고 세계의 다른 모습이 보이는데 내면 상황의 투사인지는 모르겠으나 구경究竟으로서의 황금꽃(복사꽃)이 보인다고 한다. 서구에 동양의 연금술로 소개된 『태을금화종지太乙金花宗旨』는 이에 대한 수련서로 선가의 고전이다. 여동빈呂洞賓이 쓴 저서로 깨달음은 인간 내면의 본성의 빛 태을太乙을 봄으로서 황금 몸을 이루는 일이라고 설명한다. 한 쌍을 이룬 책으로 불승이었던 위백양이 쓴 『혜명경慧命經』이 있는데 성명쌍수性命雙修를 주장했다.

만해 일화 중에 다음과 같은 내용이 전한다.

> 선생은 언제나 냉방에서 지냈다. "조선 땅덩어리가 하나의 감옥이다. 그런데 어찌 불 땐 방에서 편안히 산단 말인가." 하는 생각에서였다. 차디찬 냉돌 위에서 꼼짝 않고 앉아 생각에 잠길 때면 선생의 자세는 한 점 흐트러짐이 없었다. 어찌나 꼿꼿했던지 선생은 어느새 '저울추'라는 별명이 생겼다. 차디찬 냉돌에 앉아서 혁명과 선禪의 세계를 끝없이 더듬는 저울추였다.[7]

이 대목을 나는 다르게 생각한다. 고승들이 삼매의 극치에 들면 나가대정那伽大定을 이룬다고 한다. '나가'는 큰 뱀을 지칭하는 인도식

시적 환상과 표현의 불꽃에 갇힌 시와 시인들

발음의 음역인데 큰 뱀이 똬리를 틀고 앉아 깊은 고요함의 경지에 이르는 상태이다. 고요함의 극치에서 큰 지혜가 생겨나는데 나가대정에 도달한 고승은 육신통六神通에 이른다고 한다. 만해선사가 신통을 행했다는 기록은 없으나 대정大定에 이르면 선가로 볼 때 단전에 소약小藥이나 대약大藥을 이룬 셈이 되고 쿤다리니 에너지가 발생한다. 뱀의 에너지라고도 불리는 이 기운은 몸에 체열과 정신력의 상승을 가져온다. 하타 요가를 수련한 인도의 요기들은 삼매의 상태에서 얼음 아래 수면에서 몇 주간이고 있을 수 있다고 한다. 선 수련으로 만해는 어느 정도 이런 경지에 이르렀을 것으로 판단된다.

4. 「알 수 없어요」

바람도 없는 공중에 수직垂直의 파문波紋을 내이며 고요히 떨어지는 오동잎은 누구의 발자취입니까.

지리한 장마 끝에 서풍에 몰려가는 무서운 검은 구름의 터진 틈으로 언뜻언뜻 보이는 푸른 하늘은 누구의 얼굴입니까.

꽃도 없는 깊은 나무에 푸른 이끼를 거쳐서 옛 탑塔 위의 고요한 하늘을 스치는 알 수 없는 향기는 누구의 입김입니까.

근원은 알지 못할 곳에서 나서 돌부리를 울리고 가늘게 흐르는 작은 시내는 굽이굽이 누구의 노래입니까.

연꽃같은 발꿈치로 가이없는 바다를 밟고, 옥같은 손으로 끝없는 하늘을 만지면서 떨어지는 날을 곱게 단장하는 저녁놀은 누구의 시詩입니까.

타고 남은 재가 다시 기름이 됩니다. 그칠 줄을 모르고 타는 나의 가슴은 누구의 밤을 지키는 약한 등불입니까.

— 「알 수 없어요」 전문

한용운에 대한 모든 기록이 사라진 오천 년 후에 불교니 한국의 문명이니 모든 문화가치가 사라져 상전벽해가 된 세상에 비석에 적힌

이 시가 우연히 출토되었다고 생각해보자. 이 시를 읽은 사람은 어떤 감상을 느낄까. 지금의 한국어는 '향가'처럼 읽기 어려운 고어古語가 되지 않았을까. 그러나 그 시대에도 고어가 된 한국어를 연구하는 학자가 있다면 지하의 미로를 헤매는 고고학자처럼 모험을 강행하리라. 이 시의 작자는 누구인가. 어떤 시대배경의 생애를 살았는가. 그의 숨은 사유와 생각은 무엇인가. 한용운에 관한 논문이나 주석을 지금 시대의 '사해 두루마리'처럼 찾아내 흥분할 것이다. 예수처럼 전 지구적인 인물도 이천 년이 지나면 온갖 환상에 묻히게 되고 사막의 동굴에서 발견한 이본異本성경이 학계를 뒤집어놓게 된다. 진실은 안개 속으로 숨고 어제의 금과옥조는 의심스러운 명제가 된다. 해석도 마찬가지다. 사람마다 시대마다 달라지는 해석을 놓고 헤게모니를 다투는 것이 소위 학문과 진리의 세계다.

포도나무가 가지를 뻗어나가듯 언어와 개념과 사유란 서로에게 의지한다. 언어는 실재세계에 대한 은유이며 상징인데 언어가 사물 하나하나에 대응되었다고 생각하는 지시와 개념과는 달리 은유와 상징은 실재세계의 전체성의 일부를 드러낸 것으로 파악한다. 그렇다면 전체란 무엇인가? 수많은 철학자가 해석을 했고 종교가들이 깨달음으로 경험했다고 주장하는 사물의 제일원인인 '일자一者'에 관한 개념이다.

시에 인용된 "오동잎"과 "푸른 하늘", "알 수 없는 향기"와 "작은 시내"와 "저녁놀"은 모두 "누구"라고 지시된 알 수 없는 자의 "발자취"이고 "얼굴"이며 "입김"이고 "노래"이며 "시"이다. "누구"는 한용운이 의미하고자 하는 대상의 개인적 상징이지만 결국 '일자'의 상징이기도 하다. 고등학교 때는 개인적 상징이라고 생각해서 사랑하는 여자에 대한 내 마음을 노래한 순수한 고급시라고 느꼈으나 지금은 동시에 심오한 대상을 가리키는 시임을 안다. 시는 시인의 정신을 드러낸

거울인데 작자의 표현력만큼 보이고 독자의 해석력만큼 보이는 거울이다. 시의 다의적 해석가능성은 양자의 정신능력의 크기에 따른다.

시 「알 수 없어요」는 "누구"라고 지칭할 수밖에 없는 현상의 초월자 즉 '일자'에 관한 이야기이다. 플로티누스 같은 신플라톤주의 사상가들이 말하는 "만물의 본원인 '일자'로부터 모든 실재實在가 계층적으로 '유출'하여, 보다 낮은 계층은 그 상위의 것을 모방한다."라는 주장 속의 '일자'이다. 인도의 힌두사상도 같은 원리를 말한다. 세계의 '일자'는 브라만인데 화신으로 창조신 브라흐마(Brahma), 유지신 비슈누(Vishnu), 파괴신 쉬바(Shiva)로 나눈다. '만물의 존재와 운동은 일자에 원인을 둔다'라는 이야기다. 불교에서도 형이상학적 존재로서의 부처를 삼신三神으로 표현한다. 법신불法身佛은 '영원히 변하지 않는 만유의 본체를 형상화한 부처로서 진리를 상징하고 빛깔도 없고 형제도 없다'는 비로자나불이고 보신불報身佛은 '보살이 고행과 서원을 통해 정진하여 성불한 아미타불'이며 응신불應身佛은 '법신불이나 보신불을 볼 수 없는 중생을 제도하기 위하여 직접 현세에 나타난 부처'인데 석가모니불이라고 불교계는 말한다. 동양사상도 무극無極의 형이상학체體가 태극太極의 형상으로 나타나고 사상四象, 팔괘八卦, 육십사괘의 체용體用으로 분화한 것이 삼라만상이니 결국 같은 이야기다.

한용운이 어느 사상의 '일자'에 대해 「알 수 없어요」의 대상을 상징하고자 했는지는 구체적으로 알 수 없다. 불승이니까 법신불法身佛인 비로자나불을 상징하고 있을까? 그러나 말의 표현과 언어의 차이가 있을 뿐 어떤 문화권의 '일자'를 대입해도 위 시는 다 성립한다. 인간이 상상할 수 있는 사유체계 내에서 상징하는 '일자'에 관한 모든 속성을 투사할 수 있는 점이 시의 장점이다. 시는 언표하지 않고 주장하지 않으며 암시하기 때문이다.

한용운의 입장을 그나마 유추할 수 있는 부분이 마지막 행 "타고 남은 재가 다시 기름이 됩니다. 그칠 줄을 모르고 타는 나의 가슴은 누구의 밤을 지키는 약한 등불입니까."라는 표현이다. 내 생각에 이 표현은 선禪의 초월이 아닌 딴뜨리즘(Tantrism)의 신비와 사랑의 정열을 말하고 있다. 딴뜨리즘은 우리나라에서는 부정적인 인상으로 소개되고 있다. 좌도밀교의 특색인 인간의 성적에너지, 쿤달리니를 일깨워 초월자와 합일하게 하는 방편 때문이다. 딴뜨리즘은 고 인도印度와 아리안 이전의 모권母權문화에 근원을 두고 있으며 모든 인도 종교에 깊은 영향을 끼치고 있다. 샥티즘(Śaktism)이란 이름으로 기원 후 500년경에 힌두교에 스며들어 힌두교를 강화시킨 운동이다. 힌두교, 불교, 자이나교 등에 모두 영향을 미친 사유체계인데 불교에서는 티벳밀교로 발전해갔다.

타고르가 『기탄잘리』에서 호소하고 있는 신비자에 대한 사랑의 감정과 헌신의 생각도 딴트리즘의 영향으로 보인다. 티벳밀교의 성자 밀라레빠의 시도 깨달음에 대한 열망의 시가 많은데 수도자의 사랑과 복종, 헌신의 내용을 반영한다. 선가禪家의 오도송悟道頌처럼 '내가 곧 부처이니 모든 미혹을 타파했노라' 는 식의 자신감에 찬 시들이 아니다. 한용운이 자신의 오도송悟道頌에서 더 발전시킨 선시禪詩를 보여주지 않고 『님의 침묵』 같은 딴뜨리즘의 입장이 반영된 시를 쓴 이유가 무엇일까. 나는 다음 일화에서 이에 대한 해답을 찾고자 한다.

한용운의 『죽다가 살아난 이야기』에는 한용운이 만주를 방랑했던 시절의 모험담이 그려져 있다. 그는 독립군 김동삼 장군과 조선독립에 관해 의기투합해 대작 통음 후 통화현 소야가의 굴라재를 넘다가 총격을 입는다. 조선청년의 길 안내를 받았다가 이들로부터 일진회 정탐꾼으로 오인받는다. 일진회가 단발령에 의해 일본군대와 똑같이 머리를 밀었기에 한용운의 승두僧頭가

오인을 받아 일어난 일이었다. 세 발의 화승총 총탄을 맞고 쓰러져서 의식을 잃었는데 그 순간이 "생에서 사로 넘어가는 순간"이었다고 한다. "온 몸이 지극히 편안 한 것" 같고 "그 편안한 것까지도 감각을 못하고 되고" 죽어가는 순간에 절세의 미인 관음보살이 현현했다고 한다. 한용운의 표현에 의하면 "아름답다! 기쁘다! 눈앞이 눈이 부시게 환하여지며 절세의 미인! 이 세상에서 얻어 볼 수 없는 예쁜 여자, 섬섬옥수에 꽃을 쥐고, 드러누운 나에게 미소를 던진다. 극히 정답고 달콤한 미소였다. 그러나 나는 이때 생각에 총을 맞고 누운 사람에게 미소를 던짐이 분하기도 하고 여러 가지 감상에 설레었다. 그는 문득 꽃을 내게로 던진다! 그러면서 네 생명이 경각에 있는데 어찌 이대로 가만히 있느냐?" 하였다. 한용운은 삶과 죽음의 고비에서 관음 영험을 받아 의식을 찾았다.[8]

나는 시인이란 내면의 아니마(Anima)나 아니무스(Animus)의 음성을 듣는 사람이라고 생각한다. 그 목소리가 앞에서 언급한 심혼心魂으로서의 데몬(Demon)의 목소리로 발전한 사람들이 위대한 종교가나 사상가 예술가가 된다. 아니마가 개인적인 심혼이라면 데몬은 보다 공적이고 집단적인 삶의 지혜와 정열에 관여하는 천재의 심혼이다. 죽음의 문턱을 넘어갔다 온 임사체험자 보고에 의하면 다른 세계의 문이 열리고 개인의 수호령의 안내를 받는다고 한다. 이때의 수호령은 개인의 아니마나 데몬의 투사일수도 있는데 초심리학의 일이라 검증된 이론들이 아니지만 유추로서 가설적인 상황과 그 얼개를 파악해본다.

죽기 직전 현실제약의 의식이 없어진 한용운에게 베일을 벗은 한용운의 아니마이자 데몬이 관음보살이라는 의미는 매우 시사하는 바가 크다. 관음보살이 "절세의 미인! 이 세상에서 얻어볼 수 없는 예쁜 여자, 섬섬옥수에 꽃을 쥐고, 드러누운 나에게 미소를 던진다"라는 표현

---

8 고은, 『한용운 평전』 참조.

의 관음보살이라면 더욱 그렇다. 한용운의 내면에 초월적인 여자의 상이 자리하고 있다면 한용운의 평생을 고군분투한 생애가 이해가 간다. 남자는 내면 아니마의 사랑을 얻기 위해 자신의 삶을 영웅적인 삶으로 고양하고 승화하고자 하는 충동이 있다. 남자의 내면이 저급하면 그의 아니마는 욕정이나 단순한 쾌락의 형태를 취해 평범한 여자를 원하지만 위대할수록 여신의 숭고한 형태를 향한다. 인간의 한계를 넘어 위대한 인간이자 신이 되고자 하는 충동이 그의 삶을 지배한다. 중세 기사들이 자신의 아니마를 신분상의 차이로 도달하지 못하는 왕비나 공주 같은 여인들에게 투사하고 자신의 왕국과 결혼을 위해 영웅적인 전투나 모험을 하는 중세의 '로망스(Romance)'는 모두 아니마에 사로잡힌 남자의 환상 스토리이다.

한용운의 초인적인 삶의 생애와 고투, 정열이 궁금했는데 내 개인적인 해석일지는 몰라도 이 대목에서 의문이 풀렸다. 『님의 침묵』 전편에 흐르는 사랑과 헌신의 감정이 초월자에 대한 경외심과 함께 표현된 시 형태가 이해가 간다. 한용운과 '서여연화' 보살과의 일화가 전하지만 아니마가 '여신'인 남자에게는 현실의 여자란 모두 '여신'의 그림자이거나 부분 대용물이다. 그는 결코 현실의 여자에게 만족하지 않는다. 그의 삶은 초월세계의 아니마에게 달려가고 그의 사랑을 얻기 위해 죽음도 불사한다.

현실에서의 행복을 추구하지 않았을 때 한용운은 저술과 사회운동에 탁월한 업적을 냈으나 만해가 55세에 36세의 간호사 출신 유숙원과 재혼에서 가정의 행복을 누렸을 때는 저술이나 사회활동의 업적이 두드러지지 않는다. 소설 『흑풍』을 『조선일보』에 연재하기도 하고 『불교』지를 속간하기도 했으나 『님의 침묵』 같은 명저는 나오지 않았다. 그의 아니마는 그의 내면의 깊숙한 곳으로 숨어 영감의 원천이 되지 않았기 때문이다.

5. 한용운, 질풍노도의 삶을 들여다보다

'작가란 현실행동으로 실천하지 못한 꿈과 욕망을 작품에서 실천한
다'는 분석이 있다. 내 경우에도 어느 정도 이 지적이 맞다. 그런데 한
용운은 좀 다르다. 그의 작가로서의 업적보다는 현실에서 좌충우돌한
삶이 나에게는 더 매력적으로 보인다. 승려로 시작했으나 만년에는 파
계하고 거사居士의 삶을 살았고 불교운동에 깊숙이 관여하여 불교계의
권력가로 입지했다. 독립운동가로서의 면모도 당대의 최고인사들과
어께를 나란히 했고 대중과 사회에 미친 영향과 명망도 작지 않다.

작가로서의 명성도 작지 않아서 『님의 침묵』을 명저라고 생각하지
않는 분들의 글도 보았으나 내 생각엔 『기탄잘리』에 버금가는 명저로
남을 것 같다. 매년 만해문학제에서 쏟아져 나오는 연구성과들을 보
면 한용운의 문학은 큰 괴목槐木의 그늘을 이룬 것 같다. 글이란 작가
의 정신을 드러내는 거울이고 특히 시는 더욱 그러하다. 작가들의 시
에서 후세에 남는 것은 최고의 시 의식을 드러낸 한두 편 내지 몇 편
이 남는다. 『님의 침묵』은 몇 십 편에 지나지 않으나 짧은 시간에 한용
운의 시적인 고양이 최고조에 이르렀을 때 탄생했다. 릴케의 『두이노
의 비가』가 시골에 칩거한 2년 동안 집중적으로 쓰여진 것과 비교할
수 있는데 한용운의 경우는 더 짧았다.

현실에서 이룬 것이 별로 없는 내 입장에서는 한용운의 삶은 매우
특이하며 경외감마저 불러일으킨다. 한용운의 흑백사진을 보니 이분
의 인상은 소림사의 무술승武術僧처럼 다부진 얼굴과 날카로운 눈매를
보여준다. 투사 관상이지 온화한 승려나 섬세한 시인의 관상이 아니

다. 의지가 남달라 보이고 비유하자면 불의에 타협하지 않는 '서부의 건맨' 같은 인상이다. 내가 서부영화 팬이라 이런 연상을 떠올렸는데 한용운과 '서부의 건맨'과의 공통점은 행동에 있다. 현실을 개척하고자 하는 건맨들이 구구절절한 말이 아닌 총으로 생사를 해결하고 남자의 침묵으로 돌아가는 행동이 언어를 다루는 나에게는 항상 감명을 준다. 한용운은 자신이 믿는 바를 신념에 따라 행동하는 삶을 살았다. 니체는 '신념이 없는 진리는 아름답지 않다'라는 명언을 남겼지 않았는가.

나는 사람의 일생은 그가 태어날 때 부여받은 에너지 코드대로 산다고 믿는 사람이다. 종족에너지는 백인인가 흑인인가 황인인가. 남자인가 여자인가. 환경의 에너지 코드는 문명사회인가 원시사회인가. 체격은 근육질인가 섬약질인가. 신념의 정신력은 강强한가 유柔한가. 시대의 에너지 코드는 어떤 시기인가. 이런 패턴이 사물과 인생에 관여하고 그 에너지 코드에 따라 인간 삶의 패턴이 천차만별로 갈라지고 서로 영향을 미친다고 생각한다.

사물에 내재한 에너지 코드의 조합과 적용을 살피는 학문에 동양의 음양오행이 있다. 한 사물체가 음양의 기운이 어느 쪽이 더 많은가를 살펴서 시간의 음양변화와의 조합을 보는 학문인데 개괄적이지만 동양의 수리과학이다. 서양의 수학이 양量(Quantum)의 관계를 보는 학문인데 비해 동양의 음양오행은 수數와 질質을 포함한다. 음양가陰陽家의 형이상학으로도 발전했지만 현실에서는 한의학과 풍수지리와 사주명리학四柱命理學으로 나타났다.

한용운의 생애가 독특해서 사주四柱를 보고 싶은 호기심이 들었다. 다행히 연보에 1879년 8월 29일생(음력 7월 12일)이 나와 태어난 시가 없어도 연월일만 가지고 삼주三柱를 세웠다. 만세력을 찾아보니 기묘己卯년 임신壬申월 갑신甲申일이었다. 일간日干을 당사자의 체體로 보는 자평

子平명리학을 사용할 때 한용운 시인은 갑목甲木의 기운으로 태어났다. 물상物象으로 비유하면 삼나무처럼 곧게 올라가는 큰 나무인데 풀인 을목乙木과는 달리 바람이 분다고 허리가 휘지 않는다. 폭풍이 불면 허리를 곧추세워 저항하고 역부족이면 뿌리가 뽑혀진다. 신념과 고집이 강하고 굴하지 않으며 씩씩한 기상이 있지만 타협을 모르므로 순운일 때는 아름다운 이파리를 드러내나 역경일 때는 바람 잘 날이 없다.

임신월이니 신약身弱으로 간주한다. 수목水木의 에너지는 희신喜神이고 화토금火土金의 에너지는 기신忌神이다. 천간天干에 편인偏印인 임수壬水와 정재正財인 기토己土가 투출했다. 천간에 투출投出한 오행이 인생을 지배한다는 이론에 따르면 한용운은 편인偏印인 수水는 용신用神이고 재물과 여자와 현실을 뜻하는 정재正財는 기신忌神이다. 편인이 용신이며 천간에 투출했으니 평생 불교와 학문에 관심을 가진 그의 일생이 설명이 되고 그는 여기에서 마음의 기쁨과 안식을 얻었다. 그러나 정재正財는 기신이었으므로 현실사회에서 고군분투했으나 모두 괴로움이었다.

승려의 삶은 재물이 없어야 청명하다. 그런데 한용운에게는 정재 기운이 뚜렷하니 현실세계에 나가 무엇을 이루도록 그의 마음이 타올랐고, 원했던 원하지 않았던 간에 결혼을 두 번이나 하고 서화연화보살과의 연애사건도 일어났다. 정재正財가 희신喜神이었다면 이판승理判僧이 아닌 사판승事判僧으로 주지가 되었을 수도 있었겠다. 십년 단위로 보는 대운大運을 보니 천간의 에너지 기운도 모두 금토화金土火로 흘러 때가 일생이 불리했다. 다만 37세부터 지지地支에 목木에너지가 들어와 56세까지 신약사주가 나름대로 힘을 받았다. 이 시기에 천간天干으로는 힘을 밖으로 분출하는 식상食傷의 기운이 들어와 그의 활동은 괄목한 만한 업적을 보인다.

오세암에서의 깨달음과 『채근담』 해설과 『십현담주해』와 『님의 침묵』을 쓰고 3·1 운동사건을 일으키고 조선불교청년회총재에 취임하고 불교사 사장으로 취임하는 등 불교계의 중요 인물이 되는 인생의 사건들이 이때 이루어졌다. 명리에서는 일간日干(본인)이 감당할 만한 지지地支의 뿌리가 있다면 역경은 훌륭한 인물과 영웅을 만든다고 본다. 하늘을 향해 곧게 자라고자 하는 갑목甲木의 기상은 연지年支를 뿌리로 삼아 때의 폭풍이 오자 그 저항의 모습을 드러냈다.

6. 상징시학과 한용운

벗이여 나의 벗이여, 애인의 무덤 위에 피어 있는 꽃처럼 나를 울리는 벗이여.
작은 새의 자취도 없는 사막의 밤에 문득 만난 님처럼 나를 기쁘게 하는 님이여.
그대는 옛 무덤을 깨치고 하늘까지 사무치는 백골의 향기입니다.
그대는 화환을 만들려고 꽃을 줍다가 다른 가지에 걸려서 주운 꽃을 헤치고 부르는 절망인 희망의 노래입니다.

벗이여 깨어진 사랑에 우는 벗이여.
눈물이 능히 떨어진 꽃을 옛 가지에 도로 피게 할 수는 없습니다.
눈물을 떨어진 꽃에 뿌리지 말고 꽃나무 밑의 티끌에 뿌리셔요.
벗이여 나의 벗이여.
죽음의 향기가 아무리 좋다 하여도 백골의 입술에 입맞출 수는 없습니다.
그의 무덤을 황금의 노래로 그물 치지 마셔요. 무덤 위에 피묻은 깃대를 세우셔요.
그러나 죽은 대지가 시인의 노래를 거쳐서 움직이는 것을 봄바람은 말합니다.

벗이여 부끄럽습니다. 나는 그대의 노래를 들을 때에 어떻게 부끄럽고 떨리는지 모르겠습니다.

그것은 내가 님을 떠나서 홀로 그 노래를 듣는 까닭입니다.

　　　　　　　　　—「타고르의 詩(GARDENISTO)를 읽고」 전문

　한용운은 타고르의 시세계를 주제로 동병상련의 시를 위와 같이 드러냈다. 타고르는 초기에 유미주의 시를 썼으나 아내와 딸의 죽음으로 종교적이 되고 절대자에 대한 사랑과 귀의를 주제로 한 상징시를 썼다. 『님의 침묵』도 유미주의적 표현이 많고 상징시의 형태를 띠고 있는데, 이는 한용운이 타고르의 세계를 깊이 공감하고 사숙한 것으로 생각된다. 타고르의 시에 "황금"의 상징이 많이 등장하고, 『님의 침묵』에도 '황금'이란 시어가 많이 나온다. "황금의 노래", "황금의 칼", "황금의 소반", "황금의 누리", "황금의 꽃" 같은 수식어와 더불어 "황금"이 명사로 쓰인 시도 여러 편 된다. 시에서 표현이란 작가의 콤플렉스(Complex)가 일정 부분 관계한다. 그가 알고 있는 세계에 대한 인상과 경험의 내용이 총체적으로 반영되므로 무의식과 의식 전체를 망라하는 정신활동의 결과다. 그러므로 표현이란 작가가 욕망하는 바의 언어 거울이다.

　한용운에게 "황금"이란 무엇일까. 불멸이나 영원을 상징하는 '일자'의 속성을 드러내는 단어라고 정의하면 가장 쉬운 해설이 된다. 한용운의 시를 해설한 대부분의 글들이 비슷한 요지의 말을 하였다. 그러나 인간의 의식과 욕망을 포괄하는 '심心'이란 그렇게 간단한 물건이 아니다. 개인의 깊은 욕망은 원형(Archetype)에 닿아 있다고 본 칼융은 집단무의식으로서의 원형이 외부세계에 드러나는 형식으로 대극성大極性을 들었다. 『파우스트』에서 선과 악의 파노라마가 대극으로 펼쳐지는 것처럼 황금은 정신과 물질의 양면 속성으로 이해해야 황금의 총체적인 상象을 이해한 것이 된다. 한용운이 정신적으로는 '불멸'이나 '영원', '고귀함'으로서의 유토피아인 그의 환상을 "황금"으로

드러냈지만 그의 내면 욕망은 실제의 황금에도 가 있지 않았을까. '도
道의 경지가 높아지면 마魔도 같은 높이만큼 뿌리가 깊어진다' 는 통찰
의 말이 있다. 인간의 데몬은 선악 양면을 포함하고 있다. 데몬이 어
떤 쪽으로 작용하느냐에 따라 태양 아래 드러난 인간의 생애가 결정
되지만 내부에는 '숨은 자아' 가 밤하늘의 달처럼 떠 있기 마련이다.
내 해석일지는 모르나 한용운의 독특하고 아름다운 정신으로서의 "황
금" 상징의 대극에는 한용운의 '숨은 자아' 가 물질의 황금에 대한 욕
망과 사랑을 투사하고 있다고 보여진다. 사주에서의 그의 에너지 코
드가 현실/재물/여자의 운명에 닿아 있기 때문에 추측해보았다.

동물에게는 없는 인간문화코드인 상징(Symbol)이란 무엇인가. 뇌 과
학은 자연계의 무수한 감각정보를 데이터의 총량으로 수용하기에는
인간의 뇌가 한정이 되어 있기 때문에 어떤 경험을 총제적인 상象
(Image)으로 바꾸고 일종의 인덱스(Index)로 저장한다고 한다. 새로운 정
보와 과거의 정보를 상象(Image)의 차이와 동일로 비교해서 세계의 전체
상을 인식한다. 그러므로 인간의 언어/기호가 사물의 상징형식이며 의
식과 무의식에 걸친 정신작용이 모두 상징이다. 인간 내부 메시지인
꿈도 상인 동시에 상징이기도 하다. 자연 질서를 파악하기 위해 인간
정신은 상의 드러내는 뜻/징조를 통해 자연과 사물에 다리를 놓는다.

A의 사물로 B의 속성을 드러내는 은유가 시의 근본형식이라면 왜
상징시가 필요할까. 은유는 가시적인 사물을 드러내는데 유용하다면
상징은 불가시적인 대상을 드러내는데 유용하기 때문이다. 상징시에
서는 특수에서 보편관념을 추출해내는 상징적 상상력이 동원되며 본
의本義를 몰라도 외부 문맥은 표의表義를 유지한다. 한용운의 시가 '일
자' 에 대한 상징시인 동시에 현실의 '님' 에 대한 연애시로도 충분히
읽히는 이유이다.

서양문화에서 성서(Bible)를 읽는 4가지 형식에 대해 들은 적이 있다. 문자(Literal)로 읽는 방법과 은유(Metaphor)로 읽는 방법, 상징(Symbol)으로 읽는 방법 등이다. 유대신비주의 전통에서는 성경의 글자와 표현이 모두 신의 숙고 끝에 만들어진 문장이며 신의 뜻이 감추어져 있다고 믿는다. 그러므로 성경은 모두 상징이라는 이야기다. 시의 입장에서는 아가서雅歌書가 인간과 신 사이의 신비로운 사랑과 결합의 이미지를 노래한 상징시이다. 상징시는 이래서 골치 아프다. 나도 젊은 시절에 성서를 단편적으로 읽었을 때 아가서를 남녀의 연애시로 읽었다. 성性적인 이미지도 농후해서 경건한 성서와는 어울리지 않는 장章이라고 생각했다. 나중에 상징적 상상력이 좀 공부가 된 후 다시 읽어보니 해석이 달라졌다.

한용운이 상징시론을 공부했다는 흔적은 없다. 다만 불경이 제법諸法의 공성空性을 드러내는데 목적이라면 언어와 행위와 형상을 초월한 공空을 드러내기 위해 그 방편과 표현은 상징을 사용할 수밖에 없다. 나는 불상과 진언과 무드라와 선가의 공안公安 모두가 불성佛性이라는 전체를 드러내기 위한 방편이요, 상징이라 생각한다. 상징은 대상을 드러내기도 하지만 동시에 감추기도 한다. 은유와는 달리 상징이란 상징이 지시하는 대상[本義]에 대해서 표현자나 해석자가 잘 알고 있지 않으면 무용지물이다.

이 대목에서 석가의 염화시중拈華示衆 일화를 들고 싶다. 석가는 대중에게 불성佛性을 드러내기 위해 '꽃 한송이와 미소'를 상징으로 사용했다. 가섭만이 그 상징을 이해했다. 석가는 또한 열반 시에 '나는 평생 동안 한마디도 설한 바가 없다'고 함으로써 상징 저편으로 불성을 감추어버렸다. 석가야말로 자신이 깨달음을 드러내기 위해 예술가처럼 상징드라마를 연출했다. 동일한 드라마를 선가의 조사들이 반복한다. 제자들에게 상징으로 화두와 몽둥이세례를 던지는데 석가만큼 우아하지 않다. 깨달음의 차이인가? 깨달음의 내용이 같아도 중생시절에 익힌 표현방법의 차이인가? 의문이지만 경험하지 않은 일이라 단정이 어렵다(석가가 왕자시절에 엘리트교육을 받은 것을 참고하는 수준으로 넘어간다).

　다시 한용운으로 돌아가서 불가에서 상징이란 언어와 몸으로 익히고 해석하는 기술이다. 한용운의 승려 체험이 타고르의 상징시 형식을 가차假借하여 봇물이 터지듯 자신의 정열과 앎을 시의 상징으로 분출한 것으로 보인다. 『님의 침묵』 전편을 통해서 한용운의 님을 드러내는 상징시로는 역시 가장 널리 알려진 「님의 침묵」과 「알 수 없어요」가 있겠지만 내가 소개하고 싶은 시는 다음 시다.

　　희미한 졸음이 활발한 님의 발자취 소리에 놀라 깨어 무거운 눈썹을 이기지 못하면서 창을 열고 내다보았습니다.
　　동풍에 몰리는 소낙비는 산모롱이를 지나가고, 뜰앞의 파초잎 위에 빗소리의 남은 음파가 그네를 뜁니다.
　　감정과 이지理智가 마주치는 찰나에 인면人面의 악마와 수심獸心의 천사가 보이려다 사라집니다.

　　흔들어 빼는 님의 노랫가락에, 첫 잠든 어린 잔나비의 애처로운 꿈이 꽃 떨어지는 소리에 깨었습니다.
　　죽은 밤을 지키는 외로운 등잔불의 구슬꽃이 제 무게를 이기지 못하여 고요히 떨어집니다.
　　미친 불에 타오르는 불쌍한 영靈은 절망의 북극에서 신세계를 탐험합니다.
　　사막의 꽃이여 그믐밤의 만월滿月이여 님의 얼굴이여.
　　피려는 장미화는 아니라도, 갈지 않은 백옥인 순결한 나의 입술은, 미소에 목욕 감는 그 입술에 채 닿지 못하였습니다.
　　움직이지 않는 달빛에 눌리운 창에는 저의 털을 가다듬는 고양이의 그림자가 오르락내리락 합니다.

—「?」 전문

제목이 "?"이니 역시 상징형식이다. 한용운의 "님"이 사물과 상황의 수사를 통해 다양한 모습을 드러낸다. 이 시에서 한용운은 자신의 "님"이 자신 안에 거주하는 데몬(Demon)일 수도 있음을 드러내고 있다. "아아, 불佛이냐 마魔냐 인생이 티끌이냐 꿈이 황금이냐."는 표현이 대극對極으로 드러나는 데몬(Demon)을 말하고 있다. 인간의 바깥에 있는 완전형식의 불성佛性은 그 자체로 다른 비교를 허용하지 않겠지만 인간의 마음에 비친 불성은 마음이라는 대극과 제약에 갇힌 불이므로 마와 쌍을 이룬 형식으로 나타난다. 차이와 분별이 세계를 바라보는 인간의 근본 이해의 형식이다. 불가에서는 불이不二를 통해 차이와 분별을 극복하라고 말하지만 중생의 입장으로 생각건대 인간의 마음의 밖으로 나가야 가능하다. 일반 대중이 전체성을 이해하는 방식은 정반합의 형식처럼 개별사물의 차이와 대극의 종합이다. 시는 인간의 마음이 느끼고 해석한 바를 암시로 드러내는 기술이므로 깨달음을 나타낸다 하더라도 그 형식은 사물의 차이를 통한 은유나 상징을 사용할 수밖에 없다. 사물의 차이와 분별이 아닌 직지直指는 종교행위이지 시가 아니다. 한용운이 깨달음의 사람이기 전에 한 인간이자 시인이기에 인간의 마음에 깊이 호소하는 『님의 침묵』 같은 시집을 썼다. 그의 데몬 (Demon)은 다음과 같이 불타오르며 호소한다. "작은 새여, 바람에 흔들리는 약한 가지에서 잠자는 작은 새여."

신화와 현실의 경계를 산 명동백작

박인환론

1. 천재인가 피에로인가

박인환에 대해서는 평가가 엇갈린다. 1949년 합동시집 『새로운 도시와 시민들의 합창』을 발간하고 '후반기' 동인을 발족하는 주역으로 한국모더니즘의 기수였다는 평가가 있는 반면 박인환의 동료였던 김수영은 다음과 같이 비판하고 있다.

> 나는 인환을 가장 경멸한 사람의 한 사람이었다. 그처럼 재주가 없고 그처럼 시인으로서의 소양이 없고 그처럼 경박하고 그처럼 값싼 유행의 숭배자가 없었기 때문이다.[1]

그러나 박인환을 회고하는 다음 사람들의 진술은 좀 다르다. 박인환이 31살(1956년)에 과음으로 인한 심장마비로 타계한 후 조병화는 산

---

1 윤석산, 『박인환 평전』, 모시는사람들, 2003, 32쪽.

문 「나를 부르는 소리」에서 다음과 같이 죽음을 애도하고 있다.

> 마지막 인환을 본건 그가 갑자기 숨을 거둔 다음날 아침이었다. 전날 밤까지도 이진섭군과 술을 마셨던 그 얼굴이 그렇게도 창백한 얼굴로 변해 석고상처럼 누워 있을 줄이야! 아, 아깝다, 그 재주, 그 기질, 그의 생동하는 시세계.

김규동은 「한줄기 눈물도 없이」라는 추모 글에서 역시 다음과 같이 평가하고 있다.

> 박인환은 오장환을 통해서 시를 쓰는 기법과 리듬의 화려한 섬광을 발견해낸 듯 보이며, 그래서 정신의 귀족주의적 일면도 서로 흡사한 데가 있어 보인다. 허무와 통하는 정신적 귀족주의— 그것은 보들레르의 댄디 정신이나 악마적 낭만주의와도 서로 맥이 통하는 정신적 요소들이 아닌가 싶다.[2]

박인환보다 8살 연상이며 모더니즘 운동을 같이 했던 김경환은 「인환과 나와 그리고 현대시 운동」에서 박인환을 다음과 같이 회고했다.

> 문단의 선배들은 한결같이 인환을 '버릇없는 친구'라고 통칭하였던 일이다. 그것은 그가 문단의 연조나 연령의 고하를 막론하고 무조건 姓밑에 '형'을 붙여 부르며, 예의를 차리지 않는데서 오는 것이었다. 어떤 선배는 나에게 인환을 가까이 하지 말라는 충고조차 하였지만, 나는 인환의 타고난 재능과 놀라울 이만큼 모더니즘에 대한 강력한 집념과 정열을 높이 샀기 때문에 항상 인환을 뒤에서 옹호하는 입장에 서 있었다.
> '인환 작야음주昨夜飲酒로 급사急死. 봉래奉來.' 이봉래의 메시지를 나는 너무나 뜻밖의 일이어서 믿지 않았다. '너는 왜 그렇게도 좋아하던 모더니즘과 조니 워커(Jonnie Walker)와 럭키 스트라이크(Lucky Strike)를 어디에 버리고 말없이 누워있는가' 창백해버린 그의 얼굴 앞에서 그의 가족들의 울부짖음이 작

---

2 맹문재 편, 『박인환 깊이 읽기』, 서정시학, 2006, 115~116쪽.

열하는 가운데 나도 또 울고 또 울었다. 그를 망우리에 버리다시피 하고 돌아
오던 날 우리는 아무도 말이 없었다. 그러나 인환은 우리의 가슴속에서 인세
까지나 살고 있을 것이라고 나는 믿으며, 또 그의 작품 몇 편은 훗날에 꼭 빛
날 것이라고 생각했다.[3]

김차영은 「박인환의 높은 시미학의 위치」라는 글에서 모더니즘시인
으로 이상과 박인환을 비교하고 있다.

인간적인 측면으로 대비할 때 우선 둘의 생애가 다같이 요절로 마쳤다는
점이다. 이상은 1910년에 나서 1937년에 죽었다. 우리나이로 28세, 만으론 26
세 7개월, 박인환보다는 3년을 더 살았다. 또 둘은 희유稀有의 천재성을 발휘
했거나 가능성을 보였다는 점이다. 이상은 병적 천재성, 박인환은 남다른 노
력의 끈기, 이런 걸 보였다.[4]

김차영은 또한 이상의 친구 조용만과 박인환의 후견인 이봉구의 회
고를 통해 이상과 박인환의 프로필을 다음과 같이 비교하고 있다.

이상은 평생 빗질을 해본 일이 없는 덥수룩한 머리와 양인洋人같이 창백한
얼굴에 숱한 수염이 창槍대같이 뻗치었고 '보헤미안 넥타이'에 겨울에도 흰
구두를 신고, 세수는 며칠에 한 번씩 하나마나 하고. 오정午正전에 일어나 본
일이 거의 없고, 토목 기술로의 정상한 직업을 내버리고 다방을 경영하고, 金
海卿이란 본 이름을 李箱이라고 고쳐버리는 괴짜였으며 활동사진 변사 같은
말투로 말하는 것이 곡마단의 요술쟁이 같았다.
초조와 흥분 때문에 인환의 성격은 칼날처럼 푸르렀다. 멋과 기분이 없이
는 한시도 살수 없었던 인환이었다. 그러기에 그는 두발頭髮의 형까지도 '상
고머리'로 깎아 태연자약 명동거리를 돌아다니었다. 험프리 보가드(Humphrey

시적 환상과 표현의 불꽃에 갇힌 시와 시인들

---

3 위의 책, 115~116쪽.
4 위의 책, 141쪽.

bogart)를 본 뜬 머리라고 기분을 내면서, '머리가 길어야 예술가답다는 견해
는 이미 낡은 세대의 유물이야, 구역질나서 볼 수가 없어-' 큰 소리로 남의
머리까지 시비하려 들었다.[5]

2. 음악신동 모차르트와의 비교

영화 '아마데우스'에서 묘사된 모차르트는 박인환처럼 기분파이며
경박하기 짝이 없는 인물로 그려지고 있다. 모짜르트는 자신의 작품
이 최고라는 생각으로 궁정의 실력자 '살리에르'를 무시하고 조롱하
는 행동으로 적을 만든 후 그의 복수를 초래한 신중하지 못한 처세를
보여주고 있다. 방탕하고 거만한 데다 놀기 좋아하는 천성, 돈에 대한
절제가 없어 언제나 빚에 전전긍긍하는 생활에 대해 현실인간으로 보
면 그리 후한 점수를 줄 수가 없다. 그러나 일상인이 아닌 꿈의 인간
으로 보면 그의 음악이 이십사 시간 지구 전파를 타고 있는 오늘의 현
실을 초래한 신동이었다. 박인환을 모차르트의 큰 업적과 감히 비교
할 수는 없다. 다만 같이 요절한 예술가라는 점. 둘 다 자신이 최고라
고 생각한 나르시스트였다는 점. 예술병리적인 조증躁症의 전형적인
행동을 보여준다는 점에서 모차르트의 생애를 통해 박인환을 비유적
으로 드러내보고자 한다.

백과사전은 조증躁症에 대해 다음과 같이 정의한다.

상쾌감이 주를 이루고, 낙천적 · 해학적인 경향이 높아지며 자아감정이 고
조되면서 때로는 피자극성 · 거만 · 무례 등을 노골적으로 나타내는 일이 많
다. 사고의 주체를 정확하게 포착하기가 곤란해지고 관념의 난조를 때가 많

---

5 위의 책, 142~143쪽.

으며, 욕동항진欲動亢進도 볼 수 있고, 다동적多動的·무궤도적無軌道的으로 빠지기 쉽다. 신제석으로는 선상함에 넘쳐 있고 수년시간이 짧은 데노 피보삼을 크게 느끼지 않으며, 그 때문에 체력소모가 많다.

"체력소모가 많다"라는 구절에 나는 주목한다. 의사들의 유머로 '의사 한 명이 평생 보는 환자수가 정해져 있다'는 말이 있다. 젊어서 하루에 환자 백 명씩 보는 의사는 무리해서 병사하거나 말년이 신통치 않을 확률이 많다는 얘기다. 양생가들은 인간이 태어날 때 평생호흡수와 심장박동수가 정해져 있다고 믿고 한 호흡의 시간을 늘리는 복식호흡을 해서 수명을 연장하고자 한다. 이런 개연성에 비추어볼 때 젊어서 천재소리를 듣는 사람들의 경우는 에너지가 일반인보다 활성화된 경우가 많고 조증躁症의 증상을 보이는 경우가 많다. 잠을 3시간만 자고 일에 몰두하며 목표 지향적인 행동을 한다. 나폴레옹의 경우와 같이 모차르트도 젊어서 과도한 에너지를 소모한 케이스다. 영화 '아마데우스'에서 모차르트는 밤을 새운 작곡으로 체력을 소모하는 장면이 나온다. 모자란 칼로리는 술로 채워가면서 정신精神을 소모하는데 천재의 사업은 이루나 유한한 몸의 정精과 머리의 신神은 고갈되어 단명했다.

주위 사람들의 증언으로 볼 때 나는 박인환의 경우도 같은 케이스로 보고 싶다. 박인환은 약관 21살에 문단에 데뷔하고 서점 '마리서사'를 경영하다가 파산 후 『자유신문』사 문화부기자를 하며 22세에 양병식, 김차영, 김규동, 김수영, 김경희, 김병욱, 김경린 등과 동인지 『신시론』 제1집을 준비한다. 24세에는 김경린, 김수영, 임호권, 양병식과 함께 『새로운 도시와 시민들의 합창』을 발간한다. 『경향신문』사로 직장을 바꾼 후에는 이한직, 조향, 이상로 등이 새롭게 가담한 '후반기' 동인을 결성하는 모더니즘 문학사의 주요사건들을 약 3년에 걸쳐 박인환이 주도했다.

윤석산은 『박인환 평전』에서 "박인환은 체질적으로 선두의식이 강한 사람이었다. (……) 젊은이 특유의 의욕 (……) 새로움을 추구해야 한다는 시대적 필연성은 젊은 문학도 박인환을 더욱 강하게 부채질했을 것이다."라고 진술하고 있다. 동인을 결성하기 위해 일면식도 없는 김경린을 찾아간 박인환의 느닷없는 방문에 놀란 김경린의 회고도 박인환의 성격을 잘 드러낸다.

> 회색 싱글에 노타이의 경쾌한 모습인 그는 아주 핸섬한 청년이어서 마치 영화배우와 같은 인상마저 풍기고 있었다. (……) 나는 이 이색적이고 당돌하기까지 한 미지의 방문객에 다소의 경계심을 가지고 맞이하였던 것도 사실이다. 이를 눈치 챘던지, "김형은 나를 잘 모르실 테지만, 나는 김형이 일본에서 모더니즘 운동단체인 '바우(VOU)' 그룹에 참가하였던 사실과 그 당시의 김형의 작품을 읽고 있어서 김형을 잘 알고 있소." 이렇게 그는 십년지기를 찾아온 사람과도 같이 청순하고 악의 없는 웃음으로 악수를 청해오는 것이었다. 나는 그 때의 인환의 그 웃는 얼굴을 아직도 버리지 못할 만큼 그의 웃음에 매료되고 말았다.[6]

조증으로 에너지가 넘치는 사람들의 일반적인 경향은 사고의 비약과 다변, 팽창된 자존심, 사회에서의 목표 지향적인 활동의 증가로 나타난다. 통제 가능한 정신 상태에서의 조증은 카리스마의 성향을 지니며 사람들을 매혹시키는 재주가 있다. 히틀러나 처칠 같은 성공한 정치가나 사업가들이 명연설과 포부로 사람들을 감복시키는 장면을 다큐에서 보듯 천재들의 정신과 몸에서 뿜어져 나오는 에너지는 무의식적으로 사람들을 매혹한다.

---

6 위의 책, 80~81쪽.

지인들의 증언으로 볼 때 박인환도 이러한 매력이 있었음이 틀림없다. 박인환은 감격을 잘하고 '눈을 부리부리하게 굴리면' 작품 한 편이 써지는 재주를 가졌다고 한다. 비유하자면 시를 단숨에 쓰는 이백李白 스타일을 구사했다. 유명한 「세월이 가면」이 이렇게 탄생했다고 전해진다. 다시 윤석산의 『박인환 평전』을 인용해서 이 작품이 탄생한 배경을 생생하게 그려보자.

> 1956년 이른 봄, 박인환은 〈경상도집〉에 홀로 앉아 대폿잔을 기울이고 있었다 한다. (……) 그 때 그곳을 지나가던 극작가이며 언론인인 이진섭이 박인환의 혼자 앉아 있는 모습을 보고 술집으로 들어와 합석을 한다. 이 때 박인환이 모습은 왠지 쓸쓸했고 또 우울해 보였다고 한다. (……) 박인환이 문득 종이와 펜을 꺼내더니 무엇을 끄적이며 써 내려갔다. (……) 이진섭은 매우 간결하며 호소력이 있는 시 〈세월이 가면〉을 읽고 또 읽다가 문득 그 자리에서 즉흥적으로 곡을 붙였다고 한다. 이렇게 만들어진 노래 〈세월이 가면〉을 이 두 사람이 서로 시창始唱을 해 보는데, 마침 이곳을 들른 테너 임만석이 합석을 하고, 임만석이 그 청아하고 고혹적인 목소리로 이 〈세월이 가면〉을 부르게 되었다고 한다.[7]

문학의 기쁨과 창작의 희열을 제일 가치로 쳤던 박인환의 성격은 모차르트가 자신의 창작과정을 적은 모차르트의 성격과 별로 다르지 않다. 다시 모차르트의 노트를 인용해보자.

> 마차를 타고 여행을 할 때, 맛있는 식사를 하고 산책을 할 때, 잠을 이룰 수 없는 밤, 말 그대로 완전히 홀로 있으면서 기분이 좋을 때가 바로 아이디어가 제일 잘 떠오르고 가장 때가부할 때이다. 언제 어떻게 악상이 떠오르는지 나는 잘 모르겠다. 억지로 떠 올릴 수도 없다. 나를 기쁘게 해주는 바로 그것을

---

7 윤석산, 앞의 책, 300~301쪽.

기억해 둔다. (……) 이 모든 것이 나의 영혼에 불을 지핀다. 그리고 방해받지 않으면 내 주제는 저절로 확장되고 형식을 갖추고 모습을 드러낸다. (……) 이 때의 기쁨을 어찌 말로 표현할 수 있겠는가! 이 모든 일들이 생생한 꿈처럼 벌어진다. (……) 나는 정말이지 공부를 해 본적이 없으며 독창적이려고 애쓰는 법도 없다.[8]

천재들의 창조성을 연구한 낸시 C. 안드리아센에 의하면 흥미로운 결과가 있다. 창조성은 일반적으로 지능이 높을수록 좋을 것 같지만 실제로 창조적인 위업을 달성한 인물들의 아이큐는 120~130 정도가 많았다고 한다. 어느 수준에 이르면 지능과는 상관이 없으며 창조적인 사람의 특징적인 성격에는 "어떤 경험이든지 수용하려는 자세, 모험을 감수하는 성격, 저항적인 성격, 개인주의, 감수성, 장난기, 꾸준함, 호기심 그리고 단순함 등이 포함된다. 창조적인 사람은 선입관에 의해 만들어지지 않는 신선하고 독창적인 방식으로 세상에 접근하려는 경향이 있다."라고 말한다. 이런 기준에서 보면 모차르트의 성격과 창조성이 금방 눈에 들어온다. 내가 판단하기에는 박인환도 이런 성격의 유형에 든다. 박인환은 감수성이 예민하고 영화 등 서구의 신사조에 호기심이 많고 아메리카로 충동적인 여행을 떠나는 등 관습에 얽매이는 삶을 뒤로 했다. 경기공립중학교를 자퇴하고 한성학교 야학을 다닌 점, 평양의학전문학교에 입학하였으나 중단하고 '마리서사' 서점을 경영한 일, 시 창작이 인생의 제일가치였던 점은 그의 성격과 인생관에 기인한다.

---

8 낸시 C. 안드리아센, 유은실 역, 『천재들의 뇌를 열다』, 허원미디어, 2006.

3. 「마술피리」와 「목마와 숙녀」

최근에 서울 시인의 초청으로 시골 시인인 나의 눈과 귀가 호강한 적이 있다. LG아트홀에서 국립오페라단의 「마술피리」를 독어 공연에 한글자막으로 감상했는데 음반과 DVD로만 듣던 작품을 서울시립교향악단의 생음악으로 듣노라니 음장의 생생함이 꿈만 같았다. 오디오 마니아들은 작품의 음악성보다 소리의 음악성에 더 매료된다. 오디오 기기에서는 들을 수 없던 바이올린의 초고역과 콘트라베이스의 초저음이 피부에까지 다가와서 음악으로 목욕을 하는 기분이었다. 모차르트음악을 기분 좋은 칵테일처럼 폄하하는 사람도 있는데 「돈조반니」와 더불어 「마술피리」는 음악의 경쾌함과 무거움, 동화적이며 신화적인 주제가 조화를 이룬 상징과 알레고리가 뛰어난 작품이다. 22년산 스카치 정도의 매력은 있는 작품이라 배우들의 기량과 편차가 좀 아쉬웠지만 그런 대로 음악에 취하는 데는 별 무리가 없었다. 모차르트의 「마술피리」가 인간정신의 비밀한 내면을 찾아 떠나는 자아완성의 알레고리라면, 박인환의 「목마와 숙녀」는 6·25에 의한 피폐한 한반도의 처지와 당대 지식인의 비애, 상실, 허무한 현실인식으로부터 초월하고자 하는 의지를 드러낸 작품으로 볼 수 있다. 모차르트는 「마술피리」의 상징을 빌어 내면의 어두운 고난과 시련으로부터 지혜와 빛의 세계로 가는 '타미노' 왕자와 시종 '파파게노'의 아니마(Anima) 찾기 여행을 그려냈다. 박인환은 버지니아 울프의 생애에 자신의 생애를 투사하고 자살함으로서 현실을 초월한 천재 작가의 삶을 빌어 자신의 아니마를 표상하고자 했다. 그 도구는 시에서 다소는 고의적으로 설정한 「목마와 숙녀」이다. 목마는 현실의 말[馬]이 아니라는 점에서 관념 속의 말이다. 그 관념의 말에 탄 숙녀 역시 '버지니아 울프'이면서 '내가 사랑하는 소녀'인 박인환의 이상적인 여인상이다. 내가 보기에 「마술피리」가 모차르트 최고의 작품이라면, 「목마와 숙녀」는 박인환의 최고의 작품이다. 예술가의 평가는 작품의 생산량도 중요하지만 예술정신의 깊이와 높이로 흔히 평가한다. 작품 하나만 남긴 작가가 예술정신의 깊이로 시대와 문화에 깊은 인상을 남긴 예도 있다(가까운 예로 『바람과 함께 사라지다』가 떠오른다). 모차르트는 아니마를 통해서 지혜의 완성에 이르는 인간의 통합이라는 큰 스토리를 그려냈으나 박인환은 현실과 이상의 통합이라는 큰 주제에 이르지 못하고 아니마의 위안과 유혹으로 현실 도피하는 지식인의 우울과 상심을 드러냈다. 큰 천재의 시야와 작은 천재의 시야의 차이는 명확하다. 「목마와 숙녀」를 읽어보자.

한 잔의 술을 마시고
우리는 버지니아 울프의 생애生涯와
목마木馬를 타고 떠난
숙녀淑女의 옷자락을 이야기한다.
목마는 주인을 버리고 그저 방울 소리만 울리며
가을 속으로 떠났다. 술병에서 별이 떨어진다.
상심傷心한 별은 내 가슴에 가벼웁게 부숴진다.
그러한 잠시 내가 알던 소녀少女는
정원庭園의 초목草木 옆에서 자라고
문학文學이 죽고 인생人生이 죽고
사랑의 진리마저 애증愛憎의 그림자를 버릴 때
목마木馬를 탄 사랑의 사람은 보이지 않는다.
세월은 가고 오는 것
한때는 고립孤立을 피하여 시들어 가고
이제 우리는 작별作別하여야 한다.
술병이 바람에 쓰러지는 소리를 들으며,
늙은 여류작가의 눈을 바라다보아야 한다.

……등대燈臺에……

불이 보이지 않아도
그저 간직한 페시미즘의 미래未來를 위하여
우리는 처량한 목마木馬 소리를 기억記憶하여야 한다.
모든 것이 떠나든 죽든
그저 가슴에 남은 희미한 의식意識을 붙잡고
우리는 버지니아 울프의 서러운 이야기를 들어야 한다.
두 개의 바위 틈을 지나 청춘靑春을 찾는 뱀과 같이
눈을 뜨고 한 잔의 술을 마셔야 한다.
인생人生은 외롭지도 않고
거저 잡지雜誌의 표지表紙처럼 통속通俗하거늘
한탄할 그 무엇이 무서워서 우리는 떠나는 것일까.
목마木馬는 하늘에 있고
방울 소리는 귓전에 철렁거리는데
가을 바람 소리는
내 쓰러진 술병 속에서 목메어 우는데—

—「목마와 숙녀」 전문

박인환의 현실에 대한 초월 의지가 가장 잘 드러난 대목은 "두 개의 바위 틈을 지나 청춘靑春을 찾는 뱀과 같이/ 눈을 뜨고 한 잔의 술을 마셔야 한다."라는 구절이다. 가상세계에서 박인환이 현실허물을 벗고 새로운 이상향을 찾아가는 내면의 수단은 「목마와 숙녀」이나 현실에서는 결국 "술"이다. 술은 마약의 일종이며 정신의 비상非常을 매개한다. 음악도 내면의 정신을 취하게 하는 마약(「마술피리」에서는 피리와 종의 은유)이며 초월의 상태를 만들어낸다. 둘 다 인간생활에 중요하지만 "술"은 정신의 고양이라는 고매한 목적에는 격이 떨어진다. 세계관이 차이 즉 세계인식의 깊이와 공부의 차이라고 말할 수 있다. 일반인에게는 「마술피리」의 주제가 어려울 수도 있다. 그러므로 박인환식의 초월이 더 낭만적(감상적이라는 의미로)이며 현실적인 대안인

"술"로 일반인에 어필한다. 이 작품은 독자에게 이렇게 속삭인다.

> 버지니아 울프라는 천재작가 있는데 현실의 불우로 고매한 정신을 제대로 펼치지 못하고 죽었다. 나 박인환도 천재의 시혼을 가졌으나 현실이 이 시혼을 펼치는데 적합하지 않다. 그러므로 나는 술과 함께 버지니아 울프이자 내가 사랑하는 소녀가 목마를 타고 떠나는 방울소리를 들으며 슬퍼한다(방울소리는 「마술피리」에서 파파게노의 '종소리'에 대비된다). 가을 바람소리 같은 슬픔은 내 쓰러진 술병 속에서 목메어 울고 결국 나도 울고 있다.

통속적이되 적당한 지적 인식이 들어가 있고 「목마와 숙녀」라는 상징이 상상의 폭과 여운을 남겨준다. "방울 소리", "가을 바람 소리"가 직접 들리지는 않지만 "목마"의 말발굽 소리가 어울려진 소리가 회화적인 풍경에 녹아들아 관객의 가슴에 어필한다(고백하자면 고교시절 이 시를 읽었을 때는 주제가 무엇인지 혼돈스러웠다. 정서는 강하게 통일되어서 느낌은 알겠는데 이야기의 삽화는 산만했다. 시를 좀 공부하고 나서야 나름대로의 주관적인 해석이 가능해졌다).

「마술피리」의 백미는 「밤의 여왕의 아리아」이다. 연속되는 고성부의 음표 때문에 웬만한 소프라노들이 도전하기 어려운 아리아이다. 조수미가 이 곡을 무난히 소화해서 세계적인 성악가가 되었다. 곡도 훌륭하지만 이 곡의 가사도 만만치 않다. 대본은 엠마누엘 쉬카네더가 썼다. 모차르트가 작곡을 하면서 평범한 대본을 작품성이 있는 대본으로 바꾼 것으로 알려져 있다. 모차르트의 사인이 불분명한 탓에 모차르트가 '프리메이슨' 단원이었고 이 작품에 '프리메이슨'의 비밀이 지나치게 노출되어 '프리메이슨'에 의한 문책 독살설마저 있다고 전한다. '프리메이슨'은 기하학(Geometry), 직관(Gnosis), 신(God)의 3G를 추구한 단체인데, 「마술피리」에서는 세 개의 문, 세 명의 승려, 세

명의 노예, 삼각형의 피라미드, 세 가지 시련, 세 번씩 반복되는 동형
同型진행들의 상징에 이 비밀을 담았다는 분석이 있다.[9]

사랑에 눈뜬 남자여, 두려워마라
그대가 본 것은 나의 순결한 딸
순수한 열망의 젊은이여
자식을 잃은 어미의 탄식도 들으시오
고통은 내 운명의 그림자
신이 점지하고 가슴으로 안은 내 딸을
악마에게 빼앗긴 그날.
모든 환희가 고통으로 바뀌었다오
나는 눈을 감으면 딸의 눈이 보인다오
무서워서 커진 아이의 동공 속에는
작은 몸이 또 하나 웅크린 채 떨고 있소
그 아이도 나를 보면서 말이오

나는 딸의 목소리가 항상 들린다오
끌려가면서 이 아이는 내게 손을 뻗으며
"구해줘 엄마!"라고 소리치오
그 때마다 어미의 가슴은 찢어진다오

젊은이여, 순수한 그대가 희망이오
구원자여, 기구한 여자를 구하시오
승리자여, 예언된 운명을 따르시오
그리하여 영원히 내 딸을 가지시오

— 「마술피리」 부분

융의 아니마 이론에 의하면 아니마의 최고의 형태가 남자에게는 여

9 김주현, 「마술피리」 해설 참조.

시적 환상과 표현의 불꽃에 갇힌 시와 시인들

신, 여자에게는 영웅 아니무스로 나타난다. 주인공인 타미노와 파미나의 내면 영혼을 향해 「밤의 여왕」이 서로의 결합을 호소하는 이 노래는 높은 고성부의 에너지로 인간의 마음을 뒤 흔든다. 「마술피리」의 아니마는 어두운 신과 영웅이미지로 표상되고, 「목마와 숙녀」의 아니마는 시인의 이상형 작가인 버지니아 울프로 나타난다. 아니마가 남자예술가의 일생을 지혜와 능력의 길로 안내하는지, 요부(Femme fatal)로서 채울 수 없는 환상과 욕망에 탈진하도록 몰아가는지의 여부는 예술가의 무의식구조와 운명이 좌우한다(요부 때문에 남자의 일생이 파멸하는 케이스로서 '사이렌'과 '로렐라이' 설화가 있다. 영화에서도 매력적인 독부毒婦에 남자가 파멸하는 스토리가 심금을 울리는 이유는 현실의 원형이기 때문이다).

세계석인 전재와 한국의 천재 차이가 있지만 예술이 아니마의 승화라는 이론으로 두 작품을 설명해보자. 「마술피리」는 주인공인 타미노가 '밤의 여왕'의 부정적인 힘을 극복하고 높은 정신의 차원에 통합되는 반면, 「목마와 숙녀」에서는 자살한 버지니아 울프에게 자신의 아니마를 투사함으로써 슬프고 고독한 일생을 살아야 하는 박인환의 일생을 암시하고 있다. 인간의 마음에 착종錯綜을 일으키는 무의식의 은밀한 의도는 통상적인 수준에서의 인간 이해를 벗어난다. 무의식의 세계에 있는 아니마는 내부세계와 자기(Self)를 연결하는 안내자의 역할을 한다. 한 예술가가 위대한 작품을 생산하는지 범속한 작품을 생산하는지는 아니마로 표상되는 예술혼(시혼)에 달려 있다. 아니마의 형태는 성장하면서 겪는 어머니의 사랑과 영향 아래 이루어진다고 하지만 내 생각에는 그 이상의 시간에 걸친 인간존재 원형과 관련된다. 우리는 보통 이를 운명運命이라는 단어로 예술가의 불가해한 삶을 기록하며 단순 이해하고 넘어가는 경향이 있다.

4. 리얼리스트로서의 박인환

앞에서도 언급했지만 박인환에 시세계에 대한 평가가 다양하다. 김기림, 정지용에 이어 '후반기' 동인들과 더불어 한국의 모더니즘을 새롭게 개척했다는 평가가 일반적인 주류 해석이다. 이상李箱이 프랑스의 다다이즘과 쉬르레알리즘의 영향을, 그리고 박인환은 에즈라 파운드의 영미 이미지즘의 영향을 받아 모더니즘 운동을 시작했다는 평가도 있다.[10]

지식인으로서 박인환이 사회참여의식으로 모더니티를 추구했으나 '시형식상 모더니즘 시를 쓴 것은 아니다.'라는 분석도 있다. 박인환이 『선시집』 후기에 "시를 쓴다는 것은 내가 사회를 살아가는 데 있어서 가장 의지할 수 있는 마지막 것이었다. 나는 지도자도 아니며 정치가도 아닌 것을 잘 알면서 사회와 싸웠다"라고 썼다. 이를 들어 박인환이 개인적인 시를 통해 시대적인 아픔과 고통을 드러낸 것으로 해석하는 경우도 있다.[11]

박인환이 대한해운공사에 잠시 적을 두는 사이 「남해호」를 타고 미국여행을 하면서 쓴 「아메리카 詩抄」에서는 미국의 자본문명을 비판하고 있다. 이 시편은 우리 문단이 구분하는 리얼리즘 계열에 든다. 타고르가 한국을 위해 쓴 「동방의 등불」의 박인환 버전인 「인도네시아에게 주는 시」를 들어 현실인식과 리얼리즘에도 관심이 많았다고 보는 견해도 있다.[12]

10 김차영, 「박인환의 높은 시미학의 위치」, 맹문재 편, 『박인환 깊이 읽기』 참조.
11 맹문재, 「폐허의 시대를 품은 지식인 시인」, 위의 책.
12 공광규, 「전후 현실인식과 사실주의 창작방법 구현」, 위의 책.

「인도네시아에게 주는 시」는 내가 보기에 박인환의 가장 정치적이고 선동적인 시이다. 이 계열로는 시가 빼어나기에 전문을 소개한다.

동양의 오케스트라/ 가믈란의 반주악이 들려온다/ 오 약소민족/ 우리와 같은 식민지의 인도네시아

삼백 년 동안 너의 자원은/ 구미 자본주의 국가에 빼앗기고/ 반면 비참한 희생을 받지 않으면/ 구라파의 반이나 되는 넓은 땅에서/ 살 수 없게 되었다 그러는 사이/ 가믈란은 미칠 듯이 울었다

홀랜드의 오십 팔배나 되는 면적에/ 홀랜드인은 조금도 갖지 않은 슬픔을/ 밀림처럼 지니고/ 칠천칠십삼만인 중 한 사람도/ 빛나는 남십자성은 쳐다보지도 못하며 살아 왔다

수노 족사카르타/ 상업항 스라바야/ 고원분시의 중심시 반돈의 시민이여/ 너희들의 습성이 용서하지 않는/ 남을 때리지 못하는 것은/ 회교정신에서 온 것만이 아니라/ 동인도 회사가 붕괴한 다음/ 홀랜드의 식민 정책 밑에/ 모든 힘까지도 빼앗긴 것이다

사나이는 일할 곳이 없었다 그러므로/ 약한 여자들은 백인 아래 눈물 흘렸다/ 수만의 혼혈아는/ 살 길을 잃어 애비를 찾았으나/ 스라바야를 떠나는 상선은/ 벌써 기적을 울렸다

홀랜드인은 포르투갈이나 스페인처럼/ 사원을 만들지 않았다/ 영국인처럼 은행도 세우지 않았다/ 토인은 저축심이 없을 뿐만 아니라/ 저축할 여유란 도무지 없었다/ 홀랜드인은 옛말처럼 도로를 닦고/ 아세아의 창고에서 임자 없는 사이/ 보물은 본국으로 끌고만 갔다.

주거와 의식은/ 노예적 지위는 더욱 심하고/ 옛과 같은 창조적 혈액은 완전히 부패하였으나 인도네시아 인민이여/ 생의 광영은 홀랜드의 소유만이 아니다

마땅히 요구할 수 있는 인민의 해방/ 세워야 할 늬들의 나라/ 인도네시아 공화국은 성립하였다 그런데/ 연립임시정부란 또다시 박해다/ 지배권을 회복

하려는 모략을 부숴라/ 이제는 식민지의 고아가 되면 못쓴다/ 전 인민은 일치
단결하여 스콜처럼 부서져라

국가 방위와 인민 전선을 위해 피를 뿌려라/ 삼백 년 동안 받아온/ 눈물겨
운 박해의 반응으로/ 너의 조상이 남겨 놓은/ 야자나무의 노래를 부르며/ 홀
랜드군의 기관총 진지에 뛰어들어라

제국주의의 야만적 제재는/ 너희뿐만 아니라 우리의 모욕/ 힘있는 대로
영웅 되어 싸워라/ 자유와 자기 보존을 위해서만이 아니고/ 야욕과 폭압과
비민주적인 식민정책을/ 지구에서 부숴내기 위해/ 반항하는 인도네시아 인
민이여/ 최후의 한 사람까지 싸워라

참혹한 몇 달이 지나면/ 피흘린 자바 섬에는/ 붉은 칸나꽃이 피려니/ 죽음
의 보람이 남해의 태양처럼/ 조선에 사는 우리에게도 빛이려니/ 해류가 부딪
치는 모든 육지에선/ 거룩한 인도네시아 인민의/ 내일을 축복하리라/ 사랑하
는 인도네시아 인민이여/ 고대문화의 대유적 보로부드르의 밤/ 평화를 울리
는 종소리와 함께/ 가믈란에 맞추어 스림피로/ 새로운 나라를 맞이하여라

— 「인도네시아에게 주는 시」 전문

1947년에 썼다는 이 시는 서사와 주제의 깊이가 훌륭한데 마치 80년
대의 빼어난 민중시나 저항시를 읽는 듯하다. 이 작품이 창작된 배경
이 궁금하여 자료를 찾아보았다. 인도네시아를 소재로 썼지만 사실은
해방정국에 미국과 소련이 개입해 있는 한국의 정황을 인도네시아의
상황을 통해 환기해내고 있다. 창작자는 내심으로 진정한 한반도의
해방은 인도네시아의 해방처럼 진정으로 이루어지지 않았다는 것과,
진정한 해방을 위해서는 반제국 인민무력투쟁도 가능하다는 것을 암
시하고 있다.[13]

13 공광규, 위의 글.

박인환의 격정이 서구모더니즘이나 낭만주의 시가 아닌 현실인식의 시에 미치면 시의 선동성이나 정치성이 예사롭지가 않다. 박인환이 단순히 애환의 시인이 아니라는 증거를 이 시가 말하고 있다. 타고르의 「동방의 등불」과 비교해보자.

> 일찍이 아시아의 황금시기에/ 빛나던 등촉의 하나인 코리아/ 그 등불 다시 한 번 켜지는 날에/ 너는 동방의 밝은 빛이 되리라/ 마음엔 두려움이 없고/ 머리는 높이 쳐들린 곳/ 지식은 자유스럽고/ 좁다란 담벽으로 세계가 조각조각 갈라지지 않은 곳/ 진실의 깊은 속에서 말씀이 솟아나는 곳/ 끊임없는 노력이 완성을 향해 팔을 벌리는 곳/ 지성의 맑은 흐름이/ 굳어진 습관의 모래 벌판에 길 잃지 않은 곳/ 무한히 퍼져 나가는 생각과 행동으로 우리들의 마음이 인도되는 곳/ 그러한 자유의 천당으로/ 나의 마음의 조국 코리아여 깨어나소서

— 타고르, 「동방의 등불」 전문

시성이라는 타고르의 유연한 문체와 상징이 돋보이지만 작품 자체로만 본다면 박인환의 정치성과 선동성이 더 실감이 있다. 박인환이 그러면 과연 리얼리즘시인인가 하는 문제가 야기된다. 박인환 시인 탄생 80주년 기념과 타계 50주년 기념으로 발간된 『박인환 깊이 읽기』에서는 박인환의 현실인식과 리얼리스트로서의 면모를 다각도로 조명하고 있다.

리얼리즘이란 무엇인가. 예술사조로서 사실주의는 19세기 후반에 과학 존중사상과 실증주의 영향 아래 고전주의의 추상을 비판한다. 미술에서는 쿠르베가 소설에서는 쿠르베의 친구인 샹플뢰리가 시작해서 발자크와 스탕달이 계승한 것으로 알려져 있다. 우리나라의 리얼리즘문학은 일제강점기나 분단 상황이 반영된 지역적 특수상황을 전제로 정치·사회·경제의 모순에 대항하는 현실비판문학을 리얼리즘이라 통칭하는 것 같다. 상상의 표현보다는 현실의 재현에 무게를

두고 일상이나 역사의 문제를 다룬다. 위에서 언급한 「인도네시아에게 주는 시」를 비롯해서 6·25의 상처를 소재로 쓴 「어린 딸에게」, 「한 줄기 눈물도 없이」, 「서부전선에서-윤을수 신부에게」, 「잠을 이루지 못하는 밤」 같은 작품은 한국적 리얼리즘 정의에 잘 들어맞는 작품들이다. 「목마와 숙녀」, 「세월이 가면」이 대중에게 널리 알려져 박인환이 서구 지향의 낭만적 모더니스트로 알려져 있지만 실제로는 리얼리즘 계열의 작품도 꽤 많이 발표했다. 박인환이 산 시대가 해방 후와 6·25의 격변기였기 때문에 다혈질인 박인환의 대사회의식이 작품들에 반영된 것으로 보인다.

현실이란 무엇인가. 철학적인 질문이지만 요즈음은 뇌과학자들이 이 방면에 대해 부단히 연구를 하고 있는 만큼 이들의 견해를 빌려보자. 과학에서 현실이란 의식에 들어온 경험이되 우리의 오감 중 하나 이상의 감각으로 확인되는 경험을 뜻한다(어떤 대상이 보였는데 만져보니 촉각이 느껴지지 않으면 현실 물체가 아니다. 유령이나 홀로그램 영상이 해당된다. 텔레비전은 현실이지만 수상기 안의 영상은 현실이 아니다. 눈에 보이나 역시 촉각으로 만져지지 않는다. 앞으로는 후각 촉각을 만족하는 프로그램이 도입된다고 하니 이 정의도 수정될 수 있다).

현실이든 가상이든 뇌의 신경망의 활동이며 하나로 이어지는 스펙트럼이므로 고정된 경계란 없다고 본다. 인간은 우리가 현실이라 부르는 외부세계와 상호작용을 한다. 뇌는 신경세포의 관계망에 의지하여 뇌 속에 활성화시킨 가상의 숫자만큼 현실을 풍요롭게 파악한다. 언어와 수는 인간이 개발한 대표적인 가상의 세계다. 왜 현실과 가상을 동시에 인식하도록 인간의식이 진화했을까. 그 대답은 언어와 수의 현실모델을 지도地圖처럼 사용하는 인간생활의 유용성을 생각해보면 금방 답이 나온다. 인간은 수리적 가상모델을 사용해서 자동차를 디자인하고 로켓으로 인공위성을 쏘아 올린다. 쇠라는 현실과 수의 가상을 배합해서 현실을 인간의 구미에 맞게 풍요롭게 변형한다. 언어도 금방 답이 나온다. '사과'라는 현실 물체에 인간이 배운 지식(가상)을 적용해서 단순히 과일이 아닌 '사랑', '원죄', '뉴턴의 중력'의 지식(가상)을 작용시킨다. 사물을 새롭게 보고 창의하고자 하는 호기심(가상)이 뇌의 쾌락을 수반하는 이유는 이 작용이 생존에 유리하다고 본 까닭이다. 그러나 이 가상은 가상 자체로는 진화심리학에서 의미가 없다고 본다. 현실을 기반으로 해서 현실과 연계되는 가상이 생존에 의미가 있다.[14]

　다시 박인환으로 돌아가보자. 박인환이 겪은 6·25에서 박인환의 의식은 총칼이 있고 기아와 상처의 고통이 있는 객관현실을 수관적인 감정(슬픔과 고통)을 병합해서 상황인식을 입체적으로 한다(적극적인 해석 모델로 행동 판단을 위한 정보가 증가한다. 단순히 위험하다는 신호보다도 감정배합으로 위험의 난이도를 측정할 수 있다). 언어로 작가의 경험을 읽는 독자는 감정공명으로 인해 더 생생하게 현실을 추체험한다. 작가는 작가의 경험인식과 감정이 배합된 에센스를 전달함으로서 현실상황을 독자에게 적극적으로 전달하는 전문가이다. 시와 소설이 가상이지만 현실을 해석하는 작가의 주관적 통찰로 인해 가상정보의 효과는 증가한다(작가의 천재성이 주관적 통찰의 내용을 결정한다). 박인환의 작품이 해방 후 자본주의 열강에 편입되는 후진국의 현실과 6·25를 주관적인 통찰로 생생하게 전달하고 있는가는 독자의 판단에 맡긴다.

---

14 모기 겐이치로, 손성애 역, 『뇌와 가상』, 양문, 2007 참조.

다음 작품은 현실과 서정과 상징이 잘 조화된 작품으로 리얼리스트이자 서정시인인 박인환의 면모가 동시에 드러난 작품이다.

저 묘지 위에서 우는 사람은 누구입니까.

저 파괴된 건물에서 나오는 사람은 누구입니까.

검은 바다에서 연기처럼 꺼진 것은 무엇입니까.

인간의 내부에서 사멸된 것은 무엇입니까.

1년이 끝나고 그 다음에 시작되는 것은 무엇입니까.

전쟁이 빼앗아간 나의 친우는 어데서 만날 수 있습니까.

슬픔 대신에 나에게 죽음을 주시오.

인간을 대신하여 세상을 풍설로 뒤덮어 주시오.

건물과 창백한 묘지 있던 자리에

꽃이 피지 않도록.

하루의 1년의 전쟁의 처참한 추억은
검은 신이여
그것은 당신의 주제일 것입니다.

— 「검은 신이여」 전문

5. 李箱을 숭배한 박인환

박인환이 이상을 사모하고 정신의 황제라고 극찬한 시가 있다. 본명이 김해경이고 27세에 죽은 이상李箱에 대해 쓴 시 「죽은 아포롱」은 이상에 대한 박인환의 경도를 보여준다.

> 박인환은 항시 일본의 요절한 천재문인 아쿠타카와[芥川] 이야기를 하며, 자신을 아쿠타카와에게 견주었다고 한다. 그것은 이상에게도 마찬가지였다. (……) 자신을 자살이라는 극한의 상황에까지 몰고 갈 수 있는 이상의 천재의식이야말로 박인환이 이상을 가장 좋아한 가장 두드러진 이유이다. 이와 함께 이상이 지닌 정신의 초월성, 또는 예술가로서의 지대한 오만 등은 박인환을 충분히 매료시킬 수 있는 또 다른 요소가 된다.[15]

박인환과 이상이 모더니즘문학을 한국문단에 개척하고 도입한 사실은 높이 평가되어야 한다. 한 세대의 차이가 나는 연령이지만 둘의 생애가 비슷하다. 애초의 전공과는 다르게 문학에 경도한 점이나 요절로 끝난 인생, 스스로 천재로 자부한 문학적인 오만, 이런 성향들이 동병상련의 정을 이상에게 느꼈을 법하다. 모더니즘을 지향했으나 둘의 패턴은 달랐다. 이상이 프랑스의 다다이즘(Dadaism)과 쉬르레알리즘(Surréalisme)의 영향을 받았다면, 박인환은 영·미가 중심이던 이미지즘(Imagism)의 영향을 받았다. 다다이즘이 모든 기성관념, 기성예술을 철저히 부정하는 과격한 예술운동이었다면, 이미지즘은 사물의 표상을 중요시하는 회화적 기법과 새로운 리듬을 주장한 유파였다. 이미지즘은 시의 음악적 어법에 따르는 등 기존 상징주의 시와도 연계할 수 있는 다소 온건한 시작 태도이다. 이상의 시가 기존어법으로는 잘 해석이 안 되는 '다다'의 형식이라면, 박인환의 시는 상대적으로 문맥이 잘 정리되어 있다. 그러나 둘 다 서정 일색의 기존 한국시단으로부터 배척과 질시를 받았다는 점은 동일하다.

인간은 근본적으로 새롭고 신기한 것을 좋아한다. 인간의 뇌가 정지

---

15 윤석산, 앞의 책, 316~317쪽.

한 사물보다 움직이는 사물에 고개가 돌아가도록 진화한 것은 사냥감을 발견하고 추적하도록 하는 생존진략과 관계가 있다.

어머니의 배속에서 나온 아기는 근본적으로 탐구자이며 시인이다. 새롭게 들어오는 사물의 감각에 반응하여 세계인식의 모델을 형성하는 아기는 나날이 시인이며 과학자이다. '인간의 정신은 나비로 태어나서 굼벵이로 죽는다'라는 격언이 있다. 창조자란 현실을 끝없이 새롭게 해석하는 사람이고 그들의 해석이 인간의 문명생활을 바꾸고 정신의 풍요로움을 가져온다. 그러나 보통의 일상인은 사회가 요구하는 규칙과 제도에 길들여져 '요람에서 무덤까지'의 사회이데올로기에 갇힌 채 굼벵이로 죽는다. 죽어서 새로운 나비로 태어나기 위해서는 굼벵이로 죽어야 함이 자연과 사회의 질서인지도 모르겠다. 그러나 천재들의 정신과 불꽃은 영원히 나비로 살고자 한다. 자연과 사회의 질서를 거부하는 대가로 사회는 냉대하며 자연은 요절시킨다. 자연과 사회의 질서를 받아들인 후 법고창신法古蒼新으로 새로운 질서를 만들어내는 천재들도 있다. 아마도 문명사회에서는 이들이 모범답안이리라. 그러나 모든 천재들의 운명이 같지는 않다. 모차르트나 이상 같은 천재는 짧은 시간에 불꽃 같은 정신에너지로 그들의 불을 밝혔다. 박인환이 스스로를 천재로 생각한 것 같으나 내 주관적인 생각이지만 혁신적으로 새롭게 예술형식을 만들어낸 것은 아닌 것 같다. 영미 모더니즘을 한국 시단에 접목한 공이 있을 뿐이다. 다만 그가 요절하지 않고 오래 살았더라면 기존질서의 한국예술에 새로움을 보탠 역량의 작품을 남기지 않았을까 하는 아쉬움이 남는다. 이상을 추모한 다음 시로 신화가 된 박인환의 삶과 그의 시적 동경을 드러내는 것으로 이 글을 마친다.

오늘은 3월 열 이렛날
그래서 나는 망각의 술을 마셔야 한다

여급 '마유미'가 없어도
오후 세시 이십 오분에는
벗들과 '제비'의 이야기를 하여야 한다.

그날 당신은
동경 제국대학 부속병원에서
천당과 지옥의 접경으로 여행을 하고
허망한 서울의 하늘에는 비가 내렸다.

운명이여
얼마나 애태운 일이냐
권태와 인간의 날개
당신은 싸늘한 지하에 있으면서도
성좌를 간직하고 있다.

정신의 수렵을 위해 죽은
'랭보'와도 같이
당신은 나에게
환상과 흥분과
열병과 착각을 알려주고
그 빈사의 구렁텅이에서
우리 문학에
따뜻한 손을 빌려준
정신의 황제

무한한 수면
반역과 영광
임종의 눈물을 흘리며 결코
당신은 하나의 증명을 갖고 있었다
'李箱'이라고

— 「죽은 아포롱―李箱 그가 떠난 날에」 전문

수금을 타며 노래를 부르고자 했던 시인

김춘수론

1. 무의미 시론

나의 문학수업은 거의 70년대에 이루어졌다. 감수성은 다소 있으나 지적인 소양은 부족한 시기에 시를 어떻게 써야 하는가 하는 모델이 별로 없었다. 문학 선배들이 모두 김춘수와 김수영을 언급하고 있어 그들의 작품을 정독해서 읽어봐야겠다고 생각했다. 김춘수의 무의미 시론이 문단에 화제로 오르고 잡지 평문에 도배를 하다시피 하여 '무의미란 무엇인가' 라는 궁금증이 생겨났다.

이 시절 나는 한참 미학 관련 서적들을 보고 '미美란 무엇인가' 하는 명제에 빠져 있었다. '미'가 대단히 정의하기 어려운 개념인 반면 '무의미無意味' 란 간단하다. '의미가 없다' 는 얘기다. 이 간단한 용어를 어렵게 생각한 이유는 나는 혹시라도 이 용어가 정신분석학에서 말하는 '무의식' 과 관련이 있을지도 모른다고 생각했기 때문이다. 노자의 『도덕경』에서 말하는 '무無' 와 불교의 '공空' 과도 연결되는 관념이 아닐까 생각했던 것이다. 그러나 김춘수의 설명에 의하면 이런 해석은 기우에 불과했다.

> 이미지란 대상에 대한 통일된 전망을 두고 하는 말이라면 나에게는 이미지가 없다. 이 말은 나에게는 일정한 세계관이 없다는 것이 된다. 즉 허무가 있을 뿐이다. 이미지 콤플렉스같은 것은 두말할 나위 없이 나에게는 없다. 시를 말하는 사람들이 흔히 이미지를 수사나 기교의 차원에서 보고 있는 것은 하나의 폐단이다. (……) 허무는 나에게 있어 영원이라는 것의 빛깔이다.[1]

> 불러다오.
> 멕시코는 어디 있는가,
> 사바다는 사바다, 멕시코는 어디 있는가,
> 사바다의 누이는 어디 있는가,
> 말더듬이 일자무식 사바다는 사바다,
> 멕시코는 어디 있는가,
> 사바다의 누이는 어디 있는가,
> 불러다오.
> 멕시코 옥수수는 어디 있는가.
>
> ―「들리는 소리」부분(『처용단장』)

김춘수가 예시로 든 시와 시론을 보면 이미지가 부르는 관념은 중요하지 않고 '말의 긴장된 장난'이 중요하다. 김춘수는 다시 또 말한다.

> 무의미한 자유연상이 굽이치고 또 굽이치고 나면 시 한 편의 초고가 종이 위에 새겨진다. 그 다음 내 의도가 그 초고에 개입한다. 시에 리얼리티를 부여하는 작업이다. 전의식前意識과 의식의 팽팽한 긴장관계에서 시는 완성된다. 그리고, 나의 자유연상은 현실을 일단 폐허로 만들어 놓고 비재非在의 세계를 엿볼 수 있게 하겠다는 의지의 기수旗手가 된다.[2]

---

1 김춘수, 「의미에서 무의미까지」, 『김춘수 시론전집 1』, 현대문학, 2004, 537~538쪽.
2 위의 글, 536쪽.

여기서 비재非在의 세계란 김춘수가 말하는 '허무'를 뜻하는 것 같다. 김춘수는 왜 허무에 빠지고 관념이나 의미를 배격하게 되었을까. 시가 의미와 가치를 배격한다면 남는 것은 무엇인가. 이런 의문을 독자는 가진다. 김춘수는 다시 자신의 시론에서 자신의 시적 변용과정을 설명한다.

> 나의 발상은 서구관념철학을 닮으려고 하고 있었다. 나도 모르는 사이에 나는 플라토니즘에 접근해 간 모양이다. 이데아라고 하는 비재非在가 앞을 가로막기도 하고 시야를 지평선 저쪽으로까지 넓혀주기도 하였다. 도깨비와 귀신을 나는 찾아 다녔다. 선험先驗의 세계를 나는 유영하고 있었다. 세상 모든 것을 환원과 제일인第一因으로 파악해야 하는 집념의 포로가 되고 있었다. 그것이 실재實在를 놓치고 감각을 놓치고 지적으로는 불가지론不可知論에 빠져들어 끝내는 허무를 안고 뒹굴 수밖에 없다는 것을 눈치 챈 것은 50년대도 다 가려고 할 때였다.[3]

"이데아라고 하는 비재非在"가 용어상의 혼란을 불러왔다. 플라톤에게는 '이데아'가 실재實在고 현상과 사물은 비실재非實在였다. 실재實在, 즉 제일원인第一原因이 말로 설명할 수 없을 경우 종교에서는 역설과 상징을 사용한다. 그러나 역설과 상징은 '말할 수 없는 것'의 실체를 체득體得했으나 표현방법이 마땅치 않을 경우 사용하는 우회로이다. 김춘수의 표현대로라면 "도깨비와 귀신"인 실재實在를 지적으로는 이해했으나 수도자가 아니어서 체득할 수는 없었고 불가지론不可知論과 허무에 이르렀다는 설명이다. 여기서 김춘수는 또 반문한다.

> 염불을 외우는 것은 이미지를 그리는 것일까? 이미지가 구원에 연결된다는 것일까? 아니다 염불을 외우는 것은 하나의 리듬을 탄다는 것이다. 이미지

---

3 위의 글, 531쪽.

로부터 해방된다는 것이다. 탈脫 이미지이고 초超 이미지이다. 그것이 구원이다. 이미지는 뜻이 그리는 상象이지만 리듬은 뜻을 가지고 있지 않다. 뜻으로부터 우리를 해방시켜준다. 이미지만으로는 시詩가 되지만, 리듬만으로는 주문呪文이 될 뿐이다. 시가 이미지로 머무는 한 시는 구원이 아닐는지도 모른다. 어떻게 하면 좋을까?[4]

2. 김춘수의 리듬과 주문

김춘수가 의미로서의 이미지를 버리고 '구원'을 위해 택한 방법이 리듬과 주문이었다. 리듬제일주의는 "모든 예술은 음악의 상태를 지향한다."라고 말한 쇼펜하우어의 음악 해석과 말라르메의 '예술지상주의'에 연결하면 그런 대로 설명이 된다. 음악은 음향과 리듬이 구체적인 사물의 세계와 분리되어 있다. 가사가 없이 순수한 음악만으로도 감정전달이 가능하다. 쇼펜하우어는 음악이 인간의 깊은 내적 세계의 현실 그 자체의 모습이라 생각했다. 이 경우 제일 좋은 길은 시를 버리고 음악을 하면 된다. 의미와 관념이 형식상으로는 없으니 순수예술이라고 이름 할 수 있다(그런데 음악을 해설하는 음악평론가들은 온갖 의미와 관념으로 음악을 설명하고 있으니 음악의 내면에 의미와 관념이 없다는 주장도 따져보아야 할 명제이다).

리듬이 아닌 주문呪文이라는 용어에 이르면 좀 복잡해진다. 주문에는 의미와 관념과 리듬이 같이 결합한 형식이기 때문이다. 리듬은 음악으로 귀속되니까 이를 피하기 위해 주문을 말한 것 같다. 김춘수가 주문을 얻으려고 시도했다는 시를 소개해보자.

---

4 김춘수, 「이미지의 소멸」, 위의 책, 546쪽.

> 바보야,
>
> 우찌 살꼬 바보야,
>
> 하늘 수박은 올리브 빛이다.
>
> 바보야,
>
> 바람이 지는가 자는가 하더니
>
> 눈이 내린다 바보야,
>
> 하늘 수박은 한 여름이다 바보야,
>
> 올리브열매는 내년가을이다 바보야,
>
> 우찌 살꼬 바보야,
>
> 이 바보야,

—「하늘 수박」 전문

주문呪文이란 주술적呪術的인 작용을 낳게 하기 위하여 입으로 외는 글귀이다. 원시종교에서 보편종교에 이르기까지 모든 종교에서 볼 수 있는데 지금도 무속적 의례에서 무녀들이 주문을 외워 초혼招魂과 강신降神을 한다. 동학과 천도교에서 심령心靈을 연마하고 한울님(하느님)에게 빌 때 외우는 '시천주조화정 영세불망만사지侍天主造化定永世不忘萬事知' 등도 주문이고 넓게는 기독교의 '주기도문'도 주문이다. 모두 강한 의미와 관념을 가지고 있고 이때의 리듬은 의미의 폭과 감정의 깊이를 강화하는 역할을 한다.

의미와 관념을 배격하고자 하는 김춘수가 이런 의미의 주문을 염두에 둔 것 같지는 않다. 그러면 그는 불교의 '만트라'를 염두에 두었을까. 신주神呪·밀주密呪·밀언密言 등으로도 번역하는 '만트라'는 신들을 부르는 신성하고 마력적魔力的인 어구이다. 원래는 뜻이 있으나 중국·한국·일본에서는 산스크리트어를 번역하지 않고 원어를 음사音寫하여 표현한다. 반야심경의 "아제 아제 바라아제 바라승아제 모지 사바하" 같은 만트라가 이의 대표적인 경우이다. 산스크리트어로는

시적 환상과 표현의 불꽃에 갇힌 시와 시인들 ·····

72

'Gate Gate paragate parasamgate bodhi svaha(가테 가테 파라가테 파라삼가테 보디스바하)' 인데 마법사고로는 발음의 특정한 톤과 음정이 발하는 파장波場의 에너지가 중요하다. 진언밀교의 수도자들은 이 파의 에너지가 다른 차원의 에너지와 정보와 공명해서 다른 차원(세상)의 지혜를 가져온다고 믿고 있다.

김춘수는 시란 이런 경지에 이르러야 한다고 믿었던 것일까. 김춘수의 다른 시나 시론과 산문을 보면 구원이 있다고 믿은 주문에 대해 깊이 천착하고 공부한 흔적은 없다. 그는 막연히 주문이란 음악적인 리듬을 근간으로 하고 종교제의에서 사용하는 형식이니까 시의 시원성始原性이 있다고 생각했을까.

김춘수는 시론에 관한 글 「자유시의 전개」에서 여러 시인들의 작품을 분석해 자유시와 산문시의 차이점을 드러내면서 다음과 같이 발한다.

> 행行은 저마다 리듬과 의미와 이미지의 중량重量을 지니고 있다고 하면, 그 중량은 밸런스가 잡히는 그런 것이어야 할 것이다. 어느 한 쪽에 부담이 너무 커지거나 하여 저울대가 기울게 되면 시 전체의 분위기를 깨뜨리게 된다.[5]

나는 이 말에 동감을 한다. 김춘수의 생각과 같이 시작詩作은 '리듬과 이미지와 의미'를 동시에 고려하여 이루어진다. 시의 중요한 세 가지 구성요소는 상호간에 의지하고 있다. 그런데도 김춘수가 의미와 이미지를 죽이고 리듬으로서 시를 바라보고자 했던 이유는 무엇일까. 그 이유를 김춘수는 다음과 같이 말한다.

---

5 김춘수, 「자유시의 전개」, 위의 책, 575쪽.

나는 시방 위험한 짐승이다.
나의 손이 닿으면 너는
미지의 까마득한 어둠이 된다.

존재의 흔들리는 가지꽃에서
너는 이름도 없이
피었다 진다.

눈시울에 젖어드는 이 무명無明의 어둠에
추억의 한 접시 불을 밝히고
나는 한밤내 운다.

나의 울음은 차츰
아닌 밤 돌개바람이 되어 탑塔을 흔들다가
돌에까지 스미면 금金이 될 것이다.

…얼굴을 가린 나의 신부新婦여.

—「꽃을 위한 서시」 전문

이데아로서의 신부의 이미지는 릴케와 평계平溪 이정호의 시에서 얻은 것이다. 이 비재非在(신부)는 끝내 시가 될 수 없는 심연深淵까지 나를 몰고 갔다. 그 심연을 앞에 하고는 어떤 말도 의미의 옷이 벗겨질 수밖에 없다. 평계平溪의 침묵을 단지 나는 그의 게으름으로만 돌리지 못한다. 나는 이 시기에 어떤 관념은 말의 피안에 있다는 것도 눈치채게 되었다. 나는 관념공포증에 걸려들었다. 말의 피안彼岸에 있는 것을 나는 알고 있었다. 그 앞에 서는 말이 하나의 물체로 얼어붙는다.[6]

김춘수가 고민한 문제를 나도 겪은 적이 있다. "말의 피안"에 있는

---

6 김춘수, 「의미에서 무의미까지」, 532쪽.

관념, 즉 이데아나 형이상학적 실체를 드러내고자 하는 사람은 말을 버려야 한다. 비트겐슈타인이 '말할 수 없는 것에 대하여는 침묵하여야 한다'라는 명제를 드러낸 적이 있다. 전기 철학인 '언어그림이론'에서 비트겐슈타인은 논리적으로 그 의미를 명확히 도출할 수 없는 명제에 관해서는 '그림'(이미지)으로써 도출할 수 있는 것이 아니기에 침묵으로 이해하여야 한다고 보았다. 선가禪家에서 언어도단言語道斷을 말한 자리이다.

이 자리에서 개인(존재)은 선택을 해야 한다. 백척간두百尺竿頭에서 진일보進一步해서 불가의 깨달음으로 가든지, 제한된 언어의 제약 내에서 주어진 수단을 다해서 자신이 아는 바를 표현하든지 해야 한다. 불가에서는 오도송悟道頌 같은 형식으로 역설과 아이러니를 통해 피안을 드러내고자 한다. 사물의 제일원인을 믿는 신비주의사들은 상징으로서 이 '침묵의 자리'를 드러내고자 한다.

우연히 '무한의 침묵'의 무게를 엿보았으나 근기根氣가 약한 나 같은 사람은 시가 무서워져서 십 년 동안 절필을 하게 된다. 이 선택에서 김춘수는 의미와 관념이 무서워져서 리듬으로 도망가고자 했다. 수도자들은 온몸으로 밀고나가는 수행에서 이 세계를 감당하지만 김춘수는 말 대신 리듬으로 우회하고자 했다. 김춘수는 말년까지 자신의 신념인 무의미시론을 끝고 가지 못했다. 시에서 언어의 리듬만 가지고는 시라는 전체 얼굴이 드러나지 않기 때문이다.

무의미시의 주요 근거인 리듬에 대해 더 생각해보자. 시가 산문과 다른 점은 리듬이 있기 때문이다. 산문 자체도 리듬이 있지만 시는 리듬의 형식이 더 도드라진다. 인류의 태초에 발생한 문학이 운문이었고 주문들이 리듬의 형식을 사용한 점으로 보아 리듬은 언어의 원초적인 속성을 지닌다. 언어의 리듬에 대하여 옥타비아 빠스의 생각을 들어보자.

> 모든 현상의 밑바닥에는 리듬이 존재한다. 단어들은 어떤 리듬의 원리에 따라 서로 모이고 흩어진다. 만일 언어라는 것이 비밀스러운 리듬에 의하여 지배되는 구句가 끊임없이 변전變轉하는 것이라면, 그러한 리듬의 재생산은 우리에게 말을 다스리는 힘을 줄 것이다. 언어의 역동성은 시인으로 하여금 말 사이에 존재하는 끌어당김과 밀침의 힘을 사용하게 함으로써 언어의 우주를 창조하도록 이끈다.[7]

'모든 현상의 밑바닥에는 리듬이 존재한다' 는 명제를 생각해보자. 이 세계의 운동이 리듬으로 이루어졌다는 것은 물리학이 아니더라도 우리는 일상경험으로 알고 있다. 하루는 밤과 낮으로 깜박이며, 일 년은 사시四時로 깜박이며, 지구 세차운동으로 황도의 별들은 26,000년을 주기로 위치를 바꾸어 시야에 드러났다가 사라진다. 결국 시간의 리듬이다. 태양과 달의 운동은 지구생명들의 활동과 휴지, 각성과 수면의 리듬을 만들어낸다. 바다의 썰물과 밀물은 리듬으로 해안선에 도착한다. 시간(Time)의 어원이 조수(Tide)라고 한다. 원시인간들이 바닷가의 물고기를 먹고 살았을 때 몸으로 부딪친 사물은 조수였다. 자연의 리듬에 적응하지 못하면 생존이 어려웠다. 인간도 자연의 리듬이다. 지구에서 목숨을 받아 꽃처럼 피었다가 어둠으로 진다. 결국 긴 시간 속에서 리듬으로 깜박이는 존재다. 긴 리듬과 짧은 리듬이 우리의 심장과 영혼을 흔들고 우리의 마음속에서 솟구치는 희로애락도 리듬의 변화를 탄다. 거시세계가 아닌 미시세계에서도 원자와 분자와 아원자들이 진동한다(리듬으로 춤춘다). 사물은 춤추면서 파장을 만들

---

7 옥타비아 빠스, 「리듬」, 『활과 리라』, 솔, 1998.

어내는데 전자기파와 음파, 파도 등의 물결파(리듬파)는 시공을 가득 채우면서 물질과 물질 사이에 정보를 전달하는 역할을 한다. 우리의 시각, 청각, 촉각에 파로 전달된 에너지 차이를 뇌가 인식한다. 정보의 결합은 한 편의 작은 이야기를 만들어내고 작은 이야기의 결합이 큰 이야기의 이미지와 꿈을 만들어낸다. 세계가 이런 모습이니 사물의 표현인 언어가 리듬을 갖지 않는다면 이상하다.

김춘수가 리듬에 주목한 점은 이해가 된다. 언어의 보다 원초적인 상태로 돌아가고자 한 생각이었을 것이다. 그러나 리듬으로 '언어의 피안에 있는 형이상학적 상태'가 전달되리라 생각한 것은 방향이 잘못된 것 같다. 김춘수가 시도한 언어의 리듬이 제사장과 사제들이 추구한 주문呪文과는 다르기 때문이다.

「하늘 수박」에서 드러낸 반복어귀가 주문呪文의 비밀리듬을 가시고 있을까. 반복어귀가 감추어진 세계의 리듬과 공명하고 있다고 볼 수 있을까. 나에게는 드러난 시의 평범한 리듬이 보일 뿐, 드러나지 않은 사물의 전체를 보여줄 암시하는 리듬은 느껴지지 않는다.

과학과 경험의 세계에서는 인간의 직관에 의해 먼저 가설과 이론이 자유롭게 세워진다. 그러나 천재의 사고실험을 거친 이론이라도 실험과 검증에 의해 입증되어야 한다는 전제 아래서 진리로 인정 받는다. 아인슈타인의 상대성이론도 직관에 의한 사고실험의 소산이었으나 태양을 지나는 빛의 속도가 굴절됨이 실험으로서 검증되고서야 타당성을 인정 받았다. 마찬가지로 김춘수의 리듬과 주문에 의한 시 이론이 성립하려면 리듬만으로 이루어진 충분한 시가 있어야 한다.

음악 내부에서도 리듬과 더불어 음정과 화음이 곁들여져야 음악의 형식이 완성된다. 리듬만으로 이루어진 타악기의 연주가 음악의 깊은 세계를 드러내기에는 단조롭지 않은가.

3. 이미지(Image)와 김춘수의 서술이미지

이미지(Image)란 사전적 정의로 감각기관에 대한 직접자극으로 얻어진 정보가 아닌 상기想起 · 상상想像 · 사고思考를 통해 마음속에 떠오르는 영상映像을 말한다. 시에서는 상상을 통한 구체적이고 직관적인 상像을 주로 언급한다. 이미지는 비유적 이미지와 서술적 이미지로 분류할 수 있는데, 이 비유적 이미지에는 수사학에 말하는 직유, 은유, 상징, 알레고리, 신화, 우화 등이 포함된다. 사유와 표현을 나누어서 생각할 수 있을까. 신비평가들은 수사를 의미론에 입각하여 분석하고 문학과 언어의 본질적인 기능으로 보았다. 수사는 사유를 효과적으로 드러내기 위한 언어장치이다. 의미의 폭과 깊이를 넓히고 표상이미지를 풍부하게 한다.

개별 사물은 서로에게 대립되면서 고유의 성질과 형상을 가지고 있다. 존재론적 입장에서는 사물은 각자의 방식으로 존재할 뿐이다. 과학은 사물을 수數와 양量으로 환원해서 사물간의 추상적 관계를 만들어내고 인간에게 유용한 방식으로 사물을 다룬다. 시詩는 사물의 동일성同一性을 드러내어 현실에 없는 가능성의 세계를 만들어놓고 즐거워한다. 양자 모두 사물에 대한 인간의 투사와 제어를 목표로 한다. 모두가 기호인데 과학은 수를, 시는 언어(이미지)를 사용하는 점이 다르다. 두 방식 모두 사물의 보이지 않는 관계를 드러내 인간의 인식에 자유를 부여하고 현실 해석력을 높인다.

가령, 흙 1kg과 물 1kg은 분명히 다른 사물이지만 1kg이라는 추상적 성질에 의해 동일한 관계를 가진다. 이 관계로 물 1kg의 무게를 흙 1kg으로 지탱할 수 있다는 통찰이 나오고 제방을 쌓는 건축가는 사물을 다루는 지혜를 얻는다. 피타고라스는 이러한 수의 이데아적 성질이 만물의 본성이라고 생각했다. 언어의 세계에서 '수선화'와 '내가 사랑하는 여자'는 다른 존재이지만 '내가 사랑하는 여자는 강가의 수선화이다'라는 은유가 두 사물이 각자의 속성을 유지하면서 동시에 변증법적으로 연결된 다른 존재의 속성을 드러낸다. 다른 존재의 속성이란 여자가 수선화이고 수선화가 여자인 가능성의 세계이지만 형이상학자들은 근본이 같다고 생각한다. 불가에서는 연기에 의해 두 사물이 서로를 지지하고 있다고 생각했고 플로티누스는 사물의 제일원인인 일자—者의 다른 표현으로 보았다. 이는 피타고라스가 수로 사물의 보이지 않는 통일성의 관계를 직관하고 이를 실체로 본 속성과 같다. 이름을 달리 했을 뿐 '사물의 보이지 않는 힘과 관계'에 대한 전체성에 대한 생각은 동서양이 그다지 다르지 않다.

시인늘은 '내가 사랑하는 여자는 상가의 수선화이나'라는 A = B의 세계가 자신이 새로 창조한 세계라고 믿는다. 양자는 각자 상보성으로 설명할 수 있는 어떤 존재(사물의 제일원인)의 개별적 드러냄이다. 시인은 현실에 보이지 않는 세계를 수사적 이미지의 세계로 드러냄으로써 새 방식으로 세계의 모습을 창조한다. 이것이 낭만주의자들이 시인의 이러한 상상력(Imagination)을 신의 창조에 비견된다고 하는 자부심을 가졌던 이유이다.

수사적 이미지의 능력과 비유를 김춘수는 왜 포기하고 서술적 이미지에 기대고자 했을까. 다시 김춘수의 설명을 들어보자.

> 나는 시에서는 충분히 구체적이고 싶다. 맛있는 담배(문맥상 구체적인 현실의 비유이다)를 실컷 피우고 싶다. 관념을 말하고 싶지 않다. (……) 그대로의 주어진 생을 시에서 즐기고 싶다. 관념 과잉상태인 실제의 내 생활에 어떤 환기장치, 또는 어떤 균형감각을 회복시켜주는 그런 역할을 담당하고 있는 것이 내가 만드는 시가 아닐까 하고 생각한다. 관념을 배제하기 위하여 이미

지를 서술적으로 쓰자. 그 것은 일종의 묘사절대주의의 경지가 된다. 설명을
전연 배격한다. 설명은 일종의 관념이기 때문이다. 이렇게 되면 가치관의 입
장에서는 일종의 회의주의가 되기도 하고, 현상학적 망설임(판단중지, 판단
유보)의 상태, 판단을 괄호안에 집어넣는 상태가 된다.[8]

> 남자와 여자의 아랫도리가
> 젖어있다.
> 밤에 보는 오갈피나무,
> 오갈피나무의 아랫도리가 젖어 있다.
> 맨발로 바다를 밟고 간 사람은
> 새가 되었다고 한다.
> 발바닥만 젖어 있었다고 한다.

—「눈물」 전문

김춘수는 설명에서 '형이상학적 관념'을 배제하기 위하여 서술적
이미지를 쓴다고 하였다. 형이상학에 대한 불가지론과 회의주의자인
태도에 의해 형이상학에 대한 가치판단을 유보하겠다는 입장도 일정
부분 이해된다. 그런데 형이상학적 관념은 비유적 이미지에서만 드러
나는 것일까. 서술적 이미지에서는 형이상학적 관념은 사라지는 것일
까. 피안에 이르는 주문呪文이라 일컬어지는 반야심경의 부분을 보자.

이 모든 사물은 그 성질이 공하여 생겨나지도 않고 없어지지도 않으며, 더
럽지도 않고 깨끗하지도 않으며, 늘지도 않고 줄지도 않는다.
그러므로 공 가운데에는 물질도 없고, 느낌과 생각과 의지와 판단도 없으
며, 눈과 귀와 코와 혀와 몸과 생각도 없으며, 빛과 소리와 냄새와 맛과 촉감
과 생각의 대상도 없다.
시각의 영역도 없고 의식의 영역까지도 없으며, 어리석음도 없고 또한 어

---

8 김춘수, 「대상의 붕괴」, 위의 책, 532쪽.

리석음이 다함도 없으며, 늙고 죽음도 없고 또한 늙고 죽음이 다함까지도 없다.

괴로움, 괴로움의 원인, 괴로움의 없어짐, 괴로움을 없애는 길도 없으며, 지혜도 없고 또한 얻는 것도 없다. 얻을 것이 없는 까닭에 보살은 반야바라밀다를 의지하므로 마음에 걸림이 없다.

걸림이 없으므로 두려움이 없어서 뒤바뀐 헛된 생각을 멀리 떠나 마침내 열반에 이른다. 과거, 현재, 미래의 모든 부처님들도 이 반야바라밀다를 의지하여 위없이 올바른 깨달음을 얻었다.

그러므로 반야바라밀다의 주문呪文을 말해주니, 주문은 곧 이러하다.

〈아제 아제 바라아제 바라승아제 모지 사바하〉

공空이라는 형이상학적 관념을 설명하기 위해 공의 상태를 "눈과 귀와 코와 혀와 몸과 생각도 없으며, 빛과 소리와 냄새와 맛과 촉감과 생각의 대상도 없다."라는 서술적 이미지로 표현했다. 서술적 이미지가 관념을 동반하지 않는다는 얘기는 이상하다. 그렇다고 시에 대해서 고민한 김춘수가 시에 있어서의 이미지의 능력을 모른 것도 아니다. 다음의 시를 예로 들어 김춘수는 시의 이미지를 설명하고 있다.

梅嶺花初發	매화고개엔 꽃이 피기 시작했으나
天山雪未開	천산의 눈은 아직 녹지 않았겠지
雪處疑花滿	눈 덮인 곳에도 아마 꽃은 만발하여
花邊似雪廻	꽃 주변에는 눈이 빙빙 돌겠지
因風入舞袖	바람이 춤추는 무희의 소매 속으로 들어와
雜粉向妝臺	온갖 분가루가 그녀의 화장대에 어지러우리
匈奴幾萬里	흉노의 침입은 이미 수만리나 진군하여
春至不知來	봄이 이르렀어도 봄이 왔음을 알지 못하리라[9]

---

9 매화와 눈의 대비가 봄과 흉노의 침입으로 인한 나라 형편의 어려움을 은유해서 시의 구조가 명확하다. '天山'은 지명인데 이 시기에는 흉노의 점령지였다 한다.

당 고종 때의 시인 노조린盧照鄰의 오언율시 「매화락梅花落」이다. 끝의 두 행을 빼고는 나머지 여섯 행이 모두 이미지로 되어있다. 요컨대 매화梅花, 설雪, 무수舞袖, 분紛 장대妝臺등이 그리는 정경은 아주 화려하고 관능적이다. (……) 이러한 이미지의 생태적 다양성 및 다의성多意性은 산문의 진술(Statement)이 가지는 정확성과 비교할 때 매우 반 산문적임을 알 수 있고 따라서 개념전달(산문의 경우처럼)과는 전연 다른 어떤 것이라는 것도 알 수 있다. 즉 〈이미지의 생태적 다양성및 다의성多意性〉은 시詩의 것이다. 시는 이리하여 개념을 넘어선, 사물의 생성한 개성적 파악을 위하여 이미지로 말을 하여야 한다. 시는 곧 이미지라고도 말할 수 있다. (……) 이미지는 결국 그 생태면이나 기능면에서 볼 때 〈한 마리의 나비가 나는 데에도 전 우주가 필요하다(폴 클로 델)〉는 그 감각 및 상상력과 잇닿아 있다는 것을 알 수 있다. 동양인은 그 감각및 그 상상력을 보다 서정적으로 말한다. 즉, 〈낙엽 한 잎에 우주의 가을을 느낀다〉고.[10]

"〈한 마리의 나비가 나는 데에도 전 우주가 필요하다〉"와 "〈낙엽 한 잎에 우주의 가을을 느낀다〉"라는 구절은 모두 작은 사물에 비유한 큰 관념과 의미(우주적인)를 전달하고 있다. 예로부터 명시의 구절로 알려진, 고전적인 시구이다. 김춘수는 왜 시의 관념과 의미를 지우려고 했을까. 기존의 방법으로는 이런 시의 깊이를 뛰어넘을 수가 없어서 방법상으로만 새로움을 추구했던 것일까. '무의미시'는 지금까지 한국시사詩史에 없었기 때문에 새로운 시도임에는 틀림없다. 김춘수는 이 주장으로 문단에 파문을 일으켰고 사람들의 관심을 끌었다. 새로운 시창작 방법이라는데 누군들 호기심이 일지 않겠는가.

그러나 이 아이디어가 김춘수의 독창적인 생각이라고는 보기 어렵다. 20세기 초 등장한 다다이즘과 이들의 슬로건인 '무의미함의 의미'

---

10 김춘수, 「한 마리의 나비가 나는 데에도」, 위의 책, 554쪽.

에서 용어의 영향을 받은 것 같기 때문이다. 다다에서는 '무의미함의 의미'인 자동기술법을 사용하여 문맥과 문맥이 전혀 맞지 않는 글들을 생각나는 대로 적거나 무형식으로 비현실이나 초현실을 드러내고자 했다. 현실에서는 '무의미'일지 모르나 다른 현실에서는 '의미'인 상태를 추구했다고 볼 수 있다.

김춘수도 기존 시이론에서는 무의미할지는 모르나 '리듬과 주문'의 세계에서는 '의미' 있을지도 모르는 시를 추구함으로써 미술에서의 다다운동과 어느 정도 유사점을 보이고 있다. 그러나 '다다'가 기존의 예술적 감수성에 반기를 들고 의도적으로 예술을 불쾌한 것으로 표현한 반면 김춘수는 음악적 감수성에 기대고 대상의 아름다움을 추구한 점에서 '다다'와는 다르다. 오히려 근래의 한국 '미래파' 시인들이 변태적 성性과 파괴의 추함을 대상으로 삼아 무의식 아래 욕망을 드러낸 수법이 '다다'와 비슷하다. 김춘수는 초기시에 릴케의 영향을 받은 것으로 알고 있다. 릴케는 시에 관념과 상징의 의미를 많이 사용했다. 김춘수가 릴케와 흄의 시를 대비하여 설명한 대목이 있다.

죽음은 위대하다./ 우리는 웃고 있는 그의 입이다./ 우리가 생명의 한 복판에 있다고 생각할 때,/ 그것은 우리의 한 복판에서/ 감히 울기를 한다. (릴케의 시 부분)

가을 밤의 싸늘한 감촉─/ 밖을 나섰더니./ 얼굴이 붉은 농부처럼/ 불그레한 달이 울타리를 넘어다 보고 있었다./ 나는 말을 걸지 않고 고개만 끄덕였다./ 주위에는 생각에 잠긴 별들이 있어/ 도회의 아이들처럼 얼굴이 희었다. (T.E. 흄의 시 부분)

릴케의 상기시는 '예지'를 직접으로 토로하고 있다. 우리가 감동하는 것은 그의 인생관적 문제성에 많이 힘입고 있는 것이다. 릴케와 같은 시를 느낄 수가 있다. 상징적인 태도라 할까? 이에 비하여 T. E. 흄과 같은 시인의 시를 대

할 때 시를 직접으로 느끼게 되는 것이다. 상징성이 없는 대신 시 그것이 눈 앞에 있는 것이다.[11]

김춘수는 관념/의미를 벗어던지고 사물이 주는 직접적인 감각과 심미를 추구하고자 했다. 김춘수는 하이데거가 횔덜린의 시를 대상으로 쓴 『횔덜린과 시의 본질』에 대해 말한다. 그는 하이데거가 횔덜린의 노트에서 "모든 재보財寶 중에서 가장 위험물인 언어"라는 대목을 분석한 것을 인용한다.

언어를 존재를 위협하는 '위험물'로 보는 동시에 언어가 없으면 세계가 없는 것이 되니까 언어를 우리가 가진 재보들 중의 하나의 '재보'로 본다. 시작과 언어의 이상이 같은 변증법적 운동은 그것들이 지양되어 마침내 하이데거의 시의 본질인 '시란 언어에 의한 존재의 건설'이 된다. (……) 불교에서는 제행무상諸行無常이란 한마디로 존재자의 덧없음을 밝히고 있다. 이것 역시 하이데거에 있어서와 같이 존재(고향)의 빛에 대한 갈망을 내포로 지니고 있는 하나의 외연이라고 할 수 있다. 이 외연(존재자―제행무상)과 내포(존재)의 긴장이 훌륭한 시를 낳게 한다.[12]

언어에서의 의미론과 존재론은 서로에게 의지한다. 의미는 존재가 없으면 피상적인 기호에 지나지 않고 존재는 언어(혹은 존재자) 없이는 드러나지 않는다. 어떤 사물이나 명제(혹은 진리)에 대해 정확하게 드러내고자 하는 것은 과학이나 논리철학의 태도이다. 환원이 그 방법론인데 부분에 대해서는 세밀하게 그려낼 수 있으나 사물과 상황이 관계하는 전체성은 훼손을 받는다. 비트겐슈타인이 "말할 수 없는 것

11 위의 책에서 인용/확인.
12 김춘수, 「김종삼과 시의 비애」, 위의 책, 603쪽.

시적 환상과 표현의 불꽃에 갇힌 시와 시인들

에 대하여는 침묵해야 한다"라는 유명한 명제가 여기에서 나왔다. 김춘수가 언어에 대해 고민한 대목이다. 시가 형이상학적 존재(신, 불교의 '空', '절대정신')을 대상으로 하면 불립문자不立文字와 교외별전教外別傳의 벽에 부딪힌다. 그는 또 노자의 '도가도 비상도道可道 非常道'를 들어 언어로 무엇을 설명하려고 할 때 언어는 그 대상의 진상을 놓친다고 보았다. 시인이 막다른 골목에서 만나는 이 문제에서 나는 십년간 침묵을 했고 김춘수는 시를 포기할 수는 없었으므로 이미지(관념)를 포기하고자 했다.

"외연(존재자−제행무상)과 내포(존재)의 긴장이 훌륭한 시를 낳게 한다."라는 김춘수의 말을 생각해보자. 외연(언어)으로 내포(존재)의 뜻을 드러내기 위해 문학에서는 전통적으로 수사를 사용했다. 은유와 상징은 형이상학적 함의를 드러내기에 가장 좋은 기법으로 여겨왔다. 바이블이나 불경에서 저자들은 자신들이 생각하는 '하늘나라'와 '불성'을 드러내기 위해 비유를 사용해왔다. 그 비유는 시인과 수도자들이 본인의 개성으로 전체성과 만나는 자리에서 항상 새롭게 이루어져왔고 독자는 새로운 비유 속에서 드러나는 이 세계의 전체성에 감명을 받는다. 김춘수는 문학이 철학이나 과학 혹은 종교와 다른 점을 분명히 알고 있다. 그가 부딪힌 문제는 문학의 문제가 아닌 형이상학의 문제였다. 절대 진리를 인식하기 위해 수도자처럼 언어를 버리고 수도원이나 사막의 동굴로 갈 용기가 없었던 것이다. 다시 말하면 새로운 비유를 창조해낼 수 없었던 것이 아닐까. 지적 인식의 한계에서 시인은 정면 돌파를 해서 새로운 자리와 상황을 보여주는 일이 시인(느끼고 표현하는 앎의 사람)의 임무다. 시인의 역량이 부족하면 나같이 도망가거나 김춘수식의 우회가 등장한다. 내가 판단하기에는 김춘수는 은유와 상징의 긴장을 견디지 못하고 서술적 이미지로 갔고 산문이 될 염려가 있기에 리듬을 중요시한 시적 전략을 세운 것으로 보인다.

4. 상징계에서 상상계로의 퇴행

의미와 관념(상징계)에서 주문 꿈(상상계)로의 퇴행을 한 김춘수의 시적 변용은 무엇을 의미할까. 라깡에 의하면 인간의 정신은 상상계에서 상징계로의 진입을 통해 사회적 자아를 얻는다고 한다. 상징이란 금기와 법의 질서로 표상되는 언어의 세계(의식)이고 상상계란 꿈, 욕망으로 이루어진 언어 이전의 세계(무의식)이다. 언어(현실)에 절망을 느낀 사람은 언어를 극복한 세계(초월/형이상학)로 간다. 그러나 초월의지가 없는 사람은 유토피아[理想]를 상상계(꿈)에서 찾는다. 대부분의 시인들은 상상계에서 유토피아를 찾는다. 그는 상상의 이미지로 자신만의 제국을 세우려 하고 현실(상징계)에서 얻지 못한 만족을 얻는다. 상상계의 의식에 비친 거울 속의 자아는 이상화된 자신의 형상이며 자아의 '원상(원상)' 이다. 시인들은 이상화된 세계, 즉 내 아름다운 모습이 투영된 세계를 바라보고 아름다움을 느끼는 자이니 '나르시스' 의 거울에 갇힌 자이다.

시란 무의식의 세계가 의식(언어)의 세계로 떠오른 것이다. 시는 꿈처럼 환상적이고 비현실적인 언어로 구성된 세계이다. 언어는 개인의 경험 이전에 선재先在한 문화이며 종족과 집단의 의식과 무의식을 반영하고 있다. 개인은 태어나 꿈속에서 살다가 집단의 상징질서(언어)를 받아들여 문화의 지혜와 보호 속에 산다. 언어가 사물과 세계의 상징이지만(인류의 시야가 관계하고 해석한 상징이겠지만) 언어는 자연(실재계)과 분리되어 있다. 언어는 자연(실재)이 아니다. 시인은 언어의 진실에서 절망한다. 자연(실재)이란 언어로 드러나는 존재가 아니기 때문이다. 언어는 꿈이며 환상이며 동시에 상징이다. 동물은 언어(꿈과 환상)가 없기에 우울증이나 자살이 없다고 한다. 인간만이 자연(실재)을 언어로 왜곡해서 보기에 언어는 축복이기도 하고 저주이기도 하다.

김춘수는 언어의 의미와 관념(상징질서)를 버리고 초월하는 대신 리듬과 주문이 있는 상상계로 가고자 했다. 그래서 그의 정신에서 이상세계란 어린 시절의 추억이다.

바다가 왼 종일
생쥐같은 눈을 뜨고 있었다
이 따끔
바람은 한려수도에서 불어오고
느릅나무 어린 잎들이
가늘게 몸을 흔들곤 하였다.

날이 저물자
내 늑골사이 늑골사이
홈을 파고
거머리가 우는 소리를 나는 들었다
베꼬니아의 붉고 붉은 꽃잎이 지고 있었다.

그런가 하면 다시 또 아침이 오고
바다가 또 한번
생쥐 같은 눈을 뜨고 있었다.
뚝, 뚝, 뚝 천阡의 사과알이
하늘로 떨어지고 있었다

가을이 가고 또 밤이와서
잠자는 내 어깨 위
그 해의 새눈이 내리고 있었다

　　어둠의 한 쪽이 조금 열리고
　　개동백의 붉은 열매가 익고 있었다.
　　잠을 자면서도 나는
　　내리는 그
　　희디흰 눈발을 보고 있었다.

—「처용단장」 부분

　「처용단장」은 김춘수의 시의식이 최고로 반영된 작품이다. 그가 주장한 무의미시론이 잘 반영되었는지는 판단을 유보한다. 나는 이 작품에서도 의미를 읽어낼 수 있기 때문이다. 「처용단장」이라는 제목부터가 이미 신화적 상징을 차용하고 있다. 신화적 상징의 제목과 본문에서 유년이 본 사물이미지의 간격을 긴 시간으로 벌려놓고 이미 독자에게 의미를 암시하고 있다. 김춘수 식이라면 "처용"이라는 상징인물과 "바다", "생쥐", "느릅나무", "거머리", "베꼬니아", "개동백", "눈"은 의미관계가 없는 '넌센스'라 말할 것이다. 그러나 인간의 의식구조에는 '무의미'가 없다. 무작위로 떠 있는 하늘의 별을 보고도 마음에 형태를 그리고 "사자자리"와 "황소자리" 같은 형상이미지를 붙이고 의미와 가치를 부여한다. 신화가 된 이 정신구조물은 아직도 인간의 마음에 영향을 미친다. 정말로 '무의미'를 노렸다면 제목을 "처용단장" 같은 신화이미지를 차용하지 않고 '크레인'이나 '자동차'를 붙였어야 했다. 그래도 독자는 또 다른 의미를 창출한다. 상상력이 좋은 고급 독자는 '김춘수의 '자동차' 시에 나타난 유년의 바다이미지와 기계문명과의 대상관계이론을 통한 시의식 분석' 같은 제목의 논문을 쓸 것이다.

　시란 참 재미있는 물건이라는 생각이 든다. 의미 시와 무의미 시가 자리를 바꾸고 창조와 해석이 뒤섞여서 저마다 다른 그림을 그릴 수

시적 환상과 표현의 불꽃에 갇힌 시와 시인들

있는 여지가 있기 때문이다. 시가 꿈이며 환상이기 때문에 가능한 것이다. 꿈의 해몽은 사람마다 모두 다르지 않던가. 김춘수도 이런 점을 의식한 듯 소회를 밝힌 대목이 있다.

이미지를 상징으로 사용하는 것은 피안의식이 작용하고 있는 증거라고 할 것이다. 즉 사물의 의미를 탐색하는 태도다. 이미지를 순수하게 사용하는 것은 사물을 그 자체로서 보고 즐기는 태도다. 이 두 개의 태도가 나에게 있어서는 석연치가 않다. 혼합되어 있다. 나는 그것을 의식한다. 이러한 자의식은 시작에 있어 나를 몹시 괴롭히고 있다. 이러한 자의식이 없는 시인이 있다면 그는 행복한 사람이다.

그러니까 나의 시는 비유가 되는 일이 많다. 부분적으로도 그러하거니와 전체적으로도 그렇다. 이른바 택처와 스트랙처가 다 그렇다는 말이다. 끝내 휴먼한 것을 떠나지 못한 다는 말이 되겠다. 그러나 이 휴먼한 것을 벗어나고 싶은 이를테면 해방되고 싶은 원방은 늘 나에게 있나. 말하자면 꿈과 같은 상태―라고 해도 정확한 기술은 못 된다―즉, 꿈에서 현실적인 의미를 공제해 버린 그런 상태에 대한 원망이 있다. 시가 완전히 난센스가 되어 버린 그러한 상태―초현실주의 어떤 시에서 그런 상태를 본 일이 있다.[13]

휴먼(인간)의 의식이란 의미와 가치를 사물에 투영해서 자신의 자의식의 세계를 만들어내는 의식을 말한 것 같다. 인간의 정신과 의식은 뇌 속에 있으면서도 뇌 속에 한정되지 않는다. 정신과 의식은 발생학적으로는 인간이 외부 환경에 적응해서 개체가 살아남기 위해 만들어졌다. 정신은 개인의 외부에 일어나는 사건과 운동을 파악하기 위해 감각을 수용하는 동시에 경험과 기억을 환경에 투사한다. 이 과정에서 정신의 '지향성'이 발생한다. 지향성은 우리 마음이 무엇인가에 주의를 기울이고 있는 상태다. 이때 인간의 마음에 의미와 가치가 있는

---

13 위의 책 참조.

사물(욕망과 관계가 있다)이 의미로 다가온다. 이 정신의 '지향성'은 매우 강력해서 '지금 여기'의 현실에 한정되지 않는다. 과거와 미래에 존재하는 것과 존재할 것, 그리고 현실에 존재하지 않는 추상적인 존재(수, 이데아 , 형이상학)까지 지향한다.

정신의 '지향성'이 인간의 내면으로 향할 경우 현실에고를 벗어난 다른 정신차원의 자신(Self)을 경험하기도 한다. 김춘수가 추구한 무의미는 현실에고가 지향하는 '의미'를 벗어나 무의식세계의 꿈이나 초현실세계의 이미지가 주는 '새로움'이나 '다른 의미'를 말하는 것 같다. 그러나 어떤 사물이 인간에게 즐거움이나 호기심 또는 '원망'을 유발한다면 그것은 '무의미'일 수가 없다.

무신론인자인 과학자(『만들어진 신』을 쓴 리차드 도킨스가 생각난다)에게 신神이란 김춘수가 말하는 넌센스(무의미)이지만 독실한 신자에게는 최고의 의미이다. 그의 종교적 욕망이 반영되어 있기 때문이다. 그의 시론을 읽다보면 시의 언어 기능과 형이상학적 관념 사이에서 고민을 많이 한 흔적이 보인다. 무의미 시작詩作이라는 「처용단장」을 주의 깊게 읽어보면 그의 시에 대한 욕망과 열정이 느껴진다. 이토록 시에 대한 집착을 보인 시들이 '무의미' 시라니? 내게는 다른 형태의 의미(초현실세계에 대한 '원망'으로서의 의미)를 추구한 시들로 판단된다.

5. 김춘수의 '하나님'과 형이상학

하나님은 언제나 꼭두새벽에
나를 부르신다.
달은 서천을 가고 있고
많은 별들이 아직도

어둠의 가슴을 우비고 있다.
저 쪽에서 하나님은 또 한번
나를 부르신다.
나를 부르시는 하나님의 말씀 가까이
가끔 천리향이
홀로 눈뜨고 있는 것을 본다.

—「잠자는 처용」 전문

김춘수는 「잠자는 처용」은 이 시와는 직접적인 관계가 없으며 시적 트릭을 생각하고 붙였다고 한다. 그렇다고 이시가 무의미시가 되지는 않는다. 나(독자)는 자신의 경험과 언어의식에 비추어 다시 의미를 부여한다. 나(독자)는 다시 해석한다.

"잠자는 처용"은 시인 자신의 투사이며 시에서는 "천리향千里香"의 이미지로 드러났구나. "하나님"이라는 형이상학적 실체는 화자를 향해 구원의 손길을 내밀고 있는데 화자는 "잠자는 처용"처럼 현실세계에서 갇혀 있다는 얘기네. 그의 무의식 속의 영혼(Self)은 "천리향"처럼 눈을 떠서 하나님의 소명을 보고 있다는 얘기네.

형이상학이나 구원에 대해 그토록 많은 고민을 했으면서도 김춘수가 시에 표현한 '하나님'이나 예수의 위치는 다소 명확하지 않다. 시집 『남천』에서 '예수를 위한 여섯 편의 소묘'라는 소제목 하에 예수에 관한 시 「마약」, 「아만드 꽃」, 「요보라의 쑥」, 「세 째번 마리아」, 「가나에서의 혼인」, 「겟세마네에서」 등을 선보이고 있다. 김춘수는 기독교나 예수에 경도되어 있으면서도 현실적로는 교회를 가거나 신앙생활을 하지 않은 것으로 알려져 있다. 그는 구원은 제도권의 교회나 종교 이데올루기에 있지 않다고 본 것 같다. 그의 수필을 보면 말과 행동을 같이 한 예수의 양심과 십자가에 박혀서도 고통을 인내한 초인적인 모습이 김춘수의 관심을 끌고 있다.

> 성서의 기록에는 자기의 육체에 박히는 못의 그 아픔 때문에 예수가 의식
> 을 잃었다고는 되어 있지 않다. 그는 까무라치지 않았고 마지막 피 한 방울을
> 다 흘리도록 까지 하느님을 찬미 할 수 있었다고 한다. 초인적인 능력이라고
> 하겠는데, 이 장면을 상상만 해도 현기증이 나는 사람들에게는 하나의 비유
> 로 보이기도 하고, 다른 목적을 위한 허구로 보이기도 한다.[14]

> 예수의 목에는 「유대의 왕」이라고 쓰인 호패가 차여져 있다. 골고다 언덕
> 의 좁은 꼬부라진 길바닥은 당나귀의 분뇨로 범벅이 돼 있다. 경사진 오르막
> 도 있다. 피와 땀이 온 몸을 짓이기고 흙먼지가 눈을 뜨지 못하게 한다. 짊어
> 진 십자가는 무게가 75kg이나 된다. 힘에 부대껴 쓰러지면 그 때마다 누군가
> 가 침을 뱉고 돌을 던진다. 이윽고 느린 박자로 해가 기운다. 멀리 골란 고원
> 을 저녁 이내가 스쳐간다. 이내는 땅 위에 발자국을 남기지 않는다. 발이 없
> 으니까.

— 「계단을 위한 바리에떼」 부분

> 예수가 숨이 끊어질 때 천둥은 치지 않고 느티나무 큰 가지도 부러지지 않
> 았다. 골고다 언덕에는 느티나무가 없다, 해는 너무 달아서 흰 빛을 내고 있
> 다. 예루살렘의 하늘에 그날 밤 늦도록 무지개가 서지도 않았다. 다란 갈릴리
> 호숫가의 뜨거운 햇살이 작은 풀꽃(아만드 꽃이라고 했던가,) 몇 포기 서쪽을
> 바라고 시들게 했다. 그 움푹 파인 언저리 너무 고요하다.

— 「의자를 위한 바리에떼」 부분

인간의 감정은 감정이입(Empathy)의 능력에서 최고조에 달한다. 우
리는 고문 받는 자의 아픔을 보고 내 아픔이 아닌데도 같은 종류의 아
픔을 느낀다. 상상이니까 강도는 다를 것이다. 그러나 그 아픔의 심정

---

14 김춘수, 『왜 나는 시인인가』 현대문학, 2005, 64쪽.

시적 환상과 표현의 불꽃에 갇힌 시와 시인들

은 개인의 과거경험과 연결되어 동일한 심정을 느끼게 한다. 영화를 보고 주인공의 희로애락에 같이 공감하는 능력은 인간이 가상세계를 현실같이 느낄 수 있는 원동력이다. 최근에 거울신경세포(Mirror neuron)가 뇌 안에서 발견되어 과학자들의 관심을 끌고 있다. 감정이입에 대한 과학적인 구조와 설명이 가능해졌다. 김춘수는 신약성경의 스토리가 이성에 반한다고 생각하면서도 이 이야기가 상징이나 우화로서 진실이기를 바란다. 이런 바람과 감정이입이 위 시편들을 낳았다고 나는 생각한다.

신앙과 종교는 매우 어려운 주제이다. 인간의 실존에 필연이면서도 종교만큼 많은 논란을 불러오는 주제도 없다. 내 견해로는 종교에서의 구원은 단순히 제도권의 이데올로기를 충실히 믿는다고 얻어지는 것은 아니다. 기독교 영지주의(Gnosis)는 고대 그리스어로 '앎, 깨날음, 비밀스런 지식을 소유한 사람'이라는 뜻으로, 지성적인 이해를 넘어선 실재實在에 대한 통찰력을 의미한다. 신비한 영역이나 알 수 없는 영역에 대한 지식을 가진 자의 도움(예수와 같은 신성의 지식을 가진 자를 의미한다)에 의해 물질의 악으로부터 벗어나 완전한 깨달음의 세계인 '그노시스(Gnosis)'에 이르는 것을 목표로 한다. '그노시스'는 신비한 영역에서 오는 신적 존재의 '섬광(spark)' 또는 '씨앗(seed)'이 모든 물질과 육체에 깃들어 있다고 본다. 이러한 구원을 13세기 독일 신비주의자 마이스터 에크하르트는 "우리는 모든 사물 속에서 신을 읽어낼 수 있어야 한다. 그리고 인간의 심정은 마음속에, 그리고 온갖 노력 속에, 그리고 사랑 속에 신을 항상 현재하도록 노력하여야 한다."라고 말했다

김춘수가 신비한 인식으로 기독교를 이해하고 구원을 얻었다는 기록과 증거는 없다. 그는 기독교의 상징과 예수의 고난에는 매력을 느

껴 작품을 남겼으나 이는 자신의 육체적 한계상황을 초극하고자 하는 욕망의 투사로서 그렸을 뿐이다. 구원에 대한 갈망이 드러난 것은 시 「잠자는 처용」에서 나오는 "천리향"의 이미지로 암시되는 정도다. 그러나 시인은 어떤 시적 이미지를 추구하다가 자신도 모르는 사이에 영감을 얻고 무의식중에 그 영감을 시로 옮기기도 한다. 사물 = 신이라는 범신론적인 깨달음이 아름다운 시로 나타나 기독교적인 좁은 울타리의 해석이 아닌 확장된 신의 이미지가 나타난 시가 다음 시다. 여기에서 "하나님"을 인도의 '브라만'이나 불교의 '공空'으로 바꾸어도 이 시의 뜻은 훼손되지 않는다. 형이상학적 신비주의 생각을 이 시는 온전히 반영한다.

사랑하는 나의 하나님, 당신은
늙은 비애다.
푸줏간에 걸린 커다란 살점이다.
시인 릴케가 만난
슬라브여자의 마음 속에 갈앉은
놋쇠 항아리다.
손바닥에 못을 박아 줄일 수도 없고 죽지도 않는
사랑하는 나의 하나님, 당신은 또
대낮에도 옷을 벗는 어리디어린
순결이다.
삼월에
젊은 느릅나무 잎새에서 이는
연두빛 바람이다.

—「나의 하나님」 전문

시인이란 언어에 대한 고민과 깨달음 앞에 선 자일까? 수도자나 비의를 추구하는 자는 오히려 시적 표현을 통해 적극적으로 자신의 세계를 표현해야 하지 않을까. 석가가 일생동안 말한 불법의 설명도 모두 은유와 알레고리와 상징을 통한 시적 비유였다. 예수가 '하늘나라'를 설명하는 방법도 모두 비유였다. 언어는 단순히 의사소통의 수단이 아니다. 언어의 구체적인 은유는 세계에 대한 인간의 이해력을 입체적으로 향상시키고 새로운 세계를 창조한다. 김춘수의 「나의 하나님」도 '하나님'이라는 일자를 새로운 비유로 독자에게 제시해서 지금까지 없던 시적 세계를 만들어내고 있다.

6. 새로운 문화 환경과 미래시

시는 고대엔 노래였다. 그런데 지금은 노래는 사라지고 회화적 이미지를 위주로 하는 그림이 되었다. 회화는 이미지와 비유하자면 색채와 빛깔의 음악으로 이루어진다. 시도 음악성이 있는 것은 분명하다. 음악성이 높을수록 시의 본질이나 고대 원형에 더 가깝다. 사람의 뇌는 좌반구가 언어를 다루고 우반구가 노래와 음악을 담당한다고 한다. 시란 그러므로 좌우 뇌를 동시에 사용해서 만들어내는 복잡한 정신활동이다. 김춘수가 관념과 의미를 포기하고자 한 것은 적극적인 해석으로는 '시의 음악'에 복귀하고자 하는 시도였을지도 모른다.

지금은 그리스 시인들이 수금을 타며 시적 영감에 불타서 시를 노래하는 시대가 아니다. 의식은 더욱 복잡해지고 사물에 대한 정보와 해석은 고도의 추상을 요구한다. 추상의 정점에 수학과 시가 서있다. 수학의 방정식은 날로 다차원의 세계인식을 그려내고 있다(예를 들어 세계를 '초끈 이론'으로 해석하는 수학공간은 11차원을 필요로 한다고 한다).

시가 확장된 세계해석모델을 보여주기 위해서는 아마도 더 복잡한 언어적 은유와 상징이 필요하지 않을까. 그 정신적 긴장이 싫어 고대의 리듬이나 음악으로 시를 한정하고자 하는 것은 지금의 문화에서는 일종의 퇴행이다. 이를 음표와 화음이 많은 클래식을 해석하기 싫은 청중이 동요나 민요로 돌아가고자 하는 것에 비유한다면 비약적인 해석일까. 음악은 시에 필요하다. 그러나 음악과 시적 상징의 의미가 다차원적으로 융합하는 시가 확장된 세계해석에 필요한(정서상의 단순한 위로나 언어의 기호놀이가 아닌) 시의 미래라고 나는 생각한다. 시 작품에서 의미를 전하는 산문적 요소를 없애고 순수하게 감동을 일으키는 정서적 요소만으로 쓴 시 소위 발레리의 '순수시'라는 것도 실험에 그쳤다. 김춘수가 실험한 '무의미'는 보다 큰 '의미'의 시에 포함되며 시는 통합예술로 진화하는 중이다. 그의 실험이 시란 무언인가의 반성을 제시하였다는 점에서는 무의미하지는 않다. 나도 이 글을 쓰면서 시의 양상을 다시 깊이 생각해보는 계기가 되었다. 시의 형식이 무엇이든 간에 시의 원형 포에지(Poesie)는 사라지지 않는다. 새로운 문화 환경에서 나타날 미래시의 형식과 내용이 나는 궁금하다.

"행간行間의 장미"를 추구한 눈물 시인

박용래론

1. 눈물의 해석

'열사는 슬픔이 많고 미인은 눈물이 많다'고 한다. 일제 시대 독립 운동을 하던 우국지사의 생애를 요약한 것 같지만 이와는 다른 눈물이 있으니 박용래 시인의 눈물이 그것이다. 나같이 눈물이 많지 않은 사람도 눈물에 젖어 바라보는 세상과 사물은 확실히 일상사의 풍경과는 다르다(어릴 때는 작품이나 사물의 감동으로 흘렸던 눈물의 의미를 알았던 적이 있었으나 성인이 되어 사물을 바라보는 눈이 강고強固해지면서 눈물로 이해하는 세상의 의미는 희미해졌다).

많지 않은 박용래 시인의 시 전편을 읽어보면서 다시 느낀 점은 그의 눈물이 묻은 사물의 풍경은 마약이나 술에 취해 바라보는 일상의 일탈과도 유사하다는 점이었다. 고흐의 그림을 보면 화폭에 흐르는 색감이 일상과는 다른 색깔이기에 광기가 느껴진다. 생 레미 병원에서 정신분열에 의한 자살로 마친 그의 생애는 사물의 색감이 달리 보이는 병을 앓고 있었다는 연구도 있다. 마찬가지로 박용래 시인이 눈물에 젖은 눈으로 보는 세상은 그만의 광기였다는 점을 말하고 싶다 (고흐처럼 격렬한 광기가 아니라 박용래의 슬픔이 스며 있는 소박한 광기이다).

박용래의 눈물에 대해서는 여러 일화와 증언이 있다. 박용래 시인이 타계한 후 나온 시집 『먼 바다』(창비, 1984) 부록에 실린 이문구의 「박용래 약전略傳」을 인용해본다.

> (……) 그로 하여금 눈물을 자아내게 한 것은 삶의 부질없음, 누리는 것의 덧 없음, 헤어짐이 속절 없음 따위, 인생의 유전流轉에서 오는 삼재팔난三災八難이 아니었다.
> 그는 자주 울었다. 내가 울지 않던 그를 두 번밖에 못 보았을 정도로 그리 흔히 울었다.
> 모든 아름다운 것들은 언제나 그의 눈물을 불렀다. 갸륵한 것, 어여쁜 것, 소박한 것, 조촐한 것, 조용한 것, 알뜰한 것, 인간의 손을 안탄 것, 문명의 때가 아니 묻은 것, 임자가 없는 것, 아무렇게나 버려진 것, 갓 태어난 것, 저절로 묵은 것…… 그러기에 그는 한 떨기의 풀꽃, 한 그루의 다복솔, 고목의 까치둥지, 시래기 삶는 냄새, 오지굴뚝의 청솔타는 연기, 보리누름철의 밭종다리 울음, 삘기 배동 오르는 논두렁의 미류나무 호드기 소리, 뒷간 지붕위의 호박넝쿨, 심지어는 찔레덤불에 낀 진딧물까지, 그는 누리의 온갖 생령生靈에서 천체의 흔적에 이르도록 사랑하지 않은 것이 없었다. 사랑스러운 것들을 만날 적마다 눈시울을 붉히지 않은 때가 없었다.[1]

유명한 시 「九節草」에는 아름다움으로 인한 눈물의 미학이 스며들어 있다.

---

1 이문구, 「박용래 약전略傳」, 『먼 바다』, 창비, 1984, 235쪽.

누이야 가을이 오는 길목 구절초 매디매디 나부끼는 사랑아
내 고장 부소산 기슭에 지천으로 피는 사랑아
뿌리를 대려서 약으로도 먹던 기억
여학생이 부르면 마아가렛
여름모자 차양이 숨었는 꽃
단추 구멍에 달아도 머리핀 대신 꽂아도 좋을 사랑아
여우가 우는 秋分 도깨비불이 스러진 자리에 피는 사랑아
누이야 가을이 오는 길목 매디매디 눈물 비친 사랑아

―「九節草」 전문

　짧은 단어의 시형詩型을 고집한 여타 시와는 달리 산문시 형태를 취했지만 운율에 스며 있는 절제미는 여전하다. 내 주관이지만 이 시는 송수권 시인의 출세작 「산문에 기대어」의 원형原型심상으로도 보일 만큼 이미지와 운율이 잘 조화된 시다. 눈물은 고통과 설움이 아닌 아름다움으로 세상을 보는 다리 역할을 하고 있다. 시란 결국 사물의 표상인 단어와 단어의 관계를 드러내는 일이다. 문제는 어떤 관계를 드러내야 하는가이다. 시는 주체의 정신에 관여하는 타자의 존재를 드러내는 일이라고 한다. 메를로 퐁티는 '개념 언어로는 존재의 의미를 온전하게 드러낼 수 없다'고 말했다. '가시적인 세계에 속해 있으면서도 보이지 않게 은폐되어 있는 지각차원의 비가시적인 존재의미'는 '예술이 저의 가시적인 배치구조 속에서 우리에게 내보이고 있는 의미'로서 드러난다고 주장한다. 쉽게 말하면 시(예술)는 사물의 어두운 침묵 같은 의미를 행간에 포함하고 있으며 독자는 드러난 의미로서 보이지 않는 의미를 느낀다. 물론 작가가 먼저 느끼고 작가가 표현한 작품의 구조 안에서 독자는 재해석으로 느낀다.

　박용래 시인이 '들꽃처럼 피어나는 마음'으로 사물 간에 다리를 놓은 무기가 눈물이다. 눈물은 생리학적으로는 눈을 보호하기 위한 기

전이지만 슬플 때에 다량의 눈물이 나오는 이유는 확실히 알려져 있지 않다. 정신의 카타르시스와 관계한다는 정도만 알려져 있다. 시도 인간 정신의 카타르시스 작용이 있으므로 그 면에서는 시는 눈물과 상통하며 둘 다 비일상적인 의식 상태와 관계한다. 사물은 그 존재의 미를 일상적인 의식에서는 일상적인 모습으로 비일상적인 의식에서는 비일상적인 모습으로 드러낸다. 인간의 마음이 보고자 하는 대로 구미호 같은 모습을 드러내지만 어느 모습이 사물의 참다운 모습인가는 정의할 수 없다. 그러나 예술가는 시(Poesie)의 상태가 사물의 진실한 모습을 드러낸다고 믿는 사람이고 박용래는 시/눈물로 바라본 사물이 진실이라고 믿은 시인이라고 말할 수 있다.

눈물이 많았던 시인이었으나 박재삼의 「울음이 타는 강」의 눈물처럼 시의 전면에 화려하게 나서지는 않는다. 박용래의 눈물은 절제된 감정과 지적인 통제 아래 드러난다.

꿈꾸는
아가 눈 밑에 깨알
점 하나
잠자는
아빠 눈 밑에 깨알
점 하나
샘가,
확독에
백년이 흘러
섬돌에 맨드라미 피는 날
맨드라미 꽃판에
깨알점
한 됫박

눈물받이 눈물점

—「점 하나」 전문

아가와 아빠의 눈 밑에 있는 점을 이미지로 대비시키고 "샘가,/ 확독에/ 백년이 흘러"로 긴 세월이 흐른 시간을 암시한 후 "섬돌에 맨드라미 피는 날/ 맨드라미 꽃판에/ 깨알점/ 한 됫박"의 이미지를 다시 병치시켰다. 시인은 인간의 눈 아래 점과 맨드라미의 꽃씨의 점과 관계를 유추(analogy)로 드러내고 있다. 박용래 시인에 의하면 이 모두가 "눈물받이"로서의 "눈물점"이다. 살아 있는 존재란 눈물을 흘리는 존재이며 눈물로서 정체성을 드러낸다는 암시이다.

이 시에서는 "확독에/ 백년이 흘러"라는 표현이 지금과 과거의 존재 모두가 생명은 눈물을 흘려왔고 지금도 흘리고 있음을 암시한다. 시인의 무의식이 드러낸 비유이겠지만 "맨드라미 꽃판에/ 깨알점/ 한 됫박"의 표현이 식물은 인간보다 많은 눈물을 흘려야 하는 존재라는 점을 강조한다.

이런 지적인 절제의 표현에도 불구하고 사생활은 눈물로 반죽을 하고 사는 시인이었다. 역시 이문구 작가가 쓴 에피소드에 이 일화가 생동감 있게 그려져 있다.

> "차가 두만강 철교를 근너가는디…… 오! 두만강…… 오, 두만강! 내 눈에는 무엇이 보였것네? 눈! 그저 눈! 쌓인 눈, 쌓이는 눈…… 아무것도 안 보이고 눈 천지더라. 그 눈을 쳐다보는 내 마음은 워땠것네? 이 내 심정이 워땠겄어?"
>
> "워땠는지 내라 봤으야 알지유."
>
> "그러냐. 야, 너두 되게 한심하구나야. 그래가지구 무슨 문학을 헌다구. 나는……나는 울었다. 그냥 울었다. 두만강 눈송이를 바라보며 한없이 그냥 울었단 말여……"

어느덧 그의 양어깨에 두만강의 물너울이 실리면서 두 볼에는 강이 흐르고 있었다. 식민지 시대의 두만강이 흐르고 있었다.

"오, 두만강…… 오, 두만강의 눈…… 오…… 오……"

그는 아침 아홉시 반부터 두만강을 부르며 울기 시작하여, 그날 밤 9시 반 넘어 여관방에 쓰러져 꿈결에 '두만강의 뱃노래'를 부를 수 있게 되기까지 쉬지 않고 울었다.[2]

2. '꿈속의 꿈'에 사는 박용래

교과서나 참고서에 나오는 박용래의 시의 해설을 보면 천편일률적이다. '한자어를 배제한 고유어의 사용, 향토적 서정에 바탕을 둔 비유, 쉼표와 의태어의 적절한 사용, 그리고 감정이입의 방법으로 시적 효과를 높이고 있다'는 해석이 그것이다. 한 시인을 들여다보고 해석하는데 이런 식의 수박 겉 핥기로는 박용래의 참모습을 들여다볼 수 없다. 박용래의 다음 시를 가지고 그가 사물을 바라보는 시적인 눈을 함께 공유해보기로 한다.

> 중학교 하급반 땐 온실 당번였어라. 질펀히 진눈깨비라도 오는 늦은 下午라치면 겨운 석탄桶 들고 비틀대던 몇 발자국 안의 설핏한 어둠. 지우고 지워진 지 오래건만 강술 한잔에 떠오누나. 바자 두른 온실 二重窓에 볼 비비며 눈 속에 벙그던 히야신스랑 福壽草랑 오랑캐꽃 빛깔의 指紋, 또 하나의 나. 오 비틀거리며 떠오누나. 바랜 트럼펫의 흐느낌
>
> —언뜻 어제 등에 업혀 가던 사람.
>
> —「진눈깨비」 전문

박용래에게 시란 비일상적인 의식 아래 만들어지는 창작이다. 대표

---

2 위의 글, 237쪽.

작인 「저녁 눈」도 눈이 내리는 마굿간을 배경으로 만들어진 것처럼 이 시도 온실 당번인 중학교시절에 내린 진눈깨비의 추억 아래 창작되었다. 강술(깡술인가 했더니 차조와 누룩으로 밀가루 반죽처럼 되게 오메기떡을 만들어 즉석에서 물에 타서 마시는 술이라고 한다. 한마디로 독한 술로 이해하면 되겠다)에 영화처럼 떠오른 풍경은 "히야신스랑 福壽草랑 오랑캐꽃 빛깔의 指紋"이다. 시 속의 화자인 "또 하나의 나"는 술에 취하고 시에 취해 "오 비틀거리며 떠오누나"의 시행처럼 몽환夢幻에 젖은 마음은 "트럼펫의 흐느낌"이라는 청각이미지로 변이된다. 마지막 행이 좀 모호하다. "—언뜻 어제 등에 업혀 가던 사람"은 화자의 투사인데 이런 심상이 갑자기 떠올랐다는 뜻인지 꿈꾸는 화자는 현실의 등에 업혀가는 존재라는 결론인지 작자의 해석이 좀 필요한데 돌아가시고 안계시니…….

    地上은 온통 꽃더미 沙汰인데
    진달래 철쭉이 한창인데
    꿈속의 꿈은
    모르는 거리를 가노라
    머리칼 날리며
    끊어진 弦 부여안고
    가도가도 보이잖는 出口
    접시물에 빠진 한 마리 파리
    파리 한 마리의 나래짓여라
    꿈속의 꿈은

    地上은 온통 꽃더미 沙汰인데
    살구꽃 오얏꽃 한창인데

—「꿈속의 꿈」 전문

꽃이 핀 봄은 현실의 풍경이지만 박용래에게는 "꿈속의 꿈"의 풍경이다. 이 세계란 거대한 꿈이며 우리가 사는 현실이란 거대한 꿈속의 작은 꿈이라는 암유暗喩가 들어가 있다. 그 안에 갇힌 화자의 일생이란 "접시물에 빠진 한 마리 파리/ 파리 한 마리의 나래짓여라"라는 장자적 세계관을 보여주고 있다. '장자의 나비'와 모티브가 같은데 장자의 나비가 꿈과 현실(역시 꿈)을 오가는 자유로운 사물의 존재와 운동을 드러냈다면 이 시의 파리는 접시물에 빠져서 "出口"가 없는 상황을 보여준다. 박용래의 정신 경지가 장자만큼 초월경지에 이르지 못한 모습이지만 꿈에 갇힌 시인의 슬픈 마음은 "地上은 온통 꽃더미 沙汰"라는 풍경/꿈의 상황과 대비되어 더 슬프게 다가온다. '장자의 나비'는 표현의 아름다움을 드러낸 시이면서 동시에 세계와 사물의 진리를 드러낸 언술이기에 철학이 된다. 시가 세계와 사물의 진리를 드러낸 언술이 아니라는 뜻은 아니다. 시는 세계와 사물의 진리인 원관념이 숨고 보조관념인 표현만 드러내는 암유暗喩일 때 시가 된다. 이 시는 소박하지만 박용래를 눈물에 젖은 감정이입의 방법으로 사물을 해석했다고 단순히 볼 수 없게 만드는 시다.

3. 환상으로 덧칠해서 보는 이상향

박용래의 시는 주로 자연에서 본(어린 날의 시골에서 자란 체험이 녹아 있다) 사물과 풍경을 간결한 이미지의 수법으로 그려내는 데 있다. 그 풍경들은 현실에서 멀어져 있는 유토피아의 풍경이기에 동경과 원망願望이 스며 있는 이미지이다. 유토피아의 사전적 정의는 '현실에서는 존재하는 않는 이상향'이지만 인간이 유토피아를 꿈꿀 때는 현세와의 시간적, 공간적 연속선상에서 꿈꾼다. 불교의 극락과 기독교의 천국은 영혼이 가는 곳인데도 인간의 육체가 거주하는 것처럼 상상이 이루어지는 것을 보면 이상향이란 '지금 여기'의 현실과 관계가 있다. 육체(혹은 영혼)가 긴 시간을 걸어가면(시간을 역으로 돌려 어머니의 자궁으로 돌아가도 마찬가지이다) 언제인가는 그 장소에 도달할 수 있다는 믿음이 깔려 있다. 박용래의 무의식에는 미래의 행복과 비전이 보이지 않는다. 그의 유토피아는 지금 현실에서는 사라져버린 과거의 어린 시절에 있다.

> 머리가 마늘쪽같이 생긴 고향의 少女와
> 한여름을 알몸으로 사는 고향의 少年과
> 같이 낯이 설어도 사랑스러운 들길이 있다
>
> 그 길에 아지랑이가 피듯 태양이 타듯
> 제비가 날듯 길을 따라 물이 흐르듯 그렇게
> 그렇게
>
> 天然히
>
> 울타리 밖에도 花草를 심는 마을이 있다
> 오래오래 殘光이 부신 마을이 있다
> 밤이면 더 많이 별이 뜨는 마을이 있다.

—「울타리 밖」 전문

박용래의 시의식은 '지금 여기'의 현실이 있는 울타리 안에서는 미학이 이루어지지 않는다. 그가 아름다움을 느끼는 장소는 현실 밖(시 제목이 암시하듯 「울타리 밖」)이다. 위 시에서 화자가 바라보는 시점은 어린 날이다. "밤이면 더 많이 별이 뜨는 마을"은 지금 현실에서도 별은 뜨지만 과거에는 인간의 이상과 아름다움을 상징하는 별이 더 많이 떠서 황홀한 세계였다고 말을 하고 있다. 도연명의 『도화원기桃花原記』에 나오는 스토리와 비슷하지 않은가? 『도화원기』를 인용해보면 '어느 날 어부가 고기를 잡기 위해 강을 거슬러 올라갔다. 한참을 가다보니 물위로 복숭아 꽃잎이 떠내려 오는데 향기롭기 그지없었다. 향기에 취해 꽃잎을 따라가다 보니 문득 앞에 커다란 산이 가로막고 있는데 양쪽으로 복숭아꽃이 만발하였다. 계곡 밑의 동굴을 지나가니 그곳에는 너른 땅과 기름진 논밭, 풍요로운 마을과 뽕나무, 대나무밭 등 이 세상 어느 곳에서도 볼 수 없는 아름다운 풍경이 펼쳐 있었다.'는 내용이다.

『도화원기』에서 강이란 시간의 상징이고 시간을 거슬러 올라가 황금시대의 이상향을 만나는 플롯이 아름답다. 박용래에게도 시인의 황금시절은 "머리가 마늘쪽같이 생긴 고향의 少女와/ 한여름을 알몸으로 사는 고향의 少年"이 사는 과거의 고향이다. 다음 시 「月暈」에도 첩첩산중에 사는 노인의 삶이 그려져 있다. 월훈은 달무리인데 사물을 신비롭게 하는 후광과 심상이 맞물려 있다. 노인(박용래 자신의 투사)이 사람의 인적이 없는 산중에서 달무리의 아름다움이 깃든 사물을 보면서 사는 청빈생활을 이상향으로 묘사하고 있어 『도화원기』와 같은 주제를 말한다.

첩첩 山中에도 없는 마을이 여긴 있습니다. 잎 진 사잇길 저 모래뚝, 그 너머 江기슭에서도 보이진 않습니다. 허방다리 들어내면 보이는 마을.

坑 속 같은 마을. 꼴깍, 해가, 노루꼬리 해가 지면 집집마다 봉당에 불을 켜지요. 콩깍지, 콩깍지처럼 후미진 외딴집, 외딴집에도 불빛은 앉아 이슥토록 창문은 木瓜빛입니다.

기인 밤입니다. 외딴집 老人은 홀로 잠이 깨어 출출한 나머지 무우를 깎기도 하고 고구마를 깎다, 문득 바람도 없는데 시나브로 풀려 풀려내리는 짚단, 짚오라기의 설레임을 듣습니다. 귀를 모으고 듣지요. 후루룩 후루룩 처마깃

에 나래 묻는 이름 모를 새, 새들의 溫氣를 생각합니다. 숨을 죽이고 생각하
지요.

　참 오래오래, 老人의 자리맡에 밭은 기침소리도 없을 양이면 벽 속에서 겨
울 귀뚜라미는 울지요. 떼를 지어 웁니다, 벽이 무너지라고 웁니다.

　어느덧 밖에는 눈발이라도 치는지, 펄펄 함박눈이라도 흩날리는지, 창호지
문살에 돋는 月暈.

—「月暈」 전문

4. 현실과 일상의 틈으로 스며나오는 무의식/미의식

　일상인은 과거의 희로애락을 무의식으로 보내고 현재의 상황에 주
의 집중하는 삶을 살도록 되어 있다(가혹한 현실 상황 아래에서는 더
욱 그렇다). 그러나 박용래의 시적인 눈은 사열찬 현실과는 거리가 있
는 사소한 상황이나 사물에 미학을 느낀다. 라깡은 사물을 욕망하는
주체의 '주이상스'를 말하였다. 삶의 목표나 욕망대상으로서의 타자
는 상상계와 상징계에서 각각 다른 모습의 가면을 쓰고 나타나지만
박용래에게는 사회가 인정하는 대타자로서의 '지위와 인격과 부' 같은
목표나 야심이 보이지 않는다. 그가 추구하는 대상은 너와 나의 구분
이 없는 황홀경으로서의 꿈, 환상 같은 상상계의 이미지이다. 그가 현
실의 상황을 리얼하게 그린 다음 시에도 그의 마음은 상징계의 현실
이 아닌 상상계의 이미지에 마음을 빼앗기고 있다.

　수숫대 앙상한 육·이오의 하늘. 어쩌다 襤褸를 걸치고 내 먹이 위해, 半裸
의 거리 변두리에 주둔한 미군부대의 차단한 病棟, 한낱 사역부로 있을 때.
하루는 저물녘 동부전선에선가 후송해온 나어린 異國兵士. 그의 얄팍한 수첩
갈피에서 본, 접힌 나비 모양의 꽃이파리 한 잎. 수줍은 듯 살포시 펼쳐보이
던 떨리던 손의 꽃이파리 한 잎. 어쩌면 따를 가르는 포화 속에서도 그가 그

제
1
부

107

린 건 한 점 풀꽃였던가. 어쩌면 자욱히 화약냄새 걷히는 황토밭에서 문득 누이를 보았는가. 한 포기 제비꽃에 어린 날의 추억도. 흡사 하늘이 하나이듯. 그날의 차단한 病棟, 흐릿한 야전침대 머리의 한 줄기 불빛, 연보라의 미소.

—「제비꽃 2」 전문

육·이오라는 전쟁 상황에서 화자는 남루한 옷을 걸치고 미군부대의 병동에서 사역을 하고 있다. 화자는 부상을 입은 미군병사의 "얄팍한 수첩 갈피에서" "접힌 나비 모양의 꽃 이파리 한 잎"을 보고 있다. 화자는 꽃 이파리에서 "풀꽃"을 "황토밭에서 문득 누이"를 본다. 박용래는 현실(상징계)을 뚫고 들어오는 꿈(상상계)으로서의 사물에 마음을 빼앗기고 있다. 극한 현실에서 권력이나 부로 몸을 보호하고자 하는 현실가의 눈으로는 이해가 어려운 상황이다. 그에게 사람이 죽어가는 전쟁병동에서 "제비꽃"의 "연보라의 미소"를 바라보고 있는 시인의 눈이란 덜 된 상상계 아이의 눈일 것이다. 그러나 시는 라깡의 해석대로 하면 꿈(상상)으로서 현실(상징)을 전복하고자 하는 실재계의 욕망이다. 죽음이라는 유일한 실재가 인간의 무의식에서 거주하면서 상상과 상징계를 전복하고 결국은 무로 돌아가는 순환이 인간의 가없은 삶이다. 시인은 가상으로서의 삶(전쟁상황)을 순간적으로 뚫고 들어오는 무의식의 정체(제비꽃)를 흘낏 보고 영원한 현실인 죽음의 다른 모습에 매혹된다.

하루에 몇 번 무릎 세우겠구나, 머언 기적 소리에. 네가 띄운 사연, 行間의 장미 웃고 있다만. 그리던 방학에도 내려오지 못하는 燕아. 너는 일하는 베짱이 화가 지망의 겨울 베짱이. 오 이건 쫌쫌 네가 가을볕에 짜준 쥐색帽. —室內帽로 감싸는 아빠의 齒痛. 오 이건 닿을데 없는 애틋한 아빠의 子正의 獨白. 燕아, 네가 띄운 사연, 行間의 장미 웃고 있다만.

—「行間의 장미」 전문

'시란 드러난 표현이 아니라 행간의 표현을 보는 것이다'라는 명제가 있기에 이 시를 골랐다. 제목 "行間의 장미"가 암시하듯 박용래가 드러내고자 하는 주제는 행간行間의 장미이다. 현실에서 없는 장미이므로 추상과 관념인데 이 시는 드러난 의미로서의 표현 "방학에도 내려오지 못하는 燕"(미술공부를 하던 딸의 이름이다), 딸이 짜준 "쥐색帽", "室內帽로 감싸는 아빠의 치통", "자정의 독백" 같은 이미지들이 전부 '행간의 장미'를 드러내기 위해 동원되었다. 이런 구체적인 상황 때문에 독자는 '행간의 장미'라는 추상이자 꿈이 현실에서는 무수한 타자의 가면을 쓰고 있다는 시인의 암시를 읽는다. 이 시처럼 박용래에게는 사물이란 플라톤의 '이데아'처럼 드러나지 않는 실재의 그림자이다. 박용래가 생각하는 드러나지 않은 실재의 모습? 나는 사물 사이에 있는 몽환夢幻으로서의 눈물이나 꿈의 옷을 입고 박용래에게 현시되었다고 생각한다.

5. 시의 바다 밑 어둠과 깊이의 풍경

박용래는 일상인으로서의 현실에서 비껴 살았다. 강경상고를 수석으로 졸업하고 취직한 조선은행(한국은행 전신)을 집어치우고 1946년에 취직한 계룡학숙鷄龍學塾도 얼마 못 가 사직하고 전원생활을 동경해서 시작한 '농장 더부살이'도 50일 만에 그쳤다. 다시 분필을 잡은 대전의 불교재단인 보문중학교의 교편도 잠시 동안이었다. 상경해서 '창조사'라는 출판업체에 교정원 노릇도 하고 다시 내려와 대전철도학교에 일자리를 얻었으나 도립병원 간호원으로 일하던 부인과 결혼 즈음에 『현대문학』에 박두진 시인의 추천으로 등단하자 전업시인이고자 이마저 사퇴했다. 별수 없이 부인 이태준 여사가 부업으로 조산소까지 열어 가계를 꾸려나갔다고 한다. 현실인으로서는 낙제였으나 그는 시인으로서의 자부심이 대단했다. 이문구 작가가 언제인가 '박 선생은 호서湖西의 대표적인 시인이시니까' 로 무심히 말문을 열었다가 다음과 같은 호통을 들었다고 한다. "야 임마! 한국의 대표시인도 션찮은디 호섯지방? 이런 싸가지 읊는 놈 보게. 야, 니가 원제버텀 이문구간디 그렇게 변했네? 워느 결에 벌써 그리 변헌 겨? 세월 참 이르다 일러……."3 이런 일화도 있다. 이문구 작가가 옥천이 고향인 시인과 유람하다가 대전역에서 막차를 놓쳐 박용래 시인을 목척교 옆의 탁배기집에서 불러 모셨다. 소개한 시인이 옥천의 풍경자랑을 하자 박용래는 "산 좋고 물 좋은 것은 어느 두메나 일반인데 시인이 고향을 처들면서 어떻게 물경풍치物景風致만을 떠들 수 있는가. 그런 것은 관광객에게 맡기고 시인이라면 모름지기 자기 고을이 배출한 시인부터 기리는 것이 마땅하지 않은가. (……) 내가 옥천을 기억하는 건 오로지 시인 정지용을 낳은 땅이기 때문이오."라고 바로잡았다. 이때 문제의 시인이 "그런가요? 나는 정지용이가 우리게 사람인 줄도 몰랐네……"4 라고 말하자 박용래가 술잔을 벽에다 던져버렸다. "야, 이문구 너 정말 한심하구나. 너는 이런 것밖에 친구가 읊네? 정지용이 제 고향 선배인 줄도 모르는 이런 무녀리두 시인 명색이라고 하냥 댕기는 겨? 이런 것두 사람이라고 마주 앉어 술 마시네?"5라고 일갈하고 자리를 박차고 나갔다. 이문구 작가가 다른 술집으로 모시고 공자 왈 맹자 왈 앞뒤를 변명했지만 박용래는 저녁 내내 옹이진 마음을 풀지 않았다고 한다.

---

3 위의 글, 233쪽.
4 위의 글, 234쪽.
5 위의 글, 234쪽.

문단에 떠도는 박용래의 여러 일화와 기행이 많다. 그가 현실인이 아닌 꿈의 인간임을 증거하는 대목들인데 출처가 반듯하지 않은 일화를 일일이 소개하는 일은 피하고 다시 작품으로 돌아가보자.

『현대시학』 제정 제1회 작품상 수상작인 「저녁 눈」은 그의 대표작으로 알려져 있고 박용래가 술에 의한 지병으로 사망한 후 대전시 보문산 사정공원에 세운 시비詩碑에도 이 작품이 새겨졌다.

> 늦은 저녁 때 오는 눈발은 말집 호롱불 밑에 붐비다.
>
> 늦은 저녁 때 오는 눈발은 조랑말 발굽 밑에 붐비다
>
> 늦은 저녁 때 오는 눈발은 여물 써는 소리에 붐비다.
>
> 늦은 저녁 때 오는 눈발은 변두리 빈터만 다니며 붐비다
>
> —「저녁 눈」 전문

나는 이 작품을 고등학교 때 문학 선배들이 박 시인의 수상소식에 흥분해서 소개하기에 옆 눈으로 훔쳐 보아 처음 대했다. 견습 시인 지망생의 눈에도 이 작품은 구도와 주제가 선명해서 선배들의 관념적인 신춘문예용 습작시와는 달리 이해가 빨리 되었다. '이런 정도는 나도 쓸 수 있을텐데……' 그때의 철없는 생각이 치기만만하게 시를 내려다보았다. 나는 '조금만 기다려라 내가 박용래 이상으로 유명해지리라'고 혼자 생각했다. 그때부터 40년이 지났다(40대에 시작詩作을 쉰 10년을 제해도 문학에 입문한지 30년이다). 박용래는 만 55세가 되어 죽었고 나는 방금 만 55세를 통과했다. 나는 아직도 박용래만큼 유명하지 않으니 이 작품을 능가한 작품을 쓰지 못한 것이 분명하다.

무엇이 이 소품이 사람들의 마음을 사로잡고 평생을 고투한 박용래

시의 높이뛰기에서 기록된 작품으로 인정해주는가를 생각해본다. 이미지는 "늦은 저녁 때 오는 눈발"과 "말집 호롱불", "조랑말 발굽"과 "여물 써는 소리", 그리고 "변두리 빈터" 등 다섯 개에 "붐비다"는 반복서술어가 전부다. 시의 이미지로는 자화자찬이겠지만 내가 훨씬 화려하고 무거운 이미지를 쓰고 있다. '시는 운율에 이미지를 얹은 것이다'라는 옥타비아 빠스의 정의에 충실한 이 시는 아름답지만 여전히 소박하다. 그러나 나는 박용래가 꿈의 인간임을 이미 얘기했고 무의식인 꿈의 세계를 현실처럼 산 그의 삶과 눈이 이 시의 행간에 "行間의 장미"처럼 들어가 있다고 생각한다. 나는 긴 서사를 많은 이미지를 동원해 쓰고 있으니 할 말을 다 늘어놓는 시인이고 박용래는 긴 서사를 모두 생략하고 바다 위의 빙산처럼 짧은 표현으로 바다 밑의 세계를 암시하고 있다. 이 시의 바다 밑 어둠과 깊이의 풍경을 고등학교 때는 잘 몰랐으나 눈이 침침해진 지금의 나이에는 어렴풋이 보인다. 시의 운율과 운율 사이, 이미지와 이미지 사이에 들어가 있는 보이지 않는 풍경을 마음으로 들여다보는 법을 배웠기에.

빛과 어둠의 장엄미사,
공명마법共鳴魔法을 위한 시

조정권론

시인론이지만 나는 조정권 시인을 개인적으로 잘 알지 못한다. 내가 지방에 있기도 하지만 문단에 나와서도 서울 출입이 적었고 오랜 휴지 끝에 다시 문단에 나와서 2002년 후 발표된 잡지에서 시 일부를 보고 최근 문단행사에서 2~3번 본 것이 전부다. 그러므로 개인적인 성장 배경이나 문학 환경에 의한 고찰과는 무관하게 작품만 가지고 시인론을 써야 하는 한계에 갇힌다. 그렇지만 시인에 대한 선입관 없이 시인의 시혼詩魂을 밝혀내는 작업은 유리할 것 같다. 물론 내 사유와 해석의 거울에 비친 시들이며 내 주관에 갇힌 시들이다. 내 정신과 시인의 혼이 얼마나 깊은 대화를 나눌 수 있는가는 전적으로 나에게 달렸다. 내가 읽어내지 못한 부분을 독자들이 대신 읽어낼 수도 있으리라 생각한다. 시인과 나와 독자들의 의식이 서로를 비추고 있는 삼중 거울이 있고 시의 주제와 이미지가 있는데 거울이 서로를 복사하면서 만들어낸 시의 만화경이 화려하고 아름답기를 기도하자. 내가 거울을 흔들어 만들어진 시의 해석은 우연이라는 가면을 쓴 필연의 힘에 기댈 수밖에 없으므로.

시집 『산정묘지』에 기록된 조 시인의 약력은 1949년 서울 출생이며 1979년 박목월 시인의 추천으로 『현대시학』을 통해 등단하였음을 기록한다. 조 시인은 1977~1983년도에 예술종합지 『공간』의 주간으로 일했는데 이 시기는 내가 83년도에 『서울신문』으로 등단하기까지 시를 제법 열심히 공부하던 시기이다. 서점에서 건축잡지인 줄 알고 『공간』을 집었다가 건축뿐만 아니라 미학과 철학의 사유가 있는 잡지여서 한동안 내가 열심히 보았다. 먼 기억이지만 건축이 공간의 연장이라는 글들을 본 것 같다. '공간空間' 이라는 사유이자 실체가(인식에 잡힌 심리적 실체와 물리적 실체의 경계가 애매하다) 나라는 존재의 실존에 파고들었는데 『공간의 역사』를 나중에 공부하게 하는 계기도 되었다. 이 잡지는 미학에 경도된 잡지라는 인상이 남아 있다. 아마도 조 시인의 취향이 아니었을까.

시인은 주요 시집과 함께 중요한 상도 수상했다. 상이란 시인의 시력詩歷을 일차적으로 대변하는 얼굴이겠지만 이 글은 시인의 정신과 내면을 밝혀보려는 시도이므로 대외적인 시력보다는 시집을 중심으로 이야기한다. 『산정묘지』(민음사, 1991), 『신성한 숲』(문학과지성사, 1994), 『떠도는 몸들』(창비, 2005)을 대상으로 한정하였다. 시인의 후기시가 시인의 시적 성취를 반영하고 있다는 세간의 비평도 참고하였지만 고백하자면 인터넷에서 구할 수 있는 시집이 이 세 권뿐이었다. 그러나 이 세 권의 시집을 읽는 일은 만만치 않았다. 시인의 사유가 응축된 시들을 한 권도 어려운데 세 권씩이나 독파해야 하다니 단테의 『신곡』을 마주하였을 때의 난감함이 떠올랐다.

1. 세계와 인생관

세계라는 현상이 왜 있는지, 생명의 신비는 어떻게 시작되었으며 인간은 에너지의 운동과 조합으로 나타났다가 사라지는 거품 존재인지, 역사는 진보하는지, 삶의 의미와 가치는(이 용어가 마음에 안 들면 기쁨과 희열로 대치하자) 어떻게 찾아야 하는지. 철학자마다 과학자마다 시인마다 주관과 신념이 다르지만 그 어떤 가설도 전체를 충족하는 답은 없다. 전체의 부분인(시공간의 무한성에 비추어 소름이 끼칠 정도로 유한한) 인간으로서는 백년 수명의 뇌세포와(체세포와 장기까지 넣어주자. 인디언들은 몸도 생각한다고 주장하므로) 지구 환경과의 조우가 만들어내는 감각관계의 범주에 갇혀 있다. 선인들의 경험시간을 다소 늘려보았자 오천 년 역사기록이며 감각의 외연을 확대해보았자 전파망원경과 전자현미경의 배율 안에 갇힌 시야이다.[1] 인류 문화에 국한하고 인간 삶의 입장에서만 바라보기로 했을 때 유한 인간이 삶의 불안에 처방한 답은 무한 존재인 세계를 자기편으로 만드는 일이다.[2] 죽음을 포함한 세계와의 동일시는 전체 속에 부분을 귀속하는 일인데[3] 한 인간이자 시인으로서의 조정권이 세계에 내린 해석

---

[1] 중등시절에는 인간의 지성이 우주의 만 분의 일쯤은 이해하고 있으리라 생각했으나 지금은 10의 100승이나 1000승의 분지 일로 줄어들었으며 앞으로 과학의 시야가 넓어질수록 분모는 더 커지리라 생각한다.

[2] 아기가 태어나는 환경은 절대적인 의존으로 각인된다. 어머니와 고향을 자기편으로 만들지 못하면 아기는 죽어야 하기 때문에 생의 마지막까지 어머니와 고향은 심리적 유토피아이다.

[3] 내 생각이지만 對自의식을 가진 인간이 세계를 이런 형식으로 보는 이유는 실제세계의 부분집합으로서의 관련가능성이 있다. 실제란 인간의 의식모델이라는 인지학자들의 주장이 있지만 세계 자체를 원본으로 한 인간해석의 유용성을 부정하면 인간은 벌써 세계운동과의 충돌로 멸종되었으리라 생각한다. 지도가 영토는 아니지만 영토의 얼개를 구성하고 있으며 유용하다

을 다음 시에서 들어보기로 한다.

한때는 눈비의 형상으로 내게 오던 나날의 어둠.
한때는 바람의 형상으로 내게 오던 나날의 어둠.
그리고 다시 한때는 물과 불의 형상으로 오던 나날의 어둠.
그 어둠 속에서 헛된 휴식과 오랜 기다림
지치고 지친 자의 불면의 밤을
내 나날의 인력으로 맞이하지 않았던가.
어둠은 존재의 處所에 뿌려진 생목의 향기
나의 영혼은 그 향기 속에 얼마나 적셔두길 갈망해 왔던가.
내 영혼이 내 자신의 축복을 주는 휘황한 白夜를
내 얼마나 꿈꾸어 왔는가.
육신이란 바람에 굴러가는 헌 누더기에 지나지 않는다.
영혼이 그 위를 지그시 내려누르지 않는다면.

— 「산정묘지 1」 부분

씨앗으로 출발한 한 알의 곡식조차
태초의 原形을 지향하지 않았는가.
태초의 原形으로 희귀하지 않았는가.
말해 보라, 내가 도착해서 다시 출발해야 하는 지점을.
폭포를 거슬러 타고 오르며
상류의 출생지를 찾아가 필사적으로 알을 낳고 죽는
연어처럼
결국은 나로부터 출발하여
나로 다시 회귀하는 필생의 여정.
그렇다, 모든 도착점은 최초의 출발점.
어디가 빛으로 滿開하는 太虛空間인가.

— 「산정묘지 2」 부분

조정권은 나라는 존재(모든 존재의 일부인 나)가 어둠에서 태어난 현상으로 인식한다. 세상의 모든 존재는 어둠의 다른 이름이며 변신이다. "한때는 눈비의 형상으로 (……) 한때는 바람의 형상으로 (……) 한때는 물과 불의 형상으로 오던 나날의 어둠"은 모든 존재의 근원이다. 어둠(카오스)이 현상(코스모스)의 어머니라는 인식은 인간정신의 원형을 드러낸 신화의 인식인데 실제 우주물리학에서도 빅뱅을 일으킨 태초의 우주 씨앗은 고밀도 에너지의 집합인 블랙홀이라고 설명한다. 조정권은 "씨앗으로 출발한 한 알의 곡식조차/ 태초의 原形을 지향하지 않았는가"라는 서술로 인간 목숨을 포함한 모든 존재가 어둠(원형)에서 왔음을 암시한다. 우리가 죽음이라고 부르는 생의 다른 시간은 전체로서의 어둠의 시간이다. "어둠은 존재의 處所에 뿌려진 생목의 향기"이므로 존재와 목숨이란 어둠에서 피어난 꽃이며 나무이다. 시인에게는 근원의 어둠에서 온 영혼이 주인이며 "바람에 굴러가는 헌 누더기"인 육신은 영혼의 일시거소이다. 인생이란 "상류의 출생지를 찾아가 필사적으로 알을 낳고 죽는/ 연어처럼" 고향을 찾아가는 여정이며 존재는 "도착점인 최초의 출발점"으로 다시 돌아가야 한다. 인간의 오랜 사유인 영혼 불멸과 영원회귀사상에 시인이 이토록 경도된 까닭은 무엇일까. 시인들은 직관이 남다르므로 동서양의 신비가들이 주장하는 세계의 참모습을 그의 직관으로 그려내서일까. 인간의 뇌는 좌뇌(추론와 이성)와 우뇌(직관과 감성)의 듀얼시스템으로 구성되어 있다. 뇌는 상호보완의 다른 시스템으로 외부와 내부세계를 인식한다. 우뇌가 활성화된 과학자들은 합리적 추론에 의존한다. 합리란 인식한 정보를 수학적 인식을 원형으로 한 논증시스템 내에서 인과관계로 재배열하는 일인데 시스템 안에 들어오지 않는 정보는 비합리현상이며 과학이 아니라고 배제한다. 직관이란 판단을 개입시키지 않고 대상을 직접 인식하는 일이다. 베르그송같이 존재의 파악은 직관과 체험에 의해서만 가능하다는 입장을 전개한 철학자도 있다. 예술가와 신비가들은 당연히 직관을 중요시하며 자신이 통찰한 혹은 경험한 세계의 가능성을 드러낸다. 조정권은 자신이 직관한 세계를 시로서 표현했는데, 이 세계를 드러낸 작가는 그 외에 많이 존재한다. 플라톤의 『향연』과 『국가』에서의 '이데아', 노자가 『도덕경』에 주장한 '도道', 유교의 경전 『대학』에서 주장한 '천天'의 사상, '불성佛性'을 드러내고자 한 『불경佛經』 등이 있다. 물이 담긴 물병처럼 이름의 형식만 다를 뿐 직관이 파악한 전체로서의 바다를 드러내고자 한 점은 모두 같다. 시인은 "어디가 빛으로 滿開하는 太虛空間인가"라는 질문을 던짐으로서 아포리아(Aporia) 안에 있는 자신의 상황을 미토스(Mythos)의 비유가 아닌 문답법(Dialektike)으로 처리했는데 부분인 존재가 전체인 세계와의 관계를 드러내고자 하는 이 질문 속에 조정권 해석의 이데아(Idea)는 잠깐 얼굴을 내보인다.

세계와의 관계를 보여주는 해석에 서양은 이원론이 우세하고 동양은 일원론이 우세하다. 조정권 시인은 심정적으로 일원론에 가깝다. 다음 시는 근세 서양의 철학자들이 동양의 사유에 매혹된 사실과 동양의 일원론이 세계 해석의 진실에 가깝다는 자부심을 노래한다.

오, 까닭도 없이 생겨난 허공에
둥그런 심연, 둥그런 無의 열매.
이미 일직이 莊子의 담장 위에 걸려 있었던 것.
오, 그대들 어리석은 賢人들.
서재에 불상을 모신 쇼펜하우어, 들길을 거닐며 공자를 가르치던 에머슨,
禪房에 들어 앉은 레비스트로스, 니체, 랭보.
저 모든 유럽 탈출자들.
그들 또한 지상을 탈출하지 못하고 결국 지상에 묻히지 않았는가.
오, 그대들, 허공의 탈출자.
동양의 담장 위에서는 無의 성숙한 열매가 보이고

고아한 나뭇가지에는 시인이 빠져 죽은 달이 둥그렇게
걸려 있진 않은가.
그들이 부른 노래는 無의 노래, 가사 없는 노래.
그것은 차라리 도취의 노래가 아니었는가.

―「산정묘지 7」 부분

　　동양의 '무無'란 없음이 아닌 '유有'가 있기 전의 상태를 추상화한
말이다. 언어나 형상을 뛰어넘어 있기에 '무無'라는 부정 언어로 '일
물一物'을 가리키고 있다. 노자나 장자의 '무위無爲'가 허무나 니힐리
즘이 아닌 '인위人爲' 혹은 '유위有爲'의 대척에 있는 개념인데 문자적
해석에 갇힌 사람들이 잘못 해석한 경우가 많다. '무극無極'에서 '태
극太極(음양)'이 나오고 태극에서 사상四象, 팔괘八卦로 분화되어 삼라
만상의 발생과 차별을 상징하는 체계가 동양철학이다. '일즉다一卽多
다즉일多卽一'의 체계이므로 일원론이다. 서양에도 일원론이 없진 않
지만 서양은 물物 일원론 아니면 신神 일원론에 치우친 사상들이었다.
최근에 동양의 신비주의 사상인 '무無'와 '공空'이 세계 실체(양자역
학적 세계관)에 접근한다고 보는 견해들이 서양의 신과학자新科學者들
에 의해 주장되고 있다.[4] 중국의 선교사들에 의해 동양의 고전들이 서
양에 흘러 들어갔을 때 서양 지성계에 커다란 충격을 주었다고 한다.
서양과는 매우 다른 동양의 형이상학에 매료된 사상가들을 조정권은
'서재에 불상을 모신 쇼펜하우어, 들길을 거닐며 공자를 가르치던 에
머슨, 禪房에 들어앉은 레비스트로스, 니체, 랭보' 등으로 나열하고
있다. 과거의 사상가와 예술가뿐이 아니라 현재의 자연철학자들이라
할 수 있는 물리학자들이 동양의 직관에 매료당하고 있다. 왜 그런가

---

4 카프라, 『현대물리학과 동양사상』, 범양사, 2006.

생각해보니 과학적 발견도 사실은 직관에 의해 먼저 세계현상을 인식하고 가설을 세우고 실험하는 일은 그 다음에 하는 인간의 의식구조에 의존하기 때문이다. 노자와 석가 같은 천재들이 본 세계직관(깨달음)이 서구의 논리실험사유보다 더 세계 실체를 잘 드러낸다고 보는 견해가 있다.[5] 시인은 "동양의 담장 위에서는 無의 성숙한 열매가 보이고/ 고아한 나뭇가지에는 시인이 빠져 죽은 달이 둥그렇게/ 걸려 있진 않은가"라는 언술로 동양의 천재시인들(이태백으로 추정됨 : 필자)이 무無(실체)이자 달(현상)의 아름다움에 빠져 죽은 시인의 경지를 찬양하고 있다. 뒤집어 얘기하면 동양의 신비사상을 시로 노래한 조정권 시인 스스로의 정신이 아름답다는 암시를 하고 있다.

2. 어둠의 노래와 죽음의 왕

다른 지역 시인이 대전에 왔다가 연락이 되어 만난 자리에서 시의 운율이 화제로 나왔다. 이미지에 치우친 자신의 시를 반성해서 운율을 위해 음악을 다시 공부하고 있다는 애기였다. 나도 찬성을 했다. 이미지와 기호로는 전달 불가능한 마음의 정서(기호 이전의 포에지, 혹은 심리적 에너지 발현)는 운율(리듬)을 통해 전달한다. 세계운동은 여름과 겨울, 낮과 밤, 탄생과 죽음 같은 리듬으로 이루어졌으므로 우리의 무의식은 이 리듬에 반응에 큰 시간의 변화를 알아차린다. 이 변화는 감정과 공명하며 희로애락은 나의 표현이기도 하지만 동시에 타

---

5 내 생각엔 영토에 대한 지도가 더 정교하다는 의미이고 지도가 진리는 아니다. 경전과 사유서들이 실제에 대한 지도로서의 안내인데 경전 자체를 진리로 여기는 착각을 종종 한다. 기호세계가 이룩한 바벨탑 같은 문명에 대한 맹목 때문에 그렇다. 기호가 없는 식물과 동물의 삶이 온전한 것을 보면 기호는 수단이며 방법에 불과하다.

자의 표현이기도 하다. 시가 산문과 다른 점은 운율(리듬)이 있기 때문이다. 나는 그 시인에게 작곡가들이 해석한 음악이 노래와 리듬을 훈련하는 데 일차적인 도움이 되겠지만 궁극에는 사물로부터 직접 음악을 들어야 하며 그 형식은 침묵의 음악이라고 말했다. 조정권이 타자의 세계로부터 들은 음악은 다음과 같다.

> 오, 월계수 가지여, 네가 하늘에다 펼쳐놓은 天上의 冊
> 너의 冊의 갈피 갈피는 태양이 금빛 알을 숨기기 좋은 곳.
> 밤이면 별이 이슬을 모아 숨기기에 은밀한 곳.
> 그리고 네 밑둥 주변의 꽃밭은
> 천상에서 내려온 천사가 지휘봉을 든 채
> 새와 달과 별과 도마뱀을 데리고
> 음악을 연주했던 곳.
> 오, 월계수나무여.
> 천상에서 지상을 향해 몸을 비스듬히 숙인 하프여.
> 내가 네 몸을 탄주하면
> 너는 만질수록 맑고 고요해 가는 음악.
> 고음으로 치솟을수록
> 더없이 맑고 고요한 하늘.
> 너의 잎사귀는 마치 다섯 손가락도 같이 조그마한 우물을 만들어
> 천상의 별을 고요히 받으며
> 지상으로 고요히 따르는 잔.
> 내 영혼이 그 잔을 입 대고 마실 수 있었다면
> 두 날개를 겨드랑이에 단 하프처럼
> 영혼의 품에 안겼을 것.

―「산정묘지 17」 부분

　　"월계수나무"는 문자로는 달에 있는 신화 속의 나무이지만 여기서는 하늘의 질서와 운동을 상징하는 나무로 보인다. 유대신비주의 카발라의 '세피로트(Sefiroth)' 즉 생명의 나무를 연상하게 하는 이 나무

는 물질계를 포함한 존재 전체와 그 창조과정을 상징하는 나무다. 유대 비의에 의하면 창조에 관한 지식인 카발라를 신이 천사들에게 가르쳤고 천사들이 에덴 밖의 아담에게 신성의 회복을 위해 전수했으며 아브라함과 모세까지 이어졌다고 한다. 조정권의 비전에 의하면 "천상에서 내려온 천사가 지휘봉을 든 채/ 새와 달과 별과 도마뱀을 데리고/ 음악을 연주했던 곳"은 불사의 생명나무인 월계수가 하늘의 음악을 지상에 연주하는 곳이다. 시인은 "내 영혼이 그 잔을 입 대고 마실 수 있었다면/ 두 날개를 겨드랑이에 단 하프처럼/ 영혼의 품에 안겼을 것"이라고 노래하여 자신이 하늘의 음악을 듣고 있으며 그 음악에 속하고자 하는 열망을 드러낸다. 『우파니샤드』에도 비슷한 내용이 있다. '우주는 하늘에 뿌리를 박고 온 땅 위에 가지를 드리운 거꾸로 선 나무'라는 인식이 그것이다. 지구에 사는 생명과 존재(나뭇잎)는 전부 하늘인 우주정신(뿌리)에 근원을 둔 창조물인데 잎은 떨어지고 다시 태어나는 순환처럼 존재는 순환하지만 뿌리인 우주는 불멸이며 피조물은 생명나무를 통해 불사의 근원에 이를 수 있다. 인간의 심층심리에 닿아 있는 이 상징은 일곱 차원의 단계를 거쳐 근원에 이를 수 있는데 이 근원의 심연과 지혜는 빛과 어둠의 양자를 포함한다. 생명의 원천은 빛이면서 동시에 어둠이다. 어둠의 힘에 대한 경외를 시인은 다음과 같은 아름다운 시로 표현한다.

밤마다 무덤 속에서 검은 어둠의 망토에 얼굴을 가린 王들의 방문을 받는다.
그는 명령한다. 내 죽음의 진혼곡을 노래하라.
내 노래는 칠흑같이 어두운 저 밖에 몰려온 어둠 속에 검은 글씨처럼 씌어져 있다.
자 밖을 내다보라.
하늘에는 언 달이 희미하게 빛나고

검은 사냥개들이 구름 속을 질주하고 있다
밤은 검은 대리석의 옷을 걸쳐 입고 폐허가 된 神殿을 어정거린다.
바람은 검은 비로드의 살결처럼 목덜미를 스쳐가고
神殿의 상아바닥을 쿵쿵거리며 자신의 인기척이 천정에서 대답하는 것을
듣는다.
폐허를 파먹고 살찐 모래구덩이에서 死者의 두개골은 검은 마스크를 쓴 채
웃고 있고
회랑의 기둥 사이로 박쥐들이 솟아올라 천장의 어둠 속에 달라붙은 채
어둠을 뜯어먹고 살찐 황폐한 내장을 열어놓고 있다.

죽은 듯이 연주하라.
무덤 속 先王들의 녹슨 청동투구들의 잠이 깨지 않도록
녹슨 검이 고요의 기운을 받으며 깨어나 뼈들의 자손을 불러내지 않도록
죽은 듯이 노래하게 하라.
내 감은 동공에서 모래들이 흘러나와 눈을 뜨지 않도록 죽은 듯이 노래하라.
나의 죽음이 함께 불 속에 던져진 투구와 도끼
굴욕의 채찍과 무거운 돌수레를 장벽 같은 가슴으로 견딘 위엄을 노래하게
하라.
왕들의 추악하지 않은 주검과 그 얼굴 속의 평온한 淨化를
아주 죽은 듯이 노래하게 하라.
온 누리를 육중한 돌문을 밀어 잠그듯
죽은 듯이 입을 멈추게 하라.

— 「산정묘지 25」 부분

월계수 나무가 존재가 태어난 빛과 생명의 우주를 상징했다면 이 시
는 밤과 무덤이 존재에 미치는 힘을 이야기한다. 밤은 낮의 다른 얼굴
이고 죽음은 생명의 다른 얼굴이다. 生만이 현실이라는 생각에 사로
잡히면 죽음은 非현실이 되는데 사실은 현자들의 생각은 그 반대이
다. 죽음이란 인간의 입장에서 바라본 현상이며 전체인 타자는 죽음
의 힘과 생명의 힘을 동시에 가진 자다. 생명을 개체가 물질계에서 에

너지 순환으로 존재를 유지하고 번식하는 시스템이라 한다면 죽음이
란 에너지 순환이 그치고 다른 에너지 순환으로 넘어가는 일이다. 무
생물인 바위와 흙, 대기, 우주공간에서도 에너지 순환이 일어난다. 시
공간에는 중력과 에너지운동이 매우 정교한 시스템으로(너무 정교해
서 인간의 인식을 뛰어넘는다) 이루어지고 별들의 탄생과 죽음이 이루
어진다. 어떤 의미로는 물질과 별들도 살아 있다. 생이란 의식정보와
물질이 결합한 개체의 자아가 느끼는 관념이다. 실재계實在界(우리가
죽음이라 여기는 타자의 시간과 공간)에서 에너지 변환이 이루어져 에
너지나무에 꽃이 핀 것처럼 생명현상이 있고 의식과 감정을 가진 개
체가 느끼는 해석의 거울이 꿈이다. 인생을 꿈으로 비유하는 현자들
의 생각은 실재계가 참이며 우리가 집착하는 生이 非현실이다. 인간
의 신화에도 죽음의 힘을 염라대왕과 하데스(Hades)로 형상화했다. 하
데스는 로마에서는 플루토(Pluto, 富)라고도 불렀다. 지하의 부를 지상
에 가져다주는 자라는 뜻이다. 생명을 가진 자란 죽음의 입장에서 볼
때 부자富者라는 생각이 현실적이면서도 상징의미가 깊다. 염라대왕
의 신화에서도 인간이 죽으면 생전의 행위에 의해 상벌을 받는다. 염
라대왕의 입장에서는 인간이란 죽음의 자원(시간 물질 에너지 정보)을
투입해 生이라는 무대에 파견한 '에이젠트'이다. 염라대왕은 기업
실적의 목표를 달성하지 못한 사원(영혼)은 사후평가로 재배치해서 우
주기업의 효율화를 꾀하고자 한다는 현대적인 해석이 있다.[6] 장황하
게 죽음에 대한 배경 설명을 했지만 죽음을 심층적으로 이해하지 않
고는 조정권 시의 백미라 할 수 있는 이 시편을 제대로 감상할 수가
없다. 조정권에게 죽음은 종국적인 권력을 가진 왕이다. 그 왕의 목소

6 우주기업의 목표가 무엇인지는 문화와 종교에 따라 해석이 다르다.

리를 통해 生이라는 꿈의 미망迷妄에 갇혀 있는 우리에게 경고한다. 그는 "죽은 듯이 연주하라/ 무덤 속 先王들의 녹슨 청동투구들의 잠이 깨지 않도록/ 녹슨 검이 고요의 기운을 받으며 깨어나 뼈들의 자손을 불러내지 않도록"라고 말해 죽음의 비위를 건드리지 않도록 요구한다. 큰 질서의 요구 아래 순응하는 피조물로서의 인생은 언제나 자기 성찰과 규율로 방자한 삶을 제어해야 하며 죽음이라는 타자의 큰 지혜를 의식하면서 살아야 한다고 노래한다. 죽음이라는 타자의 권력을 내 안으로 받아들여 나를 정화하고자 하는 시편이 다음에도 있다.

> 主여, 저는 백번 만번 값없나이다.
> 천번 만번 값없나이다.
> 날개가 없는 자가 날으려 했나이다.
> 가장 비천한 자가 삶의 신성함을 훔쳐내어 위로 받으려 했나이다.
>
> 「내려가서, 절망하라.
> 그것이 地上의 신성함이라」
>
> 「天上의 종은 하늘 꼭대기에 매달아 놓았지만
> 그것의 줄을 끌어당겨 울리는 것은
> 너희들 地上의 인간들이노라」
>
> 한 알의 검은 씨앗이 네 속 깊은 곳에 감추어져 있으니
> 그것을 잘 심어 네 몸속에 잎사귀가 무성하게 퍼져 가면 때를 알리리라.
> 네 몸속의 검은 잎사귀들이 가득 차 이마로 솟아나오는 날을
> 신성의 표시로 삼으리라.
> 한 알의 검은 씨앗이 네 속 깊은 곳에 감추어져 있으니……
>
> ─「산정묘지 29」 부분

조정권에게는 오감이 제한된 지상의 인간이란 주인인 죽음에게 전

체 질서의 지혜를 갈구하는 자이지만 "날개가 없는 자가 날으려 했나이다."라는 탄식처럼 이루어지지 않는 기도로 절망하는 자이다. 타자인 죽음은 "네 몸속의 검은 잎사귀들이 가득 차 이마로 솟아나오는 날을/ 신성의 표시로 삼으리라"라고 말한다. 죽어야만(열반해야만) 전체 질서에 편입될 수 있음을 암시하며 생명 속에 감추어진 '죽음의 씨앗'을 발견하는 일이야말로 진리에 이르는 길이라고 노래한다.

3. 신성한 숲

"신성한 숲"이란 무엇을 상징하나? 인간 문명의 외곽 혹은 인간 인식이 닿지 않는 사유 너머를 이야기하나? 아니면 역사적 시간의 바깥에 있는 신화적 시간을 의미하나? 스스로 그러함으로 있는 자연을 의미하는가? 기독교 주장대로 창조주가 있고 창조주가 임재한 장소(기독교 사유를 따르면 성소와 교회가 되겠다)를 의미하나? 범신론에 의하면 모든 사물에 신성神性이 내재하므로 삼라만상을 모두 의미하나? 조정권의 신성은 외연은 기독교의 입장을 따른 것으로 보이나 내포의 의미는 그리 간단하지 않다. 빛과 어둠에 대한 끝없는 사유의 천착을 보면 배화교의 신성을 드러내고자 하는 것 같지만 영적인 구원에의 열망과 의지를 드러내는 많은 시편들은 그노시스트의 입장을 취하는 것 같기도 하다. 시인 자신만이 아는 내용은 시를 통해서 시로 드러난 혹은 행간에 숨은 뜻을 찾아서 연역해볼 수밖에 없다.

> 내 몸의 발은 저 문을 기억한다.
> 내 몸의 팔은 저 문을 기억한다.
> 숲 너머 더 큰 숲 속에
> 하늘을 찌를 듯 솟구쳐 올라간 빛들의 ●원을 지키는 문을.

　　그 숲에는 네 개의 문이 나 있었는데

　　문마다 배흘림기둥 같은 수문장이 서 있었다.

　　거기에는 이렇게 적혀 있었다.

　　그분이 나를 문기둥 삼으셨으니

　　빛을 경멸하는 자 들어오지 못할 것이요

　　빛을 저버린 자 들어오지 못할 것이요

　　빛을 저주한 자 들어오지 못할 것이요

　　빛을 가린 자 들어오지 못하리라

　　다만 고통받는 자 이 문을 지나리라.

　　네 개 문에는 장님, 소아마비, 벙어리, 문둥이, 거지, 매혈자, 창녀 들이

　　법석거리고 있었는데

　　모두 밑창 빠진 영혼으로 가슴이 뚫려 있었다.

— 「신성한 숲 2」 부분

　　"네 개의 문"이 나 있는 숲이란 무엇일까. 신성한 숲이므로 어떤 중심을 상징한다고 보아야 한다. 중심이란 "극도로 숭고한 상징과 복잡하고 고결한 신화"(엘리아데)가 발생하는 원천이다. 중심이란 하늘나라에서는 신의 거소요, 지상에서는 왕이 거주하는 왕궁이다. 지상의 왕들은 신의 대리자[天子]의 임무로 중심이 된다. 인간의 역사가 펼쳐지는 구체적 상황에서도 항상 신 또는 신의 대리자가 중심이 되어야 하는 모델이 흥미롭다. 인간(혹은 인류)은 태어나자마자 중심으로부터 떨어져 나온 존재이며 중심으로 회귀하고자 하는 본능(유토피아 본능)이 있는 것 같다. 그 중심은 문화의 심층마다 물론 다르다. 만달라 상징에서는 중심이 있고 사방으로 뻗어나간 시공과 만물의 도해가 있다. 천지 사방으로 확산을 의미하는 네 개의 문은 이집트의 수도나 한국의 한성漢城 수도나 다르지 않다. 조정권의 시적 비전이 보여주는 "신성한 숲"이란 그 이름의 형태와 관계없이 빛이 있는 장소이다. 아마도 창조의 근본원인을 상징하는 ●이 있는 중심인데 ●란 불가의

공空이요, 도가의 무극이며 우주물리학의 빅뱅이고 카발라의 아인 소프(Ain Sof, 무한)이다. 전부 현상과 만유萬有에 대응하는 제일원인第一原因을 가리킨다. 조정권은 신성한 숲에 빛을 숭배하고 스스로 빛이 되고자 하는 자만이 들어갈 수 있는데 실제로는 매우 어려운 '좁은 문'이어서 스스로 빛이 되지 않고서는 들어갈 수 없는 문이라고 말한다. 조정권의 시와 사유에 대해서는 여러 각도에서 설명이 가능하지만 이상하게도 나에게는 카발라 상징이 더 다가온다. 신비주의자란 제의와 기도 같은 영적인 고양에 의해 신과 직접 대화할 수 있다고 믿는 사람들이다. 유대신비주의 카발라 전통에서는 토라가 담고 있는 비밀의 신비적 해석에 다가가는 방법으로 토라의 글자들을 뒤 업고 의미의 재조합을 시도하는데 신의 뜻이 나타난다고 한다. 각 글자들에의 집중과 명상을 통해 새로운 세계의 황홀경에 도달할 때 글자들은 빛이며 빛의 조합과 빛의 완성을 통해 궁극적 실재에 다가간다.

이러한 경지를 선망하고 시적 비전을 드러내는 행위는 그의 주요 시작과정이다. 그러나 그도 현상세계에 갇혀 있는 현실인이다. 이상세계에 대한 열망이 높을수록 현실인 자신에 대한 참괴慙愧도 깊어지는 법. 시인 자신에 반성과 회한을 드러낸 시를 살펴보자.

너는 이 지상의 마른 꽃다발 하나 들고
오래오래 서 있으리라.
받을 사람들은 벌써 지나갔으며
네가 보낸 무수한 불면의 어둠이 쇠창살 같은
검은 숲을 이루어 밤을 덮칠 때
너는 진정 마지막 노래 준비했는가.

너의 날개는 헌 헝겊 같은 것.
그 헝겊 날개를 양 어깨에 달고
먼 동양에서
날아온 너는 12월의 밤을 잠 못 이루다 문득
호텔 문을 밀치고 나와
네카 강변을 거닐며
시시한 맥주보다
소주를 그리워하며
두 명의 횔덜린을 생각한다.
한 사람은 살아생전 죽도록 불행했던 무명의 횔덜린이고
또 한 사람의 횔덜린은
만인의 사랑을 받게 된 사후의 횔덜린.
너는 진정 어느 횔덜린이 되기를 원했느냐
머리를 돌 바닥에 짓찧는다.
그 둘보다 잘 먹고 오래오래 살고 있는 너는
무엇인가 잃긴 잃었다.
돌아가거라.
이제부터 진정 너는 네 삶의 첫추위처럼 시의 첫 구절을 기록할 수 있겠
는가.
부리 위로 퍼붓는 진눈깨비 언어로.

—「튀빙겐 가는 길—7 내 몸의 지옥」 부분

조정권에게 시란 "네 삶의 첫추위처럼 시의 첫 구절을 기록할 수 있
겠는가."라는 표현처럼 고통과 정화를 통해 얻어지는 각성이다. 각성

은 현실과의 거리를 유지하고 고행과 수련을 통해 몸과 정신의 비상非
常이다. 선지자나 예언자들이란 당대의 사회로부터 버림받고 돌멩이
세례를 받는 존재이나 사후에 그의 업적이나 위대함이 드러난다.[7] 횔
덜린은 살아서는 정신병으로 좌절한 시인이나 죽어서 '숭고함과 순수
함'에 대한 시정신으로 위대성을 인정받았다. 조정권은 횔덜린의 생
애를 본받지 못하고 "잘 먹고 오래오래 살고 있는 너는/ 무엇인가 잃
긴 잃었다."로 표현되는 자신의 현재 모습에 탄식한다. 그렇다고 시인
의 표현대로 "머리를 돌 바닥에 짓찧는다."로 해결될 문제인가? 내 생
각에는 사람마다 자신의 고유한 생과 사유와 감정이 스타일이 있다.
시인들은 시인 스스로의 내면의 성소를 향해 걸어가야 하고 그 길은
횔덜린도 아니고 괴테도 아니다. 조정권 시인의 내면과 시가 시키는
대로 걸어가야 할 길이다. 한국의 좌절 시인 김삿갓의 시처럼 자신의
비극적 생애가 이미 시속에 들어있는 횔덜린의 시 한 편에 「반평생」이
있다. 번역시로 소개하면 "노란 배 열매와/ 들장미 가득하여/ 육지는
호수 속에 매달려 있네/ 너희 사랑스런 백조들/ 입맞춤에 취하여/ 성
스럽게 깨어 있는 물 속에/ 머리를 담그네// 슬프다, 내 어디에서/ 겨
울이 오면, 꽃들과 어디에서/ 햇볕과/ 대지의 그늘을 찾을까/ 성벽은
말없이/ 차갑게 서있고, 바람결에/ 풍향기는 덜컥거리네"라는 시이
다. 조정권이 횔덜린을 멘토(Mentor)로 삼아 시작을 하였는지는 시 몇
편의 고찰로는 확정하기 어려우나 시정신을 본받고자 하는 심정은 위
에서 일정 정도 드러난다. 숭고함과 순수함에의 동경 때문에 탁한 세

---

7 진짜 선지자에 한한다. 가짜 선지자가 더 많았다. 선지자란 권력을 얻지 못한 평민이나 소
외자가 신이나 하늘의 힘을 빌어 자신의 존재증명을 하려는 심리욕망에 갇힌 경우인데 역
사상 출세한 사람들이 더러 있다.

상에서 인정받지 못하는 불우한 시인상이다. 불우한 시인들은 조정권 시인만이 아니다. 이 시대의 시인들의 다 불행하다. 시인들의 피를 토하는 발언에 대해 주의를 기울이는 사람들이 없다. 관객들은 텔레비전 드라마와 스포츠에 열광해 있을 뿐 정신과 마음에 상처를 주는 시들을 경원한다. '즐거운 지옥이 괴로운 천국보다 낫다' 라는 이 시대의 유머가 이러한 사정을 반영한다. 조정권의 다음 시가 시인의 불행을 드러낸다.

> 왕이 죽었다
> 死띠 굶주림.
>
> 한끼니 밖에 안 되는 물고기를 향해
> 포탄을 나 쏟아 부으신 함선 선복.
>
> 大洋 위에 모여든 구경꾼을 쳐부수기 위해
> 포대를 달고 항진 끝에.
>
> 오 달에 걸린 어릿광대 왕
> 내려가는 사다리를 발로 차버린 채
> 死띠 굶주림.

— 「관객 없는 시인」 전문

현실세계에서야 물론 어림도 없는 이야기지만 정신세계에서는 시인이 왕王이라는 자부심을 가질 수 있다. 예술을 정신의 최고경지로 보는 견해를 아전인수로 수용하기로 하고 시가 예술의 정수精髓라는 주장을 받아들인다면 시인은 정신세계의 왕족이다. 그 왕족이 파산을 해서 현대에서는 굶어죽었다고 풍자를 했다. 사자가 토끼를 잡을 때도 전력을 다해 질주하는 것처럼 시작詩作은 "포탄을 다 쏟아 부으신 함선 전복”의 속도로 이루어진다. 그러나 시인에게 돌아오는 현실의 보상이란 “한끼니 밖에 안 되는 물고기”이다. 시 한 편 잡지에 발표해야 원고료가 5만 원이 평균인 현실로 볼 때 적절한 비유이다. 시인은 정신세계의 왕이지만 “달에 걸린 어릿광대 왕”이다. 스스로 “내려가는 사다리를 발로 차버린” 백이와 숙제의 고결한 성품인지 융통성이 막힌 성품인지는 사람마다 해석이 다르겠지만 시인의 불우하고 어려운 상황이 짧은 시 긴 내용으로 읽는 재미와 함께 형상화되었다.

조정권에게 신성한 숲이란 빛이 아닌 원초적인 힘을 가진 어둠으로 상징되기도 한다. 그에게는 빛은 신성함이고 어둠은 타락한 현실이라는 도식적인 해석은 없다. 세상은 빛과 어둠이라는 두 개의 상보적인 힘과 존재로 이루어져 있고 빛이 신성하다면 당연히 어둠도 신성하다. 시간의 리듬은 낮과 밤 여름과 겨울의 리듬으로 흘러간다. 역동하는 현실세계의 리듬이며 고대인이 신성의 노래라고 생각한 운동의 발현이다. 다음 시는 어둠이 중심이 되는 시간을 노래한다.

누가 밤의 노래를 금지하는가.
숲 속의 새들도 새벽은 열었지만 밤을 닫지는 못했다.

빛이 중심이었던 시절
빛 뿜는 聖盞 주위로
어둠은 신음처럼 몰려들었다.

누가 빛을 종기처럼 짜 고름을 뺐는가.

사방 휘황한 빛이 바깥이 되면서
어둠은 중심이 되었다.

어둠이 중심이 되면서
어두움의 聖杯 주위로

새 빛이 몰려왔다.

낮보다 밤이, 그 신성한 어둠이 속살의 미소가
낮을 지배했을 때 천국의 노래가 불려지기 시작했다.
밤의 노래는 내 18번.

나는 어둠 속으로 술잔을 들고 걸어 들어가 어둠을 껴안고 반말을 한다.

— 「밤 노래」 부분

조정권은 "신성한 어둠"이 "빛이 중심이었던 시절"에는 빛의 주위에 있었으나 "어둠이 중심"이 되면서 "어두움의 성배" 주위로 빛이 자리를 교환하는 이미지를 보여준다. 빛과 밤이 어떤 중심을 상징하느냐에 따라 위 시 해석이 달라지겠지만 나는 시간으로 해석한다. 역사적 시간이 아닌 '초월의 시간'이 그것이다. 우주에는 인간의 역사와 문명을 넘어서는 긴 시간의 리듬이 있다. 역학자易學者들은 우주의 시간이 양의 시간에서 음의 시간으로 접어들었다고 한다. 빛(양, 남성)이 아닌 어둠(음, 여성)의 시간이므로 이성보다는 감성을, 남성의 힘보다는 여자의 감성이 힘을 받는 시간이다. 현실의 각종 고시에서 여자들이 약진하고 문화도 이성의 모더니즘에서 감성의 포스트모더니즘으로 흐르는 사조를 보면 그런 것 같기도 하다. 조정권은 "밤의 노래는 내 18번// 나는 어둠 속으로 술잔을 들고 걸어 들어가 어둠을 껴안고 반말을 한다"로 밤의 힘에 자신의 정신이 동화되었음을 암시한다.

4. 음악과 책과 방랑자의 삶

조정권 시인이 사유와 정신을 현실과 일상에서 어떻게 길어 올리는지가 궁금하다면 최근 시집 『떠도는 몸들』을 들여다보면 된다. 관념과 사유에 의지하는 이전의 시집들과는 달리 이 시집에서는 그의 몸 냄새가 나는 시들로 구성되어 있다. 몸 냄새가 나는 시들이지만 독서와 음악 여행이 주를 이루는 전형적인 선비 삶의 반영이다. 생래적으로 그러하다는 생각이 든다. 나도 기호가 책과 음악을 벗어나지 못하는 삶이라 책을 주제로 한 다음 시가 눈에 들어온다.

온몸을 벙어리처럼 묶고 수도원 도서관을 들어갔다
쉿~ 소리 죽일 것.
오랜 나이를 잡수신 고대서들이 금과 비단에 싸여 일 이층 온 사방에 들어
차 있다
인간보다 책이, 어마어마한 호사를 누리고 있다
인간보다 지체 높으신 책께서는 오색구름이 물든 유리관 속에서 사치스럽
게 살고 계신다
반쯤은 이미 먼지뭉치로 변한 채 살아가는 책들이 수도사들에 의해
현대식 기구를 달고 수명을 연장하고 있다
모든 책마다, 먼지들이 창궐하여 먼지궁전을 짓고 잔치를 벌이고 있다
소돔과 고모라를 지키고 있는 고문자 기둥과
그 도시를 공경하신, 의인들은 벌써 수천 년 전에 먼지가 되어 돌아가신 지
오래다
예언자들도 뒤 돌아보다 돌기둥으로 돌아버리신 지 오래다
빨리 눈감고 싶어 하시는 저 사치스런 책님들에게서 괴로운 산소호흡기를
모두 떼 내주고 싶다
추위에 쫓겨 들어온 발들 난방기구 쪽으로 불러들이고 싶다
저 수 천년 동안 금빛에 싸여 누리고 있는 지체 높으신 책님들이
난로만 독차지하고 있다면 또한
누추함에서 벗어나지 못할 것이다

— 「책이 사치를 누리고 있다」 전문

영화 「장미의 이름」에서는 금서가 인간에게 주는 호기심과 집착이 끔직한 살인을 불러오는 스토리로 구성된다. 원로 수도승인 장님 사

서와 수사관이자 수도승인 숀 코넬리의 지능게임이 한 판 벌어지고 수도원 안에 감춰진 수사들의 부패와 탐욕과 권력게임이 스릴러물로 등장한다. 감독의 주제는 결국 상징에 집착하는(지식과 기호와 책) 인간의 어리석음보다 소박한 인간의 삶과 사랑이 중요하다는 얘기이다. 그러나 역설적으로 책과 기호의 상징이 인간의 정신에 집요하게 뿌리박고 있는 현실을 드러낸 영화이기도 한다. 마찬가지로 조정권은 위 시에서 수도원의 고문서들이 생명 껍질이 벗겨진 늙은 거북처럼(장자의 우화) 인간의 존경을 받고 있는 상황을 비판하고 있다. 그러나 위 시는 동시에 고문서의 비밀지식에 대한 시인의 동경을 무의식적으로 드러낸다. 시인의 중세 취향을 보여주는 시가 또 있다.

아침, 방안에 불 끄면 깊이 가라앉아 있는 늪
저녁, 불 켜고 들어서면 벌떡 일어서는 늪
그 늪을 파서
칠이 벗어진 십자와 중세 음악사전을 파묻으며
마취제를 마시고 수술대에 누우면
시체의 뱃속에서 키운 태아가 안겨온다 음악이란 이런 것이다
내가 20년간 모은 판들은 16세기 이전의 음악들이다
김수영과 소월상금, 탄노이의 GRF 스피커 개비하는데 보탰다
칠 벗어진 장미에 주사바늘 꽂고 팔 늘어뜨린 채
저녁이면 수혈을 받는다 내 음악은 이런 것들이 대부분이다
중세의 공동묘지를 걷고 오거나
시체가 들어있는 돌 뚜껑을 만지며 가슴대보면
돌 밑 숨소리 들려오다 내 음악은 이런 것이다
맹인 파이프오르가니스트 헬무트 발햐가 육중하게 페달을 밟으며 내 가슴
에 손을 얹고
내 몸을 연주하도록
나는 서녁이면 하얀 시트 위로 눕는다
첼로 이전의 원전악기元典樂器인 비욜로

　　나를 해독하도록

—「주검노래 초抄」전문

　　클래식 애호가들은 대개 바흐 이전과 바흐 이후로 취향이 갈린다. 바흐, 헨델, 베토벤, 모차르트, 슈베르트, 브람스를 거쳐 드뷔시와 말러, 쇼스타코비치까지 듣는 계보가 일반적이다. 바흐 이전은 그레고리안 성가로 대표되는 교회음악들과 세속가곡들이 있는데 인간의 감각을 자극하는 음악이 아닌 신의 영광을 찬미하는 내용으로 정신과 영혼의 정화를 목적으로 하고 있다.[8] 중세철학은 아우구스티누스로부터 시작한다. 그의 예술철학은 피타고라스의 수 이데아와 플라톤의 음악 이데아를 수용해서 통일성, 수, 비례, 일치에 입각한다. 그는 음악의 첫째 기능은 언어가 표현할 수 없는 신의 계시와 직관으로 인도하는 데 있다고 보았다. 시인은 "중세의 공동묘지를 걷고 오거나/ 시체가 들어있는 돌 뚜껑을 만지며 가슴대보면/ 돌 밑 숨소리 들려오다 내 음악은 이런 것이다"라는 표현처럼 고답적이고 비의적인 음악취향을 보이고 있다. 중세 성악은 대개 느린 템포의 곡이 많으며 악기 반주라야 파이프오르간이 고작인데 영국의 타노이 계열 스피커들은 성악의 느린 미음美音과 통저주음에 유리하다. 파이프오르간의 육중한 저음을 잘 재생하리라 생각한다.[9] 세균이 옮을까봐 흰 장갑을 끼고 물건을 만졌던 미국 백만장자 하워드 휴즈처럼 시인의 음악취향도 결벽증이 있어 보인다. "첼로 이전의 원전악기元典樂器인 비올로/ 나를 해

8　클래식도 듣는 취향이 다양해 자연악기인 성악만 듣는 사람도 있고 베토벤 이후로는 싱거워서 못 듣는 사람이 있는가 하면, 「사계」나 「캐논」 같은 클래식 유행가만 듣는 사람도 있다.

9　앰프는 三極 진공관인가? TR앰프로는 마크 레빈슨도 잘 맞던데, 김수영과 소월 상금을 들여 개비했다면 동축 유닛을 모니터 실버나 레드로 바꾸었나? 사적인 호기심이 있지만 오디오 분야를 또 논하자면 장문 한 편이 필요하므로 생략하기로 한다.

독하도록”의 시구처럼 소리의 원형과 원전에 이토록 집착하고 있으니 말이다.

여행을 하면서 만난 경험들의 시가 많이 보이지만 지적 방랑자의 모습을 드러낸 그의 다음 시편을 대표로 살펴본다.

> 단떼의 생가를 찾은 것은 94년 늦은 봄이다.
> 여름이 성큼 와서
> 피렌쩨의 창마다 노랗고 붉은 꽃을 열어놓고 있었다.
> 두오모 성당에서 씨뇨리아 광장 들어가는 골목 끝에
> 정적이 숨어 있었다.
> 시성詩聖이 산 표시로 청색 휘장이 보였다.
> 천상의 트럼펫 소리 울리는 청색.
> 강렬한 청색 소리를 통해 신곡을 썼을까.
> 중세의 음울하고 몽환적인 낡은 길이
> 단떼의 동상 쪽으로 걸어나오고 있었다.
> 젊은 날의 니체가 동상 밑에 앉아 사색했던 자리
> 고요는 어지럼증이다.
> 내가 동상 아래 두고 온 하오 두시의 고요
> 고요는 현기증이다.
> 밤에는 자다가 도끼날을 만져본 것 같다.
>
> ―「떠돌았던 시간들」 부분

중세의 대표적인 시인을 꼽으라면 단테가 있다. 워낙 유명하다는 『신곡』을 젊었을 때 한번 읽어보려 했으나 질려서 포기한 적이 있다. 번역도 난삽해서 무슨 소리인지 오리무중이었고 영어로도 그 많은 주석이 필요한 인명과 지명은 감당이 안 되었다(다행이 요즈음 번역이 잘 된 책이 있어서 주마간산이나마 훑어볼 수 있었다). 그럼에도 단테의 시들이 영화나 소설에서 짧게 인용이 될 때 매우 아름답다는 생각을 했었는데 조정권의 시풍은 단테의 『신곡』과 닮아 있다는 생각을 했

다. 그는 "중세의 음울하고 몽환적인 늙은 길이/ 단떼의 동상 쪽으로
걸어나오고 있었다"고 했는데 정말 그러하다(나도 피렌체에서 시인이
간 길을 똑같이 걸어서 가본 적이 있다). 시집 세 권을 읽고 일반 독자
에게는 어려운 시들을 천박한 지식과 사유로서 조정권의 시 정신을
개괄적으로나마 드러내 보이려고 노력했으나 여전히 미흡하다. 조정
권 시인이 자신을 은유한 시가 있다면 다음 시가 아닐까.

아, 이 금호철화金琥鐵花
어려운 식물이지요 쇠꽃을 피웁니다
이 선인장의 성깔을 잘 알지 못하면 키우지 말아야 합니다
콘도르가 사막의 하늘을 맴돌다가 급강하해 앉은 모습
골 깊고 진녹색의 단단한 몸체엔 솟구치고 뻗친 가시들 보세요, 화살촉처
럼 무장하고 있어요
가시들은 원산지에서 지나가는 말의 편자까지도 뚫고 올라옵니다
조심하세요 손
이놈들은, 뿌리는 별 의미가 없습니다 가시가 생명이지요
숨을 가시로 쉽니다 가시가 부러지면 썩기 시작하지요
어찌나 지독한지 뿌리를 몽땅 잘라 삼년을 말려두었다가
모래에 다시 심으면, 서너달이면 제 몸에서 스스로 새 뿌리를 내립니다
흙 나르는 수레바퀴에 구멍을 내는 것도 이놈들입니다
조심하세요, 가시가 살아 있으니까

—「금호철화」 전문

'금호철화金琥鐵花'라는 식물 이름을 처음 들어보아서 인터넷을 뒤
져보았더니 나도 본 선인장이었다. 둥근 몸통에 온몸을 가시로 도배
한 선인장을 제주 여미지 식물원(?)에서인가 본 적이 있다. 아름다운
선인장이었으나 가시가 너무 많아서 사람과 친하기는 어려워 보였다.
'나 홀로 고고하게 있고 싶으니까 접근하지 마'라는 무거운 메시지의
선인장이었는데 사막의 은자隱者나 고행자들의 이미지였다. 그러고

보니 조정권 시인의 세계관이 은자의 세계관이다. 관념적인 시들의 숲에서는 잘 몰랐는데 구체적인 형상화에 성공한 이 시편에서는 선명하게 드러난다. 은자란 세속의 욕망을 포기하는 대신 신성과의 합일을 위해 정신무장을 가시처럼 한 사람이다. 그 가시에 세속인의 몸 또는 자신의 의지가 다칠까 두려워 사막이나 산중으로 가서 고립무원을 자초한 사람인데, 시인처럼 속세에서 은자의 정신을 유지하기 위해 가시가 더 필요할지도 모르겠다. 그러나 예술독자들이란 예술가의 가시 정신에 즐겁게 찔리고 피를 흘려보고자 하는 사람들이다. 마음에 상처가 남지 않는 예술이란 변화된 삶과 고양된 인식을 통해 영혼을 업그레이드 하고자 하는 인간의 열망을 충족시키지 않기 때문이다. 시인의 시적 긴장이 금호철화의 가시처럼 날카로워져서 범접하기 어려운 시 정신을 다시 보여주기를 기대해야 할까? 아니면 가시가 모두 부러지고 알몸으로 남은 선인장처럼 햇빛과 공기와의 합일을 통해 열락에 이른 경지의 시를 기대해야 할까? 시간의 바람 앞에서는 어떤 가시도 썩어야 하는 운명을 피할 수 없으므로.

시인의 환상과 응시가 불러온 백제 왕국

문효치론

문효치 시인은 1966년 『한국일보』에 「산색」이, 그리고 『서울신문』에 「바람앞에서」가 동시에 당선되면서 등단했다. 일간지 6개의 신춘문예와 잡지 2~3개 정도의 추천등단지면밖에 없었던 당시의 문학상황을 감안하면 대단히 화려한 데뷔다. 실은 나도 운이 좋았다면 2관왕이 될 수 있었다. 그것도 문효치 시인과 동일한 지면이었는데, 나는 83년도 『서울신문』에 「기상예보」가 당선되었고, 『한국일보』 최종심에는 「비 내리는 숲에서 연주한 사계의 음악」이라는 멋 부린 제목의 시가 올라갔었기 때문이다. 당시 한참 문학에 대한 치기로 도배한 시절로 『한국일보』 당선작보다 내 작품이 더 나았다는 오만한 생각도 했었다.

문효치 시인은 등단 후 45년 시력의 문학일생을 거쳤다. 미당 서정주의 지도로 당시 문학의 명문이던 동국대 국문과를 졸업하고 고려대 교육대학원을 마쳤다. 시집으로 『연기 속에 서서』, 『무령왕의 나무새』, 『바다의 문』, 『백제의 달은 강물에 내려 출렁거리고』, 『백제 가는 길』, 『선유도를 바라보며』, 『남내리 엽서』, 『계백의 칼』 등이 있고,

2010년 5월에 『왕인의 수염』을 발행했으며 시선집으로 『백제시집』, 『동백꽃 속으로 보이네』가 있다.

문효치 시인이 보내준 시선집 『백제시집』을 받고 나는 작은 충격을 받았다. 나는 『현대시』 2010년도 6월호에 시 「무령왕릉」을 발표했다. 2009년도 한국시인협회 행사일환으로 공주박물관에서 〈국보시〉 낭송 행사가 있었고 시인들이 무령왕릉을 돌아보는 프로그램이 있었다. 그 때 느낀 소감과 생각을 메모했다가 퇴고를 거쳐 거의 일 년 만에 완성 했다. 그런데 그 무령왕릉에 대해 문효치 시인의 시선집 『백제시집』에 는 무려 38편의 시편이 실려 있었다. 나머지 60편의 시들도 모두 백제 에 대한 유물과 문화에 대한 환상을 다룬 시편들이었다. 백제에 대해 서 이렇게 깊게 천착한 시인이 또 있었던가. 이성부 시인의 「백제행」 과 신석초의 시편 몇 개, 부여 시인 조남익의 백세시편들이 일부 있지 만 문효치 시인처럼 백제문화에 대한 방대한 지식과 환상을 보여준 시편들은 일찍이 없었다.

백제는 묘한 나라이다. 최인호가 1985년 『조선일보』에 연재한 「잃어 버린 왕국」에서 쓴 해상강국 비류백제의 이야기도 그렇고 31대 의자 왕에 이르러 나당 연합군에 의해 멸망한 사연도 기구하다. 망국 백제 의 귀족들이 일본으로 건너가 왕국을 세우고 일본 천황과 관련이 있 다는 설 등 어둠에 묻힌 이야기들은 후세인의 호기심과 상상력을 자 극한다. 문효치 시인의 백제 사랑은 단순히 지적 호기심을 넘어선 그 이상의 오랜 숙연과 배후 관계가 있지 않나 하는 생각이 들었다. 시편 에 드러난 시인의 의식과 무의식을 추적해서 백제에 대한 어두운 환 상을 공유해보기로 하자.

버스를 타고 그대의 나라로 출발할 때 눈이 왔다.
하늘의 조각들이 떨어져 내려

나를 실어 나르는 기계위에 부딪쳤다.
부딪칠 때마다 하늘의 음성이 들렸다.
하늘의 음성은 수 없이 울렸고
나를 실은 기계는 공중에 떠 가고 있었다.
공주까지 오면 그대 나라의 출입문이 보인다.
문지기 하나 서 있지 않은 큰 문은
누구나 자유롭게 드나들 수 있게
활짝 열려 있었다.
마치 연극의 개막처럼
까투리 한 마리가 푸른 정적을 가르며 날았다.
이 얇은 막을 제끼면 곧바로 당신의 나라.
나는 늘상 이런 식으로
복잡한 수속도 까다로운 증명서도 없이
쉽게
당신의 나라에 입국하곤 한다.

—「무령왕의 나라」 전문

이 시편을 읽고 나는 가와바타 야스나리의 「설국」을 떠올렸다. 첫 장면은 소설의 주인공 '시마무라'가 눈의 고장 온천지 '유지와'를 찾아가는 장면이다. 첫 문장이 '국경의 긴 터널을 빠져나오니 설국이었다'라는 유명한 문장이다. 언뜻 보면 평범하지만 문장이란 다음 문장과의 관계와 맥락 속에서 해석되기 때문에 묘미가 있다. 무용연구가 '시마무라'가 눈의 고장 기생 '고마코'에게 끌려 설국의 온천장을 찾아가다가 기차에서 만난 '요오코'에게 연정을 느끼며 삼각관계의 인간심리가 몽환과 환상으로 펼쳐지는 스토리이다. 설국雪國은 일상과는 다른 현실의 은유이기에 전체 소설의 분위기를 암시하는 이 소설의 '키워드'가 되었다.

이 시편에서 화자는 공주에 갈 때마다 현실의 공주가 아닌 무령왕릉이 있는 백제의 고도를 간다. "공주까지 오면 그대 나라의 출입문이

시적 환상과 표현의 불꽃에 갇힌 시와 시인들

보인다."는 구절은 '국경의 긴 터널을 빠져나오니 설국이었다'라는 문장과 같은 함의와 암시를 보여준다. 현실에서 환상을 보는 자가 시인이 된다. 우리가 보는 현실이란 생존에 유용한 경험으로서의 세계를 말한다. 그러나 모든 사물은 시공간내의 사건과 운동이지만 배후에는 인간의 경험을 넘어선 시공간이 펼쳐져 있다. 환상이란 사물의 배후에 있는 '아우라'를 보려는 노력이 아닐까. 공주시청과 공주대학교와 강변아파트들이 늘어선 현실의 공주가 있다. 칠백 년의 백제의 화려한 문화를 보고자 하는 시인의 눈이 있다. 마치 설국의 주인공이 현실과는 다른 풍경에서 아름다움과 환상을 보듯이 시인은 공주에서 백제의 환상을 본다. "마치 연극의 개막처럼/ 까투리 한 마리가 푸른 정적을 가르며 날았다./ 이 얇은 막을 제끼면 곧바로 당신의 나라."라는 구절에 주목해보자. 현실과 환상을 가르는 "이 얇은 막"이 문제다. 일상인과 시인을 가르는 모든 문제가 "이 얇은 막" 때문에 일어난다.

1. 무령왕武寧王

역사를 들여다보는 것은 정신과 의사가 환자의 기억을 들여다보는 것과 같다. 의사는 환자의 무의식을 분석해서 환자의 상흔(Trauma)을 찾는다. 환자의 마음에서 고통을 일으키는 콤플렉스를 찾아 환자가 자신의 증상을 거울처럼 들여다보게 한다. 증상은 과거가 아닌 현재의 증상이기에 역사란 과거가 아닌 현재의 상황에서 출발한다.

문효치 시인에게 백제란 무엇일까. 무엇 때문에 백제가 그의 콤플렉스가 되었을까. 시집 『왕인의 수염』 2부에는 '남내리'를 주제로 한 14편의 시들이 있다. 유년의 환상을 그린 시들인데, '남내리'가 어디인가 하고 지도를 뒤져보니 전라북도 군산시 옥산면에 있는 시골이었다. 백제의 땅에서 태어난 백제유민이라는 점만으로는 이 방대한 시 편들을 설명하기가 부족하다. 문효치 시인에게는 백제를 향한 특별한 시선의 콤플렉스가 있다고 생각한다. '역사' 란 일종의 상징계의 언어 이다. 시도 상징계의 언어이다. 인간의 욕망인 리비도가 대상을 향하 면서 '응시' 가 생기고 무의식이 언어를 획득하면서 '의미' 를 갖는다. 대상에 '베일' 을 씌운 것이 '역사' 이며 '시' 이다. '베일' 이란 대상을 숭고하게 바라보고자 하는 욕망의 가면이다. 남자가 베일을 쓴 여자 를 환상으로 숭고하게 바라보듯이 신도 베일 뒤에 있어야 숭고한 대 타자로서의 '신' 이 된다. 베일을 벗기면 여자는 '흙의 인간' 이며 신은 '죽음' 이다. 현자들에 의하면 이 세계의 실재는 선악과 미추를 넘어서 있는 '그 무엇' 이라고 한다. 이름을 붙여 '무無' 이며 '공空' 이지만 인 간이 욕망으로서 바라보기에 아름다운 '색色' 이 된다. 문효치 시인이 '무령왕' 을 향한 응시의 시 한 편을 들여다보자.

> 당신이 거느리던 영토는 잃었지만 당신의 영혼과 피는 여전히 살아서 금강 언저리에 출렁입니다.

> 내 앞에서 강은 언제나 반가사유상半跏思惟像으로 몸을 일으켜 앉고는 바른 손으로 턱수염을 긁적거리며 입을 쫑긋쫑긋 말을 합니다.

> 당신시대. 용맹한 장수들의 싸움이야기, 또 그런 것 말고도 신명을 바쳐 예 술을 구워내던 장인匠人들의 이야기, 또 그런 것 말고도

> 당신의 어느 이름 모를 하녀 그 손톱을 치장하던 봉숭아 물이 해마다 가을 이면 스르르 날아가 앞마당 감나무 잎사귀에 옮겨앉는 그 사소하지만 신비스 런 이야기까지도.

> 강물 속에서 이런 이야기들은

오히려 차돌처럼 야물어지고

나는 기슭을 서성이며 귀 기울입니다.

—「무령왕에게」 전문

　화자는 금강의 물살이 무령왕의 "영혼과 피"이며 대하스토리를 펼쳐 보이는 시간의 강으로 인식한다. 현실의 시간 너머에 있는 추상으로서의 메타시간이 시인의 응시에 의해 발생한다. 화자가 바라보는 액자 안의 메타시간은 환상공간이지만 화자의 응시에 의해 구체적인 금강의 풍경을 배경으로 '지금 여기'의 생생한 현실이 된다. 그 생생한 응시가 4연이다. "당신의 어느 이름 모를 하녀 그 손톱을 치장하던 봉숭아 물이 해마다 가을이면 스르르 날아가 앞마당 감나무 잎사귀에 옮겨앉는 그 사소하지만 신비스런 이야기까지도."라고 한 표현에서 보듯이 "사소하지만 신비스런 이야기"가 살아 움직이는데 그 이유는 시인의 응시가 죽은 역사에 산 피를 수혈했기 때문이다.

　백제는 B.C. 18년에 비류沸流와 온조溫祚가 건국하고 A.D. 660년 의자왕 때 망한 일천오백 년 전의 고대국가이다. 심리적인 거리가 상당한 역사의 '먼 나라'이지만 시인은 '지금 여기'의 현재로 '응시'를 통해 불러온다. '눈의 행동'인 응시는 라깡에 의해 주목을 받은 용어이다. 라깡은 예술가의 창조행위를 재현이 아니라 욕망으로서의 응시가 개입된 '주체의 스크린'으로 보았다. 시인의 응시란 무엇일까. 언어행위가 사물의 의미와 가치를 드러내고자 하는 그림이듯이 사물의 존재에 환상의 그림을 덧씌우는 행위이다. 하이데거에게 '진리'란 가려져 있던 '존재'를 드러나게 하는 행위였듯이 예술가에게 '예술적 진리'란 시공간의 주름 사이로 겹쳐 들어간 사물의 기억과 형상을 드러내는 행위이다. 이 작업은 응시를 통해 발생한다. 문효치 시인의 응시는 백제이며 구체적인 대상으로 무령왕을 쳐다본다. 백제 31명의 왕 중

제
1
부

145

왜 무령왕일까. 시가 시인의 '성정性情'을 드러내는 일이라 할 때 문효
치 시인이 무령왕에게 정情을 느낀 사연은 무엇일까.

2. 무령왕릉과 페티시즘(Fetishism)

문효치 시인은 시선집 『백제시집』에서 무령왕의 무덤과 출토된 부
장품을 소재로 36편의 시를 남기고 있다. 무덤은 현실공간과 저 세상
을 연결하는 공간이며 유물은 시간의 기억이 감싼 사물로 인간의 환
상을 불러온다. '하인리히 슐리만'이 '호메로스'의 작품에 영감을 받
아 '트로이 유적'을 발굴하자 많은 학자들은 신화가 역사적 사건으로
현실화된 사실에 흥분했다. 단순한 싸움 이야기가, 고대국가의 정치
사회 문화적 실체가 생생한 현실이 된 것이다. 한국에서도 1971년에
무령왕릉이 발굴되자 고대 백제문화가 부각되면서 한·일 양국의 학
계가 비상한 관심을 보였다. 문효치 시인도 아마도 이러한 영감과 흥
분으로 이 시편들을 쓰지 않았을까.

문효치 시인의 무령왕릉에 대한 '페티시즘'의 시선을 들여다보기
위해 출토된 부장품에 대한 시편들의 이름을 제시한다. 무령왕비의
은팔찌, 무령왕의 육이호六耳壺, 무령왕의 목관, 무령왕의 도자등잔陶
磁燈盞, 무령왕의 뒤꽂이, 무령왕릉의 벽돌, 무령왕의 금제장식, 무령
왕의 소나무, 무령왕의 나무새, 무령왕의 환두대도環頭大刀, 무령왕의
은팔찌, 무령왕의 청동잔, 무령왕의 물병, 무령왕의 나무두침頭枕, 무
령왕의 금제관식金製冠飾, 무령왕의 청동식이青銅飾履, 무령왕의 관정棺
釘, 무령왕의 철전鐵錢, 무령왕의 다리미, 무령왕의 유리구슬, 무령왕
의 금구슬, 무령왕의 청동완青銅盌, 무령왕비의 어금니, 무령왕의 장도
裝刀칼, 무령왕의 귀고리, 무령왕의 유골, 무령왕의 청동수저, 무령왕

의 청동거울, 무령왕의 술병, 무령왕의 석수石獸, 무령왕의 지석誌石 등의 이름이 보인다.

'페티시즘'은 물신숭배이지만 문화일반으로 확대하면 삶과 세계에 대한 인간의 욕망이다. 환상을 불러오는 미끼이며 인간으로 하여금 죽음 충동을 벗어나 고해의 삶을 견디도록 하는 꿈이다. 문효치 시인이 무령왕릉의 부장품에 대해 집요한 응시를 보이는 시선은 부장품 → 무령왕 → 백제로 이어지는 가상현실에 대한 시인의 욕망을 드러낸다. 무덤은 '흙의 집'이며 열반충동의 상징이지만 죽음의 시간을 이겨낸 반짝이는 금제 부장품들은 삶의 충동을 보여준다. 나는 문효치 시인이 백제라는 고대 왕국의 삶에 대한 욕망을 이 부장품에 전이하고 백제왕릉에 전이함으로써 백제에 대한 콤플렉스의 시로서 승화시킬 수 있었다고 생각한다. 부장품에 대한 시 한 편을 들여다보자.

하늘이 주신 목숨을 다 살으시고, 하나도 빼지 않고 구석구석 다 살으시고, 곱슬거리는 백발을 날리며, 달이라도 누렇게 솟고 퍼런 바람도 불고 하는 참 재미도 많은 날, 이윽고 옷 갈아입으시고 왕후며 신하를 다 놓아두고, 혼자 길을 떨치고 나서서, 꾸불꾸불한 막대기 하나 골라 짚고, 아, 참말, 미끄러운 저승길로 가실 때 이 신을 신으시다.

돌밭, 가시밭, 진흙 뻘길을 허리춤 부여잡고 달음질도 하고 수염 쓰다듬으며 점잖게 걷기도 하여 임금님을 저승까지 곱게 모신후, 이제 또 다시 여기에 돌아와 쇠못이 박힌 불꽃 무늬의 신이여. 누구를 다시 모셔가려 함이냐, 하늘이 정한 목숨을 구석구석 다 살으시고, 그리고 웃으며 떠날 그 누구를 모셔가려 함이냐.

—「무령왕의 청동식이」 전문

사람이 죽어 시체를 못 찾을 경우 가족은 죽은 자가 사용하던 물건을 무덤에 묻어 장사를 지낸다. 그 물건이 죽은 자를 대리한다고 생각하기 때문이다. 죽은 자는 시체가 되어 현실에서는 영향도 없고 쓸모도 없는데 왜 무덤을 만들고 제사를 지내며 추억하는가? 그것은 죽은 자에 대한 산 자의 욕망이 남아 있기 때문이다. 대상이나 현실에 대한 인간의 욕망은 '환상'을 창조한다. 환상이란 실체를 '삐딱하게 바라보는 것'이다. 실체는 죽음인데도 '베일'을 씌워 살아 있다고 믿는 것이고 환상은 리비도와 '잉여욕망'에 의해 발생한다.

무령왕이 신던 '청동식이靑銅飾履'에 투사한 잉여욕망이 이 시를 낳은 것이다. 잉여욕망이란 마르크스의 '잉여가치'에서 발생한 개념이다. 이 개념은 '사용가치'와 '교환가치'가 같지 않기 때문에 발생한다. 무령왕의 청동식이는 현실에서 사용가치가 없다. 이런 신을 신고 거리를 활보하려는 현대인은 없을 것이기 때문이다. 그러나 응시에 의한 시인의 환상에 의해 청동식이는 무령왕과 무령왕의 백제를 대리하는 주물呪物이 되며 '페티시즘'으로서의 숭고한 대상이 된다. 루카치는 '물화物化'라는 이름으로 인간의 가치태도를 설명하는데, 이는 객관적인 사물이 인간의 욕망에 의해 살아있는 생물처럼 받아들여지는 것을 말한다.

3. 시인의 병고病苦와 삶과 죽음의 새로운 해석

내가 백제의 유물을 만난 것은 우연이기는 했지만 내 문학역정 속에서는 매우 중요한 사건이었다. 1971년 7월에 처음 발견되어 발굴된 무령왕릉은 수천 점의 유물을 쏟아냈다. 당시 고고학계, 역사학계는 물론 언론에서도 충격과 흥분으로 이 소식을 국민에게 전했다.

이어서 10월 하순쯤 덕수궁 미술관에서 유물특별전이 열렸고 나는 그곳에서 처음 무령왕의 유물들을 만나게 되었다. 특히 왕의 시신을 모셨던 목관재를 보는 순간 나는 머리가 띵하는 충격을 느꼈다.

나는 그 무렵 병명을 알 수 없는 몹쓸병으로 몹시 시달리고 있었다. 체중이 34㎏까지 내려가고 기력이 탕진되어 죽음의 공포에서 헤어나지 못하고 있었다. 죽음은 내 정신을 온통 지배하고 있었고 나는 이 공포로부터 벗어나기 위해 몸부림쳤다.

무령왕의 목관재는 천오백 년의 세월을 거슬러 내 앞에 있었다. 옻칠을 해서 반질반질 광채까지 내면서, 나에게 있어서 이 널빤지는 저승과 이승을 오가는 한척의 배였다. 이제 다시 죽을 그 누구를 데려가기 위해 지금 이승으로 온 배였다. 그 배는 나를 더욱 무섭게 했다. 이 배에 탈 승객이 나는 아닐까.

나는 죽음의 두려움을 덜기 위해 죽음을 인정하고 수용해 버리는 역설적 방법으로 대응할 수밖에 없었다. 죽음을 삶의 연장선에 놓음으로서 삶의 한 부분으로 받아들이기로 했다. 이즈음 나는 쇼펜하우어나 노자 그리고 불교서적들의 한 귀퉁이에 많이 의존하고 있었다.

육신은 아직 쇠약한 채로였지만 마음만은 다소 편안해졌다. 이 무렵을 전후해서 나는 백제유물들을 만지작거리며 시를 썼다. 이렇게 해서 시작된 백제시편들은 내 시 인생을 관류하면서 그 나름의 의미를 만들어냈다.[1]

죽음의 공포를 앞둔 시인이 죽음의 세계를 건너온 '배'인 목관을 보고 '삶의 연장선'에 놓인 죽음을 수용하는 과정이 나타나 있다. 시인이 느낀 깨달음은 무엇이었을까. 일회적인 순간이 아닌 영원의 한 가능성으로서의 삶을 죽음에서 보지 않았을까. 죽었으나 죽지 않은 무령왕과 백제에 대한 '환상'이 무덤과 유물을 통해 증명되었다면 시인의 작품도 죽음을 건너가는 '배'가 될 수 있다. '작품'이란 시인의 감정과 혼이 담긴 '정신의 분신'이다. 이천 년 전에 죽은 '이백'과 '사포'의 작품을 읽으며 현재인은 시인들의 생생한 감정과 육성을 듣는다. 시는 죽음을 건너가는 배가 될 수 있다. 문 시인은 이때의 소회를 다음 작품으로 남기고 있다.

그렇지, 님을 실어 저승으로 저어가던 한 척의 배가 세월의 골 깊은 앙금에 익어 지금 여기에 머무르다. 이별을 서러워하던 혈육의 눈물이 아직도 마르

---

1 문효치, 「백제를 구실로 한 작은 상상의 세계」, 『시와시학』, 2006년 가을호.

지 않은 채 쉼임없이 들려오는 창생蒼生의 울음소리, 짭짜름한 저승의 바람 냄
새가 잡혀와, 그렇지, 우리가 빈손으로 타고서 아스름한 바다를 가르며 저어
가야 할 한척의 배가 여기에 왔지.

—「무령왕의 목관木棺」 전문

"목관"을 시간의 바다를 건너온 "한 척의 배"로 생각한 시인의 직관
이 놀랍다. 이집트의 문화에도 이런 생각들이 보인다. 이집트의 『사자
의 서』는 영혼이 죽은 뒤에 최고신 '오시리스'의 심판을 받기 위해
'영혼의 여행'을 거친다. 공포스러운 사후 영역인 '두아트(Duat), 이집
트의 '명부冥府'를 여행한다. 이 때 타고 가는 배를 영혼 회귀하는 시
간의 상징인 '우주 뱀'이 호위한다. 영혼은 오시리스 앞에서 그 유명
한 '진리의 깃털'과 함께 '정의로운 심장'의 무게 달기가 행해진다.
영혼은 '정의로운 심장'의 무게가 '진리의 깃털' 무게를 견디지 못하
면 '암미트' 신에 의해 먹히지만 심사에 통과하면 '수백만 년의 사후
세계'가 영혼에게 상으로 주어진다.

삶의 입장에서는 '죽음'이란 신비로운 세계이다. 죽음을 삶의 종말
과 '무無'로 보는 비관적인 생각들은 삶의 가치와 의미를 제한한다.
인생의 목표는 최대의 쾌락이 되고 세계는 우연이 지배하는 내 몸의
일회적인 도구로 전락한다. 죽음을 삶의 종말이 아닌 삶의 '다른 형
태'로 보고자 했던 이집트 비의秘義는 수면 아래로 숨었지만 아직도
'오컬트(Occult)'에서는 '헤르메스(Hermes) 문서'의 이름으로 전해오고
있다. 과거의 많은 현자들이 이 신념과 지혜를 접하고 다양한 생각들
을 남겼다. 이집트 문화에서는 '영혼의 영생'이라는 긴 세월의 가치에
비하면 일백 년도 안 되는 지상의 삶은 아주 작은 '파피루스(갈대)의
이파리 같은 삶'이었다.

4. 백제 멸망

이영희가 쓴 『노래하는 역사』는 일본의 고대 시가집 『만엽집萬葉集』을 우리나라 이두식으로 읽어 재해석한 한·일 고대 이야기를 담고 있다. 『조선일보』에도 연재되어 반향을 일으킨 이 시가집은 일본에서도 이 내용을 연구하는 동호인들이 있다고 한다. 나도 시인인지라 흥미를 가지고 읽어본 적이 있다. 새로 해석한 『만엽집萬葉集』은 섹스와 스캔들이 삽입된, 정치를 풍자한 '풍속 이야기' 라 할 수 있는데, 이 가운데 『만엽집』 제1권 7번의 노래는 전라도 사투리로 읊어진 노래라고 한다. 백제계의 제명여왕齊明女王이 시인 액전왕額田王에게 시켜 지었는데 그 내용은 '신라가 부지런히 칼을 만들어 전쟁준비를 하니 백제는 방비하라' 라는 다급한 메시지를 담고 있다. 한·일 일부 사학자들은 '제명여왕齊明女王이 백제 제30대 무왕武王의 딸 보寶왕녀로 의자왕의 누이' 라고 주장하기도 한다.

『일본서기日本書紀』에 의하면 서기 660년 나당연합군에 의해 백제가 멸망하자 백제를 돕기 위한 수군 1만 명이 661년 정월에 지금의 '오사카' 항을 떠난 것으로 되어 있다. 『삼국사기三國史記』에 따르면 배 1천 척의 규모인데 규슈 내 지금의 '하카다' 시에 전쟁지휘본부를 만들고 백제의 백강白江(지금의 백마강으로 추정된다)을 향해 출병하려다가 사정에 의해 회군한 것으로 나타나 있다. 백제의 멸망에는 당시의 정세가 복잡하게 얽힌 국제전쟁의 성격이 내포되어 있다. 백제와 나당연합군 싸움의 클라이맥스는 계백이 5천 명의 결사대로 신라군 5만 명을 맞아 황산벌에서 싸우는 장면이다. 노예로 잡힐까 두려워 처자식을 칼로 베고 나간 계백은 결사대와 함께 모두 전사하는데 그 비극적 결말로 인해 많은 작가들의 상상력을 불러일으킨 역사적사건이다.

문효치 시인도 백제의 멸망에 관한 시를 쓰고 있다.

> 싸움은 이미 지기로 되어 있었다. 그러나 계백의 오천 병사는 죽기 위해 싸
> 웠다. 그것이 그들의 죽는 방법이었다. 무덤의 앞문을 열었다. 문이 열리면서
> 그들은 각각 한덩이의 단단한 빛이 되어 달려 들어갔다. 빛은 이 땅에 선 것
> 들을 밝히고 그 후예의 눈을 밝혔다. 죽음의 고통은 순간이었고 그 순간의 좁
> 은 통로를 지나면 곧바로 무덤의 뒷문이 열렸다. 그리고 뒷문을 통해 무한의
> 자유에로 나갔다. 그들의 죽는 방법은 이렇게 당당하고 지혜로웠다.
>
> —「싸움―백제시편 11」 전문

시는 당시의 전투 상황을 소재로 병사들의 죽음을 다루고 있다. 죽음과 마주한 병사들의 실제 상황은 감당할 수 없는 현실이다. 고대 전쟁영화를 보면 적군과 마주선 병사들은 두려움에 떤다. 지휘관들은 필사적으로 독려한다. 전쟁에 지면 처자와 누이와 부모가 죽거나 노예로 끌려가기 때문에 대의大義에 따라 죽으라고 설득한다. 공포에 질려 도망가면 군령에 의해 즉결 처분한다. 병사들은 비 오듯 쏟아지는 화살에 동료가 죽는 것을 보면서 증오심으로 적군을 향해 돌진한다. 이 상황을 고귀한 장면으로 승화하는 것은 후세 역사가와 시인의 몫이다. 지금의 '천안함' 사건에서 보듯 동기야 어찌 됐든 나라를 위해 목숨을 바치는 병사에 대한 찬양에는 지나치다는 법이 없다.

문효치 시인이 이 시에서 본 특이한 점은 죽음을 '통과의례'로 본 점이다. 이는 '생사가 하나'라는 동양식 사유에서 나온 것으로, "무덤의 뒷문"으로 나간 영혼들은 대의大義에 따라 죽었기 때문에 "무한의 자유"에로 나간 '전설'이 되었다는 인식이 자리하고 있다. 『오딧세이』나 『일리아드』는 물론이고 역사상 많은 시인들이 서사시에서 대의에 따라 죽은 병사들의 용기와 희생을 찬양했다. '민족의 양심'이라는 시인들이 공동체를 위한 병사의 희생에 감명을 받고 찬양하는 시를 남

기는 것은 시인도 국민이기에 인지상정의 행위다.

시인이 삶의 위기에서 만난 '무령왕릉'과 백제는 그의 정신적 삶을 지탱하게 하는 '화두'이자 토대가 된다. 새로운 시적 시야가 열리는 과정을 문효치 시인은 다음과 같이 또 말한다.

> 백제는 삼국 중에서도 가장 정교하고 화려한 문화를 만들어낸 나라였다. 해상로를 통해 선진 중국문화의 영향을 쉽게 받아들일 수 있기 때문이었다. 그러나 외세를 끌어들인 신라의 무력 앞에서 백제는 멸망하고 말았다. 어느 전쟁에서나 패전국은 그 역사까지도 짓밟힌다. 백제의 역사도 많은 부분이 인멸되어 버렸고 그 문화유산도 남은 것이 별로 없다. 백제는 매몰된 왕국이었고 그 역사는 대부분 공백상태로 있을 뿐이었다. 매몰된 왕국의 공백이 바로 시인의 상상력이 활동하면서 새로운 시적 세계를 창출해 낼 수 있는 공간이 된다. 내가 백제 관련 시 백 수십 편을 쓰면서 제일 많이 생각해 본 것은 삶과 죽음의 합일화를 시로 승화시켜보자는 것이있다. 여기에서 삶과 죽음의 가교역을 한 것이 많이 남지 않은 백제의 유물과 사건들이었다. 이것들을 통해 나는 천오백 년 전에 살다가 지금은 저승에 가있는 수많은 백제인들과 만날 수 있었다.[2]

5. 일본 속의 백제

문효치 시인은 "매몰된 왕국"의 흔적을 찾아 일본까지 그 탐구의 손길을 넓힌다. 백제문화의 흔적은 오사카, 나라, 교토, 규슈 지방 등에 흩어져 있다. 규슈 미야자키현 북부지역에 '백제촌'이라는 지명이 있다. 이 마을 사람들은 자신들이 백제의 후손이라고 믿고 있다. 백제가 멸망하자 백제 왕족들은 일본왕 천지의 도움으로 일본에 망명한다. 천지가 죽고 천무가 정권을 잡자 백제계는 탄압을 받고 규슈를 향하

---

2 위의 글.

다가 폭풍을 만나 헤어져 아버지 정가왕과 차남 화지는 백제촌을 건설하고 장남인 화지는 가쿠치우라에 정착하여 차남목 신사의 신이 되었다 한다. 오사카大阪에는 백제역百濟驛, 백제천百濟川, 백제대교百濟大橋의 지명이 있고 긴키近畿지방의 히라가타에는 백제왕신사百濟王神社와 백제사百濟寺가 있다. 백제왕의 신사는 의자왕의 아들 부여용夫餘勇이 정착해서 A.D. 750년에 후손들이 만들었는데 역대 백제왕들의 위패가 모셔졌다고 한다.

문효치 시인의 최근 시집 『왕인의 수염』 1부에는 백제시 15편이 수록되어 있다. 소제목을 보니 모두 일본에 있는 백제의 흔적을 찾아 쓴 시들이다. 제목의 '왕인王仁'은 『일본서기』에 의하면 오진應神천황 16년에 백제에게 사신을 보내 태자의 스승으로 초청한 인물인데 일본에 논어論語와 천자문千字文을 가져가 일본에 유학과 역사를 가르쳤다. 15편 중 왕인묘역을 노래한 시와 『만엽집萬葉集』에 실린 백제계 여인 액전왕額田王을 노래한 시 2편을 소개한다.

그 풀에
그대의 옷, 옷의 자주 물감 들여

그 풀에
그대의 옷, 옷속의 살내음 들여
꽃 피우네

그대 언덕 위로
땀 개어 오를 때

눈길視線에 걸어 둔 엊저녁 노을
그 풀에 달아 불을 켜네

그 풀 심네

내안에 파여
어둡고 습한 동굴 속
그 풀로 밝히네

어둠 속의 치밀한 적막을 뚫어 길을 닦네

—「백제시—왕인묘역의 풀」 전문

지금도 달이 뜨면
그대의 배는 출항을 하지

달의 옆구리에
작은 항구가 열리고

지금도 달이 뜨면
그대는 달 위로 상륙을 하지

둥근 도르래에 감겨있던
기억의 줄기들이 풀려서 다가오고
양 옆에 붉은 등처럼
감이 익을 때

긴 길의 끝에서는
자주색 두루마기의 남자가
오고 있지

누카다노 오오가미여
황혼의 노을이 지는
만엽집 책장위에
생황笙簧의 음률이 넘어가지

지금도 달이 뜨면
그대는 언제나 그 속에서 웃고 있지

　＊누카다노 오오기미 백제 귀족의 딸, 『만엽집』에 10여 수의 시가가 실려
　있다.

— 「백제시—누가다노 오오기미額田王」 전문

두 편의 시를 읽고 나니 문 시인이 일본까지 가서 추구한 백제의 흔
적에 대한 애착의 정이 묻어난다. 시란 사물에 대한 시인의 '성정性情'
을 노래한 것으로 볼 때 감정이입을 최고의 경지로 친다. 죽은 사람들
이 살아 있는 존재처럼 느끼는 심정은 "내안에 파여/ 어둡고 습한 동
굴 속/ 그 풀로 밝히네"라는 진술과 "지금도 달이 뜨면/ 그대는 언제
나 그 속에서 웃고 있지"라는 시적 진술을 얻어낸다.

청靑나라 왕부지王夫之는 정경교융情景交融을 말하면서 "정情과 경景
은 둘이나 사실상 떨어질 수 없다. 신령한 시는 두 가지가 묘하게 합
치되어 경계가 없다. 뛰어난 작품은 정 속에 경이 있고 경 속에 정이
있다."라고 말했다. 어려운 시학 같지만 시인의 심정이 사물에 투사되
어 이미지가 뛰어난 시구가 이 시학의 본보기를 이룬다. 「백제시—왕
인묘역의 풀」의 "눈길[視線]에 걸어 둔 엊저녁 노을/ 그 풀에 달아 불을
켜네"라는 시구와 「백제시—누가다노 오오기미[額田王]」의 "황혼의 노
을이 지는/ 만엽집 책장위에/ 생황笙簧의 음률이 넘어가지"라는 시구
가 이에 해당한다. 그림과 뜻이 서로 녹아들어 이미지가 선명하게 다
가온다.

6. 시치료

문효치 시인의 백제에 대한 환상을 시편들을 통해 추적해보았다. 나
는 앞에서 '역사를 들여다보는 것은 정신과 의사가 환자의 기억을 들

여다보는 것과 같다. 의사는 환자의 무의식을 분석해서 환자의 상흔(Trauma)을 찾는다.'라고 말한 바 있다. 문효치 시인이 백제 역사를 자신의 무의식에 끌어들여 상흔(Trauma)을 만든 배경을 이 글의 전반부에서 시인의 병고病苦와 관련해서 말했지만 본인의 진술을 통해 다시 들여다본다.

> 죽음이란 과연 생명의 경계를 넘어 우리를 무의 세계로 내던져 버리고 마는 것일까. 그러나 죽은 자들이 남긴 왕관이나 팔찌, 청동거울은 분명히 죽은 자들의 언어를 지금도 발하지 않는가. 그들은 죽은 것이 아니라 존재의 꼴을 바꾸어 다시 살고 있는 것이다. 나는 그 속에 부활한 백제인들과 자유자재로 만남으로서 이승과 저승이 확연히 구분지어진 동떨어진 세계가 아니라 한데 섞여 있는 하나의 삶, 하나의 세계임을 시를 통해 말하고자 했다.(……)
> 시는 인위적 의도만으로는 쓰여 질 수 없다. 시의 씨가 싹을 틔우고 잎을 펴기 위해서는 시적 영감이 필요하다. 하늘이 주는 이 시의 영감을 받아들이기 위해서는 기도와 같이 경건한 사랑의 심안을 가져야 한다. 사랑 없이 보는 돌은 그냥 돌에 지나지 않는다. 그러나 사랑의 눈으로 보는 돌은 돌이 아니라 하나의 생명이다. 백제의 유물들이 나에게 있어서 하나의 무정한 물체가 아니라 신비로운 생명체로 보이는 것은 사랑의 눈으로 보기 때문이다. 이럴 때 영감은 하늘로부터 스르르 내려온다.
> 내가 틈만 나면 공주 박물관에 송산리 고분에 공산성에 부여의 여기저기에 익산의 미륵사지에 석촌동 방이동 고분에 가서 그들을 껴안고 어루만지는 것은 이런 영감을 하늘로부터 받아들이기 위한 나의 기도인 것이다.[3]

결국은 '죽음과 삶'에 대한 주제로 돌아왔다. 문효치 시인에게 시적 행위란 사물에 대한 사랑으로 죽음을 초월하고자 하는 욕망이다. 불교의 윤회관과 이집트인의 사후세계관이 같은 배경으로 등장하는 이

---

3 문효치, 「허무의 센티멘탈리즘을 넘어서」, 『조선문학』, 1994년 3월호.

런 인식에는 이 세계가 물리와 에너지의 우연집합이 아닌 초월질서에 의해 이루어지고 있다는 심중이 내포되어 있다. '하늘이 주는 시의 영감'을 위해서 시인은 '죽음과 삶'이 하나이며 과거와 현재가 하나인 시공간 내의 만물을 사랑의 눈으로 보아야 한다고 말한다. 그에게 시란 글 제목처럼 '허무의 센티멘탈리즘을 넘어서'는 적극적 사랑의 실천이다.

나는 이런 저런 글들에서 '시란 세계에 대한 시인의 연애편지'란 표현을 즐겨 썼다. 사랑은 결국 죽음을 초월하려는 삶(에로티시즘)의 욕망이다. 에로티시즘은 종종 나르시스와 결합하여 현실의 경계를 무너뜨리는 정신의 병인 '분열증'과 '편집증'과 '도착증'에 이른다. 그러나 환상과 꿈의 거울인 '상상계'에서 언어질서인 '상징계'가 들어오면서 세계는 의미와 가치를 가지는 '초월기표'가 된다. 프로이드에 의하면 욕망의 억압기제이긴 허나 문화일반에서 '승화(Sublimation)'라고 부르는 이런 상징계의 행위가 인간의 문명을 만든다고 한다. 인간이 동물적이고 육체적인 삶의 한계를 뛰어넘은 것은 이러한 언어의 부름이 있기 때문이다. 문효치 시인이 시(예술)를 통해 백제를 불렀기에 죽은 백제가 독자의 눈에 현전現前하게 된 것이다. 언어(시)를 통해 당신과 내가 대화를 나누는 행위가 사랑과 환상의 시작이고 삶이 베일을 쓴 숭고한 아름다움이 되어 죽음을 넘어간다. '잠자는 공주의 눈에 왕자가 입술을 대는 순간' 공주는 새로운 세상을 보고 세계는 의미가 시작된다. 시인이 사물을 사랑으로 보는 행위가 문효치 시인의 병고病苦로 요약되는 현실의 벽과 마음의 고통을 뛰어넘는 약藥이 된다.

문효치 시인의 백제시편들을 들여다보며 그에게 시란 '시치료'라는 생각이 들었다. 어느 시인인들 그렇지 않겠는가. 시인은 마음의 검은 콤플렉스를 시라는 실로 꿰매어 세계를 살아볼 만한 무대로 만드는

연출가이기도 하다. 시(삶의 욕망)를 통해 쇠(죽음)의 이미지에 맞서는
문효치 시인의 시적 긴장이 잘 드러난 다음 시로 이 글을 마무리한다.

칼이여, 쇠여, 네가 아직은 나를 죽이지는 못하였구나. 검은 기름에 젖어
닳아지는 불, 닳아지는 손, 소나기처럼, 태풍처럼 까끌까끌한 騷音을 몰아 쳐
들어오는 번쩍거리는 쇠여, 뱃속에 가득찬 소화불량의 찌꺼기, 誘惑의 혓바
닥을 거느리고 날카로운 凶器의 날을 갈아대는, 그리하여 칙칙한 대숲의 사
이사이로 스며드는 바람의 陰凶한 手足처럼 넘쳐 오면서 오, 그러나 살의, 살
속에 사는 인간의 잔뿌리, 뿌리에 서려 있는 질긴 생명을 아직은 무찌르지 못
하였구나 閃光의 쇠여.

— 「閃光의 쇠여」 전문(『조선문학』, 1994년 3월호)

제2부

나만이 홀로 가고픈 '정신의 길'

조남익의 『기다린 사람들이 온다』

1. '두 쌍의 투명한 날개와 두 개의 겹눈'

시집 『기다린 사람들이 온다』의 머리글에서 조남익 시인은 다음과 같이 말한다.

> 짧지않은 시의 먼 길을 걸어왔지만, 아직도 길은 짐작하기 어려울 만큼 멀기만 합니다. 나에게 시란 무엇이던가? 그것은 길이었습니다. 삶의 길, 세상의 길 이런 의미보다는 나만이 홀로 가고픈 '정신의 길' 이라고 할 수 있습니다.
>
> 허기에 시달리고 갈증이 들린 사람의 길은 그렇게 순탄한 것이 아닙니다. 일상적인 현실도 힘겨운 것인데, '정신의 길'을 모색한다는 것이 어디 쉬운 일도 아니려니와, 그 표출은 시라는 형식의 예술입니다.
>
> 나는 먼 데를 향하여 고뇌하면서 웁니다. 두 쌍의 투명한 날개와 두 개의 겹눈을 가진 '우는 매미'가 되어, 내가 태어난 땅과 하늘을 사랑하며 그것을 지키고자 했습니다.

이 서문을 보니 나는 로버트 프로스트의 「가지 않은 길」이 떠오른다. 그 시는 다음과 같다.

> 노란 숲속에 길이 두 갈래로 갈라져 있었습니다./ 나는 두 길을 다 가지 못
> 하는 것을 안타깝게 생각하면서, 오랫동안 서서 한길이 굽어 꺾여 내려간 데
> 까지, 바라다볼 수 있는 데까지 멀리 바라다보았습니다.// 그리고 똑같이 아
> 름다운 다른 길을 택했습니다. 그 길에는 풀이 더 있고 사람이 걸은 자취가
> 적어 아마 더 걸어야 할 길이라고 나는 생각했던 게지요./ 그 길을 걸으므로,
> 그 길도 거의 같아질 것이지만./(…중략…)/ 훗날에 훗날에 나는 어디선가/ 한
> 숨을 쉬며 이야기할 것입니다./ 숲 속에 두 갈래 길이 있었다고. <u>나는 사람들
> 이 적게 간 길을 택하였다고,/ 그리고 그 때문에 모든 것이 달라졌다고.</u>

시인들은 모두 밑줄 친 시 구절 때문에 인생의 길이 달라진 사람들
이다. 조남익 시인도 다르지 않다. '정신의 길'을 모색하면서 '두 쌍
의 투명한 날개와 두 개의 겹눈을 가진 '우는 매미'가 되어 '나는 먼
데를 향하여 고뇌하면서 웁니다.'라는 시인의 길을 걸어왔다.

조남익 시인이 평생의 시작화두로 삼은 '정신의 길'이 눈에 들어온
다. 조남익 시인이 시에서 드러내고자 한 '정신의 길'이란 무엇일까.
그 단서는 역시 시에서 찾아야 한다. 『조남익 시전집』(오늘의 문학사,
2005)을 일독한 결과 조남익 시인의 시세계의 출발점으로 나는 다음시
를 꼽고 싶다.

> 푸짐하게 열린 얼굴들, 그 맑은 웃음들이 서로 부딪혀 恩惠로운 波紋을 잉
> 그리는 땅 위에서, 흘러가는 저 바람소리는 지금도 나의 귀에 들려오고 있네.
> ----아무것도 보이지 않네. 그러나 그 億萬 가지마다 휘엉청 늘어져서는 구
> 르길 두어 번, 깃을 벌린 당신들은 쉬쉬 山嶽을 뛰어넘어 왼 山 왼 들을 다 채
> 운 다음, 다시 돌아올 듯 가시네.

> 집이 본시 水古里에서도 上水古里인 나는, 천리고개 사흘, 또 바늘고개를

사흘, 그리고 물한바다 건너길 사흘, 아흐레를 눅눅히 젖어내야 하는지라, 아
흐레를 또 누워서 가을을 볼밖엔 없네. 구릿빛 왼 몸둥일 부끄럼없이 뻗고,
하늘을 지붕삼아 바위에 누울 양이면 山제비는 배 위에 똥을 깔겨 달아나고,
벌레처럼 늙어가는 가을이 덮이네.

　이는 바람대로, 江물에 풀어행군 이 서언한 소리들을 귀뿌리에 온 누리 차
도록 물레로 감은 바에, 당신의 말씀들을 차마 잊힐리야 있나……. 수수목이
나오면 게가 논두렁에 내리고, 山아래 내 아우는 살찐 개구릴 잡아 닭에 쪼이
며 조용히 당신의 곁을 지키네.

　<u>당신의 孤寂 앞에 저 빨간 山紅柿, 그리도 빛이 나 새끼처럼 올리워 高原</u>
<u>구석구석을 밝히는데, 오히려 億年의 陽光이 타는 듯 쌓여만 가네.</u> 거적을 내
다깔고 앉아, 구름을 불러 半身을 묻고, 해를 머리 위에…… 水古里땅, 돌부
처님 이대로 짐짓 四海를 두 눈안에 닿아, 千歲 다스림 헤어 空中을 돌으리
로다.

—「水古里」 전문(『조남익 시전집』, 62쪽)

　인간의 의식을 뇌 세포의 기억과 추론 상상기능으로 보는 뇌 과학적
인 개념이 있다. 그러나 최신 뇌 과학의 견해에 의하면 정신은 뇌 안
에 갇혀 있는 존재가 아니다. 그렇다고 육체와 별도로 존재하는 종교
적인 영혼의 개념은 아니다. 아기가 태어날 때의 인간정신은 기본적
인 생명능력만 간직한 채 외부세계에 대한 판단은 거의 백지로 태어
난다. 백지의 정신에 외부사물의 풍경(어머니, 자연과 사회환경)을 기
록한다. 정신은 나와 환경의 관계로서 발생하며 '생각의 지도'가 만들
어진다. 그러므로 인간의 정신이란 태어난 환경과 발육과정에 의해
아주 다른 모델을 구성한다.

　정신에 해당하는 영어에는 mind가 있고 spirit이 있다. 백과사전의 정
의를 참조하면 정신은 뇌의 프로세서로서 지각·고려·평가·결정을
포함하는 복합적인 능력이다. 그러나 mind는 동물을 포함한 생명의 정

서적·감정적 측면으로 사용되지만 spirit은 비교적 지적知的이고 의적
意的인 다소 차원 높은 원리의 의미로 사용된다. sprit은 종교에서는 인
간의 육체가 아닌 영혼의 영역으로 간주하고 있고 soul보다 차원이 높
은 원리로 보기도 한다. 헤겔의 『정신현상학』에서는 정신을 삼라만상
을 유지하는 생명의 원리로 간주하고 있는데 그 배경에는 기독교의 성
령聖靈사상이 깔려 있다. '정신분석학'에서는 정신의 무의식적 측면을
다루는데 정신을 실체적 개념으로 보는 것이 아니라 인간존재를 드러
내는 하나의 장場(field)으로 본다고 설명한다. 이렇듯 정신이란 복잡한
개념이다.

이런 관점에서 조남익 시인이 고향을 의식하고 쓴 시「水古里」는 조
남익 시인의 정신을 구성한 지리적 환경과 이에 대한 시인의 성정性情
(정신적 표현)이 잘 드러난 작품이다. 이 시는 현대문학에 1965년에 신
석초 선생에 의해 처음 추천된 시로서 조남익 시인이 세상에 자신을
알리는 시가 되었다. 이 시가 단순히 고향에 대한 향수를 드러낸 서정
시가 아닌 이유는 화자의 눈과 "당신"이라는 대타자의 눈이 고향에 대
한 여러 이미지와 풍경을 동시에 보고 있는 설정이 있다. 조남익 시인
은 인용시의 밑줄 친 부분에서 삼라만상의 존재가 순간이면서 영원
인 시간의 드러남으로 보고 있다.

2. '울부짖는 돌'

시집 『기다린 사람들이 온다』의 시편들에선 화자의 정신과 '파토스
(pathos)가 결합한 다음 시가 눈에 들어온다

> 권력이 권력을 깨고
> 사람이 사람을 깨고

채석강 돌산에서는
돌이 돌을 깨고 나오고,

가장 깊은 뜻
한 방울의 물처럼
뽀얀 입김 피어나도록

가도가도 이 세상의 끝
울부짖는 돌
울부짖음 깨고 나오고,

내가 베어문 돌
긴 인고의 불꽃
울부짖는 돌.

—「울부짖는 돌」 전문

　이 시는 "울부짖는 돌"에 화자의 시적 자아를 투사했다. '돌'이란 물질측면에서는 지하의 용암이 식어 만들어진 화강암이 대표하는 긴 시간이 연상된다. 외견상 동양사유의 오행五行에서 금金의 성질에 속하고 의지와 강건함과 굴하지 않는 정신을 표상한다. 시간의 마모에 견디는 속성으로 인류가 문화기표를 오래 남기고자 할 때는 돌에 역사를 기록한다. 이집트의 '로제타석(Rosetta Stone)'이나 영국의 '스톤헨지(Stonehenge)'는 각각 상고시대의 문화를 증명한다. 세계 곳곳의 석조건물이나 불상 등 문화기표는 모두 돌로 남아 있다. 인간문화와 돌은 이토록 깊은 연관을 보이는 정신과 물질관계를 보이지만 이 시는 그런 외연으로 해석할 수가 없다. 이 시에서는 화자의 '정신'이 "울부짖는 돌"과 일체가 되어 정신이 발화發火하는 모습을 발화發話하고 있기 때문이다.

　"권력이 권력을 깨고/ 사람이 사람을 깨고"라는 시구가 독특하고 어렵다. 권력(a) = 권력(b)와 사람(a) = 사람(b)의 관계로 이 시구를 해석하면 이 표현은 홉스가 말한 '만인에 대한 만인의 투쟁'을 뜻하는 사회관계의 아수라장을 드러낸다. 이 경우 이 시는 리얼리즘 시로 전개되어야 논리구조가 맞다. 그러나 이어지는 시구들은 화자의 '정신'에 관한 상징을 드러낸다. 그러므로 나는 이 시구를 권력(A)〉권력(a)와 사람(B)〉사람(b)의 관계로 해석한다. 권력(A)과 사람(B)은 라깡이 말한 상징진리로서의 '대타자'를 나타낸다. 권력(a)과 사람(b)은 인간이 바라보고 해석하는 대상으로서의 기표 '오브제 쁘띠 a'를 지시한다. 이런 구조일 때 "권력이 권력을 깨고/ 사람이 사람을 깨고"는 사물에 내재한 '본질'이나 '이데아'로서의 '권력(A)'과 '사람(B)'이 외재하는 '현상'으로서의 '권력(a)'과 '사람(b)'을 깨고나온다는 철학적 함의를 갖는다. 이 시구가 어려운 이유이다.

이 첫 구절의 해석에 기준을 정하고 바라보면 다음 2연과 3연은 바로 정리가 된다. "채석강 돌산"에서는 정신의 "돌"이 현실의 "돌"을 "깨고 나오고", "가장 깊은 뜻(정신의 본질)"은 "한 방울의 물(현상)처럼"처럼 피어난다. 4연이 다시 어렵다. "울부짖는 돌(정신의 본체)"이 다시 "울부짖음(정신의 작용)"을 "깨고 나오고"라는 표현이기에 그렇다.

동양철학의 체용론體用論은 사물을 본체와 작용으로 구분하지만 실제는 '무극無極'인 일기一機의 작용이다. '무극無極'이 '체體'가 되고 변화와 작용으로서의 '태극太極'이 '용用'이 된다. 4연을 체용론으로 해석하면 '체體'가 '용用'을 깨고 나옴으로 해서 화자는 사물의 본질을 더 깊이 다가선 셈이 된다. 5연에서는 "내가 베어문 돌"의 표현으로 화자의 목소리가 전면에 드러난다. "내가 베어문 돌"이란 결국 무엇일까. 지금까지의 사물에 깃든 정신으로서의 '울부짖는 돌'로 이해하면 간단하지만 시란 해석의 재창조가 가능하기에 재미있는 물건이다.

이 시에서 '울부짖는 돌'이라는 '보조관념'은 '원관념'이 드러나 있지 않기에 은유로 볼 수 없다. 그렇다면 '울부짖는 돌'은 표의表義만 드러나 있고 본의本義가 생략되었기에 상징표현으로 보아야 한다. 상징은 하나의 표의表義에 여러 개의 본의本義가 가능하다. 조남익 시인이 염두에 둔 실제 본의本義와 상관없이 독자인 나는 '울부짖는 돌'을 '철학자의 돌'의 상징으로 해석한다.

'철학자의 돌'은 중세 현교연금술顯敎鍊金術(alchemy)에서 물질을 금金을 바꾸는 과정에서의 원물질原物質을 말한다. 원물질은 음양陰陽의 성질을 함께 가진 질료인데 금을 만들어내는 용매를 가리키며 비교연금술秘敎鍊金術에서는 기독교비전에서의 '지상의 신', '구원자', '대우주의 아들'로 불리는 '신성한 정신'을 뜻하기도 한다. 연금술은 불완전한 인간(돌)을 완전한 인간[金]으로 전환하는 수련을 말하며 '철학자'의 돌은 사물에 본질에 들어 있는 촉매로서의 힘 '메르쿠리우스(Mercurius)'의 다른 이름이다.

시에서의 '울부짖는 돌'이라는 표현이 여기까지 상상을 몰고 왔다. '울부짖는 돌'이란 화자의 심혼心魂(anima)에 관계된 표현이라고 생각이 들기 때문이다. 이런 배경하에 "내가 베어문 돌/ 긴 인고의 불꽃/ 울부짖는 돌."은 거칠고 조악한 물질세계로서의 현실을 시적인 정신의 단련鍊金을 통해 다른 세계로 표현하고자 하는 화자의 시적의지가 가열차게 표현된 시구로 해석된다.

3. 형이상학과 세계관

시란 성정性情을 드러내는 것이기에 시인의 작품에서는 시인의 형이상학과 세계관이 드러나게 마련이다. 시인이 낭만과 리얼리즘, 상

징과 초현실주의 시관을 가지는 것은 시인이 이 세계를 바라보고 해
석하는 기준이 다르기 때문이다. 조남익 시인이 향토와 역사를 소재
로 시를 썼음에도 단순히 서정시인이나 리얼리즘시인으로 분류하기
어려운 까닭은 앞서 말한 '정신'을 시에서 구현하고자 하는 시작태도
에 있다. 조남익 시인의 형이상학적 관념이 드러나 있는 다음시를 살
펴보자.

산은 산에서
꿈을 꿉니다

사랑은 사람에게서
한 송이 꽃이 됩니다

아주 멀리
천분의 한 실 오라기 끝에
지상의 낮과 밤 흐르고

나는 씨 없는 열매가 되겠습니다.

얼굴 없는 꽃잎들
만리장성에 쌓입니다.

아무도 없는 면벽面壁 속으로
나 아닌 나 사라져 갑니다

― 「지상의 가을에」 전문

조남익 시인의 관념이 현실사물과 배후에 있는 초현실의 세계에 이
르는 큰 그림을 그리고 있다. "산은 산에서/ 꿈을 꿉니다"라는 첫 연
을 들여다보자. '산은 산이다'라는 불교의 공안公案은 '산(a)은 산(A)

이 아니다' 라는 부정을 거쳐 '산(A)은 산(a)이다' 라는 큰 긍정의 세계를 드러낸다. 이 시를 '산(a)은 산(a)이다' 라는 평범한 해석을 하면 '꿈을 꿉니다' 라는 문장과 만나 '산이 꿈을 꿉니다' 라는 동시의 세계로 떨어진다. 보편의 산(A, 관념)이 특수로서의 산(a, 사물)에서 꿈을 꾼다는 이 문장은 "사랑(A, 관념)은 사람(a, 사물)에게서/ 한 송이 꽃이 됩니다"는 2연과 구조가 같은 문장이 되어 시해석이 자연스럽게 된다.

3연이 또 어렵다. "아주 멀리/ 천분의 한 실 오라기 끝에/ 지상의 낮과 밤 흐르고"는 표현은 화자가 '대타자' 의 눈으로 화자가 사는 현실을 본 경우다. '천분天分의 한 실오라기 끝' 이라는 하늘의 천명天命 개념이 들어가 있다. 인간의 삶은 하늘이 부여한 큰 사명의 소명으로서 사는 삶이라는 뜻이다. '대타자의 눈' 으로 "아주 멀리" 내려다 본 '지상의 낮과 밤' 은 '현실/이승' 의 시간인데 하늘 시간에 비해 아주 작은 시간이라는 관념을 암시한다. "나는 씨 없는 열매가 되겠습니다.// 얼굴 없는 꽃잎들/ 만리장성에 쌓입니다."의 4, 5연은 화자의 심혼이 윤회를 그치겠다는 소망을 드러낸 구절이다. 마지막 6연 "아무도 없는 면벽面壁 속으로/ 나 아닌 나 사라져 갑니다"의 종결로 화자는 현실세계에서 초탈해서 '열반적정' 의 세계로 가는 노정을 완성하였음을 보여준다. 이 시는 형이상학적 관념이 없으면 이해가 어렵다. "얼굴 없는 꽃잎들/ 만리장성에 쌓입니다."는 5연의 선취禪趣가 드러난 구절은 더욱 그렇다.

4. 현실과 역사정신

『조남익 시전집』에는 백제와 신라 고구려와 단군신화에 이르기까지 우리 민족의 뿌리를 의식한 시들이 많다. 이 역시 역사를 그 자체로 드러내기보다는 역사정신에 관한 시를 펼쳐 보인다. 역사정신이란 구체적으로 무엇일까. 제4시집 『朕의 戀歌』 책머리에 조남익 시인은 다음과 같이 '역사정신'에 관한 소회를 드러낸다.

> 나의 임은 짐朕입니다. 어찌 제왕만이 '짐'이라 할 수 있겠습니까. 제왕이 자신을 '짐'이라 하였다면, 우리는 절대정신으로서의 민족혼民族魂을 '짐'이라는 대명사로 불러도 좋을 것입니다. 그것은 바로 절대아絶對我이기도 합니다. 나의 임은 민족의 기원으로부터 삼국시대까지 국사國史의 이른바 '서장序章', 한민족韓民族의 성립成立 '시기를 주로 소요逍遙하였습니다. 상고시대를 단국檀國, 배달倍達, 배달족倍達族으로 일컫는 바를 따른다면, 나의 임은 주로 ' 배달나라'를 여행한 셈이 되겠습니다.

메를로 퐁티(Maurice Merleau-Ponty)는 예술가란 '사물'의 외양이 아닌 '존재의 의미'를 드러내는 작업을 하는 사람으로 보았다. '존재'란 개별 사물의 형태인 '존재자'를 성립하게 하는 형이상학적 실체인데 개별 사물을 초월해 있으며 은폐되어 있다. 예술이 '존재의 의미'를 개시하기 위해서는 예술가는 깊이를 알 수 없는 '실재'에 대한 절망감을 혼신의 힘으로 밟고, 그 여세를 몰아 가시적인 사물의 피안으로 넘어가는 창조적 예술가의 열정을 보여야 한다고 설명한다.[1]

조남익 시인의 드러내고자 하는 '절대정신'으로서의 '민족혼民族魂'은 곧 역사를 성립하게 하는 '존재'의 의미라고 볼 수 있다. 역사라는 사건 속에 나타난 절대정신에 시인의 혼을 투사하고 그 정체를 '짐朕'이라 표상한 설정이 흥미롭다. 역사를 절대자의 시각에서 조감하고자 하는 화자의 욕망이 들어가 있기 때문이다. 다소 길지만 제4시집 『朕

---

1 송석랑, 『메를리 퐁티의 철학』, 문경출판사, 2005년, 86쪽.

시적 환상과 표현의 불꽃에 갇힌 시와 시인들

의 戀歌』에서 역사정신의 형상화가 잘된 작품을 소개한다.

어젯밤 꿈에는 따오기가 와서 붉은 개구리 한 마리를 잡아다가 땅 위에 메어꽂고는 원통형에 밑으로 굽은 부리로 사정없이 쪼아대니, 그건 개구리가 아니라, 갓난 아기의 처참한 모습이었습니다. 그러나, 죽은 듯이 있었던 피투성이 아기가 어느 새 아장아장 걷기 시작합니다. 이번에는 따오기가 놀라 멈칫 뒤로 물러섰습니다. 씻은 듯이 고운 아기가 방싯방싯 웃으며 나에게로 손 벌려 옵니다.

나는 아기를 안고(오, 그 귀엽고 가벼운 몸이여), 먼 길을 갑니다. 내 고향 부여 백마강에 웬 목선들이 가득했어요. 배의 수미가 바싹 올라간 큼악한 나막신 모양의 배가, 어떤 것은 돛을 가득 올려놓았는가 하면, 어떤 것은 닻을 내리고 한가로이 물살에 떠 있습니다. 중의적삼 입은 야무진 사내들이 짐을 어깨에 지고 쉴새없이 배에 오르내리고 있었습니다. 그래, 여기가 구드래 나루터지. 낙화암 조금 못 미친 곳, 시금은 舊枾里리 부르지만 옛 日本이 백제의 호칭으로도 사용할 정도로 호황을 누렸던 久陁羅가 바로 여기지.

그래요, 백제는 무역이 성행한 해양국가였습니다. 百濟란 이름도 해상국가를 상징하는 百家濟海에서 왔어요. 일본의 北九洲 방면은 물론, 중국 南北朝 시대에는 양자강 하구의 좌우 기슭에도 스스로 稱藩하고는 무역구역을 열었다는 거예요.

근초고왕 말엽인 370년 경에 백제는 南下하는 고구려 세력을 배후에서 견제하기 위해 고구려 후방인 遼西로 진출, 발해만을 들어갑니다. 백제 망한 후 요서의 百濟郡 太守 扶餘崇은 조국을 잃고, 이리저리 방황하다가 축멸되어 이역만리에 떠도는 원혼이 되고 맙니다. 그러나 중국의 正史에 기록된 이 백제의 遼西經略은 三國史記에 써 있지 않고,
또 바다를 건너간 역사의 맥락이 찾아지지 않는다 하여 전면 부인되어 오고 있습니다.

오, 나는 아기를 꼭 안았습니다. 향그런 젖내나는 아기는 새근새근 잠들어 있습니다. 나는 그 영혼을 그윽히 바라봅니다. 남의 역사를 자기들의 史書列傳에 끼어 넣기 좋아하는 중국의 支配史觀, 그러다 보니 韓民族史가 왜곡 기

술되고, 또 中國史로 둔갑한 것은 얼마나 많으리요. 그런데도 백제의 遼西經略은 오히려 거꾸로 되어 있으니, 어리둥절하지 않을 수 없었습니다.

나는 나를 아직 찾지 못하였습니다. 요즈음 뿌리찾기 운동이란 말을 종종 듣습니다만, 우리의 족보들을 보면 많은 성씨들이 그 시조를 중국인으로 하고 있답니다. 중국의 黃帝라든가, 백제를 멸망시킨 唐將 蘇定方의 부장 아모개가 귀화해서 시조가 되었다든가- 등 여러 가지입니다. 우리의 姓이 중국식인 것은 어쩔 수 없다 하더라도, 후세에 중국인을 시조로 떼어다 붙인 것은 해도 너무한 모화사상의 흔적 같거든요.

둥둥 북을 울려라. 한 치 앞 못 내다보고, 迷妄에서 태어나 미망으로 죽는 인간의 어리석음 덮으며, 다시 움 날 이 땅의 희망을 위해 우리 모두 둥둥 북을 울려라

나는 예쁜 아기를 안고 먼길을 갑니다. 구드래 나루터 지나 낙화암에 오르니, 백제의 진혼곡이 성난 물결을 곤두세워 놓곤 울부짖고 있었습니다. 나는 넋 잃고 그것을 내려다 봅니다. 갑자기 등뒤에서 따옥따옥 소리가 나 뒤돌아보니, 따오기가 검은 부리를 한 자는 벌려 놓고 나를 노려봅니다. 나는 놀라 뒷걸음치다가 아, 천길 절벽으로 떨어지면서 소스라쳐 잠이 깨고 맙니다. 혼몽한 가운데 정신이 들면서 내가 안고 있던 아기가 실은 李夕湖 부여문화원장이 언젠가 내게 준 백제의 瓦當 한 쪽이었다는 생각이 들자, 나는 다시 현실의 꿈속으로 빠져들고 말았습니다.

— 「어젯밤 꿈속에는 따오기가 와서」 전문

“갓난 아기”로 은유된 백제정신은 결국 시인이 드러내고자 하는 ‘민족혼民族魂’이다. 해상강국 백제의 ‘요서경략遼西經略’ 같은 민족의 자부심을 그린 시다. 이 시는 화자가 꿈속에서 본 “따오기”가 “붉은 개구리”를 잡아서 쪼는데 그 붉은 개구리는 갓난아기로 변한다. 화자는 “갓난아기”를 안고 화자의 고향인 부여로 가서 역사상의 백제를 추억하는 내용으로 되어 있다.

　역사란 해석가가 현재에서 바라보는 일종의 꿈이다. 이 시는 화자의 꿈에서 역사의 꿈인 "백제"가 등장한다. 화자가 꿈속의 꿈에서 깨어나니 "갓난아기"가 현재의 "백제의 와당瓦當 한 쪽"이라는 은유였음을 직관한다. 이 시에서 화자는 백제시대와 현재가 혼용된 큰 꿈속에 사는 화자자신의 혼이 백제혼이고 민족혼이라는 큰 주제를 말한다. 서정과 서사가 잘 결합된 가편佳篇이다.

　조남익 시인의 '역사정신'에 대한 관심과 천착을 말하기 위해 상기 시를 살펴보았다. 이번 시집 『기다린 사람들이 온다』에서는 같은 주제를 드러낸 시로 다음 시편이 눈에 들어온다.

그들은 몸으로 말하고 몸으로 대답힌다.
밤이면 서로 몸 섞어 안고 잠든다.

지하 10km까지
설령 시추한다 하여도
조금 떠오를 뿐 숨어 우는 민중의 바다
그들은 말하지 않아도 모두 알아채고 있다.
말하지 않는 것이 그들 한마음의 그릇이다.

그들에게 분열이란 처음부터 없었다.
삼국시대니 남북한시대는 아예 없었다.

지하수는 살아있다.
국토 속에서 핏줄처럼 흐른다.
한그루 청정한 나무의 수액으로도
흐르는 지하수

낙뢰 맞아 썩은 고목의 어둠 너머에서

　　먼동이 트는 새벽을
　　기다린 사람들이 온다.

— 「지하수는 살아있다」 전문

　　외형의 역사란 지배자의 논리일 뿐 실제로 인간의 삶을 꾸려가는 것은 침묵하는 민중이라는 주제이다. 민중을 "지하수"로 은유해서 "국토 속에서 핏줄처럼 흐른다"는 표현을 하고 있다. 이 생명을 유지하는 물의 힘은 인간사회뿐이 아니고 "한그루 청정한 나무의 수액으로도／흐르는 지하수"의 힘이어서 민중의 죽지 않은 생명을 말한다. 역사는 왕과 지배자들의 화려한 삶과 그 삶을 부력으로 떠받치는 피지배자의 바다 같은 삶으로 구성되어 있다. 이 시는 "지하수"처럼 드러나지는 않지만 민중의 삶이야말로 "삼국시대"와 "남북한시대"라는 외양을 무너뜨리는 내면의 역사를 구성한다고 말한다. 민중문학이 주창했던 리얼리즘 시각이 들어가 있으나 이 시의 주제는 "지하수"로 표상되는 '민족혼'과 '역사정신'에 역시 닿은 것으로 생각된다.

5. '비가시적인 야생적 존재의 의미'

　　조남익 시인은 시론 「토착의식土着意識과 역사의식歷史意識」에서 다음과 같이 말한다.

　　문단에 얼굴을 내밀고 작품활동을 해온지 벌써 40여 년이 되는 것 같다. 지금까지 시집 6권, 229편이 나의 작품 전량이 되고 있으니 나는 과작을 한 셈이다. 그러나 내 생애적 입장에서 볼적에는 그 나름의 정신적 자취를 규명해 볼 수도 있을 것이다. (…중략…) 시는 주관성이 강한 장르이다. 시인 루이스 맥니스는 시를 가리켜 "인간의 생에 대한 반응을 기록하는 하나의 정밀기계"라고 하였고, '생에 대한 반응'이란 곧 치열한 정신의 흔적을 말한다고 할 수 있다. 그런데 그 정신의 흔적은 비속하고 일상적인 것과는 달리 "최선의 질서에 놓인 최선의 말"(코울리지)에 있었던 것이기 때문에 재기발랄하고 뛰어난 '정예의 기록'에 남은 것이라고 하겠다. 이러한 기록의 연속은 하나의 생에 대한 신화적神話的체계를 형성해갈 수도 있을 것이다.[2]

'예술은 자연의 모방'이라는 명제는 사물의 존재를 소박하게 받아들이는 예술관이다. '자연주의'나 '리얼리즘' 예술은 사물을 있는 그대로 생생하게 그려내고자 한다. 그러나 사물에 깃들여진 정신을 드러내고자 하는 예술관은 사물의 본체本體(정신)가 현상現象(사물)에 어떻게 드러나 있는지를 살핀다. '후설(Edmud Husserl)'의 '선험적 현상학'은 우리가 감각하는 일상적인 사물에 대한 태도를 괄호에 넣은 다음(현상학적 판단중지) 남아 있는 순수의식의 본질을 직관하여 진리를 드러내고자 한다. 조남익 시인이 시에 있어서 사물의 정신을 드러내려는 태도가 현상학적 입장과 유사하다. 후설의 현상학을 실존주의 입장에서 발전시킨 '메를로 퐁티'의 예술관은 조남익 시인의 세계관을 더욱 깊이 뒷받침한다.

요컨대, 메를리 퐁티가 원했던 것은 인간의 로고스를 확장시키는 가운데 육화된 이성의 체험속에서 명증성을 추구하는 일이다. 메를로 퐁티의 철학에 있어 투명한 관념이 갖는 불투명한 배경은 '지각세계'가 되며, 그것은 진리의 근거로서의 '야생적'(sauvage) 존재의 의미세계가 된다. 그는 기원의 진리인 이 야생적 존재의 원리로서 '가시적인 것'과 '비가시적인 것'을 이야기한다. '존재'란 가시성의 이면에 비가시적인 의미의 깊이를 갖는다는 것이다. 이 비가시적인 '야생적 존재의 의미'는 예술을 통해 직접 접근되어질 수 있다. '침묵의 언어'로서의 예술이 갖는 '소리 없는 목소리'의 '표현' 때문이다.[3]

____

2 『조남익 시전집』, 438, 454쪽.
3 송석랑, 앞의 책, 114~115쪽.

시인은 '침묵의 언어'로서의 예술이 갖는 '소리 없는 목소리'의 '표현' 때문에 평생을 고통 속에 사는 사람이다. '비가시적인 야생적 존재의 의미'를 시라는 언어 현상現象으로 드러내야 하기 때문이다. 『조남익 시전집』에는 시인의 시적 방황이 여러 갈래로 나와 있다. 그러나 시란 결국 시인 자신으로 돌아간다. 시에 깃들여진 진리의식으로서의 '정신'이란 시인의 내면에 비친 자연과 외부사물(대타자)의 정신이기 때문이다. 조남익 시인의 시정신이 시「水古里」에서 출발하였듯이 그 시정신의 귀착점도 나는 이번 시집『기다린 사람들이 온다』의 다음 시에서 찾고 싶다

참나무 숲속은 울창한 장졸들이 하늘을 찌를 듯 발돋움하고 팔 벌리어 섰네. 단단한 결로 각반을 감은 늘씬한 다리가 즐비하고 하늘은 안 보이네. 상수리나무 갈참나무 굴참나무 물참나무 졸참나무 떡갈나무 신갈나무 등 참나무의 나라에 5월이면 꽃 피어나기도 하지만, 피 끓는 그들의 몸은 땅이 좁다고 , 땅이 척박해 살 수 없다고, 뿌리 뻗어 가다가도 철통 같은 몸 흔들어 자유의 멍에를 절거덕 끌고 가는 신음소리 내며 노호하네.

참나무는 울어도 땅속에서 우네. 이 땅의 오랜 혼이 묻힌 땅속에, 나무나 사람이나 죽으면 돌아가는 땅속에, 육신은 썩어 흙이 되고 신기루로 남은 혼이 잠자는 땅속에, 그들의 큰 뜻은 아직 살아 있어라. 귀걸이 코걸이로 동네 방네 떠돌 적에 썩은 새끼로 범이라도 잡을 듯 우쭐댈 적에, 참나무의 혼은 비행기도 안 타고 곧장 죽순인 양 솟아 나왔네. 활 잘 쏘는 주몽이, 천신만고 대조영이, 백의 종군 이순신, 의기남아들이 참나무 숲에서 태어난다네.

참나무 숲에 들면 왼통 무인의 기백이네. 소나무가 문신이라면 참나무는 무신의 힘을 뽐내며 땅속으로부터 한반도를 출렁이게 하네. 나는 아무도 모를 야생의 씨앗을 타고 얼마나 출렁거리며 영원히 젊은 신들의 눈에 숨어 있었을까. 나는 벌레였을까. 풀꽃이었을까. 익어가는 사과의 향기는 휘발성의 영묘한 정기이듯 둥지없는 나의 작은 새는 얼마나 눈 맞추려 자연의 섭리에

흐느꼈을까. 깊은 산에 자생하는 박달나무로 올라 갔다가, 신단수 아래 신시
에서 기웃거리다가, 홍시로 떨어졌다가 마침내 보름달, 어딘가 한 사발의 보
리밥이 익은 보름달.

　　누가 무어라 해도 숯이네, 참숯. 사람이 한 평생 살다 죽고 나면, 어떤 모습
일까. 초개일까. 숯일까. 불 붙이면 벌겋게 타오르며 생전의 가치를 뜨겁게
태우는 숯. 지금 얼마나 많은 참숯이 세상을 밝게 비추며 달구고 있는가. 나
는 밤이면 야생의 숲으로 가서 몸 젖어 온다네. 숯이 숲에서 자라고, 숲이 숯
을 만드네. 나라의 태몽이 저 백두산 천지에서 날아오면, 어느 곳인가 강보에
싸인 아기의 숨소리가 향기로운 종을 치는 참나무 숲.

—「참나무 숲」 전문

　이 시는 여러 가지 시적수사와 상황이 반영된 시다. 나무로 사람을
의인화하고 숲으로 한민족을 은유했다. 민족과 역사의 상황을 풍자한
알레고리로도 읽힌다. "신단수"부터 현재의 "비행기"까지의 시간설정
은 긴 서사시로도 보이게 한다. 시란 다중 해석이 가능한 시가 좋은
시다. 화자가 드러내고자 하는 주제는 "아기의 숨소리"로 상징되는
'민족혼(정신)'인데 화자가 이루고 싶은 정신의 경지를 투사했다. 이
시에서 메를로 퐁티가 말한 '비가시적인 야생적 존재의 의미'가 생생
하게 드러나지 않은가.

　나는 조남익 시인이 추구하고자 했던 '정신'의 실체를 『조남익 시
전집』과 이번 시집 『기다린 사람들이 온다』의 시를 통해 추구해보았
다. 조남익 시인은 사물의 중심에는 물질이 아닌 '정신'이 있어 비가
시적인 존재로 자리하고 있으며 시란 이 '정신'을 드러내는 일이라고
믿고 있다. 그 정신은 '숲'으로 상징되는 큰 정신과 '나무'로 상징되
는 개인정신이 있다고 생각한다. 여러 시를 통해 본 결과 조남익 시인
은 생명과 세계란 이런 '정신'의 개진과 은폐, 순환과 정지로 이루어

졌다고 무의식적으로 파악한다. 앞서의 시론 인용에서 조 시인은 비록 과작의 시들이지만 이 '정신'을 드러내는 일에 일생에 걸쳐 '시적 고투'를 했다고 말한다.

이 대목에서 나는 시를 쓰는 일이란 작은 불꽃이 일어나리라고 믿으면서 시적 자아에 성냥개비를 긋는 일과 비슷하다고 생각한다. 정신의 집중과 강도가 굳지 않으면 시의 불꽃이 일어나지 않는다. 성냥개비를 여러 번 부러뜨려 다행히 불이 붙어도 마른 장작개비로서의 사유의 내용이 풍부하게 준비되지 않으면 큰 불길이 일어나지 않는다. 시를 쓰는 일이란 이토록 어려운 일이다. 조남익 시인의 시편 중 큰 불길에 성공한 시로 나는 인용한 「水古里」와 , 4시집 『朕의 戀歌』에 실린 「어젯밤 꿈속에는 따오기가 와서」, 「한울님과 웅녀」, 「廣開土王碑」 그리고 이번 시집에 실린 「참나무 숲」을 들고 싶다.

예술의 한 갈래인 시는 이상한 마력이 있다. 고뇌일지라도 시인이 정신의 불꽃을 당겨 시를 쓰려는 이유는 시인이 유한하고 덧없는 개인 일생에 만족하지 않기 때문이다. 조남익 시인이 참여해온 예술세계란 '비가시적인 야생적 존재의 의미'가 생생한 숲으로 인간의 시야에서 떨어져 있다. 시인은 '풀이 더 있고 사람이 걸은 자취가 적은' 길로 가서 자신의 심장에서 들리는 '북소리'를 듣는 운명을 선택한 사람이다.

'유한 시간'으로 '무한 시간'에 대한 '노스탤지어'를 노래하다

홍희표의 『홍희표시 다시 읽기 4』

1. 시간의 해석

원시인들은 인간의 외부에서 일어나는 사건과 내부에서 발생하는 일을 뚜렷하게 구분하지 않았다고 한다. 물질계에서 일어나는 일과 정신계에서 일어나는 일을 현대인처럼 명확하게 구분하지 않은 것이다. 원시인들이 바라본 세계의 외적·내적 흐름은 한 무더기의 동시발생적인 사건들이 연속하는 것이며 그 사건들의 변화를 인식하는 일이었다.

우리 현대인들은 '과거'·'현재'·'미래'를 명확하게 나누어 구분한다. 물리적 시간은 사실 하나이며 나눌 수 없는 것임에도 현대인의 인식이 다른 범주로 구분한다. 현대의 인간은 태어나자마자 저절로 이 사회의 일원이 되는 것은 아니다. 현대의 시간관념이나 언어적 세계관에 익숙해지기 이전부터 지금 세계의 박자, 속도 그리고 사건의 발생과 변화빈도에 적응하도록 길들여진다. 인간의 시간관념은 학습

되는 것이다. 하루살이와 같은 벌레나 올빼미 같은 야행성 동물의 시간느낌은 인간과 매우 다를 것이라 추측된다. 생물은 자신만의 고유한 시간관념(느낌)을 가지고 다른 시간의 세계를 산다.

고대 그리스 사람들은 시간을 '생명 그 자체' '생명에 깃들여 있는 성스러운 신비' 라고 생각한 것 같다. 그들은 시간을 신성한 강 오케아노스(Oceanos)로 생각했다. 천공天空(우라노스)과 대지(가이아) 사이에서 태어난 티탄신족의 하나인 오케아노스는 세상의 모든 하천이며 바다이다. 오케아노스는 물의 신인데 대륙을 둘러싼 지중해와 대양을 의미했다. 오케아노스는 황도 12궁을 등에 지고 자기 꼬리를 물고 있는 뱀의 형상으로도 상징되며 순환의 의미도 있었다.

그리스인들은 후대에 시간을 제우스의 아버지 크로노스(Chronos)로 여기거나 아이온(Aion) 등의 신과 동일시하기도 했다. 아이온(Aion)은 생명체의 내부에 흐르는 활력의 표상이며 개체의 수명과 운명을 주관했다. 이 활력의 흐름은 개체가 죽은 후에도 뱀의 모습을 한 채 그대로 하늘에 남아 있다고 생각했다. 인간과 개체가 경험하는 생명은 일회적이나 시간-성스러운 에너지는 불사한다고 본 것 같다(고대인의 신은 인격적인 의미와 함께 인간의 능력을 초월한 사물의 법칙이나 기능(function)의 의미를 가진 복합적인 개념으로 이해해야 한다. 고대의 신은 과학이 발달하기 이전에 주관과 객관에 걸쳐 있는 숭고이며 경외로운 존재였다).

시간을 신으로 생각하고 끊이지 않는 삶과 죽음의 흐름으로 본 원형상징은 인도의 신화에도 있다. 브라마(Brama)는 만물의 창조자이고 비쉬누(Vishnu)는 유지자이며 시바(Shiva)는 파괴자이다. 모두 영원한 시간 에너지를 표상한다. 바가바드 기타에는 비쉬누의 언명이 있다. "나는 시간이로다. 세상이 무르익으면 그것을 다시 쇠퇴시키고 파괴하리라." 브라마, 비쉬누, 시바는 우주의 일자―者인 브라만(Brhaman)이 현상에 나툰 다른 측면을 말한다.

2. 시간의 영겁과 저항에 관한 글쓰기

홍희표 시인은 언제가 사석에서 자신의 시 쓰기가 '시간의 쇠락과 초월, 시간의 영겁과 저항에 관한 글쓰기'라고 말한 적이 있다. 다소 추상적인 이야기지만 이 주제는 어떤 시인에게도 해당한다. 시는 기억의 회상에서 떠오른 이미지와 감정의 직관적인 결합에서 만들어지기 때문이다. 시간이란 우리 인의 신험직 직관이머 관념이라고 칸드가 말한 바 있다. 우리는 사물의 운동과 변화를 인과적 순서에 의해 인식한다. 이 시간과 공간의 범주인식이 사물에 질서를 부여한다. 사실상의 물리세계는 사건들이 동시다발적으로 일어나는 카오스인지도 모른다. 그러나 사건들은 시간과 공간에 의해 범주내의 집합으로 표상되고 질서 내의 인과관계로 인간의 오성이 판단한다.

다시 홍희표 시인의 말을 빌리면 "숨 쉬며 살아 있는 모든 것은 낡고, 서서히 죽어가면서 스스로 저 혼자 어떤 존재증명을 위해 몸부림친다. 그들은 모두 소멸될 것이고 망각의 강을 건널 것이다. 그 레떼의 강줄기에서 변증법으로 피어나는 시인의 외마디가 시 쓰기다"라고 시를 정의한다.

그의 시를 한 편 살펴보자.

몸 섞고 섞는 금강물이었다가
피 뿜는 낙엽이었다가

어느 날 사랑했던 자리마다
기러기 한 줄이었다가
날아가네 서편하늘.

살점 뜯는 진저리이었다가
찔레나무 사마귀이었다가
어느 날 사랑했던 자리마다
우리는 서로 칼끝이었다가
날아가네 검은 골짜기.

—「아뿔사, 칼끝」 전문

이 시는 사물의 무상無常과 변화를 말한다. 불교적인 윤회가 배경에 깔려 있는데 사물은 각자가 서로를 관계하면서 변화한다는 주제의식이 반영되어 있다. 1연에서는 생략된 주어가 2연에서는 "우리는 서로 칼끝이었다가"로 나타난다. 우리는 "살점 뜯는 진저리"의 추상적인 상황의 존재이기도 하고 "찔레나무 사마귀" 같은 구체적인 사물이기도 하고 인간의 희로애락에서 애증을 나누는 "칼끝"이기도 하지만 모두 자연의 한 부분으로 수렴된다는 의식이 들어가 있다.

자연이라는 '타자'의 일부분이 드러난 "검은 골짜기"마저 "날아가네"라고 홍 시인은 말한다. 자연이 날아갈 리는 없으니 홍 시인의 의식에서 날아간 자연이다. 화자가 스러지기에 자연도 날아간다. 내가 있기에 자연도 있으며 자연이 있기에 내가 있다는 연기緣起의 생각이 배경에 있다. 1연은 동일한 구조의 반복이지만 사물이 "몸 섞고 섞는 금강물"처럼 만나는 상황이 2연에서 사물이 헤어지는 상황과 대비되는 점이 다르다.

이 시가 홍 시인이 말하는 "시간의 쇠락과 초월, 시간의 영겁과 저항에 관한 글쓰기'일까?

주제로 보면 "시간의 쇠락과 초월, 시간의 영겁"에 관한 배경의식이 들어간 점이 맞다. 그러나 세밀한 의미로는 시간에 대한 저항이라고 하기는 어렵다. 화자는 변화하는 시간에 동화되어서 자연의 일부가 되었다가 그 자연마저도 의식에서 꺼지는 무한 어둠에의 몰입을 말하기 때문이다. 이 시가 "저항에 관한 글쓰기"라면 글자로 표현해서 개체의 죽음 후에도 기억을 남기고자 하는 인간의 욕망에 관한 큰 테제의 이야기여야 한다. 서구 학자들은 『오딧세이』와 『일리아드』가 그리스 인간의 영웅적 행위에 대한 기억이며 찬미이면서 동시에 시간에 소멸하는 인간운명에 대한 저항이라고 말한다. 인간이 인간의 행위에 대한 영원성을 부여하면서 시간에 대한 저항이 일어난다. 화자는 영웅에 대한 이야기가 아닌 소멸하는 개인에 대한 이야기를 한다. 개인은 소멸하지만 개인이 죽음으로서 흡수되는 자연(자연물자체)는 영원하다는 의식이 있으므로 자연과 세계에 대한 순응이다.

홍 시인이 말하는 "시간의 영겁과 저항에 관한 글쓰기"라는 입장에서는 다음 시가 이 주제에 포함될 수 있다.

앞뒷들 푸른 벌판, 보기만 하여도 배불러, 어―하 어―하―야! 바다… 물바다… 황산갱갱이 들판이 안보이네. 폭우가 지나간 정묘년丁卯年 7월 23일 오후 하늘에서 본 금강 수해지역은 온통 누런 황톳물 뿐. 최고 강우량 670mm나 되는 금강 중하류 유역은 논밭 간곳없고 바다… 물바다… 이장 김金씨는 22일밤 강물이 범람한데다 이웃 논산군 성동면 두 곳의 제방이 무너지면서 동네가 집단으로 정박한 고기잡이배처럼 고립되기 시작했지만 "설마설마"하다가… 박朴씨 노인은 "내 칠십 평생 이런 물난리는 난생 처음"이라며 "이번 장마가 '천재' 냐 '인재' 냐"고 한숨 지으는데… 논산읍으로 출근하던 중 밀어닥친 물에 떠밀려 왔다는 버스 운전사 이李씨는 "그 많은 댐들과 기상대는 고물상에나 팔아먹든지 원……" 금강 수위가 낮아지고 있다는 소식에도 정丁씨는 "올해 농사 다 망쳤네 망쳤네" 몸부림치고, 그러나 정丁씨의 큰아들 "농사를 다 망쳤지만 담밑에 아직 남아있는 패랭이꽃처럼 우리는 주저앉지 않아

요” 하면서 어-하 어-하-야 하면서 씩 웃는데……앞뒷들 푸른 벌판, 보기
만 하여도 배불러, 어-하 어-하-야 !

—「패랭이 꽃」 전문

이 시는 서사구조이다. 인간이 자연에 대항하여 경작을 하는 행위가
문화(Culture)이며 저항이다. 인간이 생존을 위해 전장에 나간 트로이
의 전사들이 역사에 드러난 영웅이라면 마찬가지로 생존을 위해 자연
과 대항한 농부도 영웅이다. 큰 주제인가 작은 주제인가의 차이가 있
을 뿐 모두 자신의 자연적 운명을 거스르는 행위이기 때문이다. 이 시
에서 서사는 홍수에 유린된 벌판에 넋을 놓은 아버지 세대의 불운과
한탄에 대해 아들 세대(정丁씨의 큰아들)가 말하는 다음 행위이다. 아
들은 “농사를 다 망쳤지만 담밑에 아직 남아있는 패랭이꽃처럼 우리
는 주저앉지 않아요” 하는 인간의 의지를 보여준다. 내용상 자연의 운
명에 대한 저항이라고 할 수 있다.

홍 시인이 말하는 “시간의 영겁과 저항에 관한 글쓰기”는 아마도 이
런 개별 작품에 드러난 주제의식에서 말하는 것은 아닌 것 같다. 홍
시인의 시세계를 전반적으로 고찰해볼 때 홍 시인은 인간이 시를 쓰
는 행위 자체가 “저항에 관한 글쓰기”라고 말하는 것 같다.

시란 시가무詩歌舞가 하나였던 고대 제의에서부터 인간이 큰 타자인
자연에게 말하는 도구였다. 자연(신)에 호소해서 인간의 의지대로 자
연을 바꾸어보려는 의도가 담긴 말들이 주문呪文이었다. 주문은 외연
으로는 인간이 신에게 호소하며 탄원하는 형식이지만 내포로는 인간
의 욕망과 의지대로 자연(신)이 움직여주기를 바라는 계약의 의도가
있다. 희생물은 계약의 증표이자 거래물이다. 이 역시 영웅행위다. 운
명에 순응하고자 하는 태도가 아니기 때문이다. 시는 이러한 주문에
서 출발했고 인간이 시를 말한다는 것은 기억의 소멸과 인간의 한계

상황을 탈출하고자 하는 꿈과 원망을 말하는 행위이다. 그러므로 서
사이다.

시가무詩歌舞가 분리되면서 주문에 실려 있던 인간의 시적 에너지는
약화되었다. 시적 에너지는 외부의 상황을 변화시키는 행위에서 시인
의 내면으로 향해 개인의 꿈과 무의식을 말하게 된다. 서정시는 외부
사물에 대한 인간의 희로애락을 드러냄으로서 인간이 이루지 못한 가
능성의 세계를 말한다. 오늘날의 서정시들이 "시간과 영겁에 대한 글
쓰기"를 주장할 수 있으려면 인간의 꿈과 욕망이 인간의 수명에 갇히
지 않는 확장된 인식으로서의 글쓰기여야 한다.

결국 인간이 죽은 후에도 다른 세대와 문화에서도 화자의 생생한 감
정과 사유가 전달되어야 하는 글쓰기를 의미한다. 시인의 생생한 감
성과 사유가 시석으로 형성뇌었는가는 별개로 홍 시인이 시적 내상을
큰 스케일로 바라보고자 한 시가 눈에 띈다.

3. "백년 고독"의 한계상황에 갇혀 있는 시간

황산벌 거친 들판
김관식 시인이
돌고래처럼 웃고 있습니다

오, 화살나무의 백년 고독이라니!

저녁눈 내리는 거리에서
박용래 시인이
막걸리잔을 기울이고

오, 감꽃 마을의 백년 고독!

무덤 옆 개망초꽃
홍희표 시인이
원고지 칸에 갇혀 신음하고

아, 거미줄의 백년 고독을!

—「먼 바다」 전문

　삶과 존재의 행위는 "백년 고독"의 한계상황에 갇혀 있다는 메시지이다. 이 시는 상상에 의해 백년 고독이라는 긴 시간을 한 순간의 이미지(그림)로 처리했지만 동시에 드러나지 않은 나머지 세계(백년 밖의 세계―그림의 여백)를 독자에게 암시함으로 인해 시가 백년 시간을 뛰어넘는 상황도 암시한다. 시는 이러한 암유의 기능 때문에 인간의 상상력을 무한으로 확장한다.

　사물은 모두 시간 내 존재이며 시간의 분절이다. 그러므로 개별사물이 된다. 바이블의 전도서에 "모든 일에는 계절이 있고 하늘 아래 모든 것은 제각기 때가 있다"(제3장 제1절)는 언술도 사물이 시간 내 존재임을 말하고 있다. 이 시에서 동원한 사물들 "김관식", "돌고래", "화살나무", "저녁눈", "박용래", "막걸리잔", "감꽃 마을", "무덤", "개망초꽃", "홍희표", "원고지", "거미줄"은 모두가 저의 때를 맞아 지상에서 빛을 내다가 어둠으로 스러지는 존재들이다. 이 시에서 가장 목숨이 긴 "들판"도 언제인가는 바다로 변하는 시간에 있다. 사물이 왜 이러한 모습으로 몸을 변하는 가는 수수께끼다. 그러면서도 물리적인 에너지 총량은 변하지 않는다고 하니 개별사물들은 물리적 에너지가 몸의 바꾸는 것(운동)의 결과에 불과하다.

　신플라톤주의 철학자들은 우주의 이러한 성질에 착안해서 일자―者의 형이상학적인 원인으로 모든 개별사물이 성립한다고 보았다. 인과론 자체가 인간이 사물을 해석하는 범주의 틀이므로 인간은 원인이 없는 사물이나 운동은 이해하지 못하는 경향이 있다. 그러면 '일자의 원인은 무엇인가' 하는 논리적 의문이 있으나 성서는 'I am that I am'이라는 회귀논리로 빠져나갔고 동양에서는 절대 '무無'나 절대 '공空'을 말한다. 시간과 공간이 사라진 곳에 절대인식이나 초월이 존재한다.

홍 시인이 말하고자 하는 "시간과 영겁에 대한 글쓰기"란 그러므로 형이상학의 일자를 직접 드러내거나 아니면 형이상학인 일자가 존재의 형태로 드러낸 개별사물의 유한성을 묘사함으로서 형이상학의 일자를 간접으로 드러내야 한다.

홍희표 시인이 다시 자신의 시적 세계를 드러낸 말이 있다. "시간은 비기억적이이시 되돌릴 수 없다. 그 고향을 향한 그리움, 곧 노스밸지어가 미래로 향해 역전될 때 유토피아가 떠오른다. 시 쓰기는 이 유토피아를 향한 안간힘의 궤적이다."라고 말한다. 시간이 미래로의 방향성을 갖는 이유는 물리학적 수수께끼다. 공간의 다른 표현이 시간이고 시간의 다른 표현이 공간으로 볼 때, 공간은 사방팔방으로 자유롭게 움직이지만 시간만은 오로지 한 방향으로 진행한다. 인간의 은유 사고는 이 사실을 '시간이 화살같이 날아간다.'라고 인식한다.

시간이 화살같이 날아가는가? 서양의 직선적 시간관으로는 그렇다. '나는 알파요, 오메가이다.'라는 야훼의 언술은 신이 이 세상의 처음을 만들었고 끝을 장식한다는 서양의 의식이 반영되어 있다. 서구 세계에서 시간은 창조된 후 종말로 가는 직선운동을 한다.

홍희표 시인의 언술대로 한다면 그에게는 시간에 대한 콤플렉스가 있으니 '노스탤지어'와 '유토피아'다. 말의 문맥으로 볼 때 '노스탤지어'란 존재가 태어난 시원에 대한 향수를 말하고 '유토피아'란 다시

존재가 돌아가야 하는 근본시간에 대한 비전을 말하는 것 같다. 홍 시
인에게 시 쓰기는 결국 인간의 경험하는 일상시간 속에 '초월 시간'을
드러낸다는 의미이다.

4. 현실 시간과 '초월 시간'

구룡사九龍寺 오리숲 지나니 북두칠성이 외마디로 소리치고 있습니다. 원통
문圓通門을 거쳐 우리는 삿갓주酒 찾아 찾아 나섰는데 이미 주승은 가짜 잠이
들었고, 올빼미만 눈알 굴리며 아홉 명의 헛그림자 따라오고 있습니다. 산수
유꽃도 피어나고 우리의 가짜 사랑 이야기로 물소리는 하염없이 설레이고,
하늘나라의 용龍이 못된 아홉 마리의 이무기가 지랄탄 터지는 어둠 속에서 피
내음에 취해 취해 꿈틀댑니다. "어째서 여기까지 왔지? 그래서 당신은 삼류
시인이야!" 가짜 주승이 잠깨어 올빼미처럼 폭포소리 사이로 떨어지고 있습
니다.

—「산수유 꽃」 전문

이 시에서는 현실의 시간과 '초월 시간'이 혼용된 모습을 보여준다.
"구룡사九龍寺 오리숲"은 지상의 시간이 흐르는 장소이고 "북두칠성"
은 하늘의 시간이 흐르는 장소이다.
"원통문圓通門을 거쳐" "삿갓주酒 찾아"가는 우리는 지상의 시간을
걸어가는데 "아홉명의 헛그림자 따라오"는 시간은 도깨비와 귀신의
시간이다. "산수유꽃"이 피어나는 물가의 시간은 다시 속세의 시간이
고, "하늘나라의 용龍이 못된 아홉 마리의 이무기가 지랄탄 터지는 어
둠"에서 노는 시간은 성서의 '에덴 시간'을 말한다. 이 시에서의 시간
관으로만 본다면 이 세계는 지상과 초월, 성과 속의 시간이 공존하는
세계이다. 홍 시인의 무의식은 이런 방식으로 초월 시간을 드러낸다.
서구의 시간에서는 사물은 모두 무질서(엔트로피)의 증가로 이어져

우주는 열평형상태로 가게 된다(열역학 제2법칙). 이 개념에서 시간은 돌이킬 수 없고 '화살 같이' 종말을 향해간다. 여기서의 초월 시간은 시간 그 자체(서구에서는 시간을 신神 자체의 속성으로 보기도 했다), 인간의 감각과 경험 밖에 있는 시간을 말하기도 한다. 홍 시인이 이런 큰 시간을 일상의 시간으로 끌어들여 설명하고자 하는 노력의 시가 한 편 더 있다.

> 죽은 사람의 옷, 나무껍질의 옷 입고 두발과 수염 뽑는 직립의, 부좌不坐의, 장작더미에서 자는 고행하며 야채, 생식, 참깨가루, 풀과 쇠똥, 나무뿌리 등, 떨어진 것만 먹으면 한 방울의 물 속에서 보이던 꽃잎 하나……
>
> 흰개미 죽지 않도록 뒤로 물러설 때도 조심하며 산 속의 사슴, 들소들 놀라지 않도록 피하여 다니면 한 방울의 물 속에서 문득 보이던 생로병사……
>
> 숲 속에서 살며 무지의 죽은 자 뼈 깔고 누워 쉬기두 하며.
>
> 상두산象頭山과 정각산正覺山 사이에 출렁이는 한 방울의 물.
>
> —「한방울의 물에도」 전문

이 시에서 화자는 일상의 시간이 아닌 '초월 시간'을 경험하기 위해 흔히 말하는 수도자의 고행을 하고 있다. 고행은 인간의 감각을 물질적인 세계에서 벗어나 정신적인 힘을 얻기 위한 과정이다. 일상적인 감각의 확장이 보여주는 세계는 아마도 보다 '큰 시간'—세계 자체를 지탱하고 있는 근본의 시간—이라고 불가나 도가에서 생각되어져 왔다. 실제로는 무시간 즉 시간이 사라진 근본자리를 말하기도 한다. 화자는 "죽은 사람의 옷"을 입고 "장작더미"에서 자며 생식을 한다. 이런 고행으로 예민해진 정신이 보는 것은 "물 속에서 보이던 꽃잎 하나"이다. 이 "꽃잎 하나"가 현실의 꽃잎이자 석가가 가섭에게 보여주었던 '염화시중'의 꽃잎이라는 것을 시인은 암시한다.

불가제자로서의 화자의 수행은 "흰개미 죽지 않도록 뒤로 물러설 때도 조심하며" "산 속의 사슴, 들소들 놀라지 않도록 피하여 다니면"서 다니는 길인데 화자는 "물 속에서 문득 보이던 생로병사"를 경험하기도 한다. 이 "한 방울의 물"이 어떤 알레고리의 은유인지는 다소 모호하다. 인간의 자아나 개체정신이 '큰 시간'이나 '세계정신'의 바다에서 떠온 '한 방울의 물'이라는 신비주의자의 표현에서 말하는 한 방울의 물이 있다. 고전에서는 '한 알의 모래알 속에서 우주를 본다'는 블레이크식의 부분과 전체를 드러내는 문학적 표현도 있다.

크게 보아 당대문학은 모두 선대 문학자들의 사유와 감정에 빚지고 있다. 인간의 언어와 의식은 당대와 전대의 문화적 퇴적으로 이루어져 있다. 인간의 상상력과 예술은 외연에 자신의 개성으로 페인트칠 했으나 우리는 텍스트에 내포되어 있는 무의식의 지층을 보아야 한다. 홍 시인은 불교적 사유에 기대에 사물을 보고 이 한 편의 시를 만들어냈다. 여기에서는 물론 불교적 연기와 열반으로서의 시간이 배경으로 들어가 있다.

연기緣起는 본래 힌두사상에서 빌려온 개념이다. 인도에서는 순환적 시간관을 가지고 있다. 시간의 기본 단위는 유가(yuga, 1,080,000년)인데 그 유가가 4번 돌면 시간이 한 바퀴 완성되는 마하유가가 된다. 바늘이 4,320,000년 만에 한 번 도는 큰 시계를 연상하면 된다.

첫 번째 유가(yuga)가 '황금 시대'이고 은과 동의 시대를 지나 지금은 '철의 시대'라고 한다. 그래서 고통스런 현실을 사는 인간은 '황금 시대'를 그리며 산다고 한다. 어느 문화에서나 '황금 시대'에 대한 전설과 신화가 있다. '황금 시대'는 인간의 집단무의식에 '콤플렉스'로 작용하는 심리구조이다. 신화나 전설의 시간은 지금 이 지상에서는 없는 시간이다. 인간의 무의식에 깊이 가라앉아 있는 시간이다. 마음의 지하를 열고 '황금 시간'으로 돌아가는 일은 정신분석학에서는 '퇴행'으로 보기도 한다. 태어나기 이전 시간에 뿌리를 두고 있으므로 지금 여기를 벗어난 태아 시절로 가는 일이기도 하고 보다 적극적인 해석으로는 전생의 시간으로 가는 일이기도 하다. 홍 시인의 유토피아(혹은 신화) 시간에 대한 콤플렉스를 드러낸 시를 다시 살펴본다.

여름방학 때 우리는 소제蘇堤방죽에 살았지요. 소나무 사이로 갈대숲이 흔들리면 말잠자리 잡기 위해 콩 튀듯 날뛰었지요. 나마리동동 파리동동, 높이 높이 날지마라, 거미줄에 얽힐라, 전깃줄에 얽힐라……

옛날 아주 옛날에 99간 짜리 기와집에 살았던 부자영감은 노랭이로 소문이 나 있었지요. 머슴 다루기를 소처럼 다루었고, 간장 하나로 밥을 먹었다는 사람이지요. 하루는 그가 머슴을 시켜서 외양간 두엄을 치는데, 마침 스님 한 분이 집문전에 와서 목탁을 치고 있었지요. 집안에 들어오는 것은 좋아하나, 나가는 것을 싫어하는 영감은, 머슴 삽자루 빼앗아 스님의 바랑에 두엄을 퍼 넣었지요. 그렇지만 스님은 "나무아미타불 관세음보살"하고 그 자리 물러났지요. 그 집며느리가 그 광경보고 뒷문으로 몰래 나와 앞치마로 쌀을 한 바가지 가지고 가, 얼른 스님바랑에 쌀을 붓고 돌아섰지요. 스님은 걸어가는 그 집 며느리를 불러 세워 "내일 아침에 베틀을 가지고 앞산으로 올라오시오. 허나 한가지 유의할 것은 뒤를 돌아봐서는 안됩니다." 그 다음날, 이 집 며느리는 스님이 말 한대로 베틀 안고 앞산을 오르기 시작했지요. 산을 오를수록 하늘은 컴컴해지더니, 뇌성벼락이 하늘을 진동시키는 것이었지요. 며느리는 갑자기 스님의 부탁을 잊은 듯 집이 궁금해서 뒤를 돌아봤지요. 그런데 이게 사실일까? 자기가 막 떠나온 집으로 불기둥이 내려 비치더니, 집은 산산조각이 나고, 그 위로 큰바다의 파도같은 물결이 공중에서 내려오더니 집 주위를 못으로 만드는 것이었지요. 며느리는 어이없어 돌아선 발자국을 집으로 향해 디뎠을 때, 뇌성벼락이 치면서 며느리를 바위로 만들었지요.

노랭이영감 같은 양귀비꽃술 같은 소제蘇堤방죽 - 소나무 사이로 베틀을 안은 채 뛰어가려는 며느리 바위가 있지요. 우리는 그 위에서 뛰어내리면서

나마리동동 파리동동, 방죽너머로 가지마라, 나구나구 놀—자, 이리와서 앉
어라, 나구나구 놀—자.

—「소제蘇堤방죽」 전문

"소제蘇堤방죽"이라는 현실공간에서 홍 시인은 이 방죽에 얽힌 전설
(곧 신화의 시간)을 드러낸다. 불교적 연기관에 의한 업業의 시간이 어
떻게 일어나고 무너지는가 하는 내용이 이 시에 드러난다. 업의 시간
은 현실의 시간이면서 사실은 초월의 시간이다. 카르마(Karma)는 시간
의 바퀴가 돌아가면서 일어나는 시간의 운동이기 때문이다. 불가의
육도六道는 지옥도地獄道, 아귀도餓鬼道, 축생도畜生道의 삼악도三惡道와
아수라도阿修羅道, 인간도人間道, 천상도天上道의 삼선도三善道를 중생이
윤회하는 코스이다. 시간은 현상의 연기와 업에 의해 다른 세계를 구
성하지만 시간의 본질은 하나이다. 불가에서 말하는 공空의 시간(초월
시간)이며 현상계의 시간이기 때문이다. 인간의 경험(현생과 지금)을
벗어난 시간은 그러므로 모두 초월 시간으로 파악된다. 화자는 어린
날 여름방학 때 경험했던 소제방죽에서 놀이 시간과 이 방죽에서 일
어났던 신화의 전설의 시간을 같은 시에서 대비하고 있다. 현실 시간
과 초월 시간이 같은 장소에서 일어남을 암시해서 현재란 과거와 연
결되어 있으며 미래도 동시에 결정한다는 생각을 암유한다.

5. 하늘시간을 지상으로 끌어오다

귀신들의 뒷소리도 두런두런 더러 들린다는 이순의 억새벌판. 잔손금 같은
추억의 칡넝쿨에 동동 매달려 살고 있다네. 질풍노도의 우리 문청 동무들, 하
늘나라에서도 시쓰기 하시나요

　　회인 나루터 주막의 할머니, 계룡산 심우정사의 목초 스님, 그 한량없는 곡
차의 물줄기 보고 싶네요. 무서리 내리고 시나브로 까치밥도 떨어지네요. 마
른 번개로 다가섰지만 한 눈 팔아 사라진 가시내, 송추 밤나무 밑에서 구름
보다가 가버린 그 가시내

　　구절초 그대! 우리 사랑할 시간이 정말 많지 않다네. 추억의 칡넝쿨 둘러쓰
고 억새벌판에서 홀로 춤추고 있다네

—「억새벌판」 전문

　　화자는 지금 "이순의 억새벌판"에 서 있다. 이순의 흰 머리와 '억새
벌판'의 이미지가 병치로 처리되면서 이 공간은 환유換喩의 공간임을
암시한다. 이 공간은 하늘나라로 먼저 간 "문청 동무들"과 화자의 개
인적인 인연을 맺었던 "회인 나루터 주막의 할머니", "계룡산 심우정
사의 목초 스님" 같은 사람들도 이 세상 사람이 아님이 암시된다. "무
서리 내리고 시나브로 까치밥도 떨어지"는 겨울의 초입 시간이 배경
이고 화자가 "추억의 칡넝쿨"에 잠겨 있기 때문이다. 화자는 "억새벌
판"에서 하늘시간(저승)이 지상에 현현함을 본다. 자신이 가야 할 시
간을 시인의 비전으로 미리 보는 관점에서 이 시가 만들어졌다.

　　이 시에서의 하늘 시간(저승 시간)은 지상의 시간은 아니지만 육도
의 시간 내이다. 불가에 의하면 이 시간에 사는 귀신들은 인간도人間道
로 다시 태어나거나 축생도畜生道도 하향초월하거나 천상도天上道로
상향초월하는 시간으로 다시 윤회한다. 시간을 벗어나지 못한다. 인
간이 윤회 시간을 벗어나지 못한다는 탄식과 슬픔은 존재가 겪어야
하는 운명의 깊이를 드러낸다. 동시에 독자는 윤회의 시간을 벗어나
야 한다는 깨달음을 무의식적으로 얻는다.

　　육도를 벗어난 시간은 동양에서는 열반의 시간으로 알려져 있지만
상당히 추상적이다. 그래서 그리스인들의 시간관을 빌려 영원한 시간

(Aion)을 설명한다. 그리스인들의 시간관이 더 시적이기 때문이다. 아이온(Aion)은 시간 밖에 있는 이데아의 세계와 시간에 얽매여 생성 소멸을 반복하는 이 세상 사이에 존재하는 '영원한(aeonic) 시간'을 의미한다. 아이온은 그리스의 시간관으로는 별들이 있는 하늘 위의 영역이어서 괴로움과 변화를 겪지 않는다(동양의 열반과 같은 개념이다). 태양과 달 아래부터 비로소 크로노스의 세계(지상계)가 시작되며, 이 곳은 늘 변화하고 소멸하는 영역이다.

홍희표의 시들은 대부분 지상에서의 삶이 유한하다는 인식 아래 슬픔과 추억의 정서가 많다. 기쁨을 노래하는 시들도 그 배후를 보면 슬픔의 정서가 깔려 있는 기쁨이다. "구절초 그대"의 아름다움을 보고 있는 순간에도 홍 시인은 "우리 사랑할 시간이 정말 많지 않다네. 추억의 칡넝쿨 둘러쓰고 억새벌판에서 홀로 춤추고 있다네"라는 인식을 드러내고 있다. 홍 시인은 '무한 시간'에 둘러싸인 '유한 시간'에서 홀로 무한 시간을 자각하고 유한한 사물의 덧없는 시간을 드러냄으로서 '무한 시간'에 대한 '노스탤지어'를 노래하는 시인이다. 시인이 사물의 무상無常과 변환變換을 깊이 드러낼수록 독자는 배후인 '무한 시간'의 인식도 깊어지는 것을 경험한다. 양자는 태극太極의 도형처럼 상보相補적이고 대극對極적인 형태로 이 세상에 현현하고 있기 때문이다.

'그 실은 멀리 갔던 길'의 긴 여로

나태주의 『꽃이 되어 새가 되어』

1. 죽음 앞에서

생로병사를 사고四苦라 한다. 여기에 한 가지 더 붙여 사랑하는 사람과 같이 있지 못하는 고통을 오고五苦라 한다. 부처의 통찰에다가 꼬리표 하나를 더 붙였지만 그럴 듯하다. 우리가 사는 현실을 지옥으로 보느냐 천국으로 보느냐는 해석자의 세계관이지만(동물은 즉자卽自의 세계에 살기에 이분법이 없다. 인간만이 대자對自의 세계에서 타자 때문에 괴로워한다) 나태주 시인의 시에서 천국/자연이 아닌 지옥/현실을 노래한 시들을 주의 깊게 들여다보았다. 자연의 아름다움이란 결국 응시하는 화자, 욕망의 아름다움이다. 자연의 완벽함에 비추어 응시하는 자인 인간의 시선은 완전하지 않다. 마음의 욕망을 제거한 선시禪詩류가 아니면 자연 자체[物自體]의 아름다움은 드러나지 않는다. 유토피아인 자연을 찬미하는 시들이 진실의 결핍을 보이기 쉬운 이유이다(인간 욕망의 입장에서). 현실의 결핍과 불완전함을 드러내는

시들이 상대적으로 시인 자신의 실존을 정직하게 드러내기에 유리하
다. 죽음의 문턱에 갔다가 돌아온 나태주 시인의 시들은 변모했다. 자
신의 욕망을 자연의 아름다움으로 대리하지 않고 직접 현실과 목숨의
결핍을 호소한다. 그의 시적 변모를 엿볼 수 있는 시 한 편을 보자.

> 여기서부터는 더 이상 따라오실 수
> 없습니다
> 마지막으로 하실 말씀이 있으면
> 하시지요
>
> 철커덕
> 커다란 철문이 한 번
> 열렸다 닫히고 나면
> 그뿐
>
> 한 사람의 시계는
> 문 안에서
> 내장을 드러내놓은 채
> 멎어 있고
>
> 또 한 사람의 시계는
> 문 밖에서
> 바들바들 떠는 시계바늘 되어
> 멎어 있어야만 했다.

—「수술실」 전문

　　의사로부터 살 확률이 높지 않다는 진단과 함께 수술을 받아야 하는
시인은 도살장에 들어가는 소의 신세나 다름없었을 것이다. 인생이란
관계로 이루어진 그물인데 잘못된 관계(병과 고액)와 잘된 관계(건강
과 복)로 이루어진다. 명리학命理學에서는 이 그물망이 세상에 나오면

서 이미 짜여 있다고 해석한다. 관계가 시간의 오행에 의해 병들어 있으나 약이 있으면 고생은 하지만 치유가 되고 약도 없이 병만 있으면 명命이 다한다고 본다. 결과적으로 시인은 살아서 시집을 냈다. 수술을 받으러 가는 순간만큼은 모든 관계를 내려놓았으리라. 시인이 사랑했던 꽃과 나무도 연정의 대상도 친구도 가족도 내려놓고 시인의 시간은 "내장을 드러내놓은 채" 멎어 있다. 이 위기를 마지막 연은 "또 한 사람의 시계는/ 문 밖에서/ 바들바들 떠는 시계바늘 되어/ 멎어 있어야만 했다"라고 표현했다. 실제 상황은 가족이겠지만 목숨에 대한 희망을 버리지 못한 시인 자신으로 바꿔 읽을 때 절명에 처한 시인의 실존 위기는 "바들바들 떠는 시계바늘"처럼 연민의 증폭을 불러온다. 서양의학에서는 장기의 질병은 음식이나 스트레스 혹은 바이러스에 의한 결과로 해석한다. 동양의학의 관점에서는 개인과 사회의 건강은 우주와 자연 질서와 균형을 이루었기 때문이며 병은 부조화에서 발생한다. 음양과 오행의 불균형은 육체와 정신뿐만 아니라 시간의 주기에 의해 운명도 병들게 한다. 육체의 병은 정신의 병이며 동시에 시간의 병이다. 병을 없애는 일을 치료라 한다면 죽음은 가장 큰 의사이다. 나태주 시인은 큰 의사인 죽음 앞에서 자신의 인생을 겸손하게 바라본다.

> 푸줏간에 높이 걸린 고깃덩이들
>
> 그래도 반짝이는 순간순간의 생이 고맙지 않겠냐고
> 하루에도 몇 번씩 중얼거려보았습니다.

— 「링거」 전문

베드에 누워 링거에 걸린 링거가 혹은 환자들의 신세가 "푸줏간에 높이 걸린 고깃덩이들"로 보인다는 진술은 자신의 목숨이 도살자의 칼에 의해 고기로 변한 소의 운명과 다르지 않으며 인간으로서의 존엄과 자신이 땅에 떨어져 있는 상황을 반영한다. 죽음의 어두운 배경에서 "그래도 반짝이는 순간순간의 생이 고맙지 않겠냐"고 나 시인은 자신을 설득한다. "나는 석 달째 밥 한 그릇은 고사하고/ 물 한 모금도 마실 수 없는 사람이랍니다"(「밥 한 그릇」)라고 표현한 극한 투병에서 생이란 지옥의 일부이지만 그 생을 바라보는 화자의 시선은 자신에 대한 연민에 가깝다. 인생의 여름에서는 관계란 포도넝쿨처럼 주렁주렁 열린 포도밭이다. 포도의 수확이 끝나고 가을 찬 바람이 불면 사회적 관계가 끊어지고 친구들과의 관계가 끊어지며 인연이 제일 깊은 가족과의 관계가 끊어지고 마지막으로 자신과의 관계가 끊어지는 상황이 죽음이다. 생에 대한 집착을 놓으면 마음이 고요해지듯이 관계가 끊어질 뻔한 큰 상황에서의 심경을 시인은 다음과 같이 쓰고 있다.

카드를 버리고 안경을 버리고
지갑과 휴대전화도 놓고
물론 구두도 벗고 옷도 벗고 맨몸으로
그 실은 조금은 멀리 갔었다
잔잔한 강물 같다고나 할까
어둠과 고요로움 속으로 쫓아올 수 없을 만큼
멀리 갔었다
코끼리 무리 같은 미루나무 숲 같은 검은 그림자가
지평선 위에 웅얼거렸지만
텀벙텀벙 물소리 같은 것은 나지 않았다
워낭소리 같은 것도 들리지 않았다
다만 고요의 심연이었다
뒤에서 두 아이가 애타게 부르고
아내가 목 놓아 불렀지만

아무런 소리도 아랑곳하지 않았다
다만 앞으로 앞으로만 나아가질 뿐
뒤돌아보는 일이 몹시도 힘겨웠다
다만 고요로웠다
이대로 계속해서 가면 되는 일이었다
오직 백 프로의 부정과 불가능에 맞선 일 프로의 기적
신의 보이지 않는 긍정과 선택이 나의 밤에 있었다.

—「그 실은 멀리 갔던 길」 전문

염라대왕이 지켜보는 상황과 "신의 보이지 않는 긍정과 선택"에 달린 내 목숨은 내가 가는 길이며 어느 누구도 대리할 수 없는 길이다. "다만 앞으로 앞으로만 나아가질 뿐/ 뒤돌아보는 일이 몹시도 힘겨웠다"라는 진술처럼 화자의 마음은 저쪽 세계의 고요한 경지에 가 있다. 이 시에서는 악착같이 살아야겠다는 목숨의 집착이 보이지 않는다. 마음이 생을 포기했기 때문이리라. 다만 '고요로운 길'이었다고 말하는 이 길은 티벳『사자의 서』에서 영혼이 49일 동안 방황하는 길이기도 하다. 죽음에서 환생까지의 과정과 대처요령을 적은 매뉴얼인 이 책은 영혼들이 마음의 욕망이 불러일으키는 환영(현세의 업)에 의해 잘못된 길을 가면 축생 혹은 지옥의 길(아수라)로 가며 정상코스를 밟으면 남녀가 성교하는 순간의 기쁨의 빛에 이끌려 자궁으로 들어간다고 가르친다. 물론 현생의 업을 다한 영은 인간 세상이 아닌 빛과 영들의 세계로 환생하기도 한다. 이때의 중요 지침이 마음이 불러일으키는 욕망의 환영에 현혹되지 않는 일인데, 시인은 아직 죽기 전에도 이승에 미련이 없이 '고요로운 길'이었다고 했으니 길이 이어졌더라면 틀림없이 '고요로운 길'을 따라 빛의 세상에 환생했으리라. 가설이지만 이 시가 나에게 깊은 내용으로 읽히는 이유는 임사체험을 한 환자들이 인생관이 바뀌고 남은 생의 실존이 달라졌다고 들었기 때문이다.

2. 별, 스타인생, 가지 않은 길

나태주 시인의 생이 바뀔 거라고 믿는 이유는 현실에서의 욕망과 갈등을 반성한 다음 시편 때문이기도 하다.

나는 늘 주인공이었다

아니, 주인공이고 싶었다

주인공이 아닐 때에도 구경꾼이기를 거부하고

주인공이려고 노력했다

관객은 언제나 넘쳐났다

결혼을 한 뒤에는 우선 아내가 관객이었고

아이들이 관객이었다

한 번도 주인공을 바라보며 살아야하는

관객의 외로움이나 고달픔 같은 건

생각해보려고 하지 않았다

오히려 그건 당연한 것이 아니냐는 생각이었다

그러나 이제 아이들 자라고 결혼도 하고

43년이나 타고 온 기나긴 교직열차에서도 하차하려고 하니

내가 결코 끝까지 주인공일 수는 없는 일이구나

그동안 나 하나만의 일인극을 줄기차게 바라보아준 사람들

그 누구보다도 아내의 고달픔이나 외로움이

얼마나 컸을까, 짐작된다

관객의 외로움, 그것이 이제는 내 몫으로 떨어지다니……

이 염치없음이여! 어이없음이여!

두려움이여!

— 「관객을 위하여」 전문

가부장제도에서의 가족들은 가장만을 바라보고 산다. 가장이 기쁘면 가족도 기쁘고 가장이 슬프면 가족도 슬프다. 알려진 시인으로서, 교직 사회의 스타인 교장으로서 사회의 관심과 주목을 받는 화자는

언제나 주인공으로서 주위에 군림했으나 늙음과 죽음의 앞에서 "내가 결코 끝까지 주인공일 수는 없는 일이구나"라고 탄식한다. 나 자신을 내려놓으니 "아내의 고달픔이나 외로움이/ 얼마나 컸을까, 짐작된다"고 한다. 스타를 의식하는 삶을 살았으나 스타의 길이 외롭고 어렵다는 교훈을 딸에게 주는 다음 시는 스타로서의 삶을 반성하고 있으나 결국은 스타일 수밖에 없는 자신의 운명을 무의식적으로 드러낸다.

> 별은 멀리 아주 멀리에 있다
> 별은 혼자서 반짝인다 언제나 외롭다
> (사람도 마찬가지)
>
> 스타가 되기 위해서는 외로워야 한다
> 멀리 있는 것을 그리워할 줄
> 알아야한다
>
> 무엇보다도 먼저 자기 자신을
> 이기는 사람이어야만 하겠지
> 아니야, 자기한테 자기가 슬그머니 져줄 줄도 아는
> 그런 사람이어야 할 거야
> 그리고 나서도 스스로 충분히
> 반짝일 줄 아는 사람이어야 할 거야
>
> 스타가 되고 싶은 딸아,
> 어두워지는 밤이 오면 하늘을 보거라
> 거기, 아빠가 너를 내려다보고 있을 것이다.
>
> —「스타가 되기 위하여」 전문

대기업에 입사하여 스타인 이사가 되는 경우는 백 명 중 하나라는 통계가 있다. 학교의 교장도 아마 몇 십 대 일은 되지 않을까 싶다. 신춘문예를 통과하고 세인의 관심과 주목을 받는 스타 시인이 되는 일도 역시 어려운 일이다. 스타로서의 삶은 자신의 삶을 높고 고고한 이상인 별(시인으로서의 이상이다)에 붙들어 매는 일인데 "별은 멀리 아주 멀리에 있다/ 별은 혼자서 반짝인다 언제나 외롭다"라는 구절로 화자의 소회를 드러낸다. 그러나 이 스타도 늙음과 죽음이라는 거울에 비쳐지면 초라하고 나약한 인생이며 대타자인 자연의 시선 아래서는 정답이 아니라는 쓸쓸한 심경을 다음 시에서 보여준다.

힘겹게 다시 열린 넓고 푸른 가을 하늘,
높이 걸린 흰 구름 보며 생각한다
나는 그동안 무엇을 위해 살아왔나?
내가 이루고 싶었던 것들은 과연 무엇이었을까?

학교에 들어가 공부하며 칭찬받는 아이?
직장에 취직하여 돈 벌고 승진하는 어른?
예쁘고 마음씨 고운 여자하고 결혼하여
아이 낳아 기르며 가끔은 부부싸움도 하는 남편?

아니라고, 그것은 아닐 것이라고 흰 구름이
보일 듯 말 듯 고개를 흔들어준다

그렇다면 좋은 아파트 사서 이사하는 것?
친한 친구들과 만나 크게 떠들며 웃으며
밤새워 술 마시는 것?
낯선 나라로 커다란 가방 들고 여행 떠나는 것?

이번에도 흰 구름은 아닐 거라고, 다시
생각해보라고 고개를 주억거려준다

모르겠다, 나에게 정말 필생의 사업은 무엇이었을까?

그것은 내가 믿었던 대로 시인이 되어 이름을 내고
여러 권의 책을 만드는 것이었다고 말해줘도
흰 구름은 분명 아니라고, 아닐 것이라고
조그맣게 웃음지어 줄 것만 같다.

— 「가을 흰 구름 아래」 전문

나태주 시인이 정말 원했던 삶은 무엇일까. 시의 표현대로라면 현실에서 이루었던 성취들이 모두 부정되고 있다. 이는 보다 큰 성취를 원했으나 현실 제약 때문에 소시민으로서의 작은 성취를 얻은 것에 대한 부정일 수도 있고 죽어야만 끝나는 인간욕망(귀신설화가 인간의 행동에 간섭하는 경우를 보면 죽어서도 끝나지 않는 무한 욕망이다)에 대한 부정일 수도 있다. 위의 내용대로라면 시인은 프로스트의 「가지 않은 길」의 화자와 반대의 길을 선택했다. 그가 선택했던 길은 '인생의 두 갈래 길에서 풀들이 많이 나서 사람의 인기척이 적은 길'이 아닌 사람들의 발자국이 많이 난 길을 선택했다. 공부를 잘해 교사가 되고 결혼을 해서 무사히 잘 자란 자식을 두었으며 교장이 되고 시집을 30여 권이나 낸 알려진 시인이 되었다. 우리들의 인생이 대부분 선택하는 길이다. 어느 길을 선택해도 회한은 남는다. 보다 어렵고 외로운 다른 길을 택하였다 하더라도 그 길이 옳다는 보장은 없다. 그러나 시인은 '풀들이 많아 인기척이 적은 길'을 택하였더라면 더 위대한 사람이 되었을지도 모른다고 흰 구름을 보며 자조한다. 인생의 선택은 나의 우연한 선택 같지만 내 생각엔 보이지 않는 질서(운명)라는 타자의 다른 얼굴이다. 프로스트의 「가지 않은 길」의 마지막 연은 다음과 같이 끝난다. "오랜 세월이 흐른 후에/ 나는 한숨을 지으며 얘기하겠지요./ 숲 속에 두 갈래 길이 있었다고/ 나는 사람이 적게 간 길을 택하였다고/ 그리고 그것이 내 운명을 바꾸어 놓았다고"라고 말이다.

3. 사막여우와 자아의 만남

길에 관한 이야기를 한 김에 길이 등장하는 시편을 한 편 더 들여다
보자. 이 시는 직접화법의 메시지를 드러내는 대신 간접화법인 암시
를 통하여 메시지를 드러냈다. 암시가 성공한다면 시는 독자에게 더
큰 상상력의 공간과 울림을 제공한다.

어제저녁까지 있던 길이
아침에 보니 사라지고 없었다
아니, 조금 전까지만 해도 보이던 길이
지워져 버리고 없었다

어젯밤 칼날같이 푸르던 달빛이
지상의 모든 길들이 데려간 것일까
눈부신 아침 햇빛이 지워버린 것일까

다만 사라진 길 위에 처음 보는
작고도 어여쁜 여우 한 마리 동그마니 앉아
이쪽을 건너다보는 것이었다
눈이 동그랗고 눈빛이 우물처럼 아득했다

시인아, 사막에서는 길을 묻지 말라
부디 뒤를 돌아볼 일이 아니다
이제까지 걸어온 길이 사라졌다 해도
울먹이거나 겁을 먹을 일도 아니다.

—「사막여우」 전문

여우는 시인의 내면자아를 상징한다. '아니마(Anima)'일 수도 있고
초심리학이 언급하는 영혼세계의 보조령일 수도 있다. 중요한 점은

시인이 지금까지 보던 길이 아닌 다른 길을 보고 있다는 점이다. "어제저녁까지 있던 길이/ 아침에 보니 사라지고 없었다"는 언어도단言語道斷에 이른 시인의 위치를 보여준다. 언어(현실이자 규범인 상징계)는 끊어진 길(꿈이자 자유인 상상계)에게 길을 내주고 시인의 실존에는 사막의 여우가 한 마리 나타난다(사막의 여우란 인간이 자신이 사는 규범과 현실을 버리고 미지의 광야로 나갔을 때 만나는 내면의 꿈/지혜이다. 같은 모티브가 생떽쥐뻬리의 『어린 왕자』에서도 보이는데 시인은 무의식적으로 같은 원형을 사용했다). "여우"는 또한 시인이 추구하는 시일 수도 있겠지만 나는 다른 시각으로 이 시가 중요하게 보인다. 『칼 융 자서전』을 보면 융은 죽기 전 마지막에 외딴 시골의 황량한 곳의 돌집에 산다. 평생 동안 내면의 무의식이라는 바다를 탐구한 긴 여정에서 이 현자가 만나는 존재가 '강 건너에서 우는 꿈속에서의 여우 혹은 늑대(?)'이다. 꿈 분석의 대가였던 그는 이 꿈으로 자신이 죽음을 예지했다.

사막은 지상에 있지만 인간의 의식에서는 우주를 상징한다. 문명의 모든 형식과 의식이 없는 곳, 인간의 본래 몸과 정신 외에는 기댈 곳이 없는 사막은 바로 어둠 외에는 무서운 침묵 밖에 없는 우주환경과 동일하다. 그래서 자신의 본래 면목인 타자의 얼굴을 보려 하는 자는 사막으로 간다(예수가 하늘나라의 메시지를 만나러 간 곳도 광야의 사막이다). 이때는 절명에 처한 자아에게 내면자아가 암시와 대화를 통해 길을 인도하는데 이쪽 분야의 기록에 의하면 대개 동물의 환상이다(인간의 전의식, 전생의 시간, 고태古態 의식의 반영).

"눈이 동그랗고 눈빛이 우물"인 여우인 자신의 내면자아에게 시인은 스스로 설득한다. "시인아, 사막에서는 길을 묻지 말라 (……) 걸어온 길이 사라졌다 해도/ 울먹이거나 겁을 먹을 일도 아니다"라고 말이

다. 그가 발견한 길이 내면의 새로운 길임을 암시하는 이 구절은 그의
생이 '사막여우' 처럼 고독한 길을 걸어야 함을 나타낸다.

> 지더라도 한 잎씩
> 지는 게 아니라
> 송두리째 지고 있더라
>
> 죽더라도 괴로운
> 표정 아니라
> 웃는 얼굴 그대로 죽고 있더라
>
> 뚝, 뚝, 뚝,
> 그건 누군가의 붉은 웃음
> 붉은 영혼
>
> 주워서 네 손에 쥐어주고 싶었다
> 한 송이 아니라 여러 송이
> 손아귀 가득 쥐어주고 싶었다.

—「동백정에서」 전문

시인들의 시에 동백이 많이 등장한다. 나도 동백의 아름다움을 나이
가 들어서야 인식했다. 추운 계절에 피는 동백의 화려함을 거친 실존
에 처한 인간의 목숨으로 은유할 때 낙화의 애절함이 더해진 화려함
으로 다가온다. 시인이 실존의 위기 이전이었더라면 동백의 아름다움
은 다른 쪽으로 표현되었으리라. 아마도 '에로스' 의 관점에서 동백의
요염함을 드러내지 않았을까. 그러나 여기서는 '타나토스' 를 말한다.
지는 꽃은 "뚝, 뚝, 뚝/ 그건 누군가의 붉은 웃음/ 붉은 영혼"인데 "한
송이 아니라 여러 송이"를 너에게 쥐어주어 목숨의 실존을 깨닫게 하
고 싶다고 시인은 말한다. 자연을 사랑하고 찬미하였던 시인의 기존

시작 태도로서는 대단한 변모이다.

자연은 선하거나 악하지 않다. 자연이 인간의 삶에 비추어 평화롭게 선하게 보이는 이유는 불완전한 현실에 대한 보상을 유토피아로서의 자연에서 구하기 때문이다. 어머니로서의 혹은 완전한 여자로서의 대리투사가 이루어진 자연은 풍경화가의 휴식과 평화(이발소 그림처럼)를 보여주지만 자연이 어디 아름답기만 한가. 들여다보면 바다의 허리케인과 해일이 있으며 화산의 분출이 있고 한발과 폭풍이 있다. 평화로운 숲도 실은 나무들의 화학전(향기란 거의 살충제이다)이 이십사 시간 벌어지며 거목의 아름다움은 작은 나무와 풀들의 희생으로 이루어진다.

선하고 아름다운 인격으로서의 ‘페르소나’는 전통사회와 도덕문화가 장려하는 덕목이지만 이 가면은 언제나 사회가 이기(体己)와 익이라 부르는 욕망에 의해 구멍이 난다. 내면에 은폐되고 감추어져 있기에 칼 융이 ‘그림자’라 부른 이 힘은 투쟁을 해야 하는 현실에서 우리를 지키는 본성이다. 그러하기에 그림자의 욕망은 강렬하며 위기에서는 인생의 전면에 나와 가면으로서의 페르소나를 부수고 우리를 구한다. 이 시는 동백꽃이라는 화려한 페르소나를 죽음이라는 그림자가 부수고 나와 시의 긴장을 획득했다.

4. 꿈속의 꿈

‘작가란 현실에서의 행동대신 글로 행동을 대신하는 사람이다’라는 언급이 있다. 현실에서 쟁취하지 않고 꿈으로 쟁취한다. 원나라 말기 ‘홍건적의 난’ 때 도적의 괴수로 출발해서 십칠 년 만에 명나라를 개국한 주원장朱元璋은 이론만 앞서고 실천력이 없는 글쟁이 선비들을 경멸하였다고 한다. 책에서 나라를 구하지 않고 현실에서 나라를 쟁취한 노력가의 대표이다. 현실주의자의 경멸이 있다한들 어쩌겠는가. 시인은 꿈에서 살도록 명命이 정해진 사람이다.

> 요즘 나의 잠은 구멍이 숭숭 뚫려 있다. 잠자리에 들기만 하면 그 구멍으로 온갖 귀신이며 도깨비들이 비집고 들어와 난장을 트며 같이 놀자 꼬인다. 처음에는 뜨악하여 뒤로 물러서지만 나중에는 나까지 한판 끼어 희희낙락이며 밤을 새우곤 한다. 그건 아예 잠을 자는 게 아니라, 꿈의 바다에 빠져 허우적이는 꼴인데 어떤 때는 안타깝기도 하고 억울하기도 하고 서럽기까지 하니 여간 실감이 나는 게 아니다. 꿈속에서 보면 낮의 세계가 거꾸로 꿈을 꾸는 일로 보이고 아이들이며 아내조차 꿈속에서 만난 사람들로만 보이니 또 그건 여간 신기한 일이 아니다. 자다가 깨어 오줌 누고 다시 잠을 청할라 치면 연속극 보듯 조금 전에 꾸던 꿈을 파노라마로 이어서 보여줄 때도 있다. 어제 밤에 찾아온 도깨비는 예쁘장하고 내 마음이 끌리는 그런 젊은 여자 도깨비였는데 꿈속에서도 나는 용기가 부족하여 망설이기만 하였다. 그래서 겨우 손을 잡는 데까지만 나가고 꿈이 깨어버리고 말아 꿈을 깨고 나니 그것이 또 나에게는 여간 섭섭한 것이 아니었다. 오늘 아침 나는 두 배로 늙은 느낌이다.
>
> — 「구멍 뚫린 잠」 전문

시인은 아직도 회복하지 않은 몸이라 비상非常의 삶을 사는 것 같다. 그의 삶에 꿈이 전면에 나선 모양이다. 정상인들(현실인)은 꿈이 깊은 수면 중이나 무의식에서 처리되며 의식의 전면에 나서는 경우는 드물다. 그러나 현실이 위기일 경우 꿈은 전면에 나서서 현실을 대리하는 기능을 가진다. 시인의 꿈에는 "귀신이며 도깨비들이 (……) 난장을 트며 같이 놀자 꼬인다". "아이들이며 아내조차 꿈속에서 만난 사람들"로 보인다. 꿈이란 현실에서 못 이룬 욕망의 단순한 대리만족이 아니다. 꿈 학자들에 의하면 대낮의 활동 중에 받아들인 정보를 정리하는 행위이며 현실행동을 위한 예비시뮬레이션 기능을 가지고 있

시적 환상과 표현의 불꽃에 갇힌 시와 시인들 ……

다고 한다. 시인들은 현실을 비상非常으로 보기에 비전을 보는 사람들인데 나태주 시인은 몸이 비상이기에 다른 비전을 본다. "예쁘장하고 내 마음이 끌리는 그런 젊은 여자 도깨비"를 만나 사랑하려는 순간 꿈은 깨고 심로心勞에 두 배로 늙은 느낌을 호소한다. '구멍이 뚫린 잠'이란 현실(상징계)이 구멍 뚫린 것이며 꿈이(상상계) 그 자리를 메우고 있다.

시인들은 평생 꿈을 꾸는 사람들이다. 꿈 때문에 괴롭고 꿈 때문에 즐겁다. 꿈꾸기에 시가 써진다. 시가 허구이지만 인간의 정신에 진실의 기능을 하는 이유는 꿈이기 때문이다. 꿈은 현실이 왜곡한 우리 자신의 성정性情을 그대로 드러내며 천진天眞은 꿈을 통해서 드러난다. 다른 지면에서도 얘기했지만 천진天眞은 태어나기 전의 하늘의 품성이 드러나는 일인데 타자가 주체를 (뒤집으면 주체가 타자를) 사랑할 때 드러난다. 일생이 남가일몽이라는 꿈의 교훈도 타자가 진실이며 인생은 타자의 꿈이라는 역설 때문에 의미가 있다. 왜 그런지는 모르지만 인간은 꿈의 우화를 진실로서 받아들이고자 한다. 보르헤스의 말을 빌리면 우리가 꿈이기 때문이다.

나태주 시인의 꿈에 관한 다음 시로 이 글을 마무리하자.

> 일생이 허무하게 흘러가고 있있다
> 별로 잃은 것도 얻은 것도 없다는 생각이다
> 다만 좋은 글 쓰지 못한 것이 마음에 걸렸다
> 꿈속에서도 나는 그것이 조금 서러웠다
> 잠시 엎드려 흐느껴 울었을지도 모른다.

— 「꿈속에서도」 전문

꿈속에서조차 좋은 글을 쓰지 못한 것이 마음에 걸린다고 고백한다. 좋은 글이란 시를 말함인데 시란 현실의 꿈이니 다시 말해 꿈속의 꿈이다(메타 꿈이라고 이름 붙여야 할까?). 이 시는 결국 좋은 꿈을 꾸지 못했다는 고백이다. 좋은 꿈 혹은 위대한 꿈이란 무엇인가. 여러 해석이 있겠지만 칼 융의 얘기대로 하면 타자가 원형의 꿈으로 인간에게 자신의 존재를 계시하며 인간은 꿈과 계시에 의해 영원회귀의 시간과 전체로서의 타자의 삶에 참여하는 일이다. 인간은 갈애渴愛인 현실의 욕망 때문에 위대한 꿈을 꾸기가 어렵다. 그러나 힌두 경전들은 갈애의 업이 충족되어야 영화靈化가 시작된다고 한다. 우리의 삶과 세계가 이미 위대한 타자의 꿈이므로 나는 나의 좁은 존재를 내려놓기만 하면 위대한 꿈에 참여할 수 있다고 한다. 나를 내려놓는 일? 시인에게는 현실의 너이자 타자인 당신을 정말 사랑하는 일이다. 시인의 신춘문예 당선작이자 출세작인 「대숲 아래서」는 타자인 당신을 정말 사랑한 구절이 나온다. "어제 밤 보고 싶다 편지 쓰고/ 어제 밤 꿈엔 너를 만나 쓰러져 울었다/ 자고 나니 눈두덩엔 메마른 눈물자국/ 문을 여니 산골엔 실비단 안개". 뮤즈이기도 한 타자는 정말로 자신을 사랑하는 자에게 좋은 시를 선물한다. 나태주 시인이 일생의 꿈속에서 좋은 시를 향해 울었으니 타자가 시인을 사랑해서 좋은 시를 선물하지 않을까?

삶의 숙명과 시의 아방가르드

이명수의 『울기 좋은 곳을 안다』, 김영찬의 『불멸을 힐끗 쳐다보다』

1. 시와 사진의 긴장

이명수 시인이 새 시집 『울기 좋은 곳을 안다』(시로 여는 세상)를 간행했다. 그동안 『공한지』, 『흔들리는 도시에 밤이 내리고』, 『등을 돌리면 그리운 날들』, 『왕촌일기』, 시선집 『백수광인에게 길을 묻다』 등의 시집을 상재했다. 1975년에 데뷔한 이래 시력 33년의 세월을 비하면 시선집을 제외하면 5권째니 요즘 추세에서는 시집을 그리 많이 낸 편은 아니다.

이명수 시인은 사진에도 조예가 깊다. 본인은 취미라 그러지만 프로에 가까운 솜씨이다. 문인들과 같이하는 자리에서 찍은 스냅사진은 나같이 사진발이 잘 안 받는 사람도 표정을 가진 인물로 나온다. 그만큼 상황과 정서를 포착하는 눈을 가졌다는 증거가 되겠다. 이번 시집에서도 시의 상황을 반영한 사진들이 들어가 있다. 19컷의 사진과 55편의 시가 실려 있는데 시인의 말을 빌리면 "시로 쓸 수 없는 것을 사

진에 담는다. 그리고 사진에 담을 수 없는 것을 시로 쓴다. 시에게 진
실한 것은 사진을 통해서 본 세계에서도 진실이라고 믿기 때문이다"
라고 말한다.

사물을 '올바르게 보는 눈'을 가지기 위해 카메라를 메고 여행을 가
거나 사람과의 만남을 통해 이명수 시인은 무엇을 보고자 하는 것일
까. 사람의 눈이 보지 못하는 것을 카메라가 포착해서 더 잘 보여주는
마법기능이 사진에 있는 것일까. 렌즈는 현장의 빛과 어둠에 물든 사
물을 제한된 각도에서 클로즈업하거나 광시야각으로 보여주지만 작
가의 눈이 풍경을 선택한다. 나는 사진에 문외한이나 카메라가 아닌
작가의 눈이 작품을 결정한다고 믿고 싶다. 카메라 렌즈가 보지 못하
는 풍경은 현실세계에 없는 작가의 상상력이 보는 풍경이다

사진이 보여주지 못하는 풍경으로서의 시를 한 편 들여다보자.

관흉국貫胸國이란 나라가 있다. 신화나라 먼 변방, 가슴 한복판에 구멍이 뻥
뚫린 사람들이 모여 살고 있다. 구멍 난 가슴을 장대에 꿰어 앞뒷사람이 어깨
에 메고 간다. 세 사람이 번갈아 가슴을 꿰어 함께 먼 길을 간다.

종로에서 관흉국 사람들을 만났다. 탑골공원에서 종묘공원에 이르는 길,
등 굽은 사람들이 간다. 줄줄이 밥판을 들고 간다. 한 끼 밥을 먹어도 뚫린 가
슴을 메울 수 없는 사람들, 지팡이로 제 그림자를 꿰어 어깨에 메고 혼자 간
다. 찌그러진 밥판처럼 어둠 속 종로 밤바다에 떠간다. 아주 먼 변방 관흉국
신화나라로 떠간다.

—「종3유민鍾三遺民」 전문

이 시와 함께 실린 사진에는 겨울 찬 바람이 부는 공원에서 노인들
이 벤치에 앉아 햇빛을 쪼이고 있는 장면이 보인다. 두터운 오리털 파
카를 입은 모습으로 보아 대단히 추운 날씨라 짐작된다. 어려운 현실
상황에 처한 노인들의 가슴이 아픈 상황과 표정을 카메라가 잡아냈지

만 시인의 상상력은 노인들의 가슴이 뚫려 있다는 상상을 했다. 『산해경』이 설명하는 관흉국은 '성해의 동쪽에 있는데 사람들의 가슴에 구멍이 나 있다. 존귀한 이는 옷을 벗고 비천한 것들로 하여금 대나무로 가슴을 꿰어 돌아다니게 한다'라고 하는 신화의 나라이다. 시인은 노인들이 "지팡이로 제 그림자를 꿰어 어깨에 메고 혼자 간다"라는 착상으로 노인들이 관흉국 사람임을 암시하고 독자로 하여금 현실과 신화의 세계를 동시에 경험하게 하는 장치를 만들어냈다. 카메라가 보지 못하는 풍경을 시인의 상상력과 시가 그려냈다.

한 편의 시를 더 들여다보자.

> 인사동 저잣거리에 난장이 섰다
> 늙은 땡추가 길바닥에 고물전을 폈다
> 어디서 이 많은 부처를 모셔 왔을까
> 티베트, 네팔, 부탄,
> 멀리 서역 삼만 리에서 팔려온 부처들이
> 가을비를 맞고 있다
> 왜 거기 그렇게 등 돌리고 계십니까
> 저희 집으로 가시죠
>
> 상호相好 좋은 약사여래 골라
> 값을 치르고 수건으로 감싸 안았다
> 멀리 우루무치 모래 알갱이가
> 빗속에서 흘러내린다
>
> 부처님 목욕시키고 꿈을 꾸었다
> —네 몸이 법당이요, 마음이 부처다—
> 오랜만에 깊은 잠에 빠져
> 약사여래의 고향을 다녀왔다
> 개 밥그릇

잠자리 한 마리 개 밥그릇에 빠졌다
젖은 날개 파득이며 필사적이다
생사가 가을비 한 모금에 있구나
조심스럽게 꺼내 풀섶에 놓아주었다
한참을 더 들여다보았다
텅 빈 개 밥그릇에 가을 하늘이 가득하다
가을이 개 밥그릇 안에 있구나

—「약사여래의 꿈」 전문

이 시와 같이 있는 사진에서는 인사동 거리에 좌판을 벌려놓은 노점상이 있고 기념품 부처들이 길거리에 늘어서 있다. 부처가 '성聖의 시간'이 아닌 '속俗의 시간'에 위치한 풍경을 카메라가(작가의 눈) 잡아냈다. 그러나 '속의 시간'에서 '성의 시간'을 보는 것은 시인의 눈이다. 시인은 "부처님 목욕시키고 꿈을 꾸었다/ —네 몸이 법당이요, 마음이 부처다—/ 오랜만에 깊은 잠에 빠져/ 약사여래의 고향을 다녀왔다"라는 언술로 이러한 눈을 드러냈다

2. 이명수 시인의 시론

사진을 하는 시인의 눈은 사진을 찍을 수 있는 구체적인 사물을 향한다. 다시 이명수 시인의 시론을 살펴보자. 그는 자전 시론에서 에반스 사진집에 실린 월트 휘트먼의 글을 인용한다. "내 의심치 않으니. 아, 세계의 존엄성과 아름다움은 이 세계의 극히 미세한 무엇인가에 숨어 있으니 (……) 내 의심치 않으니. 시시한 것, 곤충, 야비한 사람, 노예, 난쟁이, 잡초, 거부당하는 온갖 무가치한 것에도 내 상상보다 훨씬 더 많은 것이 존재하리니". 실제로 상상이란 사물 하나에서 삼라만상의 모든 관계를 끌어낼 수 있다(시인의 상상력의 폭과 깊이에 달

린 문제이다). 엄밀한 의미에서는 수학자와 과학자도 상상을 한다. 상
상이란 사물 속에 들어 있다고 믿는 관계를 드러내는 일이다. 다음 시
도 인사동에서 산 '옹기 피리새'를 가지고 시인이 상상력을 불어넣은
경우이다.

　　백수광인에게
　　새 한 마리를 샀다
　　흙을 빚어 불에 구워낸 새
　　입으로 후, 불면 피리 소리를 냈다
　　차 없는 인사동 토요일 오후
　　아이도 어른도 피리새를 목에 걸고
　　날아간다

　　태초에 흙으로 사람을 빚은
　　여신 여와女처럼
　　사람들은 옹기 피리새에 숨결을
　　불어넣었다
　　숨이 차다
　　숨이 가득 차 몸이 부풀어 오르면
　　비로소 새가 된다는 것을
　　사람들은 이제 알았다
　　보라
　　옹기 피리새가 된 사람들이
　　손잡고 밤하늘로 떠가는 것을

—「옹기 피리새」 전문

"흙을 빚어 불에 구워낸 새"인 옹기 피리새는 인간의 피조물이며 인
간은 "태초에 흙으로 사람을 빚은/ 여신 여와"가 만든 피조물이다. 시
인은 이 시에서 옹기 피리새와 인간의 운명을 숨결에 의한 창조관계
가 성립한 비유로 드러냈다.

3. 상속과 숙명의 풍경을 이야기하다

이번 시집은 풍경과 시를 병치하는 시들과 현실의 삶을 드러내고 성찰하는 시들로 나누어져 있다. 나는 「모노드라마」의 연작과 「상속」, 「강아지와 휴대폰」 등의 삶과 죽음의 문제를 다룬 시들에 더 관심이 간다. 사람의 육체적 죽음과 사회적 관계의 죽음은 세대 순환 속에 있다. 다음 시는 아버지의 유품 정리와 상속을 처리하는 과정에서 개인의 사회적 관계의 죽음을 인식하는 화자의 페이소스를 그려내고 있다.

> 아버지, 열리지 않는 금고 하나 남겨놓고 가셨다.
> 방구석 한 자리를 차지하고 앉아 있는 것이
> 논 가운데 바윗덩이다.
> 어쩔 거나, 어머니도 떠나시고 웬만한 것들 정리하고
> 이사를 가야겠는데, 그 속에 무엇이 들어 있는지 그래도 열어는 봐야겠지.
> 궁리 끝에 청계천에 나가 기술자를 불러왔다.
> 한나절 드릴과 전기톱과 쇠망치로 뚫고, 자르고, 두드리고,
> 톱밥 같은 쇳가루가 방안 가득 쏟아져 내렸다.
> 마침내 문이 열렸다.
> 안쪽 구석에 덩그렇게 놓여 있는 그 무엇,
> 꽁꽁 묶어놓은 두루마리 족보였다.
> 전주 이씨 밀성군파 18대손, 곰팡이 핀 그 맨 끝줄에
> 내 이름이 간신히 매달려 있다.
>
> 나는 그렇게 호주를 승계받았다.
> 생전의 빚도 사후엔 승계된다기에
> 아버지 보증 빚은 상속포기로 청산했는데,
> 호주승계만은 피할 수가 없구나.
>
> 방안 가득 반짝이는 쇳가루가 살 속으로 파고든다.
> 손바닥에 박힌 쇳가루가 뿜어내는 핏발을 붕대로

가만히 싸매 묶으며 포기할 수 있는 상속과

승계할 수밖에 없는 상속에 관해, 삼줄보다 질긴

핏줄에 관해 생각해 본다.

—「상속」 전문

금고에는 귀중품이나 재산은 없고 "전주 이씨 밀성군파 18대손"인 화자의 이름이 적힌 두루마리 족보가 있다. 고인의 무의식에는 재산보다 족보로 이어지는 혈연관계가 더 중요했던 것이다. "한나절 드릴과 전기톱과 쇠망치로 뚫고, 자르고, 두드"려 연 금고에는 "호주승계"의 상징인 족보만 달랑 있다. 화자의 당혹감은 "승계할 수밖에 없는 상속에 관해, 삼줄보다 질긴/ 핏줄에 관해 생각해 본다"라는 언술로 표출된다. 우리는 무인도에 살지 않는 한 사회적 관계는 피할 수 없다. 이 시는 혈연관계가 사회적 관계에 의해 강화되는 현실을 잘 드러낸 작품이다. 죽음과 삶의 승계가 이루어지는 현실은 개인의 의지와 상관이 없다. 한 세대의 교체가 이루어지는 숙명을 이야기한 위의 시와는 달리 다음 시는 숙명에 대해 노래하고 있다.

S#1

길을 가다 어둑어둑 개와 늑대의 시간을 만나면 집을 찾아 들어가야지

그래, 길은 어디나 낯익은데 집은 왠지 낯이 설어

가숙假宿이란 말이 있지, 사전에는 없는 단어야. 가假 자는 일시적인, 시험적인, 참된 것이 아닌 가짜, 그런 뜻을 지닌 접두어여서 숙宿 자와 붙어야 비로소 낱말이 될 수 있지

그런데 나는 사람이 지상에 잠깐 붙어사는 것이란 생각이 들어 가숙이란 말을 즐겨 썼던 것 같아. 앞자 가假만 보고 가짜로 산 거지

들여다보면 '잔다' 는 글자 숙宿은 달라. 오래된, 오래 전부터, 날 때부터 타고난, 피할 수 없는, 이렇게 많은 뜻이 숨어 있어. 심오한 뜻은 늘 뒤에 숨어 있거든

그래서 길 찾아 이리저리 떠돌다가도 잠자리만은 신중히 정하게 됐어

잠자리는 하룻밤 지나치는 우연이 아니라 늘 필연적이어서 돌아와 **숙명**宿命을 낳거든. 길 가는 도중에도 난 한 번 잤던 곳을 찾아가 잠을 청하는 버릇이 있지. 사람의 하룻밤은 만리성이 되고 또 그렇게 숙명도 태어나는 거지

S#2

피할 수 없는 뜻이 명命이 되는 것이니 명命은 무서운 화두야

그래서 언제부턴가 객지 잠을 잘 때는 조심스럽게 신발 들여놓고, 벗은 옷은 가지런히 곁에 뉘어놓고 자기 시작했어. 벽에 걸린 옷이 어깻죽지 축 늘어뜨린 것 참 측은해 보여

둘이서 잘 때도 마찬가지로 벗은 옷은 곁에 뉘어놓고 함께 자야 해. 언젠가 겉옷을 함께 벽에 걸어놓았는데, 내가 잠들자 몸만 챙겨 떠난 사람이 있었지. 가숙의 가假 자만 알고 숙명의 숙宿과 명命 자는 모른 거지.

그리고 한 가지 잊지 마. 잠들기 전에는 문고리 걸고, 머리맡에 남은 술병들은 발치에 모아놓는 거야

술병은 취해 쓰러져 잠든 나를 지켜보다 같이 잠들지만, 사람은 잠들기 전에 떠날 수가 있어

그래서 객지 잠을 잘 때는 혼자든 둘이든 벗은 옷을 곁에 뉘어놓고 함께 자라는 거야

무엇이든 동숙同宿해야 숙명宿命이 되는 거야

—그래, 그런데, 그래서…… 이젠 도망 안 갈 테니 그만 하고 잠 좀 자자—

—「모노드라마 숙명宿命」 전문

시인은 인간이란 홀로 가는 길의 여행객이고 "가숙假宿"하는 존재로 파악한다. '숙宿'이란 글자의 드러난 의미는 '잠잔다'는 행위이지만 그 속에는 인간의 의지가 아닌 자연의 힘이란 의미가 있다. 인간은 신분과 성별, 그리고 국적에 상관없이 잠의 행위를 피할 수 없다. 시인은 "동숙同宿"하는 남녀의 일과 가족관계가 숙명이듯이 잠자리의 장소와 기물器物도 숙명이므로 인연을 소중하게 다루어야 한다고 말한다. 시인은 숙의 의미를 "잠자리"를 에워싼 에피소드로 드러내고 있지만,

그 속셈은 삶의 숙명이다. 숙명을 받아들이는 일이 인간의 지혜다. "─그래, 그런데, 그래서…… 이젠 도망 안 갈 테니 그만 하고 잠 좀 자자─"라는 언술도 이런 체념의 지혜를 드러낸다.

4. 패기만만한 문학청년인 김영찬 시인

김영찬 시집 『불멸을 힐끗 쳐다보다』(황금알)의 약력에는 다음과 같은 이력이 적혀 있다.

> 충남 연기군에서 출생. 한국외국어대학 프랑스어과를 졸업했다. 패기만만한 문학청년이었으나 졸업 후 입사한 재벌회사(종합무역상사)의 해외지사인 남아프리카공화국의 요하네스버그 및 이집트의 카이로 등지에서 1977년부터 1984년까지 근무했다. 2002년 계간 『문학마당』과 2003년 격월간 『정신과표현』에 시가 있는 수필을 각각 게재, 연재한 것을 계기로 작품 활동 시작. 1991년부터 현재까지 카펫 수출 전문회사인 〈이젠무역〉을 운영하며 시를 쓰고 있다.

이중에서 '패기만만한 문학청년' 이라고 한 표현에 눈이 간다. 미사여구가 아니라 실제로 김영찬 시인은 청소년 시절 대전 지역의 유망주였다. 중학교 때부터 시에 재능을 나타냈고 대전지역 고등학교 문학써클인 '돌샘' 에서 공부하면서 백일장의 장원을 여러 차례 수상하였고 외국어대학 시절에도 김정란 시인 등과 문학동아리 활동을 한 것으로 안다. 그는 졸업 후 무역회사에 입사해 아프리카에 근무하면서 사업에 눈을 떴고 개인 사업으로 인해 시를 접었다가 다시 시를 잡은 케이스다. 권투선수가 링에서 내려가면 다시 올라오기가 어렵다고 한다. 대전對戰이 없으면 스파링이라도 계속해야 하는데 시의 공백 기간 동안 그는 미학과 미술 등의 예술 관련분야에 관심을 가지고 스파

링을 계속했다.

이번 시집은 옛날의 시와는 다르다. 김영찬 시인은 프랑스어를 전공해서 그런지 유럽의 아방가르드 문학에 심취해 있다. 그는 논란이 많았던 '미래파' 시인들의 시에 호감을 가지고 있으며 술자리에서는 이들의 입장을 대변하기도 한다. 청소년기에 감동을 받은 시인은 그의 시력에 중요한 역할을 한다. 김영찬 시인은 조향의 시에 영향을 받았다고 한다. 이미지를 초현실주의 기법에 의한 자동연상과 환상으로 그려냈던 조향의 시는 서정일색이었던 우리 시단의 특이한 시풍이다. 심층심리에서 건져낸 이미지들을 비약과 충돌로 전개하는 그의 시들은 일단 이미지의 상상훈련이 되지 않은 일반 독자들은 따라가기가 어렵다. 김영찬 시인의 이번 시집도 이런 상상력을 동원하고 있다.

생각해봐요, 우우~ 생각을, 생각 좀 해봐요 시간의
양쪽 끝을 너무 팽팽하게 잡아당기면
끈이란 끈은 모두 끊어져 못쓰게 되잖아요

(((((((((((우우)))
(우/우/우)))))))))))))))

감긴 실이 끊어지면 양철 지붕 흙벽에 기대어
까만 눈을 깜박이던 첫사랑 소녀가 울음 터트릴 수밖에,
우우~
그녀는 참았던 눈물을 흘리고
눈물은 봇물로 터져 갈피 못 잡아 헤매겠죠, 우우우~

빨간 지붕 흙담은 무너져 내리고 갈 곳 없는
소녀는 멀리~ 아주 멀리 기억에서 너무 빨리 사라져
다시 올 수 없겠죠, 우우우~ 우우

—「추억의 문 밖에 선 등불」 전문

조향의 「바다의 층계」를 연상시키는 이 시는 상상력과 리듬과 회화적 이미지를 데뻬이즈망[1] 수법으로 표현한다. 데뻬이즈망은 의미를 중요시하게 여기지 않으므로 독자는 여기서 의미를 추구하기보다는 기호와 이미지와 리듬이 부딪히는 연쇄놀이를 즐겨야 한다. 데뻬이즈의 시각에서 바라본 사물과 그 사물을 지시하는 기호는 "오브제"인데 합리적인 관점에서 해방시켜버린 특수한 개체이다. 조향이 그의 시론에서 언급한 입체파 화가 브라끄(Bracque)는 "아름다운 레뗄이 붙은 통조림통이 아직 부엌에 있는 동안은 그 의미를 지니고 있으나, 일단 쓰레기통에 내버려져서 그 의미와 효용성을 잃어버렸을 때, 나는 비로소 그것을 아름답다고 생각한다."라고 말한다. 통조림이 부엌의 의미와 질서에 갇혀 있는 상태가 모더니즘이라 한다면, 쓰레기통에 버려져 사회질서로부터 용도 폐기되어 해방된 깡통은 포스트모더니즘의 시각이 아닐까.

장황하게 얇은 지식을 동원했지만 김영찬 시인의 시는 이러한 미학 위에 서 있다. 개인적으로 위 시는 아름답게 보인다. 제목도 아름다운데 언뜻 보면 감상적인 표현이나 "추억의 문" 자체가 상상의 문이므로 등불도 상상의 현실이 아닌 상상의 등불이다. 현실에서 탈출한 이미지이며 상기 시론에서는 현실의 윤습으로부터 벗어나 이런 추상이미

---

1 사물의 합리적인 현실관계를 박탈해버리고 새로운 창조관계를 만들어내는 수법으로 초현실주의에서는 전위轉位라고 말한다.

지들이 순수하다고 말한다. 이런 시들과 이론을 대할 때마다 나는 수학기호나 방정식의 순수함을 생각한다. 사물의 관계를 나타내고 있으나 기호 자체는 결코 사물이 아니며 사물의 구체적인 힘의 자장으로부터 멀어져 있으므로 어떤 의미에서는 순수하다(구상이 아닌 추상에서 수학자들이 세계에서 느끼는 아름다움은 시적 아름다움과 상통한 측면이 있다).

두 시간 전에 갑자기 봄이 왔다
두 시간 저쪽에 갑자기 바람이 불었다
두 시간 전에 그녀는
천천히
안개비 속으로 들어왔다

두 시간 전에 만나
두 시간 후에 떠나야 하는
우리는
영영 되돌아오지 않게 될지도 모른다

두 시간 저쪽 꽃바람 속에서
늘어지게 한가한 봄
두 시간 후엔
안개비 속에 머물다 흩어질 물방울들아

어느 행성에선 갑자기 성운이 일고
두 시간 건너편 그녀는
내게 수선화 노란 꽃을 건넨다

두 시간 전에 멈춰선 봄

두 시간 저쪽으로 거세게 부는 바람

—「두 시간 저쪽」, 전문

역시 두 시간 전의 세계이므로 시인의 마음은 현실이 아닌 추상의 세계에 머물러 있다. 현실과 경험에서 끌어낸 시라 하더라도 시작은 과거의 경험을 현재에 살리는 일이므로 다 추상이다. 여기서는 "두 시간"이라는 거리를 설정하였으므로 시인의 마음은 시 속에서도 또 추상의 유리창을 통해 의도적인 풍경을 보고 있는 것이다. 사물을 현재의 입장에서 해방시키면 사물은 정말로 현실과 상관없는 사물 자체의 고유한 속성을 드러내는 것일까? 사물에 고유한 속성이라는 것이 정말 존재하나? 여기에서 동양과 서양의 세계관이 충돌한다. 서양전통 철학과 미학은 존재론의 기반 위에 서 있다. 반면에 동양은 관계론으로 사물과 세계를 설명한다. 존재론은 인간의 인식에 비친 현상 너머에 사물의 근본과 본질이 있다는 입장이고, 관계론은 사물의 실체는 없고 사물은 관계로서만 존재한다는 입상이니(불교의 연기설이 대표적이다) 사물자체의 순수함을 이야기할 때 진실이 무엇이냐에 따라 한쪽은 허방을 잡는 미학이 되고 만다.

5. 김영찬 시인의 예술관

시는 언어의 예술이다. 언어를 마음(정동情動과 욕망과 인식이 어우러져 있는 장소)의 뜻을 나타내는 상징으로 보느냐 언어를 사물과 인간의 마음 사이에 있는 독립된 실재인 기호로 보느냐에 따라 예술관이 달라진다. 김영찬 시인은 기호론의 입장에서 시란 언어의 유희이며 놀이라고 생각한다. 언어를 인간의 의미에서 해방시켜 언어 자체의 자유로움과 상상력의 즐거움을 누리고자 한다. 그의 예술관을 들여다보자.

난해한 현대시를 끝까지 탐독할 수 있는 사람은 봄밤을 지새우는 몽유병자라야 할까. 언어와 언어가 연대하여 밀고 나가는 조화로운 세계. 시 안의 술어가 역동적인 힘으로 주어를 밀어주는 동력, 그 활동活動 에너지가 시 전체에 고루 퍼져나가는 느낌을 나는 매우 좋아한다. 그래서 시의 행과 행은 살아있는 생물체, 한 파충류가 섬세한 예비동작을 통해 독자의 호흡 속에 파고들어와 행보를 같이 하는 느낌을 나는 사랑하는 것이다. 그렇잖은가? 시가 의미를 넘어 지향하는 저편의 세계, 곳곳에 편재한 음악적 요소, <u>의미를 따지기 이전에 자유로이 펼쳐지는 신비한 음색(nuance)들. 그리고 거기에서 뜻하지 않게 도출되는 다의적인 모호성</u>은 또 다른 전율의 세계로 나를 안내한다. 그때 시어들은 오히려 명료해지고 의미는 무한대로 확산되기 때문이다.[2]

밑줄 친 부분을 주목해보면 그는 언어의 의미보다는 음색(nuance)을 더 중요시한다. 음색이란 기호로 표출되기 전의 심상, 포에지와도 상통하는 말인데 시의 의미보다는 이미지를 통해서 의미의 발산을 노리고 있다고 말한다. 김 시인의 시관을 드러내는 시를 한 편 더 살펴보자.

오후 세 시에 바람이 찾아와서 물었지요
"모자는 마음에 드니?"
"누군가에게 모자를 선물한다는 건 하여간 슬픈 일이야"

오후 세 시에 그 바람이 찾아와서 다시 물었지요
"모자 아래 가려진 너의 안녕은 정말 안녕하니?"

나는 정중히 모자를 벗어 오후 세 시
정각에 만나기로 한 벗에게 건네주었습니다

오후 세 시가 흘러가면 머리카락 냄새 풀풀 날리게 될

모자 위의 시간

나로부터 나에게서 멀리 멀어져 정처없을
오후 세 시의 고요

―「오후 세 시에 부는 바람」 전문

　"오후 세 시"란 시인이 의도적으로 설정한 "오브제"라 할 수 있다.
많은 사물 중에서 "오브제"란 예술가가 심상의 정동과 인식에너지로
선택한 사물이다. 이 경우 사물은 단순한 객체가 아니며 시인에 의해
새롭게 해석된 사물이다. 독자는 자신이 알고 있는 "오후 세 시"가 아
닌 시인이 해석한 "오후 세 시"를 따라가야 한다. 이 시에서 "바람"은
의인화되어 있다. "나로부터 나에게서 멀리 멀어져 정처없을/ 오후 세
시의 고요"라는 문맥을 따라가면 "오후 세 시"도 나의 외로움과 대화
하고 있는 의인화의 모습을 하고 있다. 사물의 의인화는 시에서 "오브
제"를 드러내는 가장 쉬운 방법이리라. 사물은 단순한 사물이 아니며
시인의 인격과 대등한 존재로서 대화를 나눌 수 있는 존재이기 때문
이다.

　이런 방법론의 시를 쓴다는 일은 기존의 문법과 의미를 해체하므로
독자로부터 저항이 있을 수 있다. 작가는 이미지를 통해 지금 현실에
서 초현실로 나아가는 새로움과 자유로움의 통로를 열고 있다고 주장
한다. 독자는 낯선 세계로 들어가는 두려움 반 호기심 반의 마음을 가
지고 시를 바라본다. 예문의 이 시들은 과격하지 않다. 기존 문법으로
도 충분히 따라갈 수 있으며 독자는 조금만 새로운 시각에로의 안내
를 기꺼이 따라가는 열의를 가지면 된다. 달리 얘기하면 김영찬 시인
이 좋아하는 '미래파' 시인들의 과격한 상상력과 기존 문법 사이의 중
간쯤 되는 상상력인데 나에게는 이 정도의 실험이 좋아 보인다.

6. 불멸을 힐끗 쳐다보는 불면의 밤들

김영찬 시인이 시들이 새로운 방법론을 지향하고 있지만 이번 시집에서 모든 시들이 그렇지는 않다. 서정시 즉 낭만주의자의 입장에서 쓴 시 한 편을 소개해보기로 한다.

오늘도 안녕하시다 측백나무는

잎사귀는 오늘도
축제일 같이
푸르고 무성하시다

내가 그 곁으로 걸어가면
싱싱한 기운 내뿜어 나를 유혹한다

측백나무 열매는 밤마다
푸르른 별
별들은 측백나무 가지에 놀러와 깊은 밤의
포로가 된다

측백나무는 그래서 사철 푸르고,
젊다

나는
측백나무 곁에 한참 머물다 간다
측백나무 이파리에 스스로 인질로 잡혀
사철 푸른 꿈속에 포로로 살고 싶어서……
측백나무는 오늘도 안녕하시다, 나는
그 향기에 취한 나그네

무성한 그 그늘에 지치도록
오래 쉰다

내 그늘 사라져 없어질 때까지

—「측백나무, 별」 전문

　기존 문법과 상상력으로 쓴 이 시와 앞의 예문으로 든 두 편의 시 중 독자는 어떤 선택을 할까? 일반 독자들은 「측백나무, 별」을, 시인들은 「오후 세 시에 부는 바람」을 선택할까? 확답하기 쉽지 않다. 2편의 시 중 세월이 지나 어느 시가 살아남을 수 있는가가 관건이다. 독자의 마음(인간 일반의 마음과 예술을 즐기고자 하는 문화인으로서의 마음을 다 고려해야 한다)은 변덕이 심하고 욕심이 많으므로 작가는 이러한 독자의 마음을 충분히 헤아려야 한다.

　다시 김영찬 시인의 〈시작노트〉를 빌려 이 시인이 지향하고자 하는 바를 살펴보기로 한다. "시가 시를 쓰는 가운데 풍요가 이루어지고 그 풍요 속에서 언어는 자유와 호사를 누리며 우리에게 쥬이쌍스를 싣고 다가온다. 참으로 <u>시는 언어이기를 거부하는 자세로 언어를 넘어선 곳에서 언어가 아닌 다른 존재로 환치되기를 갈망하기 때문에 불면의 밤을 넘나들며 내 곁을 맴도는 것이다</u>". 김영찬 시인의 고민이 잘 묻어나 있다. 일상의 의미로부터 자유로워지고자 하는 시의 그 종착점은 초월이다. 그런 의미에서 김영찬 시인은 낭만주의자이다. 밑줄 친 부분의 언술대로 그는 불면의 밤을 넘나들며 "불멸을 힐끗 쳐다보다"의 시집 제목의 정신을 구현하려고 하다. "불멸"이란 우리의 심층의식 아래 인간의 삶 저 너머의 다른 차원에 있다. 시인은 무한정신과 창조의 에너지가 있는 저 편의 세계를 힐끗 쳐다보는 해커이며 그 메시지를 독자에게 전하는 임무를 가진 자이다. 소개하지는 않았으나 이 시집들의 많은 실험시들은 그런 일단의 노력을 보이고 있다고 생각한다. 김영찬 시인은 시관이 뚜렷한 시인이다. 다음 시집에서는 더 원숙한 시들이 선보이지 않을까 기대하며 이 시인이 지향하는 바를 가장 잘 드러낸 짧은 시 한 편을 소개하며 이 글을 마친다.

> 벚꽃이 지는 속도는
> 초속 1mm
>
> 내 사랑 아이스크림이 혀를 녹이는 기간은
> 영겁에의 억류
>
> 무한대∞에 닿아
> 불멸不滅을 스칠 수 있겠다
>
> ─「아이스크림에 거는 희망」 전문

시간의 리듬과 휴지, 열정의 포로에 대한 시들
안수환의 『소심한 시간』, 윤은경의 『벙어리 구름』

1. 햇빛과 그늘의 음영이 드리워진 침묵의 사유

안수환 시인의 『소심한 시간』의 시집을 통독해보고 느낀 점은 시가 어렵다는 점이었다. 구문이나 서술 비유가 어려운 점은 없는데 왜 어렵게 읽히는가 생각해보니 시의 배경으로 들어선 사유가 어려웠다. 그러나 그 사유 때문에 이 시집이 감상의 차원에 떨어지지 않는 미덕을 지닌다고 생각되었다. 사유의 근원을 밝혀 안수환 시인의 세계관을 추적하는 일은 평론가들에게 짐을 돌리고, 그의 시를 통해 얻어지는 느낌을 건져보기로 한다.

1) 시간의 리듬과 휴지

'소심한 시간'이라는 제목이 재미있다. 왜? '대담한 시간'의 반대말이 아닌가. 이 제목은 서사와 파노라마 같은 이미지를 동원해서 주제를 웅대하게 풀어가겠다는 이야기가 아니다. 생각이나 감정의 편린 혹은 착상이나 이미지를 조심스럽게 드러내보인 시편이라는 암시가 들어 있다. 시간은 사물의 변화에 대한 해석이다. 그 해석은 현실세계를 바라보는 우리의 의식에 리듬으로 다가온다. 해와 달이 뜨고 지며 하늘의 별들이 자전하는 리듬, 춘하추동의 사계절의 리듬, 바다의 파도가 높이를 달리하는 조금과 사리의 리듬, 이 리듬이 시간의 형식이다. 'time'의 어원은 'tide'라는 말을 어디서 본 적이 있다. 망망대해에 배를 띄워 살아야 하는 고대인들에게는 tide를 살피지 않고는 생존이 어려웠다. 상황조건에 따라 '때'라고 하는 추상명사는 구상명사의 실체보다도 더 영향력과 위력을 발휘할 수도 있다. 그 시간을 어떤 리듬으로 혹은 휴지로 인식하는가는 주체의 인식그림을 바꾼다. 아이와 청년과 노인의 시간 리듬이 다르고 농경민과 유목민의 시간 휴지가 다르다. 안수환 시인의 시간 해석은? 다음 시에 그 시간관이 내포되어 있다.

나와 동침한 시간이여
뻐꾸기 운다
벌거벗은 시간에게 옷 입히려고
뻐꾸기 운다
어찌 이토록 간절한 세상인고

네 몸을 만지고 비비고
굴러보지만
내 몸은 늙어 축이 질 뿐
하루하루 그리운 시간이여
뻐꾸기 운다

벌거벗은 시간에게 옷 입히려고

뻐꾸기 운다

—「뻐꾸기」 전문

뻐꾸기가 시간을 알리는 자명종을 사용하는 시인은 도시의 산업사회인이다. 직장에 나가는 현실인이고 시간의 프로그램에 의해 현실이 짜여지는 유위有爲의 한가운데 있는 주체이다. 벌거벗은 시간이란 유위라는 옷을 입히기 전 무위無爲의 시간인데 뻐꾸기는 무위를 유위로 바꾸고자 하는 현실세계의 권력이며 질서의 상징이다. 주체는 벌거벗은 시간과의 동침으로 한몸을 이루었던 무위와의 동일시로 시간의 영원성과 항상恒常을 꿈꾼다. 그러나 육체를 가진 주체는 "네 몸을 만지고 비비고/ 굴러보지만/ 내 몸은 늙어 축이 질 뿐"이라는 표현처럼 한계 내 존재이다.

뻐꾸기를 하루의 시간을 관리하는 자명종의 뻐꾸기에서 농경사회에 봄의 때를 전파하는 실제의 뻐꾸기로 확산하고 그 뻐꾸기를 모든 문명과 역사를 추동하게 하는 인간의 리비도의 상징으로 확산해보자. 해석에 따라 이시는 깊은 의미를 행간에 감춘 계곡이 된다. "어찌 이토록 간절한 세상인고"라는 시인의 탄식은 무위의 유위에 대한 저항이자 체념이다.

2) 구상과 추상을 만지는 시인

나는 만지네
책을 만지고
불빛을 만지네
아내의 한숨이 다가오면
공연히 눈 비비고
딸년이 불어대는 플루트 타박을 하다가

슬쩍 딴전만 부리다가
나는 만지네
문을 만지고
시간도 만지네

자정을 지나 2시쯤
바흐를 눌러 놓고
바흐의 쩰레 궁정
바흐의 밤중까지도 만지네

머리맡 커피향이 식어도 좋아

—「한밤중」 전문

　‘만진다’는 표현이 이 시의 기본 테제이다. 서양인들은 사물을 인식할 때 보는 눈에 심미적 가치를 두고 한국인들은 만지는 손에 더 느낌의 확실성을 부여한다. 만져보아야 사물이 더 생생하고 감각적으로 느껴진다. 이 시에서 화자가 책과 문 같은 구상을 만지는 일은 별 다른 진술이 아니다. 그러나 화자가 불빛과 시간과 밤중 같은 추상을 만지는 행위는 시적 진술이다. 그 만지는 행위는 구상과 추상을 병치함으로써 대비가 되고 추상을 만지는 행위가 구상을 만지는 생생함과 동일하다는 이미지를 제시하고 있다. 보는 일로부터 만지는 행위로의 나아감은 안고수비眼高手卑의 관조를 적극적 실천으로 대체하고자 하는 의지이다. 그러나 추상을 만진다는 감각의 생생함은 여전히 관조의 시야에서 벗어나지 못한다. "머리맡 커피향이 식어도 좋아"라는 마지막 연이 그 사실을 암시한다. 대상의 파괴나 해체 그리고 다시 재구성하는 행위가 없음으로서 결국 화자는 지식인의 태도로 세계로 보고 있다. 지식인은 현실의 이데올로기를 해석하는 자이다. 해석은 다른 해석과의 차이를 통해서만 그 존재가치를 인정받는다고 하면 이 시는

시적 환상과 표현의 불꽃에 갇힌 시와 시인들

추상을 만진다는 해석의 차이를 보여줌으로서 시가 되었다.

3) 침묵의 노래를 부르는 타자

—「흰구름」 전문

　시가 화자의 목소리와 타자의 목소리가 섞여서 내는 이중창이라 한
다면 타자는 언제나 침묵으로서 노래를 부른다. 화자는 타자의 침묵
이 낮은 음역으로 부르는 노래(숨은 질서)를 따라가면서 높은 음역의
노래(드러난 질서)를 시간의 오선지에 부려놓는다. 낮은 음역의 노래
가 들리지 않는 높은 음역의 노래는 건조하고 지루한 생기 없는 공연
이 될 것이다. 이 시에서 타자는 "먼 산 위에 떠있는 흰 구름"으로 은
유되어 있다. "國賊들을 피해/ 홀로 鳥嶺관문을 넘는 저 분"이며 "황
장산 굽은 등줄기에 내려앉은 저 분"이다. 그러나 그 타자는 "말을 아
끼고 아꼈다가/ 말하지 않고" 간다. 즉 침묵이다. 그러나 타자/침묵은
화자의 투사이며 화자를 통해 말씀하는 자이다. 노래를 부르는 자의
노래를 따라 침묵의 노래를 부르는 자이므로 이 시에서는 적극적으로

화자를 통해 말씀을 하고 있다.

4) 백척간두에서 몸을 던지다?

나는 허공에게 나를 내주었다
방충망에 걸린 모기와는 달리 슬픔과
명예와 평안으로부터 몸을 뺀 나는,
나로서는 방충망을 벗어난 기쁨에
새삼스레 몸을 떨었다

보라, 내 구강에서는 아무런 냄새도 풍기지
않지? 그렇지?
고춧가루 냄새라든가, 혹은
이빨을 가는

허공 냄새뿐이지 않니?

—「허공」 전문

　'허공으로 몸을 던진 자는 허공과 하나가 된다' 라는 신화가 종교와 구도의 세계에서 널리 유포되고 있다. 마지막 의심자리인 백척간두에서 한 발을 더 내디디면 피안의 언덕에 간다는 말씀이다. 어떤 정신 경지의 은유이겠으나 물리 현실에서는 물론 뼈와 피가 으스러지는 죽음이다. 이 시를 그 어떤 정신경지에 몸을 던진 것으로, 아니면 실제로 정신의 도약이 이루어진 상황으로 읽어야 할까? 모두 가능한 시나리오이겠지만 여기서는 언어의 재미로 만족해야 할 듯싶다. 슬픔과 명예와 평안이 '방충망' 이라는 은유가 그것이다. 색계色界의 모든 오온五蘊이 그물망이라면 중생은 그물에 걸리는 모기이다. 화자는 허공에 몸을 던져 견성見性을 했으므로 그 인가를 받고자 한다. 화자도 또한 "고춧가루 냄새"와 "이빨을 가는" 소리로 은유된 탐진치貪嗔痴가

모두 소멸되었으므로 "허공 냄새뿐"인 깨달음의 상태를 진단해달라고
독자에게 요구한다.

5) 희극을 보는 당황함

> 수성과 금성에 이어 태양으로부터 세 번째줄에 끼어 있는 별,
> 바깥으로는 화성 그 바깥으로는 나무처럼 벋은 별
> 지구 지름의 11.2갑절인 德星 곧 목성(다음에는 토성)
> 이른바 水 金 土 火 木의 5行이라,
> 그 중심에 있는 지구는
> 남북방향으로 조금 찌부러진 회전타원체
> 적도의 둘레는 40,076,59km이고
> 표면에 있는 중력의 크기는 980cm/sec 정도
> 병균 빌노는 약 5.52g/cm
> 궤도면에 대하여 약 66.5° 기울어진
> 지축의 둘레를 돌고 있다
> 자전이나 공전의 주기는 매우 적기는 하되
> 하루 혹은 일년을 통하여
> 어떤 때는 다소 빨라지기도 하고
> 또 어떤 때는 다소 늦어지기도 한다
> 즉, 지구는 까불고 있는 것이다
> 보시다시피 내가 까불고 있는 것처럼,
>
> ―「지구에 대하여」 전문

이 시는 우리가 사는 지구의 구체적이고도 과학적인 진술을 통해 지
구라는 거대한 실체를 리얼한 수치와 운동으로 그려보이고 있다. 여
기까지는 백과사전의 화려한 지식과 별 차이가 없으나 화자는 마지막
2행으로서 '객관적으로 현존하는 실체'를 전복하고 있다. 화자는 지
구와 나의 동일시와 지구의 운동과 내 생의 운동을 동일시로서 아이

러니의 상황을 발생시켰다. 아이러니와 역설은 희극의 상황이고 숭고와 장엄은 비극의 상황이다. 거대 실체인 지구의 속성이 이미지로 제시됨에 따라 독자는 비극인 줄 알았다가 희극을 보는 당황함을 경험한다. 의도적인 재미(Fun)가 개입했다. 지구라는 거대 실체가 관념이나 개념으로 처리되면서 집어 던질 수도 있는 팽이나 공으로 위치가 낮아졌다. 화자의 자아는 신의 위치에 올라서서 인생과 천체라는 옴니버스 희극을 구경한다.

6) 슬픔의 중독

> 後列에 있는 것이 편했다
> 後列에서도 네 슬픔의 젖꼭지를 빨 수 있다
> 이미 몽롱할 만큼 몽롱해진 이상
> 나는 네 슬픔의 젖꼭지를 빨 수 있다
>
> 나는 고통으로 철이 든 몸
> 내 義齒를 참조해 다오 흰 머리카락을 참조해 다오
>
> 달아 달아 흰달아
> 가끔씩은 눈감아 다오
> 내 자신으로부터 출타한 슬픔을
>
> —「흰달」 전문

흰 달은 태양이 당당한 대낮에 보일 듯 말 듯, 없는 듯 있는 듯 하늘의 한 구석에 있는 존재의 슬픔의 표상한다. 당당한 달이 아닌 흰 달, 화려한 감정을 표백당하고 흰 빛만 내비쳐야 하는 슬픔을 화자는 "젖꼭지"를 통해 빨 수 있다고 말한다. 달은 밤의 상황은 아니지만 정서의 도취를 상징하는데, 이 달을 보는 화자의 정신은 몽롱해져 있다.

흰 달의 매력에 반해 있으며 흰 달의 영향력에 들어가 있는 피를 경험한다. 마약이며 어쩔 수 없는 중독인 슬픔의 금단증상 같은 고통을 암시한다. 의치와 흰 머리카락까지 도달한 시간이 가져온 깨달음도 치료 효과가 없다. 자신으로부터 출타한 슬픔을 내 슬픔의 투사이자 대체물인 흰 달에게 호소한다. '후열後列' 인생이므로 동병상련의 처지를 봐달라고 말이다. 이미지의 반짝임과 서정의 물살이 같은 속도의 흐름을 이루고 있어 흘러가는 강물처럼 시가 자연스럽게 다가온다.

안수환 시인의 시 몇 편을 살펴보았다. 시집이라는 무성한 그늘을 이룬 나무를 전체적으로 조망하는 일은 물론 어렵다. 그 사유를 따라가기가 만만치 않기 때문이다. 그러나 한의사가 환자의 심장에서 가장 먼 손목이나 발목의 지류맥으로 병을 진단해내는 것처럼 햇빛과 그늘의 음영이 아름다운 이파리 같은 시 몇 편으로 나무 전체의 사유와 정서를 드러내보고자 했다.

2. 열정과 형식으로 승화한 '울분과 고통'

소크라테스의 말을 인용해보자. "시인은 열정의 포로가 되어 자신의 밖으로 나오지 않고는 창조를 할 수 없는 가볍고, 신성하며, 날개 달린 존재이다."라고 말했다. 이 정의에 따르면 시인은 열정의 포로가 되어 자신의 내면을 밖으로 드러내는 자이다. 이 시집을 읽으면서 편편마다 지하수처럼 흐르는 열정을 만나게 된다. 이 시집의 해설을 쓴 김양헌은 "울분과 고통이 시집 도처에 깔린 것으로 보아 그의 삶이 만만치 않은 것임을 알 수 있다."라고 언급하였으나 나는 윤은경 시인이 울분과 고통을 열정의 형식으로 승화해서 시를 만들어냈음을 주목하고자 한다. 시 전편에서 만만치 않은 삶이 깔려 있으나 그 고통은 직접적으로 드러나지 않는다. 왜 그런가? 윤시인의 시작 태도가 리얼리즘의 세계 관에 의해 현실을 직접적으로 드러내고자 하는 데에 있지 않기 때문이 다. 자연 서정에 투사한 시의식의 비유 기법은 우리시단의 전통적인 서정시류와도 다소 다른데 그 이유는 윤 시인이 압축과 생략을 좋아하 며 어느 정도는 지적 인식에 기반을 둔 모더니즘의 창작 태도를 견지 하고 있기 때문이 아닌가 싶다. 시 몇 편을 골라서 읽어보기로 한다.

1) 십만 팔천 리 구도의 길

벼랑 사이 안개에 숨어 물소리는
산의 깊은 곳을 울린다
숲의 비밀한 적막, 물소리 끝까지 닿고 싶다
연화보궁을 점찍어 두고
벌써 몇 해째 이 길을 지났던가
화암은 꽃필 생각을 않는다
물은 더 낮은 곳으로 발길을 돌리고
나무들은 계곡을 거슬러 산을 오른다
주인은 집을 비우고
당우 뜨락은 매끄럽게 닳아가지만
올려다보면 아득한 화암사 雨花樓
몸이 이룬 슬픔을 깨지 못하고 마음에 문이 닫힐 때
물소리 첩첩 다시 경계를 만들어 세우는 곳
층층나무 무성한 잎사귀 너머 화암을 보지 못한다
화암을 보지 못하고
화암을 떠난다

—「花嵒을 보지 못하고—화암사에서」 전문

화암花嵒은 꽃 핀 바위이다. 현실에서는 바위에서 꽃을 피울 수 없 으므로 바위 같은 단단한 수행과 신심으로부터 깨달음을 꽃피운 열반의 상태를 상징한 화암花岩을 화엄華嚴으로 이해해도 큰 무리는 없겠다. 화암을 보러갔다가 "화암을 보지 못하고/ 화암을 떠난다"로 끝난 이 시는 화자가 "몸이 이룬 슬픔을 깨지 못하고 마음에 문이 닫힐 때/ 물소리 첩첩 다시 경계를 만들어 세우는 곳"이라고 진술한다. 이 시는 화자와 화암의 십만 팔천 리 같은 거리의 고통을 말하고 있다.

연화보궁이라는 화려한 이미지의 상징은 고해를 사는 실존 인생들이 언제나 꿈처럼 바라보는 신기루이다. 그러나 그 보궁은 불법이 시작된 이래 수백만 전문수행자들의 이상향이며 수억 불자들이 마음을 기댄 기둥이겠으나 그중 몇 명이나 보궁에 갔다고 자신 있게 단언할 수 있겠는가. 오도송悟道頌이라면 연화보궁에 '우화雨花'가 내리는 기쁨을 이야기했겠지만 '우화'를 보지 못하고 현실의 '화암'을 떠나야 하는 화사의 고통은 낭언하나. 독사는 동병상련의 성으로 시를 가슴 깊숙이 받아들일 수밖에 없다.

2) 나르시즘의 사랑을 읽다

들어봐, 밤비 부슬부슬 내리고 솔숲 떠도는 발자국소리

보이지 않는 곳에서 뻗어와
내 가슴에 손가락 거는 솔숲의 광풍으로도
사랑을 다 말하지 못했지, 나의 왕이여
곁에 누운 당신의 거친 잠을 아직 다 어루만져주지 못했지

이러히, 뒤틀리고 꼬이는 괴로움으로도 그대 상처에 가닿지 못한다면 천만 번 죽어 다다른 초록의 저 싱싱함을 의심해야지, 불을 켜지 않아도 훤히 보이는 나의 부재여, 내 사랑은 수천의 해와 달이 뜨고 지고 뜨고 지고, 갈라진 목피마다 푸른곰팡이 녹스는 세월, 수만 그루 솔방을 짚어가는 흐린 눈썹

천년을 두고 몸을 바꿔도 울울창창한 이 괴로움, 그대 한숨이 훑고 지나면
한데 묶은 수천의 종소리 울리듯 사방에서 뼈마디 부딪는 소리

*장화 : 신라 흥덕왕의 부인, 장화부인은 흥덕왕의 재위전에 죽었다. 흥덕
왕은 내내 독신으로 살다 죽은 뒤 안강의 장화부인 묘에 합장되었다

—「장화 歎」 전문

신라 흥덕왕의 부인 장화의 탄식歎息이다. 사랑을 받지 못하고 죽은
귀신이 아니고 너무 열렬한 사랑을 충분히 누리고 죽어 그 사랑을 잊
지 못해 평생을 독신을 지킨 흥덕왕의 고독과 괴로움을 연민으로 바라
보는 귀신의 입장에서 쓴 시이다. 사랑이란 연인의 환상에 투사한 내
욕망을 사랑하는 나르시즘이다. 화자가 장화부인에게 투사한 욕망은
연인과 하나 되기를 꿈꾸는 흥덕왕의 욕망이며 장화부인의 욕망이며
화자의 욕망이다. 라깡의 말처럼 '연인이란 무엇인가? 갖고 싶은 사람
이지만 죽기 전에는 하나가 될 수 없는 사람'이다. 이 시가 확장된 상
상력을 보여주는 이유는 시간을 초월하는 귀신의 입장에서 바라본 사
랑에 있다. "천년을 두고 몸을 바꿔도 울울창창한 이 괴로움" 같은 진
술이 현실의 화자라면 리얼리티가 떨어진다. 그러나 장화부인의 괴로
움이 흥덕왕의 괴로움이며 동시에 나의 괴로움인데 그 괴로움은 "수천
의 해와 달이 뜨고 지고 뜨고 지고, 갈라진 목피마다 푸른곰팡이 녹스
는 세월, 수만 그루 솔방을 짚어가는 흐린 눈썹"으로 시간을 초월하고
있다.

3) 삼중인식구조의 시

헤아릴 수 없는 밤들이 지나갔다
몇백 년이나 몇천 년쯤은 기억 속에 없다

시적 환상과 표현의 불꽃에 갇힌 시와 시인들

솔가리 수북한 이른 봄 근처
무엇을 잃어버린 사람의 발걸음은
푸석한 봄날의 흙먼지를 세고 있던 것인데,

그 많은 밤과 낮의 괴로움이 사람의 길만은 아닌 것
그 긴 기다림
해발 348미터 정상까지 오르는
산자고 흰 꽃잎

봄산 골짜기가 갑자기 환해진다

앞서 간 발자국 겹쳐 밟으며 내는 것이 길이라면
저 간절한 흰 빛 따라가 몸 내어 주리라

바라보기도 눈부신
우주의
한 길

— 「산자고」 전문

이 시는 꽃 하나가 피기 위해서는 몇 백 년이나 몇 천 년의 기다림과 괴로움의 인연이 있어야만 하는 불교적 인과론을 말하고 있다. 산의 정상에서 핀 '산자고'의 흰 꽃잎은 시인의 은유일터인데 전면에는 꽃잎이지만 이면에는 그 꽃잎까지의 도달하는 물의 길/道를 복선으로 깔고 있다. 이 세계는 눈에 보이는 질서/꽃잎과 드러나지 않는 질서/道로 이루어지며 시인은 그 두 길을 동시에 보고 있다. 그 두 길은 시인의 인식과 정서에서 일체를 이룬다.

그리하여 개안처럼 정반합正反合이 이루어지고 상위의 차원에서 통합된다. 그 깨달음으로서의 정서의 고양이 "봄산 골짜기가 갑자기 환해진다". "바라보기도 눈부신/ 우주의/ 한 길" 같은 표현을 얻는다. 삼중인식구조를 보여주는 이 시는 구조를 염두에 두지 않으면 연과 연의 비약을 따라가기가 쉽지 않다.

4) 마조히즘의 미학

비가 오네 비야 오려무나

고집불통의 부드러움이여
맥없이 굴러만 가던 시간의 골짜기, 어둠 깊은 곳에서
내 뇌리의 통점만 밟아오는
희망의 악머구리 울음소리

흰 종이 같은 불안한 다리를 건너
마른 나의 땅으로 오는
눈물겨운 손님

오려무나 비
열어주마 이제

네 순은의 날카로운 발톱에
콸콸 피 흘리고 싶은
부드럽고 따뜻한 나의 대지를

—「우수」 전문

비가 에로티시즘으로 읽히는 경우는 동양의 은유 '운우雲雨'에 있다. 이 시의 주목할 만한 표현은 "순은의 날카로운 발톱"이다. 비의 부드러움이 창이나 화살 같은 페니스의 이미지로 전화되면서 "부드럽고 따뜻한 나의 대지"가 상처를 입고 피 흘리는 마조히즘이 미학으로 자리한다. 그러나 그 비는 "흰 종이 같은 불안한 다리"를 건너오는 손님인데 이 표현이 다소 모호하다. 원관념은 어떤 주제일까? 종이를 건너오므로 언어나 시일까? 이 표현이 모호가 아닌 애매(ambiguity)였더라면 이 시의 상징이 훨씬 깊어지지 않았을까?

5) 경전經典을 읽는 학인學人의 이미지

> 타고 있다
>
> 노을을 향해 높이 새 한 마리 날아간다
> 알 수 없다 그 무슨 기호?
>
> 열고 싶다
> 빛나는 쇠문
>
> 나는 문고리를 흔든다
> 격렬하게
>
> —「큰 소리로 저녁노을을 읽다」 전문

은유나 상징이 주제와 잘 결합한 시를 읽으면 기분이 좋다. 저녁노을이라고 해도 이상하지 않은 시 제목을 "큰 소리로 저녁노을을 읽다"라는 행위로 바꿈으로서 훨씬 생생하게 되었다. 경전을 읽는 학인學人의 이미지가 들어오면서 학인은 '노을을 향해 날아가는 새 한 마리'로 연결된다. 노을은 삶과 죽음이 혼합되어 있는 시간이며 학인과 새는 하늘과 땅이라는 기의를 안고 있는 기표(기호)로 그림이 그려진다. "빛나는 쇠문" 같은 비유는 애매(ambiguity)를 획득한 표현으로 보인다. 그 쇠문이 구체적으로 해석되지 않으면서도 독자에게 여러 가지 심상을 상상하게 하는 효과를 가져왔다. 마지막 연 "나는 문고리를 흔든다/ 격렬하게"라는 말하는 시인의 정열과 의지 때문으로 보인다. 행간에 숨은 의미가 어둠처럼 짙어지면서 "쇠문"이라는 표현을 노을처럼 빛나게 하고 있다.

시집을 읽고 나니 이 몇 편이 윤 시인의 시적 가능성을 말하고 있다. 이 몇 편의 시들은 많은 다른 시들의 정열과 관념이 응축되어서 만들어진 시이다. 그 시들이 내가 쳐놓은 시의 그물에 걸리지는 않았으나 그 시들이 없었더라면 이 시들도 없었으리라. 시인은 어차피 일생에 한 편 혹은 몇 편의 시를 남기기 위하여 수많은 연습의 시를 쓴다. 시인이 언어라는 진흙에 불어넣은 혼의 숨결이 얼마나 깊으냐에 의해 시는 살아 있는 시가 되고 '문학의 전당'에 봉헌되는 특권을 누린다.

시의 거울과 무량無量의 거울 사이를 들여다보다

구재기의 『가끔은 흔들리며 살고 싶다』

1. 무의식의 구조와 그림

시는 시인의 무의식이라는 바위틈을 비집고 샘물처럼 솟아오르는 정열이다. 기호로 쓰인 시는 시인의 무의식이 느낀 감정과 통찰을 시 문법과 규칙에 의해 정리해놓은 것이다. 시는 밤하늘의 별처럼 드러난 기표이지만 별은 밤하늘의 배경이 없으면 그 생생한 모습이 사라진다. 구재기 시인의 새 시집 『가끔은 흔들리며 살고 싶다』의 첫 독자가 되어 일독을 했다. 구 시인의 어두운 마음에 잠긴 기의와 별빛으로서의 기표가 어떻게 해야 밤하늘처럼 잘 대비될 수 있을까 생각해본다.

한 시인의 무의식은 그가 자라난 배경에서 형성된다. 구재기 시인의 무의식은 이번 시집이 발간되기 직전 발간된 시선집 『구름은 무게를 버리며 간다』에 잘 나타나 있다. 주로 자연과 농촌의 풍경이 그의 무의식을 차지하고 있다. 인간의 아니마가 유년시절에 형성되듯 무의식도 어린 시절에 각인된 풍경과 삶의 체험에 의해 주로 형성된다. 트라우마(Trauma)로서의 경험은 한 개인의 마음에 일생동안 화인火印을 남긴다. '언어는 의식과 무의식을 동시에 비추고 있는 거울이다.' 라는 주장을 수용하기로 하고 시선집에서 구재기 시인의 심상心象을 가장 잘 드러내는 시편을 하나 들어보자.

> 작은 내로 송사리를 몰러 떠난 계집아이야. 떠난 다음에는 어레미에 송사리 가득할 때까지 돌아와서는 안된다. 쇠스랑 끝에 두엄 썩는 냄새가 피어올라 네 오라비는 서울로 돈을 벌러 떠나고, 늙은 참봉의 기침소리에 놀라 아래채 소실은 담을 넘어 당산堂山의 솔숲으로 떠났다.
>
> 작은 내로 송사리를 몰러 떠난 계집아이야. 비록 맨발이지만 사람들은 모두 다 제 갈길로 떠나간단다. 이제 어레미 사이로 빈 마을의 노을만이 보이고, 초가집 돌담 밑에서 노오란 민들레꽃 홀로 핀단다.

— 「민들레 꽃」 전문

융(C. G. Yung)은 예술과 문화를 아니마(Anima)의 산물로 보았다. 아니마가 남자 예술가의 일생을 지혜와 능력의 길로 안내하는지, 아니면 채울 수 없는 환상과 욕망에 탈진하도록 몰아가는지의 여부는 예술가의 무의식구조가 좌우한다. 구재기 시인의 아니마는 위 시에서는 "작은 내로 송사리를 몰러 떠난 계집아이"로 표상된다. 그 계집아이는 자라서 시인의 연애가 되고 반려가 되어서 일생을 수확하는 긍정의 아니마가 아니고 가난한 농촌을 돈 벌러 떠나서 이별의 상흔을 준 아니마이다. 시인은 아픔은 "초가집 돌담 밑에서 노오란 민들레꽃 홀로 핀단다"로 드러나는데 잡지 못한 대상에 대한 그리움과 욕망이 한 편의 아름다운 풍경을 그려낸다.

2. 언어, 거울로서의 시와 그 뒤편의 그림

시란 어떤 식으로 쓰던 작가의 세계에 대한 연애편지이다. 한 시인의 솔직한 내면을 보려면 연애시가 가장 좋다. 인간 실존의 근원인 성性과 사랑에 대한 태도가 삶의 꼴을 결정한다. 이 시집에서 구재기 시인이 생각하는 삶의 모습을 들여다보자.

나방이에게도 사랑이 있다
어둠이 와서야 비로소 불꽃이 있다는 것을 알고
나방이는 밤이 깊어지기를 기다려
불꽃을 찾아 나선다
깊은 밤은 사랑을 고백하기에
가장 아름디운 시각
모든 허물을 벗고
비로소 나방이의 날갯짓이 시작된다
그러나 날개는
애당초 하늘을 꿈꾼 게 아니다
날갯짓을 다하여 불꽃을 찾아 날다가
가슴의 압박을 느끼는 순간
사랑하고 있구나
사랑하고 있었구나
불꽃에 뜨거운 몸을 던지고
목숨을 다하는 길밖에 사랑은 없다
불꽃은 저만큼 아스라하다
온몸을 던져 불꽃을 향한 무한의 몸부림

살아야 할 시간
살아갈 시간은 많지 않다
차단된 벽에 온몸을 던지고 나면
사랑은 언제나 어둠을 크게 하여 소리하는 것

차츰 날갯짓이 잦아들기 시작하면
밤은 먼 데서부터 상실이 크다
어둠 속에서 점점 지워지기 시작한다

아침이 순하게 밝아오면서
불꽃은 햇살이 된다
창호지 밖 방충망 아래
날개가 부러진 채 이슬에 흠뻑 젖은
나방이 한 마리의 주검을 보여준다

— 「가장 아름다운 시각」 전문

낮은 이성과 의식의 시간이다. 사회의 규범과 가치와 도덕에 갇혀 인간은 타인과의 관계로 삶을 꾸려야 한다. 인간의 욕망은 이성에 의해 수면 아래로 숨고 무의식에 갇혀 있다. 작가의 무의식이 그리는 지형을 보려면 의식의 고리를 헐겁게 해야 한다. 프로이드는 꿈과 백일몽에 대한 대화로서 신경증의 배경을 드러냈다. 꿈과 백일몽을 일정한 문화형식의 틀(언어)로 번역한 것이 예술작품이니 시란 시인의 사물에 대한 신경증의 산물로 해석할 수도 있다(라깡은 예술을 일종의 편집증으로 해석했다).

위 시에서 화자의 은유인 '나방이'는 사랑의 욕망에 끌려 불꽃(삶의 에너지)에 산화한다. 화자는 "살아야 할 시간/ 살아갈 시간은 많지 않다/ 차단된 벽에 온몸을 던지고 나면/ 사랑은 언제나 어둠을 크게 하여 소리하는 것"이라고 말한다. 화자는 불꽃 같은 삶/사랑의 에너지를 강조한다. 구재기 시인의 내적 욕망이자 트라우마로서의 사랑은 "날개가 부러진 채 이슬에 흠뻑 젖은/ 나방이 한 마리의 주검"일지라도 "온몸을 던져" 뛰어드는 것이다. 그 순간이 "가장 아름다운" 순간이라는 인식을 드러낸다.

구재기 시인이 삶에서 이렇듯 가장 아름다운 순간을 성취했을까?
마음의 신경증인 시가 치료 효과를 발휘해서 새로운 삶과 지평이 열
렸을까? 불행히도 시인들은 이런 운명에 도달하지 못한다. 시인이란
일생을 통해 가고자 하는 이상의 지평선을 멀리서 바라볼 뿐, 그의 가
슴에는 해를 기다리는 어둠만이 바다처럼 출렁인다. 다음 작품도 상
처와 트라우마로서의 마음의 어두운 에너지에 관한 이야기이다.

멀건 대낮에
눈에 보이지 않는 것들은
모두 다 밤을 즐긴다
밤이 깊어갈수록
높아만 가는 신열身熱, 그 열기에
나의 신음은 짙은 어둠 속이다

어둠의 밤은
창문을 열어놓아도 어둠이다
어둠을 자꾸만 토해내는
내 몸 속의 바이러스
잘 못 든 길
함부로 내딛다가 굴러 떨어진 자리
벗어나려는 몸부림이 강해질수록
어둠에 휩싸이다가
드디어 철저하게 갇히고 만다

어둠의 자리는
언제나 지하에 마련되어 있는 것
멀건 대낮에도 바이러스 투성이
한창 신열에 부대끼고 있는 중에
지상은 햇살 한 줌 내려앉을 수 없는
거대한 어둠에 싸여

연신 신음소리를 토해내며
포화砲火에 부대껴 살아가고 있다

— 「바이러스(Virus)에 대하여」 전문

　시인의 몸에 바이러스처럼 침투해서 어둠을 토해놓게 하는 것은 무엇일까. 시적인 정열과 욕망일까. 프로이드는 리비도(Libido)를 라깡은 주이상스(jouissance)를 이야기한다. "어둠의 밤은/ 창문을 열어놓아도 어둠이다"라는 진술처럼 화자는 내면의 어둠이 고통스럽고 불안하다. 융은 마음의 심층구조 모델로 페르소나(Persona)와 그림자(Shadow)와 아니마(Anima)와 전체를 통합한 자기(Self)를 들었다. 그림자는 의식이라는 빛의 이면에 있는 무의식의 정열과 욕망의 은유이다. 그림자란 개인의 페르소나에 가려 있으나 한 개인이 드러내고 싶지 않은 정서와 욕망이다. 그림자가 부정 이미지일 때는 개인의 방어기제를 불러오지만 긍정 이미지일 때는 사업의 정열이나 창작의 원동력이 되기도 한다. 그림자는 동물적인 힘과 욕망에 가까운 생존본능의 에너지이다. 화자는 위 시에서 이러한 그림자로서의 어둠이 "멀건 대낮"에도 바이러스처럼 침투해서 "신열"에 부대끼게 한다고 말한다. 화자의 자아는 "연신 신음소리를 토해내며/ 포화砲火에 부대껴 살아가고 있다"는 고통의 인식을 드러낸다.

　왜 그림자가 고통스러운지 그 배경은 잘 드러나지 않는다. 그러나 나는 구재기 시인의 어두운 욕망이 시를 쓰게 한다고 보고 싶다. 시란 의식적인 이성에서 나오는 것이 아니며 무의식의 어둔 힘과 비밀에서 탄생하기 때문이다. 구재기 시인이 자신의 심혼을 투사한 시가 또 한 편 있다.

우는 게 아니라
몸부림하는 게 아니라

시적 환상과 표현의 불꽃에 갇힌 시와 시인들

바람으로 함께 그렇게
천 년을 살아온 몸짓일 뿐이다

헤어짐 앞에서
울음하는 게 아니라
사랑하는 동안 그렇게
흘려왔던 눈물을 계속할 뿐이다

행복도 슬픔이 될 수 있다는 걸
사랑도 눈물이 될 일 있다는 걸
파도는 지금 바람으로 함께
천 년 전 이별의 모습으로 보여줬다

일상 헤어짐의 일이란 그렇게
오늘의 것이 아니라
천 년 전의 그 모습이란 걸
파도는 온몸의 몸부림으로 알려줬다

─「파도는 지금」 전문

파도는 화자의 투사물이다. 화자는 파도가 "우는 게 아니라/ 몸부림 하는 게 아니라/ 바람으로 함께 그렇게/ 천 년을 살아온 몸짓일 뿐이다"라고 말한다. 화자는 또한 "헤어짐 앞에서/ 울음하는 게 아니라/ 사랑하는 동안 그렇게/ 흘려왔던 눈물을 계속할 뿐이다"라고 말한다. 화자는 파도로서의 한 개인의 고통과 슬픔이란 본래 자연의 본 모습 이라는 전이로 화자의 고통을 초월하고자 한다. 파도/존재의 고통이 란 고해를 사는 중생의 당연한 숙명이라는 인식이다. 그러나 독자는 이러한 초월로서의 자기 승화에 공감하는 것이 아니라 화자의 고통의 크기가 천년으로 확장되는 어두운 모습에 공감한다. 화자의 그림자이 며 욕망에 해당하는 이러한 모습이 인간의 본래 실존이기 때문이다.

이 시를 가지고 조금 더 구체적으로 살펴보자. 파도/자아는 라깡의 상상계 속에 있는 화자의 은유이다. 실재(Real)/바다는 상상속의 자아와 한몸이다. 불교에서는 파도와 바다의 불이不二를 통해 고통이란 파도/자아의 환상이라고 말한다. 바다가 바람의 운동[緣起]에 모습을 찡그린 것이 파도/현실(Reality)이라고 말하는 라깡의 해석으로도 삶이란 결국 환상이다.

그러나 상상계와 상징계의 환상에 사는 인간의 삶이란 실재/바다가 삶에 구멍을 낼 때(본 모습을 보여줄 때) 그 가면이 벗겨진다. 위 시는 불교식의 화해가 아니라 실재라는 대타자(Nothing)의 심연에 노출된 인간의 가엾은 운명을 암시한다. 우리는 위 시에서 파도/자아가 인식한 고통의 크기가 천년 바다의 모습에 의해 더 확장된 모습을 보았다. 실재는 언어로 정의되지 않는다는 점에서 바다는 실재계의 은유이며 상징이다. 그 어두운 모습/죽음에 인간은 외경과 숭고함을 느낀다. 이 시에서 독자는 화자가 무의식으로 느낀 고통의 크기를 바다/실재의 무게로 저울질할 때 의미의 깊이가 확장된다.

3. 시의 그림자(Shadow), 욕망의 크기로서의 그림

시선집 『구름은 무게를 버리며 간다』의 약력을 보니 구재기 시인은 1978년 등단한 이래 첫 시집 『천방산에 오르다가』를 포함하여 총 열 권의 시집을 냈다. 약 이십 년 사이에 매 이 년마다 시집을 상재했으니 그 부지런함과 열정을 알 수 있다. 동시에 시인의 시에 대한 욕망의 크기를 보여주기도 한다. 구재기 시인이 욕망과 질투를 담아낸 재미있는 시가 있어 소개한다.

　　한 편의 시를 만나서
　　내 옹크린 두 마음을 만난다

　　아, 시를 만나자마자
　　들려오는 가슴속의 환성歡聲
　　그리고 그 속에서
　　뒤틀려오는 나의 심사

　　나는 왜 일찍이 이런 시작품을 생산해내지 못하고 있었던가

　　심연深淵 속에 깊이 숨어 있는
　　질투를 낚아 올린다
　　질투는 가장 소중하고 찬란한 나의 시詩
　　한 편의 시를 만나기 위하여
　　부대낄 수밖에 없다

―「시詩를 만나서」 전문

　시란 사물에 대한 투사이고 응시이다. 나의 욕망을 투사하고 환상을 전이하는 것이다. 대타자인 뮤즈가 하는 말을 듣고 옮겨 적는 직업이 시인이라는 고전적인 해석이 있으나 무의식의 심연에서는 대타자의 욕망이 나의 욕망이다. 내가 시를 바라볼 때 시가 나를 바라본다. 시에 대한 욕망과 환상이 없으면 시는 나를 향해 말을 걸지 않는다. 구재기 시인의 시에 대한 환상은 욕망이기에 시가 아름다우며 그 시가 내 소유가 아니기에 고통과 질투를 낳는다. 욕망으로서의 시/질투는 "가장 소중하고 찬란한 나의 시詩"이며 "한 편의 시를 만나기 위하여/ 부대낄 수밖에 없"는 시이다.

　질투는 융이 말한 마음의 구조 중 그림자에 해당하는 부분이다. 그림자는 우리 자신의 '어두운 면'이다. 융은 그림자를 열등함과 비문명적임, 그리고 에고가 다른 사람들에게 보여주고 싶어하지 않는 동

물적인 특성 등으로 설명한다. 그림자가 전적으로 나쁜 것은 아니지만, 문명사회의 도덕과 상징계에서는 원시적이고 부적응적인 충동인 것만은 사실이다. 그러나 우리가 정직하게 그림자를 대면한다면, 그림자는 삶에 활력을 불어넣고 예술과 학문의 창조력을 가져오기도 한다. 화자가 시에 대한 "질투"를 긍정적인 방향으로 승화한다면 화자는 그 욕망만큼 좋은 시를 쓸 수 있는 가능성을 위 시는 보여준다. 아름다움에 대한 욕망은 응시를 낳고 응시는 라깡의 말을 빌리면 "현실 속에서 본 꿈"이다. 꿈의 시는 소유할 수 없기에 고통이고 질투를 낳는다.

4. "그리운 불안"으로서의 마음의 그림

언제부터인가 불안이 사라지고 있다
거실 창밖으로 굵은 빗방울이 사선으로 떨어지며
가로등 불빛을 갈갈이 찢어 놓아도
멀쩡한 나뭇잎이 바람에 찢겨 떨어져 나뒹굴러도
아내를 기다리던 그 쓸쓸하고 속상하던 불안이 사라졌다
오늘 밤 저녁 회식 때문에
조금 늦을 것이라는 휴대폰의 목소리에도
언제부터인가 넉넉해졌다
거실의 벽면에 필사적으로 매달린 액자처럼
나에게 철저했던 그 불안이 지금은 사라지고 없다
새삼스레 불안이 그리워지는 시각

대학가의 축제도 이제는 끝났는가 보다
아파트 거실 창밖으로
축제의 여파가 몹시도 흥청거리던
가을날 늦은 저녁, 평소의 귀가 시각이 훨씬 지나가 버린

딸아이의 기다림도 이미 사라져 버렸다
축제 끝을 알리는 지긋지긋한 괴성처럼
누군지는 몰라도
가슴깊이 사랑하는 사람 하나 품고 있음이 분명한데
몹시도 기다리며 애태우던 불안이 사라졌다

딸아이 둘은 이미
나에게 귀여운 외손자 하나씩을 안겨주었다
아내는 지천명 끝에 매달려
수화기를 든 채 외손주의 안부를 물으며
가슴속에 묻어둔 불안을 주름에 가득 담고 있을 때
나는 슬그머니 자리에서 일어나
딸아이가 남겨놓은 텅 빈 방에 들어
나의 잊어버린 불안을 찾는다
불안이 자꾸만 그립다

— 「그리운 불안不安」 전문

현대인들은 마음의 고통에 시달린다. 여러 가지 정신 증세가 있지만 우울증과 불안장애가 가장 흔한 마음의 병이 아닐까 싶다. 우울증은 호르몬 계통의 이상으로 인해 가벼운 침울함이나 기분 저하가 아닌 개인의 통제를 넘어선 침울에 사로잡혀 나타나는 정신적인 혼란 증세 및 발작상태를 일컫는다. 체험자들의 보고에 의하면 공포와 소외감과 숨 막히는 불안이 엄습한다고 한다. 그러나 이 시에서의 화자는 질병으로서의 불안이 아닌 평범하고 완전한 일상을 위협하는 멜랑콜리의 불안을 경험한다.

몸과 정신이 감당할 수 있는 정도의 불안과 스트레스는 현실에 대한 평범한 시각을 비일상적인 시각으로 바꾸는 촉매제이다. 가족과 사회와 직업 그리고 재산 같은 관계와 가치들이 의미가 없어지는 불안이 있고 안전 기지로서의 사물을 내가 잃어버릴까 두려운 불안이 있다. 시의 문면에 의하면 화자가 겪는 불안은 "아내를 기다리던 그 쓸쓸하고 속상하던 불안"이며 "가슴깊이 사랑하는 사람"을 "몹시도 기다리며 애태우던 불안"이다. 인간관계에 대한 불안인데 결국 사랑에 관한 문제이다.

사랑에 관한 한 왕도가 없다. 인간은 타자의 사랑을 갈구하지만 나눌 수 있는 것은 생식을 하기 위한 성性뿐이다. "인간은 낙원에서 추방되면서 애정을 반납하고 정욕을 얻는다. 그리고 정욕과 함께 얻은 것이 영생이 아닌 죽음이다"라고 심리학자들은 말한다.[1] 죽는 존재이기에 생은 늘 불안하고 타자와의 합일로서 완전을 꿈꾸는 애정의 요구는 일회용 욕구에 그친다. 주체가 이런 불안한 자아를 인식할 때 사물은 다른 모습과 상황을 제공하고 그 불안이 시를 낳는다. 시는 심리에너지의 배치관계에서 긴장과 탈출의 반복운동인데 위 시에서 화자는 안정이 아닌 모험으로서의 시적 상황이 소멸하고 있음을 슬퍼한다.

5. 고해의 무량無量과 시의 무량이 마주본 그림

구재기 시인의 시집 제목 『가끔은 흔들리며 살고 싶다』가 암시하는 것처럼 시인의 시들은 현실의 안정에서 시의 흔들림을 지향하는 시편들을 많이 보여준다. 시인은 〈시인의 말〉에서 "세상에는/ 길이 있고/ 또한 길 아닌 길이 있다/ 시에도 길이 있고/ 또한 길 아닌 시의 길이 있다/ 두 길에의 첫 걸음 앞에서 나는 항상 뒷 걸음질이다/ 길인 길로 가

---

1 권택영, 『라깡 · 장자 · 태극기』, 민음사, 2003, 쪽수/확인.

고자 하나/ 나를 바라봄에/ 나를 찾을 수 없고/ 길 아닌 길로 가려니/ 나를 바라봄에/ 나를 잃어 수밖에 없다/ 오늘도 나는/ 길인 길로 가는 노력삼아/ 시 앞에서 뒷 걸음질 할 요량이다/ 그러다 보면/ 내 시의 원시元始에 이를 것이다.// 그러나/ 시의 길인 나의 길은/ 나에게 아득하기만 하다"라고 시인으로서의 소회를 밝히고 있다.

　시인으로서 시의 길에 선 갈등과 불안을 말하고 있는데 프로스트의 「가지 않은 길」에 나오는 화자의 슬픔을 연상케 하는 서문이다. 시에 대한 회의가 없는 시인이 어디 있겠는가. 일반적으로 시와 현실의 충돌과 길항을 말하지만 구재기 시인은 알려진 "시의 길"과 "길 아닌 시의 길" 사이에서 방황하는 시적 자아를 고뇌한다. 그러나 같은 시인의 길을 가는 내 생각에 "시의 길"이란 따로 있는 것이 아니다. 내가 바라보는 시공과 괸게하는 사물 모두가 "시의 길"이다. 이런 전체성으로서의 시의 모습이 가장 잘 드러난 시가 다음 시이다. 개인소견이나 이 시집에서 구재기 시인의 가장 훌륭한 작품이 아닐까 생각한다.

내 어머니는
천방산千房山에서
이곳 만수산萬壽山까지
딸 다섯 끝의 아들인 나를
무병장수無病長壽의 기구祈求로 안고
수 백 번 수 천 번은 더 오셨다 가셨다 한다
그렇게 살아있는 힘을 다하여
끝내 아버지보다 이 세상을 먼저 떠나고

그때 다섯 누이들의 흘린 눈물은
오층의 높이는 넉넉히 이루었을 것이다
그래서일까, 무량사無量寺 오층석탑 옥개석屋蓋石에는
분명 내 두 눈의 눈물이 고이고

無
量
無量無量
無量
無量
無量無量無量
無量無量無量
無量無量
無量無量無量無量
無量無量無量
無量無量無量
無量無量無量無量無量
無量無量無量無量
無量無量無量無量
無量無量無量無量無量無量
無量無量無量無量無量
無量無量無量無量無量
無量無量無量無量無量
無量無量無量無量無量無量無量無量
無量無量無量無量無量無量無量
無量無量無量無量無量無量無量
無量無量無量無量無量無量無量
無量無量無量無量無量無量無量無量無量
無量無量無量無量無量無量無量無量無量

극락전極樂殿에 들어
무량無量으로 탑을 쌓아올리고 나니
먼저 가신 어머니, 뒤따르신 아버지를 마중하여
못다 이룬 한이라도 푸신 것일까
마침내 이 지상에는 아들 하나, 그렇게
동그마니 남겨 놓았음도 흐뭇해하신 걸까
엎드려 두 손을 모으는데

슬그머니 나의 두 손안에 가득 담겨오는
아미타 삼존불의 무궁한 미소

내 기구는 분명
누가 들어줄 이도 없고
누가 들어줄 리도 없는데
누구일까. 만수산 지나온 바람이
당간지주 끝에 매달려 히히거리다가
일주문 밖으로 나가는가 싶더니
웬걸, 문득 걸음을 멈춰
매월당 김시습의 시비詩碑 앞에서
날더러 시비처럼 무량으로 서서
기념사진이나 하나 남겨두란다
그렇게 시늉하며 살아가는 자취나 남기란다

— 「무량사無量寺에서」 전문

　　이 시는 화자의 개인사를 색色과 공空의 양쪽에서 본 시각으로 그려냈다. 색의 시각으로는 딸 다섯을 낳고 얻은 귀한 아들에 대한 어머니의 사랑과 집착을, 공의 시각으로는 어머니와 딸과 화자의 눈물이 "무량사無量寺 오층석탑"처럼 쌓여져 있는 3연의 시각적 기호를 그려냈다. 상징의 회화적 심상을 노린 이런 기법은 이 시의 해석 깊이와 폭에 기여한다. 시란 문화의 형식이자 인간 정신의 형식이다. '예술은 말할 수 없는 것을 언어의 형식으로 드러내는 것이다'라는 견해가 있다. 시인의 마음은 말할 수 없는 것(무량한 눈물)을 보고 있으나 언어 형식으로는 유량有量한 눈물로 드러낼 수밖에 없다.

　　"매월당 김시습의 시비詩碑"도 이런 관점에서 유량有量한 언어이다. 자연이자 무無의 자취인 "바람"은 화자인 시인에게 "기념사진이나 하나 남겨두란다"고 충고한다. 구재기 시인에게 시란 "시늉하며 살아가

는 자취"로서 스스로를 위로하는 의식의 산물이다. 그러나 그의 무의
시은 시익 "무량無量"이 다음과 같이 서 있는 풍경을 보고 있다.

無

量

無量無量

無量

無量

無量無量無量

無量無量無量

無量無量

無量無量無量無量

無量無量無量

無量無量無量

無量無量無量無量無量

無量無量無量無量

無量無量無量無量

無量無量無量無量無量無量

無量無量無量無量無量

無量無量無量無量無量

無量無量無量無量無量

無量無量無量無量無量無量無量無量

無量無量無量無量無量無量無量

無量無量無量無量無量無量無量

無量無量無量無量無量無量無量

無量無量無量無量無量無量無量無量無量無量

無量無量無量無量無量無量無量無量無量無量

숭고의 세계를 바라봄과 세계의 풍경 읽기
손종호의 『새들의 현관』, 위선환의 『새떼를 베끼다』

1. 금빛 물고기의 사유

푸리에의 「네 가지 운동과 일반 운명에 관한 이론」(1818)에서 일부를 빌려와 얘기를 시작해보자. 푸리에는 "내가 발견한 제일의 학문은 열정적인 사랑의 이론이었다. 곧 나는 열정적 사랑의 원리는 뉴턴에 의해 설명된 만유인력의 법칙과 모든 점에서 부합한다는 사실을 깨달았다. 물질세계의 운동체계는 바로 정신체계의 운동체계이다. 나는 이 아날로지가 보편적 원리로부터 모든 개별적 원리들에까지 확장될 수 있으며 동물과 식물 그리고 광물들의 인력과 특성들은 아마도 인간과 행성들의 인력과 특성에서도 동일한 방식으로 조화를 이루고 있는 게 아닐까 생각되었다. 이리하여 물질, 유기체, 동물, 사회라는 네 가지 운동의 아날로지가 발견되었다"라고 말하고 있다. 시인들은 열정적인 사랑의 원리를 만물의 운동에 투사하여 그 상응관계를 감성으로 느끼는 사람이다. 인간의 뇌는 우발성과 우연으로 이루어지는 외

부사건에 대해 독자적인 법칙과 프로그램에 따라 이미지들을 만들어
내는 능동성을 가지고 있다. 그 이미지들은 현실과 가상을 중첩시켜
보는데 현실이란 '지금 여기'라는 시공간 한계 내에서 국소적인 인과
율이 성립하는 세계이며 가상假想이란 지금 여기라는 시공간을 뛰어
넘어 현실과 상상 혹은 상상과 상상이 관계를 만들어내는 세계이다.
시인은 이 세계 속에서 아날로지의 관계로 세계를 파악하며 규칙성과
유사성을 부여하는데 그 중요한 무기는 순환하고 결합하는 리듬이다
(옥타비아 빠스). 아날로지는 고대인과 원시인의 세계관이기도 하지만
종교의 중요 원리이기도 하다. 제의는 하늘나라의 성스런 시간과 지
상의 속된 시간을 일치시키는 행위(엘리아데)로서의 아날로지이며 카
발라, 영지주의, 신비주의, 연금술주의 세계관처럼 "지상에서 이루어
지는 일들은 하늘에서도 이루어진다"로 요약되는 아날로지이다. 이
견해로는 진리를 찾는 수도자와 시인들은 지상의 사건과 상응하는 세
계 본질을 추구하여 그 관계를 드러내고자 하는 사람들이다.

　손종호 시인의 시적 열정은 대개 이러한 주제를 노래하는 데 바쳐져
있다.

　　　　두 팔
　　　　두 다리 잘린 상이용사
　　　　혹은 비련의 애벌레처럼 꿈틀거리며
　　　　도달한 羨望의
　　　　맨 웃가지엔
　　　　허공뿐이어라.

　　　　구름 몇 송이 산등성에
　　　　겉옷처럼 걸어두고
　　　　죄없이 펼쳐 있는

絶涯의
푸르름.

나 또한 끝에 누워
나를
걸어둘 밖에.

— 「마지막 假宿에서 · 1」 전문

"마지막 가숙"이란 이 세상은 참된 숙소가 아닌 가숙이라는 인식에 있다. 돌아가야 할 집은 지상의 집이 아닌 하늘의 집이라는 사실을 암시한다. 마지막이라는 수사를 붙임으로서 시인은 이 생이 떠도는 구도자로서의 삶이 마지막이기를 희망한다. 그 구도자의 삶은 "두 팔/ 두 다리 잘린 상이용사/ 혹은 비련의 애벌레처럼 꿈틀거리는" 삶이다. 고행과 숙명을 안고 도달한 인식의 끝에는 허공이라는 비극적 인식을 보여준다. 불가지로서의 하늘의 세계는 "구름 몇 송이 산등성에/ (……) 펼쳐 있는/ 絶涯의/ 푸르름"으로 나타나 있다. 우리의 인식으로는 닿을 수 없는 이 세계를 우리는 드러난 현실에서 유추하여야 하는데 이 원리는 위에서 이야기한 바 있는 아날로지의 원리이다.

이 구절에서는 죄 없이 펼쳐져 있다는 기독교식 구원과 "絶涯의/ 푸르름"과 '백척간두' 화두가 연상이 되는 불교인식, 그리고 노자의 자연관까지 융합한 압축미를 보여준다. "나 또한 끝에 누워/ 나를/ 걸어둘 밖에"라는 인간의 한계와 숙명도 보인다. 이 인식이 슬픔인지, 체념한 자의 마음을 놓아버린 자유를 의미하는지는 시인만이 아는 비밀이기에 판단을 유보하기로 한다.

이슬람교도들은 신과의 계약사항으로 평생에 한 번은 메카의 카바사원을 순례하여야 한다. 기도와 속죄의식으로 자신을 정화시켜 신의 나라로 가기 위한 준비를 하는 장관을 다큐멘터리로 본 적이 있는데 부자나 가난한 자나 신 앞에서는 평등하며 인간의 나약함과 신의 위대함을 깨닫는 행사라 한다. 하루에 다섯 번 메카를 향해 드리는 기도 의식도 신의 백성임을 잊지 않도록 하는 상기이며 그들의 문화는 신을 축으로 하고 일상생활이 바퀴살처럼 뻗어나가 굴러가는 문화이다. 자본주의가 확립한 이성 중심의 현대사회에서 신은 무의식 속으로 숨어버렸다. 현대인은 신을 버린 고통과 마음의 분열 속에서 살아가고 있다. 손종호 시인은 현대인의 비극적 삶이 이러한 정체성을 잃어버린 데 있다고 보고 그 정체성을 회복하기 위한 노력을 시로 보여준다.

1
금빛 물고기여, 아는가.
먼 상류에 영원은 안개처럼 젖어 있고
그 뿌리 깊은 신비의 땅은
결코 밝아오지 않는다.
드러나지 않는
아득한 秘義
오직 별빛으로 빛나는 자리에
귀향의 연어조차
제 스스로의 힘으로는
도달하지 못하는 것을.

한 마리 새여, 아는가.
높은 산정에서 이성은 얼음처럼 빛나고
그 만년설의 웅혼한 힘은
결코 녹아내리지 않는다.
부숴지지 않는
견고한 율법
그 눈보라치는 자리에는
갈색의 독수리조차
강철의 날개로도

끝끝내 도달하지 못하는 것을.

2

무엇일까. 바람 속에는 싹눈을 틔우는 푸른 손도 있고, 무엇일까.
키 큰 나무도 일시에 쓰러뜨리는 강한 분노도 있고.
내 육신의 층계를 밟고 내려가면, 캄캄한 지하실에 웅크려 떨고 있는
양 한 마리 순한 눈을 껌벅이는데, 웬일일까.
바로 그 옆방엔 무서운 늑대 한 마리 날카로운 허욕의 이빨을 갈고 있음은.
강물의 끝에 서면 갈매기 키우는 온유도 있고, 죄업을 질타하는 파도도 있
는 것을.
고인 채 흐르지 못하는 물은 썩어 어디로 가는가.
熱砂의 햇빛에 육신을 말리고 혼을 태워
끝내는 쩍쩍 등 갈라진 흙들의 신음소리 되어 먼 어둠 속으로 돌아누워야
하는가.

3

겨울 도시는 거대한 불의 강. 광기의 바람 혹은 눈보라의 군단에 맞서
길들은 꽃뱀처럼 황홀하도록 꿈틀거린다.
목까지 깃을 올린 중무장의 사람들은 외로워, 정말 너무 춥고 외로워, 중얼
거리며
휘황한 불빛 속으로 바삐 몸을 숨기지만, 붉은 신호등이 가끔씩 길을 막는
건널목을 돌아 어느덧 자정 가까이의 坪 남짓한 구들에 등을 기댄다.

마침내 우리가 기대어야 할 어둠은 어디쯤의 심연인가.
문을 닫으면, 귓전으로 몰리는 아득한 기억의 매몰소리.
약속처럼 하나씩 불들이 꺼지고 사람들은 어느덧 달디단 잠의 과즙을 빨지
만,
희미한 외등의 불빛 아래 얼굴 밝히면 대체 누구의 첫새벽을 기다리는 것
일까.
밤새 썩은 수채와 쓰레기 더미의 상처마저 덮으며 제 홀로 깊고 제 홀로
쌓이는 저 눈발의 투명한 신음소리는.

— 「불의 산정에서」 전문

  손종호의 시적 특질과 사유를 가장 잘 드러내보인 작품이다. "금빛 물고기"로 상징되는 시인의 자아는 연금술사들이 갈망하는 '현자의 돌'이나 불교인식의 '금강법신'을 추구하는 구도자인데 그 이름이 무엇이든 간에 '하늘나라'로 요약된다. 어떤 세계는 범인에게는 드러나지 않는다. 그 고통을 시인은 "먼 상류에 영원은 안개처럼 젖어 있고/ 그 뿌리 깊은 신비의 땅은/ 결코 밝아오지 않는다."로 표현한다. "아득한 비의"가 "별빛으로 빛나는 자리"에는 "귀향의 연어조차/ 제 스스로의 힘으로는/ 도달하지 못하는 것"이므로 구원은 초월자(신)의 개입이 없으면 이루어지지 않는다고 인식한다. 시인이자 교수이며 목회자인 손종호의 기본사유이다. 시인의 사회적 페르소나를 구태여 밝히는 이유는 인간의 의식과 사유는 사회적 상황을 떠나서 이루어질 수 없는 까닭에 있다. 우리 사회의 지식인 표상들인 위 직업들은 손 시인의 세계가 다방면에 걸친 지적 정열과 방황의 결과임을 암시한다. 지적 인식이 과도하다는 인상을 보여주는 대목은 다음에서 드러난다. 비상하고자 하는 시인의 자아인 '한마리 새'에게 시인은 "높은 산정에서 이성은 얼음처럼 빛나고/ 그 만년설의 웅혼한 힘은/ 결코 녹아내리지 않는다."라고 말한다. 세계가 보는 자의 눈과 마음이 능동적으로 참여하여 그려내는 한 편의 영화라고 한다면, 손종호가 그려내는 세계는 이성이라는 세계 법칙이 만년설의 웅혼한 힘으로 얼어 있는 세계이다. 그 세계는 새의 왕인 "갈색의 독수리조차/ 강철의 날개로도/ 끝끝내 도달하지 못하는" 세계이다.

  이 시가 이렇게 끝났다면 계몽인식의 시로서의 전범 내에 갇혔을 것이다. 2, 3에서는 고뇌하는 인간의 정열을 대비시켰다. 1에서 시인의 이성은 차가운 만년설을 보았으나 2에서 시인의 무의식은 사물에 깃들여진 자연 힘과 심장의 내면에 있는 힘들의 운동을 본다. 그 힘들은

"바람 속 (……) 강한 분노"이며 "육신의 층계"를 밟고 내려간 심층의 식에서 "양 한 마리 순한 눈" 옆에 있는 "늑대 한 마리 날카로운 허욕의 이빨"이다. 또는 "쩍쩍 등 갈라진 흙들의 신음소리"에 투사된 시인의 마음 속 힘들이다. 인간이 이성으로 대비되는 초월자에게 대응하는 유일한 자기 주장은 정열 혹은 사랑이다. 이 정열은 삶의 유한함에 갇힌 불꽃이기는 하나 자신의 빛을 드러내는 유일한 방식이며 허무의 울타리에서 나를 보아달라고 호소하는 월계꽃의 정열이다. 목숨들은 유전자를 통한 자기복제와 증식을 통해 성화를 봉송하는 마라톤주자처럼 불꽃을 죽이지 않는다. 이성에 대응하는 이러한 정열로서의 삶을 손종호는 유한자의 세계 긍정과 불꽃들이 이루는 세계 불꽃의 축제로 인식하지 않는다. 시인은 이 정열과 불꽃을 승화하여 초월자의 영생으로 상징되는 위치로 나아가고자 한다. 그러나 현실은 그렇지 않기에 비극적이다. 3에서처럼 우리가 사는 도시는 "겨울 도시"이며 "거대한 불의 강"이다. 여기에 사는 인간들은 "목까지 깃을 올린 중무장의 사람들"이 "외로워, 정말 너무 춥고 외로워, 중얼거리며" 사는 도시이다. 시인은 "우리가 기대어야 할 어둠은 어디쯤의 심연인가"라고 탄식하는데, 이는 우리가 사는 도시가 "썩은 수채와 쓰레기 더미의 상처마저 덮으며 제 홀로 깊고 제 홀로/ 쌓이는 저 눈발의 투명한 신음소리"가 눈보라처럼 몰아치는 도시이기 때문이다. 이 시는 형태와 구조로 볼 때 각자 다르게 쓰인 시편을 하나의 주제로 묶은 것으로 보인다. 앞에서도 언급했지만 1과 2, 3부가 대비되면서 초월세계의 이성과 인간세계의 초월을 향한 정열의 좌절이 대비되면서 천국이자 지옥인 우리의 마음 세계를 암시함으로써 이 시집에서 가장 인상적인 작품이 되었다.

이제
저 흰 물살을 건너야 하리.
나를 결박한 어둠의 사슬조차
정다워졌으니
모진 채찍들조차
차라리 그리워 사무쳐 오나니.

캄캄한 천공에서
더욱 자유로운
스스로의 높이에서 빛나는
별.

우러러 내게 무엇이 남아 있는가.

목선도 신발도 없이
발에 물 한방울 묻히지 않고

강을 건너는
새로운 힘.
내 주검 속으로 날아든
독수리의
따뜻한 깃털 하나.

—「도강」 전문

"도강"이란 피안의 세계로 나아가는 수도자들의 구도 행위의 상징인 동시에 죽은 자가 죽음 저편의 세계로 가기 위해 강을 건너야 하는 상징 시간을 말하기도 한다. 여기서는 죽음 상징이 더 강하나 구도 행위로 보아도 무리가 없다(죽어야 새 몸을 얻는다는 알레고리는 종교의 중요한 비의이다). 구도자로서의 시인이 선택하려 하는 행위는 죽어서 저 세계에 도달하겠다는 결심이다. 그렇게 작정하고 나니 "나를 결박한 어둠의 사슬조차/ 정다워"지고 "모진 채찍들조차/ 차라리 그리워 사무쳐" 온다. 도달하고자 하는 높이에의 욕망을 포기하니 "캄캄한 천공에서/ (……)/ 스스로의 높이에서 빛나는/ 별"은 더욱 자유롭다. 죽음은 피안으로 건너가는 "새로운 힘"이며 영혼이 죽음을 건너가는 시간에 "내 주검 속으로" 날아드는 것은 "독수리의/ 따뜻한 깃털 하나"이다. 여기서 독수리는 죽은 영혼을 안내하는 보조령(샤머니즘)의 상징으로 해석되기도 한다. 독수리처럼 날아가고자 했던 지상에서의 의지가 부서져서 깃털 하나가 남았는데 시인이 "따뜻한"이라는 수식어를 붙였으므로 그 깃털이 목숨의 정열이라는 해석도 가능하다.

그리스 비극은 인간의 위치에서 높고 숭고한 세계(하늘과 신)를 올려다보는 태도에 관한 서사이고(인간의 운명은 신들이 정한 굴레를 벗어날 수 없다), 그리스 희극은 신의 위치에서 인간의 어리석은 행위를 내려다보는 태도의 서사이다(인간은 제 운명도 모르고 저 잘난 맛에 산다). 문학에서의 비극과 희극은 모두 이 주제의 변주라고 본다면, 손종호는 비극적 세계관을 가진 시인이다. 비극적 세계의 긴장을 드러내는 일이 문학적 아름다움과 공감을 불러일으킨다고 본다면, 시는 득도의 평화가 아닌 득도에 이르기 위한 정열이라 할 수 있다. 그 정열은 인간이 죽어서도 놓지 못하는 삶의 욕망에서 나온다. 그 정열이 구체적인 우리의 생의 풍경과 결합하고 '지금 여기'를 통해 하늘나라를 지향하고자 하는 긴장을 보여줄 때, 손종호의 시는 지적 계몽을 뛰어넘어 시 자체의 아름다움과 지금까지 보여준 치열한 주제의식과 융합하여 확장된 아름다움의 세계로 나아가리라 생각한다.

2. 세계라는 풍경 읽기의 고통

위선환의 시집 『새떼를 베끼다』는 세계의 풍경 읽기라 할 수 있다. 다만, 그 풍경 읽기는 대상을 논리적 사변이 아닌 구체적인 직관으로 파악하고자 하는 관조이다. 관조가 세계를 지적, 객관적으로 파악하는 태도라 한다면 위선환은 시인 자신의 정의情意와 주관에 의한 힘이 들어간 풍경 읽기라는 점에서 어느 정도는 낭만주의자의 시각에 가깝다.

인간의 직관에는 오감과 육감이 사용되겠지만 주로 사용하는 감각은 시각이다. 인간의 뇌는 시각뇌(visual image)를 형상해서 사물을 파악하는데 시각상 속에는 시간적, 공간적 상황과 일치하는 모든 종류의 속성—형태, 색, 움직임, 깊이 등—이 있다. 뇌학자들에 의하면 시각은 병렬 모듈(module)로 되어 있다고 한다. 미적 감각 역시 모듈로 형성되어 있다고 본다. 위선환의 시는 이 같은 가정에 부합하는 구조를 보여주고 있어 흥미롭다. 시집 전편을 관통하는 시의 창작원리는 같은 구조를 가진 연들의 연쇄병치가 있거나 2~3개의 다른 구조를 가진 연들이 같은 순서에 의한 병치로, 이를 통해 리듬감을 획득해나가고 있다.

각 연들은 일종의 모듈이자 완성된 작은 시처럼 보이고 전체는 작은 시들이 모인 집합 시처럼 보인다. 시인들의 언어결합능력은 뇌의 결합기능과 유사하다. 뇌는 인과적으로 관련이 없는 사물의 이미지를 결합시켜 의미를 가진 개념으로 인식한다. 예를 들면 밤하늘의 별자리를 형성하는 별들은 인과관계가 없다. 그러나 인간은 서로 몇 광년 혹은 몇 만 광년 떨어진 별들을 엮어 인간에게 친숙한 북극곰의 이미지를 만들어낸다. 그 북극곰자리가 인간의 생과 운명에 영향을 미친다고 믿는다. 아날로지가 시의 기본 원리이자 뇌인식의 기본 원리라면 시는 인식하는 뇌의 확장구조일 수도 있다(최근에 제기된 회화표현

시적 환상과 표현의 불꽃에 갇힌 시와 시인들 ……

272

이 뇌의 확장 사유라는 이론도 이와 관련된다).

　　東江의 자갈밭에 비비새가 누워 있다

　　주둥이가 묻혔다 자갈돌 몇 개가 바짝 틈새기를 좁혀서 비비새의 부리를
물고 있다

　　꽉 다문 틈새기, 의 저 힘이

　　비비새 아래로 강물을 흐르게 했을 것이다 비비새를 강물 위로 날게 했을
것이다

　　흐르는 힘과 나는 힘이 오래 스치었고 스미어서

　　강 밑바닥을 훤히 비치게 했고, 다음 날은 더 깊이 비비새를 비쳐서

　　강물 속으로 날아가는 비비새가 보였고 비비새가 씻기었고 비비비, 강물이
지저귀기 시작했고

　　비비새의 창자 속으로 강 울음소리 같은, 긴, 시푸른, 쓴, 죽음이 흘렀고

　　지저귀다 목이 쉰 강의, 더는 울지 못하는 비비새의, 혓바닥 끝에다 독을
적셔 말렸고

　　지금은 그 주검이 부리를 내밀어 완강하게 자갈 틈새기를 물고 있다
— 「자갈밭」 전문

　아날로지는 개별성이 총체성을 꿈꾸고 차별성이 통일성을 지향하는
은유이며 아날로지에 의해 자연의 삼라만상은 혼돈에서 벗어나 우리
에게 이해 가능한 존재로 다가온다. 아날로지는 유사점들을 조합함으

로서 차이점들은 없애버리지 않고 오히려 그 존재를 살려내는 가능태를 보여준다.[1] 동강과 비비새는 물리적으로는 서로 상관관계가 없다. 그러나 상관이 없는 사물을 결합시켜 새로운 의미를 만들어내는 제주는 시인들이 선수 아닌가. 이 시는 위선환의 개성적인 시적 형식이 가장 빛을 발한 작품이며 결합의 매개체는 자연에 내재한 힘이다. 그 힘은 일원론으로서의 노자의 도道에 가까운 힘으로 파악된다. 동양사상에서는 무극(황극)이 태극(음양)으로 분화하고 다시 사상과 팔괘, 육십사괘로 분화하면서 힘의 분산과 조합이 관계로서의 사물을 만들어내지만 사물은 모두 일자로서의 도道의 변환이라고 파악한다. 위선환의 직관으로는 동강과 자갈과 비비새는 동일한 자연의 힘들이 서로 다른 가면으로 이 세상에 나타난 것이다. 하나의 힘이 "자갈돌 몇 개"로 하여금 "비비새의 부리를 물고" 있게 하고 "비비새 아래로 강물을 흐르게" 하며 "비비새를 강물 위로 날게" 한다. "흐르는 힘"과 "나는 힘"으로 분화한 힘은 오랜 시간의 관계로 인연을 만들어냈는데 그 인연은 "강물 속으로 날아가는 비비새"를 보이게 하고 "비비비, 강물이 지저귀기 시작"하게 한다. 둘은 이자二者이지만 일자一者이며 일자인 동시에 이자이다. 이 세상이 하나의 힘으로 이루어져 있다는 총체적인 인식은 시인으로 하여금 다시 "비비새의 창자 속으로 강 울음소리 같은, 긴, 시푸른, 쓴, 죽음"이 흐른다는 아름다운 인식을 만들어내었는데 일자로서의 힘은 삶과 죽음으로 분화한 힘이며 삶과 죽음을 동가同價로 바라보게 하는 힘이다. 결국 하나의 힘이 비비새의 삶을 만들어내었고 비비새의 삶 속으로 강이 흐르게 하였는데 강은 죽음의 얼굴이며 동시에 비비새의 내장을 관통한 삶의 얼굴이기도 하다. 위선환의

---

1 옥타비오 빠스, 김은중 옮김, 『흙의 자식들 외』, 솔출판사, 1999 참조.

무의식은 고전문학의 오랜 은유인 "시간은 강이다"라는 것을 차용하였다. 이 은유 때문에 이 시는 깊이를 가진 시가 되었다.

"시간은 강이다"라는 은유를 좀 더 들여다보자. 강의 힘과 그 물살이 만들어내는 변화와 강 속에 비친 나무와 구름들의 그림자는 거울과 꿈의 풍경처럼 비쳐 있다. 우리는 시간이라는 강 속에 비쳐 있는 그림자이며 꿈의 풍경이다. 시간은 마르지 않는 원천에서 흘러나온 샘물처럼 흐르면서 모든 만물을 적시고 간다. 탄생과 죽음이 꿈의 풍경이다. 시간을 들여다보며 인생의 교훈을 얻는 자는 지혜로운 자이고 시간을 들여다보며 인생의 아름다움을 얻는 자는 시인이다. 주역의 괘 중 '산수몽山水蒙'이 있다. 산 아래 샘이 솟는 것을 몽蒙이라 하는데 기르고 가르치는 상象이다. 샘은 강의 원천이므로 강은 만물을 기르고 먹인다. 강의 시간은 만물을 기르고 가르치는데 바다의 시간은 만물을 죽음으로 받는다. 인생의 큰 교훈은 강과 바다로서의 시간에 있다. 확장 해석한 위선환의 시는 시간의 아름다운 인식의 깊이를 보여준다.

광덕산 아래에 머문다 며칠째 등 뒤가 비고 어둠내리고 나는 돌아보지 않는다

눈 감고

공중에서 새가 걸어 내려오는 기척을, 머리 위 어디쯤에서 나뭇가지로 건너간 새가 나뭇가지 위로 종종걸음 치는 소리를 듣는다

거기가 길의 끝이므로

나뭇가지 끝까지 걸어간 새는 웅크리고, 우두커니, 나뭇가지 끝이 어두워지는 것을, 나뭇가지 끝보다 더욱 어둡게 제 몸이 어두워지는 것을 지켜보고 있다 등덜미와 날갯깃과 뱃바닥이 어두워지고 부리와 발톱과 잔뼈들이 깜깜

해지면서……, 새는 깜빡 잠들었고

　나는 더듬어서 내 안 한쪽 구석에다 한 촉 밝기의 불을 켠다 조용하다 새의
잠은 곤할 것인가

　다 어두워지도록 갈 곳을 정하지 못한 한 사람이 아까부터 고개를 젖히고
서서

　새는 어떤 높이에서 잠드는가를.

　새가 잠들자 이내 허공이 되는 높이를 올려다보고 있다
—「새의 잠은 어둡다」 전문

　새는 무엇인가. 위선환의 시는 새를 주제로 한 시가 많다. 시인이
사는 동네가 산과 산책길이 있고 그 산책길의 풍경이 시로 들어와 인
식의 풍경을 만들어내는 것으로 보인다. 구성주의構成主義 입장에서
인식은 인간의 내면이 외부객관세계를 일방적으로 받아들여 해석하
는 선형적인 과정이 아니라 외부세계와 내면이 상호 영향 아래에 있
는 피드 백 루프(Feed back roop)의 고리구조로 무한히 순환하는 과정이
다. 정보와 판단이 시행착오로 수정되면서 실제의 근사치의 모습에
수렴하는 과정이 인식인데 새는 어떤 인식의 수렴과정을 거쳐 위선환
의 시적 인식에 자리했는가를 살펴보자. 구성주의 입장에서 볼 때 새
는 단순히 새의 외양과 존재로 인식에 잡히지 않는다. 내 안의 새에
대한 과거 정보와 눈과 귀를 통해서 들어온 새의 정보가 만나고 교합
해서 인간의 내면이 재창조한 새이기 때문이다. 이때의 내면 정보는
새의 지식과 새에 대한 정감情感이 같이 한 정보일 터인데 위선환은
새를 자신의 몸과 정신이 투영된 새로 해석한다.
　나뭇가지인 길의 끝에 이른 새는 "나뭇가지 끝이 어두워지는 것을,

시적 환상과 표현의 불꽃에 갇힌 시와 시인들

나뭇가지 끝보다 더욱 어둡게 제 몸이 어두워지는 것을” 지켜보는 새
이며 화자이다. 화자이자 새는 자신의 “등덜미와 날갯깃과 뱃바닥이
어두워지고 부리와 발톱과 잔뼈들이 깜깜해지면서……,” “깜박 잠드
는” 새인데 시에서 표현된 어둠이 죽음의 상징을 획득하면서 시는 새
의 위험한 실존을 담담하게 드러낸다. 담담한 시선이므로 죽음에 대
한 저항이나 탄식이 아니다. 죽음이자 어둠을 숙명적으로 받아들이는
시선이며 무섭도록 조용히 삼라만상이 서로 관계하는 이치를 들여다
보는 시선이다. 새이자 화자인 주체는 또 다른 풍경을 병치한다. “나
는 더듬어서 내 안 한쪽 구석에다 한 촉 밝기의 불을 켠다 조용하다
새의 잠은 곤할 것인가”에서 나라는 시적 자아가 또 다른 시적 자아
(잠든 새)를 들여다보는 풍경은 제3의 시적 자아(어두워지도록 갈 곳
을 성하지 못한 한 사람)가 “새가 삼늘자 이내 허궁이 되는 높이”를 올
려다보는 풍경과 또 병치된다. 거울로서의 풍경의 병치란 풍경과 풍
경이 서로를 반사해내면서 서로 상호 작용하는 관계망으로서의 풍경
을 만들어내는 작업인데 이때의 풍경 역시 ‘일즉다一卽多 다즉일多卽
一’로 요약되는 풍경이다.

마른 풀이 발목을 감고 길이 외지고 멀었다 가을걷이가 늦었다

수수목은 무겁게 숙이었고 서릿발에 찔린 수수목대는 비틀렸다

거머쥐고 꺾자 뚝 하늘의 한쪽에서 목뼈 부러지는 소리가 난다

수수잎이 설레고 나부낄 때에도 정작 서걱댄 것은 저 하늘이다

—「소리」 전문

짧은 시 한 편을 보자. 짧은 시란 시인의 심장에서 일어난 시 나무가

뿌리 내리고 줄기를 이루고 가지를 피운 뒤의 마지막으로 매달린 이 파리에 해당한다. 이파리는 시 나무의 맨 끝에 가벼운 무게로 매달림으로 해서 햇빛과 바람에 예민하다. 이파리를 피우기까지의 나무의 긴 시간과 고통의 서사는 건너뛰었으나 생략된 내용이 배후에 깔려야 하고 이파리를 통해 거대한 나무가 연상되어야 좋은 시다. 그러면서도 미풍이 불면 나무 전체가 흔들리는 연약한 감성을 보여주어야 하니 짧은 시가 사실은 더 어렵다.

소리라는 이미지로 마른 풀과 수수목이 서걱이는 풍경을 그려내었다. 소리−수수목−하늘의 연상으로 풍경의 진폭을 그려냈는데 이 시는 "하늘의 한쪽에서 목뼈 부러지는 소리가 난다"로 이미 아름다운 풍경이 그려졌다. 마지막 연은 사족이다. 시인은 무언가 부족해서 덧 붙였지만 이파리는 이파리이면서 전체의 암시로 끝내야 한다.

큰 눈이 내렸다 바다가 내려다보이는 항구도시 山번지의,

비탈 밑에 웅크렸던, 꺼멓게炭구멍 파였던, 한 칸 방이었던 아버지의 빈집을 쓸었다

처마 끝이 눈시울을 찌르던, 한 평 되는 판자 지붕을 쓸고, 휘어진 지붕마루를 마저 쓸고

단벌인 웃옷을 벗어서 덮었다

등가죽을 벗어서

지붕마루에 걸려 있는 하늘의, 헐벗고, 살얼음 깔리고, 눈 범벅인 등짝을 덮었다

윗벽 꼭대기에 트인 붙박이 창구멍으로도, 사방 구석으로도, 온몸에 틈 벌어진 좁고 깊은 틈바귀로도 어둑어둑 어둠이 내려오고 나는 떨며 기침을 했

다 오랫동안 멎지 않았다

　어둠을 끌어 덮고 반듯하게 누웠다 눈이 몸 위로 내렸다 눈발이 나를 덮더
니 쌓이는 것이 보였고, 깜빡 졸았고,

　아직 나는 잠들어 있다

— 「동면冬眠」 전문

　위선환의 시는 어떤 시를 들추어보아도 풍경이다. 풍경과 풍경 속의 화자를 쳐다보는 제3의 화자가 있는데 그 화자마저도 풍경으로 처리된다. 우리는 시인의 직접적인 육성을 듣는 대신 그림 안에 갇힌 배우의 육성을 듣는다. 위선환은 정적인 풍경이 아닌 움직이는 풍경을 보여줌으로써 그 풍경이 세계 내의 운동이란 점을 암시한다. 시의 무대에서 동원된 눈, 하늘, 어둠이란 모두 하나가 다자의 가면을 쓴 배우들이다. 하나는 주체(화자)이자 타자인 어떤 세계정신을 의미하는데 이 시들이 개인적인 감정풍경에 떨어지지 않고 전체성을 드러내고자 하는 시인의 시도가 두드려져 보이는 이유는 눈을 의인화(단벌인 웃옷을 벗어서 덮었다)하고 하늘을 의인화(등가죽을 벗어서 지붕마루에 걸려 있는 하늘)해서 나의 정서적 힘이 눈과 하늘이 불러일으키는 정서적 힘과 등가로 교류하고 병치하면서 대조해내는 반성적 사유에 있다.

　시인의 이런 작업과 시선이 얼마나 지속되고 확장되어서 앞으로의 시에서 더 심화된 모습으로 새로운 인식의 시를 보여줄지는 예측하기 어렵다. 시의 형식과 틀을 바꾸는 일은 시인에게 세계관을 바꾸는 일과 같다. 그러나 우리는 독자의 권리와 선택으로서 계속 같은 구조의 시선을 보아야 하는 부담에서 벗어나 시인이 다른 세계의 풍경과 재미를 보여주기를 기대한다. 그 변모가 세계라는 풍경 읽기의 또 따른 고통이자 희열이 될 것임을 우리 모두 믿기 때문이다.

추억, 트라우마, 유토피아의 시간
원구식의 『마돈나를 위하여』

원구식은 시집 서문에서 "나는 내 자신에 대해 지극히 소홀하거나 지극히 끔직해서 지난 15년간에 30편의 시밖에 쓰지 못했다…… 시 한 편 한 편 마침표와 쉼표를 분명하게 찍어 세상에 내보내니, 무심한 주인을 떠나 세상의 가장 낮은 곳에서 하늘의 별이 되거라"라고 말한다. 무수한 시인들의 시를 실어 시의 바다에 보내는 "현대시"의 선장으로서는 다소 감회가 있는 언표이리라. 나 역시 시란 시간의 벽을 넘어가는 높이뛰기 경쟁이지 공간을 장악하는 넓이뛰기 경쟁이 아니란 생각을 가지고 있기 때문에 이 감회를 이해한다. "세상의 가장 낮은 곳에서 하늘의 별"이 되기 위한 원구식의 시의 고투와 상처를 시의 거울 속에서 들여다보기로 한다.

한국시인협회 뒤풀이 장소에서 그의 시집 『마돈나를 위하여』 발간을 언급한 나에게 원구식은 '칼 포퍼'를 애기했다. 칼 포퍼의 『열린 사회와 그 적들』을 기억하는 나는 '원구식 시인은 사회제도와 권위를 싫어하는 자유주의자구나' 라고 속으로 생각했다. 칼 포퍼에 의하면 열린 사회란 비판의 수용으로 전체의 독점을 거부하는 사회이며 개인의 자유와 권리를 보장하는 사회이나 닫힌 사회란 역사주의에 의해 존재하지도 않는 역사의 법칙이나 운명의 틀을 인간에게 뒤집어씌움으로써 정치적 전체주의를 정당화하는 사회이다. 히틀러의 게르만 선민주의에 의한 파시스트 체제를 반대한 이 사상가에 대해 원구식은 그의 심정적 공유를 드러냈다. 기득권층이 대타자인 어머니의 사랑을 받은 적자라면 소외계층은 대타자인 어머니의 사랑을 받지 못한 서자의 결핍을 안고 산다(사회 문화나 이데올로기가 인간의 심신을 후천적으로 양육하는 기제이기에 어머니라는 표현을 썼다). 서자이자 소외된 인간은 질투와 분노를 안고 사는 불행한 존재인데 원구식은 이를 시집을 통해 드러내고 있다.

1. 추억, 트라우마, 유토피아의 시간

> 나는 걸신들린 여우처럼 산비탈에서 야생의 돼지감자를 캐 먹는다. 먹으면 혀가 아리고, 열이 나고, 몸이 가려운 돼지감자. 독을 품은 돼지감자. <u>살아남기 위해선 누구든, 야생의 돼지감자처럼 자신의 가장 소중한 삶의 줄기에 독을 품지 않으면 안 된다.</u> 나는 세상을 향해 외친다. 나 돼지감자야. 어디 한 번 씹어봐. 먹어, 먹으라니까. 그러나 가짜 돼지감자. 독도 없으면서 있는 체하는 가짜 돼지감자. 우리는 모두 가짜 돼지감자. 길들은 ,교육받은, 그리하여 녹말이 다 빠진, 착한, 힘이 없는, 꽉꽉 씹히는, 그러나 성난,
>
> — 「성난 돼지감자」 전문

시집의 맨 앞에 놓인 이 시에서 "살아남기 위해선 누구든, 야생의 돼지감자처럼 자신의 가장 소중한 삶의 줄기에 독을 품지 않으면 안 된다"라고 분노를 말하면서도 화자는 "가짜 돼지감자. 독도 없으면서 있는 체 하는 가짜 돼지감자"라고 말하며 힘이 없는 자의 세상에 대한

허방 발길과 고통을 드러낸다. 원구식의 이런 항변은 그의 성장과정
에 있는 경기도 연천을 소재로 한 시들에서도 나타난다.

어둠이 고집센 염소처럼
딱 버티어 서서
그 어떤 길도 이 길과 다름을 인정하지 않는다.
바로 그때, 산자를 예외없이
죽음으로 몰고가는 시간이 다가온다.
보라, 더 이상 평범할 수 없는 이 길이
자신을 스쳐가 바큇자국을
하나도 빠짐없이 모조리 기억해내는 것을.
추억을 신문지처럼 구겨버리고
도망치듯 연천을 떠났지만
이 길에서 결코 벗어날 수 없음을 나는 알지 못했다.
다른 길과 조금도 다르지 않음으로써
저홀로 독립된 공화국 연천,
거기 내 아버지의 무덤이 있다.

— 「연천가는 길」 부분

　　인간은 지워버리고 싶은 상처를 트라우마로 안고 산다. 원구식은
"추억을 신문지처럼 구겨버리고/ 도망치듯 연천을 떠났지만/ 이 길에
서 결코 벗어날 수 없음을 나는 알지 못했다"라고 고백한다. 의식에서
지워버릴수록 상처는 더 깊은 내면으로 들어가 단단한 옹이처럼 박혀
있다. 보기 싫고 부정하고 싶은 어머니라도 어머니는 어머니이며 나
를 존재하게 한 대타자로서의 어머니이기에 나는 어머니의 품안에서
살아야 한다.

나는 이 열차의 화물칸에서
인생의 모든 것을 배웠다.

시적 환상과 표현의 불꽃에 갇힌 시와 시인들

처음으로 연애를 했고

담배를 피웠으며

특별한 이유없이

병적으로 싸움에 몰두했었다.

(……)

하라는 공부는 하지 않고

껄떡거리며 열차를 주름잡았지만

어머님들의 불쌍한 눈길이 없었던들

내 삶은 일찍이 끝났었는지도 모른다.

(……)

영원히 간직하고 싶었던 특별한 밤을 버리고

도망치듯 떠났던 눈물의 정거장이

희미한 가로등 아래

눈을 뜨고 있다.

─「연천으로의 몰입을 위해선 낡은 경원선이 필요하나」 부분

원구식은 타향이자 고향인 연천에서 통학을 한 듯하다. 기차란 당시에 연천 같은 주변부와 수도권의 중심부를 이어주는 동아줄이다. 중심부에 기대어 사는 소외된 사람들의 각축과 생활전선이 이루어진 곳으로 추측된다. 이곳에서 그는 공부대신 현실에 일찍 눈을 뜨고 제도권의 모범학생이 아닌 열린 현실의 자유를 추구하는 학생으로 성장한다(칼 포퍼의 용어대로 말하면). 위 시에 의하면 연천은 청소년기의 방황과 애증이 점철된 장소이다. "영원히 간직하고 싶었던 특별한 밤을 버리고/ 도망치듯 떠났던 눈물의 정거장"이란 진술도 원구식의 특별한 개인사를 암시한다. 독자로서의 호기심과 함께 다시 찾아본 어린 시절의 소외와 불안을 다룬 상처와 추억은 다음 시편의 구절로도 드러난다.

— 「거머리 — 한탄강 2」 부분

아버지와의 불화를 암시한 이 구절은 신화적으로는 크로노스(시간이자 죽음)가 제우스(생명의 질서를 관장)를 삼키려 하나 자식이 아버지를 거역하고 다음 세대의 시간을 창조하는 욕망으로서의 무의식을 드러냈다고 읽을 수도 있다. 그러나 여기에서는 소외된 현실을 탈출하려는 원구식 개인의 비명이 드러난 표현이다. 나를 포함한 대부분이 제도와 사회질서의 상징인 대타자로서의 아버지의 권위에 안주하고 모범생으로 살아간다. 그러나 가끔은 자신의 힘과 에너지가 넘치는 아들도 있다. 그는 그 에너지를 욕망과 운명의 질서에 의해 시험해 보기도 하며 자신의 성장 욕구를 일찍 드러낸다. 갈등과 고통의 개인도 나이가 들어 성숙한 시야가 얻어지면 옛날의 고통도 인생이라는 벽의 퀼트 무늬임을 이해하는 때가 온다. 원구식의 트라우마이자 향수로서의 추억이 이제는 마음에 달콤한 상처로 남아 있음을 암시하는 시편도 있다.

나는 왜 아직도 추억의 1학년 3반을 벗어나지 못하는가. 잔인하도다, 추억이여. 늙은 여우처럼 교활하게 고향을 돌아보게 하다니! 고단한 육신이여, 오늘은 낡은 기차를 타고 풀풀 먼지를 날리며 추억의 1학년 3반으로 가자. 삐걱이는 복도를 지나 만국기가 펄럭이는 시간의 감옥에 갇히자, 즐겁게 얼음의 시간을 녹이자. 조개탄의 매케한 유황냄새가 코를 찌르는, 밤이면 박쥐가 튀어나오는, 이미 사라지고 없는 교실에서 무릎을 꿇고 얼굴을 들지 못하는 1학년 3반 원구식을 해방시키자.

— 「추억의 1학년 3반」 부분

좌충우돌하는 청소년기의 격정을 거쳐 지천명知天命에 이른 그는 이제는 시간의 퇴행으로 돌아간다. '추억의 1학년 3반'은 고통스러웠으나 아문 상처의 딱지는 떨어지려 하면서 달콤한 감각마저 선사한다. 고향은 시간의 감옥이지만 "즐겁게 얼음의 시간을 녹이자"라고 할 수 있을 만큼 나는 현명해지고 교활해진 여우이어서 선생님에게 벌을 받고 있는 "얼굴을 들지 못하는 1학년 3반 원구식"을 너그럽게 돌아보는 힘을 가지게 한다. 당당해진 자아는 대타자인 시간 혹은 추억에게 다음과 같이 말할 수 있는 여유를 가진다.

> 사랑하는 당신, 저예요
> 1학년 3반 원구식예요
>
> —「추억의 1학년 3반」 부분

추억이란 무엇인가. 마음의 주름(무의식)에 들어 있으나 주름이 펴지는 순간(의식)에 순간적인 무늬로 어둠의 심연에서 나타난 꿈이다. 지금에서 회상하기에 현실이 아니며 지금이라는 시간의 유리를 덧씌웠기에 왜곡된 사실이다. 자아가 고통을 피해 가고자 하는 유토피아의 그림자이다. 생명이 어머니의 자궁에서 현실로 나오는 날, 그는 에덴이자 낙원인 어둠으로부터 이상한 빛과 그 빛이 반사한 사물을 보게 된다. 생명에 영양과 피를 제공했던 어머니 대신 낯선 환경의 불안 속에 던져진다. 생명은 이 낯선 상황을 어머니의 자궁을 대리하는 장소로 머리에 각인한다. 어머니에의 애착은 유사어머니이자 에덴인 낯선 상황으로 전이되었으며 타향이었으나 연습으로 익숙해진 그 상황을 우리는 고향이라고 부른다(의식에서는 고향이나 무의식에는 어머니의 자궁을 대리한 유토피아다. 하나는 현실이며 다른 하나는 꿈인데 현실 의식과 꿈은 우리의 정신이 저울의 추처럼 왔다 갔다 하는 장소이다). 추억의 한가운데로 돌아간 원구식의 시가 드러낸 고통의 시간은 더 이상 고통의 시간이 아니며 꿈속의 유토피아에 있는 시간이다.

2. 마돈나, 성모 혹은 사이렌으로서의 아니마

아니마란 융(C. G. Jung)의 용어로써 남성이 지니는 무의식적인 여성적 요소라 정의하지만 고대 철학에서는 생명·사고의 원리가 되었던 영혼이나 정신을 의미한다. 비합리적인 것에 대한 감수성, 사랑의 능력, 자연에 대한 느낌 등의 능력을 관장하는 정신으로 알려져 있다. 아니마는 어머니와의 관계에서 주로 형성되며 자아가 외부에 투사하는 사랑의 형식을 결정하는데 시인들에게 아니마가 중요한 이유는 마음속의 아니마가 보내는 느낌, 기분, 환상을 시의 형태로 붙잡아 두고자 하기 때문이다. 문학의 많은 표현들이 내적 세계의 중개자로서의 아니마를 드러내고 있으며 아니마 에너지는 야누스적인 두 얼굴 성모와 메두사의 두 가지 형태로 나타난다. 원구식이 시에서 차용하고 있는 마돈나는 성모의 이름을 가지고 있으나 남자를 성性의 환상으로 유혹하여 파멸시키는 사이렌인 이중 가치의 여자이다. 그의 심상을 지배하는 아니마는 손이 닿을 수 없는 성모 같은 여자보다는 손을 뻗으면 내 것이 될 것 같은 사이렌에게 투사되는데 원구식이 드러낸 사이렌은 남자를 파멸시키는 힘을 가진 사이렌이 아니라 남성우월주의 문화에서 매춘을 하는 여자로 추락한 마돈나이다. 성스러운 여자가 타락하여(여신의 어두운 면이 투사되었을 뿐 사이렌도 신의 힘을 가진 동안에는 성스러운 여자이다. 타락한 여자란 내·외적인 운명으로 자신의 여자로서의 힘을 잃어버린 존재이다) 남자에게 휘둘리는 가엾은 존재가 된 마돈나에게 원구식은 심정적인 끌림과 연민을 가지고 있다. 추락한 마돈나를 사회적으로 단죄하는 성매매 특별법이 통과하자

원구식은 다음과 같이 고발한다.

주님, 이 법으로 인해
저와 이 여인의 사랑은 끝났습니다
절대빈곤에서 벗어나고자 애쓰는 이 여인은
이제 벌거벗은 몸으로
이마에 주홍글씨를 붙이고
당신 앞에, 우리들 앞에 섰습니다.
병든 아버지의 약값도 없이,
어린 동생의 등록금도 없이,
생의 마지막 출구가 막힌 사람처럼
법의 심판대에 섰습니다.
양극화를 해소하자는 이 나라의 위정자들이
이 여인을 위해
무엇을 했는지 저는 아는 바가 없습니다

주님,
2000여년전 당신이 정죄하지 않은 이 여인이
설사 방종과 쾌락을 추구했다 할지라도
당신의 귀하고 착한 어린양임을 잊지 마소서.
(……)
희미한 형광등 아래
얼굴에 분을 바르는 저의 마돈나를 위해
내려 주소서,
우리들의 어리석음을 벼락같이 일깨워 줄
새로운 선지자를.

— 「마돈나를 위하여」 부분

문화인류학과 사회학자들에 의하면 지혜와 사랑으로 남자들의 존경
을 받았던 대모여신이 타락한 자본의 마돈나로 변한 근본적인 이유는
사회제도의 변화 때문이라고 한다. 사적 소유가 시작되면서 인간의

탐욕과 힘에 대한 갈망은 커져왔고 동반자 혹은 그 이상의 의미였던
여자도 남자의 사유재산으로 전락했다. 지배자와 피지배자가 나타났
으며 모든 사회악의 근원인 소유에 대한 탐욕은 산업과 금융자본주의
를 거치면서 더욱 심화되었다. 남자가 자신의 이상으로 삼아 자신의
영혼을 고양시킬 모델로서의 여신은 현실에서 없어졌다. 남자들은 소
유를 하였으나 공유로 기뻐할 수 있는 참여자가 없으므로 그는 현실
에서 타락한 여자들에게 성적 환상을 구하며 이를 사랑이라 여긴다.
원구식은 소돔과 고모라로 변한 서울을 다음과 같이 비판한다.

> 마돈나, 나의 방황이 부질없는 모래 사막을 이룰지라도, 너의 자궁이 낙원
> 을 향해 열려 있으니, 젖과 꿀이 흐르는 향락의 밤이 내 것이로구나. 천국의
> 유물이 산재한 지상의 낙원이여기서 멀지 않구나. 마돈나, 눈을 들어 나를 보
> 려마, 나는 모든 백조들의 오빠, 돼지코보다 강한 탐욕의 성기를 소유한 기다
> 리기의 영원한 명수.
>
> 마돈나,
> 나의 신부,
> 나의 아바타……
>
>   —「나는 방황의 야전 사령관」 부분
>
> 봄비를 맞으면서
> 정충처럼 남산을 걸어갈 때,
> 나는 보았다.
>
> 하늘 아래 가장 많은 십자가들이 번쩍이는 서울의 붉은 밤을. 신생의 아침
> 은 혼돈 속에 오는 것. 세상은 좀 더 썩어야 할 것이다. 역사도 사랑도 이데올
> 로기도, 더 이상 썩을 것이 없을 때까지 썩어야 할 것이다. 그리하여 생의 종
> 결자가 더 이상 두드릴 배신의 뒤통수가 없을 때, 신생의 아침이 정충처럼 꿈
> 틀거리며 서울의 자궁을 두드릴 것이다.

아,
어느 님이 버리셨나.
하루가 천 날 같은,
천 날이 하루 같은, 혼돈의 꽃다발을……

— 「서울야곡 2002」 부분

　올바른 질서의 시간이 무너진 혼돈의 시간은 "하루가 천 날 같은/ 천 날이 하루 같은" 무저갱의 세상을 만들어낸다. 그 이유를 원구식의 시는 여신인 아니마가 이 세상에 '혼돈의 꽃다발'을 던졌기 때문이라 말했는데 아니마는 우리들 자신의 내면이므로 결국은 우리의 위선과 욕망에 대해 우리 자신 스스로 벌하고 있으며 이 세상은 갈 때까지 간 다음에 썩은 후 다시 태어나야 한다고 말한다. 성性만 있고 사랑이 없는 남자늘의 자아는 쾌락은 있으나 정신의 희열은 없다. 영혼은 배고픈 아이처럼 자신의 짝을 찾아 온전한 영혼이 되기 위해 온 세상을 찾아 헤맨다(신화에서 그가 자신의 짝을 찾는 이유는 인간이 신과 같은 힘을 얻는 사태를 두려워한 신의 계략 때문이다. 불사의 신처럼 되고 싶은 인간의 욕망은 어느 욕망보다 강하다. 인간의 결핍이자 남자의 결핍인 아니마를 향해 원구식의 탄식은 다음과 같이 드러난다.

쑥대밭을 지나왔구나.
열 두 개울 휘휘 도는 물굽이
물귀신들 유혹을 뿌리치고 왔구나.
외나무다리 건너 가시덤불을 헤치고
맨발로 맨발로 왔구나.

너를 향해
나한걸음도 나가지 못했구나.
얼음의 시간,

시간의 감옥을 즐겼으니
타락이구나, 영혼의 쓰레기통에 코를 박은
돼지로구나, 야생의 들개가 아니라
사육된 시간의 노예였구나.
게으른 몸으로 늙은 살가죽으로 사랑을 꿈꾸었으니
욕망이 아니라 욕심이었구나.

—「신부」부분

아니마의 승화의 대표적인 상징은 성모와 관음보살이 있다. 중국은 '달의 여인'인 서왕모西王母가 있고 힌두교에서는 샥티(Shakti)가 있으며 이슬람에서는 마호메트의 딸 파티마(Fatima)가 있다. 문학에서는 파우스트의 '영원한 여성'이 있다. 중세의 신비적 경서에서 아니마는 다음과 같은 말로 자신을 드러낸다. "나는 사제에게는 율법이요 예언자에게는 말씀이며 현자에게는 조언이다." 시인에게는? 당연히 시다. 시인은 내면의 아니마가 말하는 입술을 보고 그 말씀을 옮겨 적는 자이다. 소크라테스가 "자신의 마음에는 정령(Demon)이 살고 있어서 자신이 그릇된 길로 가려하면 언제나 나를 저지한다"라고 말한 그 마음의 혼이다. 원구식의 시가 아니마의 타락과 부정적인 면에의 시선만가 있는 것은 아니다. 승화된 형태로서의 아니마에 대한 그리움을 원구식은 다음과 같이 표출한다.

꽃밭 중에서 햇볕도 들지 않는
구석 돌 틈에 핀 내 모습은
다른 꽃들 이파리에 가려
잘 보이지 않는다.
바람도 잘 들지 않는다.
님의 모습도 보이지 않는다.

내 간절한 소망은

어쩌다 바람이 옷깃을 스치듯

님이 나를 한번 보아주시는 것.

우연히 아주 우연히

님의 단추나 넥타이 핀 같은 것들이

내 곁에 떨어져서

그걸 주으시려다

나를 한번 보아주시는 것.

이러한 내 소망이

냉정히 사라져도

나는 님을 위해 피는 꽃.

님이 보아주는 꽃이 아니라

님을 위해 열심히 열심히 피는 꽃.

―「피는 꽃의 말」 전문

3. 시간, 찰나의 꿈, 영원회귀를 돌리는 톱니바퀴

시간이란 자신이 시간 속에 갇혀 있다고 믿는 시인과 세계운동을 시간과 공간의 범주모델로 기록하는 과학자에게는 갇힌 계界이자 감옥이다. 시간과 공간이 유한한지 무한한지 우리의 인식범위로는 아직은 알 수 없다. 우주의 시작과 끝이 있다면 '나는 알파요, 오메가' 라고 말한 창조주를 상정해볼 수 있다. 우주가 경계의 시작과 끝이 없이 스스로 존재하는 정신과 에너지 연속체라면 우리도 '스스로 존재하는 것'의 부분이며 탄생과 죽음은 '것' 의 변신과 놀이이다. 서구의 우주관과 동양의 우주관이지만 어떤 모델이 진리인지는 역시 우리의 인식범위를 벗어난다. 우리는 모델을 통해 이 세계를 이해하지만 그 모델의 변천이 우리가 언어와 문화생활을 시작한 이래 드러낸 소위 진리의 역사이다. 진리란 인간이 세계를 보는 방식의 틀이며 인간에게 유용한 현실의 이데올로기로 드러난다. 많은 철학가와 시인들에게 시간이란 '흐르는 강'의 이미지로 나타난다. 또는 시간을 화살로 비유하기도 한다. 사물의 운동성에 우리의 뇌는 특히 민감하게 반응한다. 정지된 사진보다 동영상에 우리의 뇌가 흥분하는 이유를 진화심리학에서는 움직이는 적과 먹이를 판단하기 위한 생존전략이라고 말한다. 실제로 시간은 정지되어 있는지도 모른다. 칸트의 말대로 시간과 공간은 우리의 뇌가 세상을 바라보는 선험이며 생존형식인지도 모르겠다. 원구식 시의 가편佳篇들 중 시간과 존재의 문제를 드러낸 시들이 있다.

아, 나는 가엾게도
꿈에서 깨어나고 말았구나.

— 「싹」 전문

위 시에 의하면 원구식은 삶을 현실로 볼 때 죽음을 꿈으로 보고 있다. '나'란 시간의 순환에서 모습을 변신하는 존재이며 꿈이라는 유토피아(죽음, 열반)에서 현실의 볼모지로 내던져진 고아이다. 원구식은 가엾다는 표현으로 나의 결핍을 또 호소한다. 인간이 어떤 감각과 사유로 우주모형을 그려내도 나는 인식이라는 감옥 안에 갇힌 존재이다. 자아의 한계를 깨면 해방과 절대자유를 얻는 줄 알지만, 이는 인식의 한계를 넓혔을 뿐 여전히 이 세상은 감옥이다. 다시 말하면 삶은 감옥이며 삶 이전의 죽음(실재계)만이 영원한 자유이다. 이런 인식은 다음 시에서도 보인다.

1
우주는 나의 감옥 천국의 유물이 줄줄이 이어지는 밤하늘은 나의 지옥. 나를 한없이 개방시키는 자유는 나의 무덤. 나는 개방된 감옥에 갇혀 있네.

시적 환상과 표현의 불꽃에 갇힌 시와 시인들

개방은 나를 가두기 위한 속임수—
나를 한없이 개방시키며
한없이 고립시키는 우주는 나의 감옥.

2
나는 게으른 사냥개.
시간의 감옥을 어슬렁거리네.
한때 누구보다 경이로운 눈길로
밤하늘을 우러러보았지만
이젠 그러지 않네.
한없이 개방된 감옥에서
자유는 이미 자유가 아니며
신비로움은 이미 신비로움이 아니네.
천국의 유물도
우수의 금빛 노을도 이세소용없네.
망각이 위대한 힘을 주었으니
내겐 오로지 찰나만 있을 뿐!

— 「우주는 나의 감옥」 전문

밑줄 그은 부분에서처럼 이 세상이 "한없이 개방된 감옥"이라는 역설은 기존의 모든 가치를 뒤집는다. "자유는 이미 자유가 아니며/ 신비로움은 이미 신비로움이 아니네"가 된다. 원구식 스타일의 독설이자 깨달음으로 여겨지는 이 시는 삶 안에서의 모든 운동이 허방을 집는 행위이므로 "게으른 사냥개"로 "시간의 감옥"을 어슬렁거리는 행위가 현명한 행위라고 말한다. 무위無爲와 무화無化의 중간쯤에 걸쳐 있는 깨달음이라 할까. 내친 김에 한 걸음 더 나아가 화자는 "망각이 위대한 힘을 주었으니/ 내겐 오로지 찰나만 있을 뿐!"이라는 과감한 주장을 한다. 시가 만들어낸 그림은 시인이 창조한 세계이니 그 안에서야 어떤 주제를 노래하든 사실 상관이 없다. 다만 그 그림이 관객에게 아름다움으로 비쳐지느냐가 문제다. 이 시의 그림이 아름다운가? 독자의 판단에 맡기기로 하자. 나에게는 시간을 주제로 한 다음 시가 더 아름다워 보인다.

> 최초의 시간은 얼음 속에 있다. 시간의 자궁을 생쥐처럼 들락거리는 비유의 천재들이여, 인간의 영화가 덧없다 하지 마라. 내 오늘 옷깃을 여미고 낡은 비유를 접노니, 하나님의 빵이 쪼개지 듯, 아직 말해지지 않은 언어가 땅에서 떨어져 나와 지존의 몸으로 부르는 노래를 들어라. 땅을 뚫고 솟아오른 불의 심장, 채 뛰기도 전에 얼어버린 불의 심장이 희디흰 거품을 내 뿜으며 뚝딱거린다. <u>주체할 수 없는 시간이 이제 곧 얼음을 감옥을 날려버릴 것이다.</u> 우리의 청춘도, 영화도 그렇게 쪼개질 것이다. 흔적도 없이 사라질 것이다. 그러나, 흐르는 시간에 몸을 맡긴 채 오로지 보기 위해 존재하는 견자의 눈이 있다. 지존의 몸으로 노래하는 시인이 있다. 아직 불리어지지 않은 노래가 저 얼음 속에 있다.

—「빙산」 전문

"최초의 시간은 얼음 속에 있다"라는 비유가 아름다운 표현이다. 시인의 시간관은 과학의 객관적인 진실과는 상관이 없는데 그 이유는 시인은 자신이 상상한 이미지로 이 세계의 다양한 가능성을 드러내는 자이기 때문이다. 시인의 직관이나 통찰이 나중에 과학적 사실로 드러날지도 모르는 일 아닌가. 이 시는 현실 시간의 부패가 얼음 속에 있는 '최초의 시간'에 의해 전복될 것임을 예고한다. 얼음의 시간이 불의 심장으로 변해 이 세상을 지울 것이라는 대비가 탁월한 상상력이다. 이 시의 상상력의 스케일은 크다. 화자는 자신의 "불리어지지 않은 노래"가 얼음 속 "최초의 시간"에 있고 화자는 "지존의 몸으로 노래하는 시인"과 동일시함으로서 자신이 예언자임을 나아가 스스로가 창조자의 의식임을 드러낸다.

시간에 대한 상상력의 아름다움을 표출한 시는 다음에도 있다.

> 빛의 입자이며, 물의노래이며, 주인 없는 공기의 주인인 시간의 톱니바퀴
> 들을. 그들이 돌리는 정밀한 숲을. 그 속에 집적된 모든 과거와 현재와 미래
> 의 은밀한 내부를.
>
> —「정밀한 숲」 부분

시간의 숲은 시의 표현대로 "모든 과거와 현재와 미래의 은밀한 내부"를 간직하고 있다. 시간을 마야로 보는 인도에서는 시간이 모든 중생이 윤회하는 감옥이지만 다른 한편으로는 창조신 시바의 춤추는 무대이다. 유희로서의 시간은 톱니바퀴처럼 돌아가며 삼라만상을 구슬처럼 돌린다. 우리는 구슬에 스며든 빛과 어둠의 놀이 중에 있다. 화자가 스스로를 거대한 시간의 부분으로 인식하면서 보다 큰 시간의 창조성에 대한 찬탄과 경이로움을 노래한 시가 '네안데르탈' 이다. 서정시 일색인 한국시에서는 서사가 약한데 한국독자들이 서사시가 주는 웅장한 상상력을 따라가는 지적 훈련이 안 되어 있다고 평소 생각하던 터라 이 시를 보고 공감할 시인이 적을지도 모르겠다. 긴 시중에서 이 글의 주제에 부합하는 부분을 인용하기로 한다.

> 나는 시간의 톱니바퀴이며
> 사색의 오랜친구인 침묵의 노래이다.
> 나의 노래는 원시의 강물이며
> 그 힘이다.
>
> 보라,
> 노래하는 힘의 원천이며
> 모든 짐승의 아버지인 시간의 검은 구멍을,
> 그 속으로 사라지는

순간의 노래를.
누군가 그 끝에서
아직 녹슬지 않은 시간의 엔진을 돌리고 있다

— 「네안데르탈」 부분

"시간의 톱니바퀴"나 "시간의 엔진"이라는 상징으로 보아 원구식이 말하고자 하는 시간은 앞에 인용한 시 「빙산」에서 보여준 서구적인 시간관과 달리 영원회귀하는 동양의 시간을 보이고 있다. "모든 짐승의 아버지인 시간의 검은 구멍"은 블랙홀을 연상하게 하며 물리학적인 시간관을 드러내기도 한다. 시인은 세계관의 옳고 그름을 나타내는 자가 아니고 가능한 세계관을 드러내보이는 자이며 독자는 보여준 길을 걸어가며 풍경의 아름다움을 즐기는 관객이다. 보르헤스는 '시간은 꿈'이라는 주제에 매달렸고 언어와 시도 꿈으로 보았다. 이 관점에서는 우리는 시간의 꿈속에서 언어의 꿈을 꾸는 존재이며 지금 이 순간에서는 원구식이 꾼 '시간'의 꿈에 독자와 내가 참여하고 있다.

다음 시로 이 글을 마무리하자. 원구식의 상상력이 성서를 끊임없이 의식하고 있음은 흥미롭다. 기독교의 교리가 인간에게 강요하는 권위에 반항하면서도 구원을 향한 혹은 신의 능력에 대한 갈망과 투사가 시의 전편에 드러나 있다. 그가 믿는 기독교의 갱신은 기독교 교리를 순종한 양만 구원해서는 안 되고 원구식 개인을 포함한 모든 인류를 구원하는 데 있다고 보는 듯하다. 소승불교가 대승불교로 변한 것처럼 기독교가 변신의 새 종교로 거듭날지는 중동의 현실이나 독선과 아집에 갇힌 종교의 역사를 보아 어려울 것 같지만 우리는 시에서나마 원구식과 같은 환상을 공유함으로서 즐거운 재미를 맛보자.

신화의 새벽을 깨고
당신은 정말 오시는 겁니까?

당신은 파도를 잔잔케 하시고 물위를 걸으셨죠. 장님과 문둥이를 고치시고 앉은뱅이를 일으켜 세우셨죠. 죽은 자를 살리신 당신이 오셔서 믿는 자를 들어올리신다니 정말 가슴이 설레입니다. 그러나, 믿지 않는 자도 들어올리세요.

—「들어올림에 대하여」 부분

'꿈의 세계'와 유혹을 따라가기
이정화의 『침묵의 자세』

1. 풍경의 구조

　동양의 시학에 정경론情景論이 있다. 사물의 경치에 시인의 정의情意가 닿은 것이 시詩라는 이야기다. 이 시학에는 사물이 스스로의 성색정경性色情景을 시인의 입과 손을 빌려 언어로 형상화한다는 입장과 시인의 정의가 사물에 닿아(라깡식으로는 주이상스가 사물에 관계해서) 사물이 성정性情을 드러낸다는 두 가지 입장이 있다. 어떤 입장이든 시인과 사물이 관계하는 결과는 동일하다. 사물이 갖가지 몸짓으로 말을 건네거나 시인의 갖가지 성정으로 사물을 해석해서 시를 창작하지만 관객 모두가 시를 알아들을 수 있는 것은 아니다. 이 시의 몸짓을 알아듣고 언어로 전달하는 매개자가 바로 시인이다. 시인이 시를 쓰는 능력은 누구나 타고나는 것이 아니고 또 단순히 배워서 되는 것도 아니다. 시인의 눈으로 사물을 바라보는 시각을 타고난 자만이 가능하다. 이정화는 어떤 시각으로 사물을 바라보기에 시인이 되었을까.

> 저 성한 나무의 잎들은 나무가 가장 하고 싶었던 말은 아닐까. 한 번도 태어난 곳을 떠난 적이 없음에 대하여 돌아갈 곳이 없어 마땅히 갈 곳이 없는 되새 떼들이 한사코 비상을 꿈꾸듯 제 몸을 부풀려 저로부터 멀어지고 있는 눈물은 아닐까. 주머니 속 구겨진 배차시간표가 불러오던 도시의 두근거림을, 곤한 불면을 깨우던 새들의 푸덕거림을, 희망이 희망을 부르고 절망이 절망을 따라와 나를 세우게 하던 그때처럼, 뿌리의 몸부림이 순간순간 뱉어낸 궁리 해질녘이면 길어지는 제 그림자만큼, 바깥을 넘보다 칠흑 같은 고요에 갇혀 내일을 흘리고 있는 한 번도 떠난 적이 없는 삶의 배웅을 받으며 고속버스는 달린다. 곧 어두워지겠다.

―「눈물」 전문

동양에서 시의 사물은 과거에는 자연이고 풍경이었다. 천지일월天地日月이나 화조풍월花鳥風月의 우아하고 애틋한 정서가 시의 주제였다. 그러나 산업과 정보가 있는 도시문명 속에 사는 시의 화자는 도시와 도시를 선으로 잇는 고속버스에서 자연을 본다. "성한 나무의 잎들"이 나무가 가장 하고 싶은 말이자 화자가 가장 하고 말들이라는 동일시에 의해 이 시가 탄생했다. 나뭇잎들은 "마땅히 갈 곳이 없는 되새 떼들이 한사코 비상을 꿈꾸는" 상황 속의 말이고 "저(나무/Self)로부터 멀어지고 있는 눈물"이라는 시각이 이 시의 아름다움이다. 화자는 다시 "칠흑 같은 고요에 갇혀 내일을 흘리고 있는 한 번도 떠난 적이 없는 삶의 배웅을 받으며" 가는 고속버스/화자(Ego)인 풍경으로 독자들을 안내한다. 화자가 사물이고 사물이 화자인 정경情景융합이 이 시의 깊이인데 시의 풍경은 "곧 어두워지겠다"는 암시로 자연의 큰 풍경으로 스러지는 「눈물」/말/나(Self)의 운명을 보여준다. 이정화식으로 바라보는 사물의 풍경이 드러난 시를 한 편 더 들여다보자.

바다는 말이 없지
끝 간 데 없이 펼쳐지기나 하지
해먹이든 비치파라솔이든 그건 중요치 않아
어쨌든 그곳에 나는 있고

산도 꼭 정상일 필요는 없어
올려다보든 내려다보든
하염없이 그냥 바라보고 있다는 거
어딘가를
어쨌든 나는 그곳에 있고

절절 끓어 넘치든
꽁꽁 얼어붙어 버리든
맹렬하게 투신하자는 거지
산은 산대로 물은 물대로
어쨌든 나는

거품을 이고 부글부글
차곡차곡 접혀지며 꾸벅꾸벅
어디에도 없고 어디에도 있는
만산이며 만물인 나는
끊임없이

— 「생을 대하는 공손한 자세」 전문

자연이 "바다"와 "산"의 이름을 가질 때 사물은 나와 다른 타자의 표상이 된다(이름에 의해 차이가 발생하고 존재의 분리가 일어났다). 이름이 붙여진 세상에서 우리는 낯선 사물/타자를 경험하고 산다. 상식이며 일상의 세계에서 시인은 사물을 자신만의 특별한 시각으로 바라보는 자이다. 낯선 사물/타자는 타자이면서 "어쨌든 나는 그곳에" 있는 나(Ego)와 만나는 존재이다. 화자는 "절절 끓어 넘치든/ 꽁꽁 얼어붙어 버리든/ 맹렬하게 투신하자는 거지"라는 인식으로 이 시를 만들었다. 나(Self)는 현상계의 조건에 사는 나(Ego)이기에 "거품을 이고 부글부글/ 차곡차곡 접혀지며 꾸벅꾸벅" 사는 존재이다. 그러나 화자는 나(Ego)는 "만산이며 만물인 나"(Self)이기에 '생을 대하는 공손한 자세'라는 큰 인식의 스토리를 제시한다.

이정화의 단순한 듯한 풍경의 인식이 큰 이야기를 암시하는 이유는 무엇일까. 그 구조를 분석해보자. ① 현실풍경과 나와의 거리가 제시된다. ② 시점장視點場(원근법에서 보는 자의 위치)이 설정되면서 현실풍경과 나와의 거리가 없어진다. ③ 속세의 냄새가 나는 현실풍경이 자연/전체/나(Self)와 융합하면서 영원성을 갖게 된다. 이런 구조를 갖는 시가 이정화식의 풍경 보기이다. 시인이란 이런 은유와 상징의 배치구조를 의식/무의식으로 보는 시각을 갖기에 사물을 특별하게 보는 존재가 된다.

2. 풍경에서 침묵으로

말할 수 없는 것에 대하여는 침묵해야 한다*는 말을 너무 일찍 알았다

그리하여 침묵
말 할 수 있는 것과 말 할 수 없는 것을 지나는 동안
태양은 제 그림자를 밟으며 타오르고
기다리던 애인은 지쳐 떠났다
나는 나를 꿈꾸는 침묵
침몰하는 온갖 금기와 규정과 규칙들
바람에 맞서다 결국
제 키만큼 저로부터 멀리 쓰러진 갈대들

그리하여 침묵
고장 난 라디오에서 북북거리는 주파수처럼

태양의 모서리에 걸려 소란한

하고 싶은 말이 해야 하는 말은 아니다

해야만 하는 말이 해도 되는 말은 아니다

마지막 말의 자세로 쓰러져

때가되면 일어나 더 큰 바람을 맞이하는

침묵은 내가 가장 늦게 배운 언어이다

꼭 하고 싶었던 말이다

* 비트겐슈타인

—「침묵의 자세」 전문

풍경이 드러난 전경前景이라면 "침묵"은 배경이 된다. 그림에서 전경은 이미지로 제시되고 배경은 바탕이 된다. 동양화에서 배경은 텅 빈 화면인데 '침묵'이다. 이 침묵은 동양정신인 '공空'이나 '무無'를 상징하기도 한다. 이 경우 드러난 이미지들은 '말할 수 없는 것'의 상징이 된다. "말할 수 없는 것에 대하여는 침묵해야 한다"라는 비트겐슈타인의 명제는 그의 전기 철학인 '언어그림이론'에서 유래했다. 비트겐슈타인은 논리적으로 그 의미를 명확히 도출할 수 없는 명제에 관해서는 '그림'으로써 도출할 수 있는 것이 아니기에 침묵으로 이해하여야 한다고 보았다.

여기에서 '신'의 존재 같은 형이상학이 성립한다. 동양의 '공'이나 '무', 서양의 '신神'은 모두 형이상학의 영역이며 그림을 그릴 수 있는 (언어적으로 의미를 부여할 수가 있는) 존재가 아니다. 이정화는 삶의 경험들이란 일종이 이미지이며 그림이라고 생각한다. "태양은 제 그림자를 밟으며 타오르고/ 기다리던 애인은 지쳐 떠났다"는 체험이나 "고장 난 라디오에서 북북거리는 주파수처럼" 드러나는 말들은 "해도 되는 말은 아니다"라는 인식을 보여준다. 침묵은 "마지막 말의 자세"이

시적 환상과 표현의 불꽃에 갇힌 시와 시인들

·····
302

며 "가장 늦게 배운 언어"라는 이정화의 인식은 그 침묵이 '형이상학'
의 침묵이기에 자신의 삶이 '침묵의 자세' 로 귀결되어야 함을 말한다.
　세계의 근원이 '침묵' 이라고 해서 인간이 '침묵' 으로 돌아가 살 수
는 없다. 수도원이나 사막의 동굴에서 큰 존재 상황을 만나기 위해
'묵언수행' 하는 수사修士들이 있지만 세계 내 존재로서 육체를 가진
자들은 육체의 상황에 충실해야 한다. 생존과 일상과 경험의 세상에
서 살아야 하는 인간은 결국은 말(의미)로서 사물(객체)과의 소통을 꿈
꾼다. 이러한 상황을 드러내는 시가 있다.

봄이 되자
나무들이 입을 열었다
연노랑 부리를 가지마다 촘촘히 걸어놓고
바람의 소리를 모으고 있다
바람이 불어오는 곳을 향해 동그랗게 입을 벌리고
부리를 바짝 내밀고 있는 새순들
그 때마다 나무는 몸을 흔들어 바람의 길을 열어준다
가진 것 다 내어주고 신음소리 베어 물었던
지난겨울의 침묵은 편안 했는가
다시 또 출렁이는 신생의 바람 앞에
모질게 닫혀 있던 물꼬 터진 듯
거침없이 흐르는 소리로
하늘을 밀어 올리고 있는
나무들의 잎, 입

— 「나무들의 입」 전문

　침묵의 세계에서 다시 경험과 의미의 세계로 싹을 내미는 이정화의
정신과 꿈이 이 시를 통해 드러난다. 시공간의 한 측면인 시간현상에
는 춘하추동의 계절순환이 있고 밤낮의 음양이 있다. 세계 내 존재(주

체)는 '침묵'의 존재이며 동시에 개별자이다. 사물은 침묵에서 소리 (언어)로 가는 운동과 동시에 소리에서 침묵(형이상학)으로 가는 운동의 '영원회귀'에 갇혀 있다.

이정화는 깨달음의 세계인 '침묵'에서 "나무"(존재)들이 잎(언어)을 틔우는 현상을 발화로 해석했다. 이 잎의 말은 '침묵'이면서 동시에 세계를 드러내는 '말'이다. 잎(말)들은 "신생의 바람"에 의해 "물꼬"가 터지고 있다. 이때 "신생의 바람"은 원형이 영원회귀인 시간의 움직임을 이미지로 드러냈다고도 해석할 수 있다. 그 발화의 의지는 "하늘을 밀어 올리고 있는/ 나무들의 잎, 입"인데 침묵이자 말이므로 결국 '존재'의 말이기도 하다.

3. 들뢰즈의 '이중 포획' 구조를 갖는 기쁨/슬픔

이정화의 시가 사물에의 귀의나 전체 상황에의 합일을 통해 큰 인식을 드러내고자 하는 정신을 보여주는 시만 있는 것은 아니다. 시집의 시를 보면 삶과 사랑의 상처와 그로 인한 좌절 운명이 고통을 극복하고 승화하는 시들이 꽤 있다. 내 눈에 잡힌 시가 다음 시다.

쉽게 사랑하고 쉽게 헤어지겠어
분수가 있는 광장에서
부끄럼 없는 첫 키스를 하겠어
지붕 없는 빨간 자동차를 타고 바다가 보이는 언덕길을
전속력으로 질주 하겠어
불량한 처녀가 되겠어
불량한 총각이라도 좋아
어디든 막힘없이 떠돌다
붉은색 루즈가 번진 입술을 반쯤 벌리고

꾸벅꾸벅 졸기도 할 거야
그곳이
언제 어느 곳이라도 좋아
지금 앉아있는 그 자리가 나에게는
세상에서 가장 편안한 잠자리가 될 테니까
풀썩거리는 짧은 치마로 어디든 가겠어
처음이자 마지막처럼
후회 없는 사랑도 할 거야
이리오렴 아가야!
청춘은 여름 한 낮 쏟아지는 장대비라서
벼락같이 흘러 다시는 돌아오지 않는 거란다
마음껏 즐기고 마음껏 사랑 하렴
너희를 바라보는 세상의 엄정한 눈길은
엄마의 치마폭에 감춰둔 사랑을
몰래 훔치고 싶이 하는
늙은 개 같은 연민 이란다
다시 당신을 사랑하기 위하여*
쉽게 사랑하고 쉽게 헤어져
훗날
아프지 않고도 만날 수 있게
스무 살 그때
그렇게 살겠어

* 포루투칼 파두 가수 Bevinda가 부른 노래

—「다시 스무 살이 된다면」 전문

    설명이 필요 없는 시다. 인생이란 '아름다운 선물' 이므로 자연과 신이 나에게 허락한 시간을 사랑하면서 충실히 살아야 한다는 찬가이다. 시의 문맥과 구조는 화자가 그렇게 살지 못했다는 후회의 형식을 취하고 있지만 내용은 충실한 생을 산 화자의 짙은 경험을 반영하고 있다. 시는 작가의 경험과 상상이 반영되는 만큼의 화폭이 그려지는 물건이다. 상상도 간접 경험의 일부이며 직접 경험의 단서가 없으면 상상이 이루어지지 않는다. "청춘은 여름 한 낮 쏟아지는 장대비라서／벼락같이 흘러 다시는 돌아오지 않는 거란다"라는 금언은 자식에게 말하지만 실제로는 자신에게 타이르고 있다. 나르시스의 기쁨이 이 시에 들어 있다.

화자는 시간의 우물에 비친 자신(Self) "아가"를 들여다보고 있다. 인간의 육체는 늙고 죽어가지만 정신과 영혼은 죽지 않는 영원한 아가이다. 그러나 동시에 그 "아가"는 "부끄럼 없는 첫 키스"를 하고 "풀썩거리는 짧은 치마"로 어디로든 달려가는 아가이기에 욕망에 제한이 없는 '상상계'의 아가이다. 아가에게 세계는 내 욕망이 만들어내는 꿈이다.

이런 인생이라는 꿈의 풍경이 아름답기만 한 것은 아니다. 욕망이 닿은 자리는 주이상스의 기쁨이 있지만 동시에 상처도 발생한다. 자리(대상)가 내 영토가 아닐 때 그렇다.

> 파도가 자려면 한 사나흘은 걸린다 했다
> 해변의 모래밭은
> 살점이 떨어져 나간 듯 움푹 움푹하다
>
> 네가 지나간 자리가 그러했다
>
> ―「태풍」 전문

이 시를 인생이라는 폭풍이 지나간 기쁨의 시라고 해야 할까, 슬픔의 시라고 해야 할까. "네가 지나간 자리"는 기쁨/슬픔의 폭풍이 지나간 자리로서 양가의 감정을 반영한다. "살점이 떨어져 나간 듯" 움푹한 슬픔이기도 하지만 살점이 떨어져 나가기에 기쁨이기도 하다.

무심과 무위를 지향하는 도인이 아닐진대, 요철과 굴곡이 없는 인생이 무슨 의미가 있겠는가. '만물은 유전한다'와 '같은 강에 두 번 발을 담글 수 없다'라는 명제는 그리스 엘레아학파인 헤라클레이도스의 사유이다. 시간 내 존재인 인간이 소유할 수 있는 사물은 없다. 사물은 기표로 순환하며 영원한 의미인 실재實在는 인간이 얻을 수 있는 물건이 아니다. 너(연인/타자)는 실재의 기호이자 상징이기에 내가 보고 읽는(경험하는) 의미이지만 내가 소유할 수 없다. 불완전한 인간은 너/실재 앞에서 불안과 고독을 느낀다. 경험(인생)이란 사물과 사물사이의 조건과 배치에 의해 발생하는 관계이다. 그 관계의 '사이'에서 희로애락과 시가 발생한다. 물론 들뢰즈의 '이중 포획'의 구조를 갖는 기쁨/슬픔이자 삶/죽음의 배치에 의해서 관계의 형식이 결정된다.

4. 알레고리로서의 유토피아와 사랑의 유혹

고래가 사는 마을이 있다는 군
고래로 만든 집에서
고래의 살과 뼈로 밥을 지으며
고래의 피로 담근 술을 마시고
고래의 노래를 즐겨 부른다는 군
고래 껍질로 만든 옷이나 구두를 신고
고래 지느러미로 모자를 만들어
거리에는 셀 수없이 많은 고래들이 떼 지어 다니고 있다는 군
밤이 되면 허리에 작살을 찬 선원들
고래뱃속처럼 어두운 광장에서
새로운 무용담을 쏟아놓고
사람들 고래의 소리로 환호한다는 군

커다란 고래가 그려져 있는 걸개그림이

펄럭이는 포구에

고래를 기다리는 사람들은

오래된 사원,

칠이 벗겨진 포경선 앞에서

고래심줄 같은 희망을 질겅거리며

바다를 떠난 고래의 복음을 되 뇌이고 있다는 군

상징이 밥이 되는 시대

상징이 돈도 되고 땅이 되는 시대

고래를 한번도 본적이 없는 철없는 아이들도

빨갛고 노란 고래를 담벼락에 그려놓고

고래의 꿈을 팔고 있다는 군

그 꿈 깊고 깊어

고래가 된 사람들

고래로 사는 마을이 있다는 군

—「고래가 사는 마을」 전문

이정화의 시는 표면구조상 난해한 시가 없다. 이미지와 수사를 은유와 환유로 사용하기보다 쉬운 구조의 알레고리와 상징에 기대기 때문이다. 일견 쉬운 우화처럼 보이기도 한다. 그러나 이 시를 "고래가 사는 마을"이라는 유토피아이며 '말할 수 없는 것'(침묵)의 상징시로 이해한다면 복잡한 시가 된다. "고래"의 상징은 무엇일까. 세속적으로는 청청해역에서 사는 희귀동물로 꿈에서는 부자, 훌륭한 사람, 귀인으로 해석한다.

성서에서는 '요나 이야기'의 주된 장치이다. 요나가 신의 말씀을 거역하자 신은 요나를 고래 배속에 넣어 새로운 영혼으로 태어나게 한다. 고래는 속세와 초월세계를 연결하는 동물이다. 인간이 큰 바다나 다른 세상으로 진입하고자 하는 수단으로서의 동경과 꿈을 상징한다.

이정화는 이 시에서 "상징이 밥이 되는 시대/ 상징이 돈도 되고 땅이 되는 시대"를 드러낸다. 상징이 밥이 되고 돈이 되는 세계? 현실적으로는 종교의 세계가 생각난다. 종교란 '말할 수 없는 것'의 존재를 상징으로 드러내고 상징을 팔아 현실조직을 유지한다. 이 경우 '고래의 꿈'이란 '유토피아'의 꿈이며 형이상학의 꿈이다.

이정화는 인간이 "고래가 된 사람들"(초월세계의 주민이 된 사람들)을 언급함으로써 화자의 영혼이 갈망하는 자리를 드러낸다. 상징으로서의 예술작품은 '말할 수 없는 것'의 현현이면서 꿈이기도 한데 이정화의 이런 시적 구조는 우아하다. 여기서 '우아함'이란 너무 많은 수사로 전체를 망쳐버릴 것 같은 '지나친 몸치장'의 반대말로 사용한 들뢰즈의 용어를 빌린 우아함이다.

이정화가 보여준 시세계의 마지막 장면으로 가보기로 한다.

<blockquote>

오리 따라 갔어요
깊고 넓은 물을 만나 혼자 돌아 왔어요
고양이 따라 갔어요
길고 높은 담을 만나 혼자 돌아 왔어요
염소 따라 갔어요
가도 가도 너른 풀밭 혼자 돌아 왔어요
이제는 어느 것도 따라가지 않아요
혼자 돌아와야 하는 길은 가지 않아요
깊고 넓은 물
길고 높은 담
가도 가도 너른 풀밭은
그들의 오래된 꿈 이었어요
혼자 돌아오지 않는 길을 알고 있다면
나를 따라 오시겠어요?
먼 길을 돌아 여기까지 왔어요

</blockquote>

헛된 꿈이라 하더라도

오래 꾸고 오래 걷다보면

가는 실눈을 뜨고도 깊은 꿈을 꿀 수 있겠지요

물집 잡힌 발을 어루만지며

멀리 있는 것들을 가까이 볼 수 있겠지요

그토록 원하던 그 곳에서 다시는

혼자 돌아오는 두려움에 떨지 않을 수 있다면

같이 가실래요? 네?

어느 것이라도 따라 가실래요?

— 「같이 가실래요?」 전문

마테를링크의 '치르치르'와 '미치르'는 '파랑새'를 따라 갔다 왔지만 이정화는 "오리"와 "고양이"와 "염소"를 따라 갔다 왔다. 우화「파랑새」에서는 주인공이 '죽음의 나라'와 '추억의 나라'를 지나 온갖 다른 세계의 어려움을 경험한다(꿈꾼다). 이정화는 "깊고 넓은 물/ 길고 높은 담/ 가도 가도 너른 풀밭"인 인식의 큰 세계이거나 형이상학의 유토피아의 세계를 갔다 온다. 이정화는 "혼자 돌아와야 하는 길"은 가지 않겠다고 말한다. 사랑이라는 동반자가 없는 인식의 길은 사실은 '사막에서 살고 사막을 거쳐 가며 사막 위를 지나가는' 길인 '영혼의 길'이기 때문이다. 인간이 현실세계를 벗어나 유토피아(다른 세계)로 가는 길은 티벳 전통에서는 육체를 벗어나야 갈 수 있는 세계다. 자아(ego)가 육체의 감옥(현실)을 벗어나 바르도(bardo)의 세계로 갈 때 자신(Self)를 도와주는 보조령이 있고 그 상징은 대개 동물이다. 사후세계를 그린 문헌들에 의하면 그 동물은 개인마다 다르다.

마테를링크의 우화에서는 '파랑새'였고 이정화의 시에서는 "오리"와 "고양이"와 "염소"였다. 모두 무의식에서의 원형구조를 드러내고 있다. 원형이란 시간을 초월해서 작용하는 세계구조의 소여형태를 말

시적 환상과 표현의 불꽃에 갇힌 시와 시인들

310

한다. 그 원형세계는 현실에는 드러나지 않는다. 융에 의하면 원형(Archetype)은 이미지와 상징으로만 드러나는데 제도와 관습, 현실의 검열이 없는 무의식(꿈)에서 자신을 드러낸다. 물론 시인의 꿈에서도 드러난다. 이정화는 "가는 실눈을 뜨고도 깊은 꿈"을 꾸는 무섭고도 이상한 다른 세계에 "혼자 돌아오는 두려움에 떨지" 않도록 "같이 가실래요? 네?"라고 호소한다. 이 아름다운 유혹을 누가 거절하겠는가.

시인과 해석자의 통찰이 만드는 아라베스크와 모자이크
황진성의 『폼페이 여자』

　황진성의 첫 시집 『폼페이 여자』를 첫 독자가 되어 읽어보았다. 이 시집에서 내가 읽어낸 황진성의 메시지는 ① 현대의 일상을 사는 현실태의 여자, ② 남자와 대등하게 일하고 주체의 삶을 사는 페미니즘 시각의 여자, ③ 세상을 내 안의 자장으로 끌어들여 자신의 세상을 창조하는 이브/여신의 잠재태의 여자이다.

　인간은 복잡한 존재이다. 외부세계에 자신을 투영한 페르소나(Persona)가 있고 내 안에서 용암의 욕망으로 꿈틀거리는 그림자(Shadow)가 있으며 정신의 원형에 대극원리로 드러난 아니무스(아니마)가 있으며 이 모든 요소를 통합한 자기(Self)가 있다.

　인간에게 마음의 문제는 결국은 나르시스에 있다. 자기애의 과잉도 문제고 부족도 문제이다. 시인들은 어떤 마음의 문제가 있기에 시를 쓰는 것일까. 시가 정신의 정화(Catharssis) 역할을 한다는 것은 고래로부터 알려져 있다.

　라깡은 예술가의 정신 상태를 일종의 편집증(Paranoia)으로 보았다.

비이성적 상태의 심리적 긴장은 사물을 일상이 아닌 특별한 상태로 보게 한다. 이때 사물은 다른 모습을 드러내고 예술가는 작품을 통해 다른 사물과 관계하는 주체의 정신을 개성과 융합의 원리로 드러낸다.

융의 분석심리학의 용어를 빌리면 남성성－정신(Geist)과 로고스/여성성－영혼(Seele)을 거쳐 에로스의 균형을 찾아가는 과정이다. 시의 창조는 두 개의 정신에너지가 융합하는 과정에서 일어난다.

황진성이 자신을 바라보는 시선의 시를 살펴보자.

1. 조율과 연주의 긴장미학

조율은 나를 벅차게 한다
0.1mm의 오차가 나를 울린다
여기 아주 작은 현위의 인생들이 있다

구름을 조금 더 휘어 놓아야 한다
둥근 소리 곁으로
아니, 바이올린처럼 생긴 잘록한 소리 곁으로

굴뚝들이 주름을 펴고 일어난다
연기는 꼿꼿해진다
새들은 그 위에서 허공을 팽팽하게 당긴다
보라, 달의 침묵을 당기고 푸는 조율사가 떴다

바이올린
저 붉은 장미가 보름달을 토하기 전
불협화음 내 정체가 탄로 나기 전
나를 조이고 또 조여야 한다

—「조율」 전문

화자는 페르소나의 이야기를 하고 있다. 자신의 그림자가 드러나는 불협화음을 방지하게 위해 화자는 자신을 조여 긴장 상태인 현실인(혹은 시인)으로 자신을 다듬고자 한다. 화자가 생을 살아가는 태도는 자신을 조여 일정한 경지에 이르는 장인의 이미지로 드러난다. 조율(Tunning)이란 시행착오를 반복해서 목표의 상태에 가는 행위이므로 고통을 동반한다. 황진성에게 인생은 쾌락과 방종이 아니고 금기와 훈련을 통해 일정한 정신이나 문명상태에 이르는 길이다. 시인에게 "0.1mm의 오차"란 나를 울리게 하는 경고이다. 그 조율이 성공했을 때 세계는 나에게 다른 모습을 현시한다. 그 이미지들은 "굴뚝들이 주름을 펴고 일어난다/ 연기는 꼿꼿해진다/ 새들은 그 위에서 허공을 팽팽하게 당긴다/ 보라, 달의 침묵을 당기고 푸는 조율사가 떴다"는 표현을 획득한다

음악을 통해 시인의 포에지가 시적 긴장을 획득하는 과정을 드러낸 시가 한 편 더 있다.

시

라

솔

파

미

레

도

시에서 멈춰지는 소리
한 번 심호흡하고 아랫배 힘을 준다
도 · 레 · 미 · 파 · 솔 · 라 · 시
클라이맥스에선 언제나 눈을 감지
눈 속 세상이 열리고 꽃이 활짝 피어나고

불이 번쩍, 지진 나고 해일이 덥친다

차디찬 입술에 빗장을 지르고
결코 도달할 수 없을 것 같은 저 높이
도도하게 앉아 있는 도를 향해
왁스로 잘 닦인 유리 같은 계단
오체투지로 기어서 오른다
언제나 같은 꿈

—「도 레 미 파 솔 라 시」 전문

‘도’는 음정의 시작인 동시에 끝이다. 사물의 운동은 반복과 회귀(Regression)를 계속해서 현상세계를 만든다. 한 옥타브의 음정은 현실태로 드러난 ‘지금 여기’의 음정이지만 옥타브 위의 음정은 다시 “도”에서 시작하는 다른 차원의 기본음이다. 황진성은 “도·레·미·파·솔·라·시”의 음정을 밟아 다음 옥타브의 “도”까지 가는 과정을 첫 연에서 시각적으로 표현했다. “클라이맥스에선 언제나 눈을 감지/ 눈 속 세상이 열리고 꽃이 활짝 피어나고/ 불이 번쩍, 지진 나고 해일이 덮친다”의 표현은 음악적 열락의 상태를 드러낸다. 이 상태가 시적 오르가즘인지 인생의 비유인지 정신이 도달하고자 하는 높이인지 여러 가지 다의적인 해석이 가능하다.

『탈무드』에 “인생은 어두운 곳을 통해서/ 밝은 곳을 바라보아야 한다.”라는 잠언이 있다. 황진성은 높이에의 열망과 완성에의 지향을 음계를 밟아나가는 이미지로 시를 썼고 탈무드의 잠언과 맥락이 닿아 있다. 두 편의 시에서 황진성은 시와 인생이란 음악을 연주하는 연주가의 연습이란 전언을 드러낸다. 음악을 잘 연주하기 위해서는 연주가는 부단히 노력해야 하며 정신의 긴장을 늦추지 않아야 한다. 시인이란 평범한 사물의 얼굴을 환상의 칼로 그어버리는 자이다. 시적 섬광은 이때 발생한다. 시의 계시(Illumination)란 사물을 비일상적인 눈으로 볼 때 사물의 내장과 눈에 감추어진 세계가 현현하면서 이루어진다. 시인이 보는 환상의 칼이 얼마나 예리한가에 따라 시의 깊이가 달라진다.

2. 나르시스

황진성의 내면에 무엇이 있기에 그녀를 시인으로 만들었을까. 융의 심리이론에는 예술가의 내부에 심혼을 의미하는 아니무스(아니마)가 있다고 보았다. 융은 인간은 마음속에 대극자인 반대 성性과 융합에 의해 완전해지려는 욕망이 있고 이 정신적인 욕망을 종교와 예술의 원천으로 보았다. 아니무스와 나르시스의 차이가 명확하게 드러나지 않았지만 다음 시는 나르시스이론으로 설명해야 시의 참 모습이 더 잘 드러난다.

> 내 컴퓨터 안에 얼음여왕이 산다
> 검색 — Enter
> error에 걸려 넘어지다
> 깨진 무릎 Delete하고
> 다시 site 바꾸고 검색
> 얼음바다에서 허우적대다
> 마주친 눈썹 끝
> 마우스 꼬리 붙잡고
> click, click
> 그녀 얼굴 그려보지만
> 빙산의 일각,
> 수면 밑 둥둥 떠다니는
> 그녀 심장에

시적 환상과 표현의 불꽃에 갇힌 시와 시인들

언젠가 나,
중독된 사랑을 꽂으리.

깜빡이는 cursor의 지휘봉 따라
자판 위 춤추는 분홍 신*

* 안데르센 동화에 나오는, 분홍 신을 신으면 춤을 멈추지 못해 결국 발목
을 자른다는 이야기

—「얼음여왕」 전문

현대인은 컴퓨터와 사고하고 컴퓨터를 통해 자신을 표현하며 소통한다. 화자에게 컴퓨터는 자아의 상징이다. 인간에게 도구란 일종의 몸과 정신의 연장이다. 도구/물건에는 인간의 희로애락과 환상과 욕망과 기능이 반영되어 있다. 나무꾼의 도끼나 군인의 총처럼 자신의 삶과 분리할 수 없는 도구에는 그 개인의 정신과 영혼이 스며 있다고 판단하기도 한다. 현대인에게 컴퓨터 없는 삶을 상상할 수 있을까. 어느새 컴퓨터는 내 머리와 손을 대신하는 마음과 신체의 일부가 되었다. 이러한 생각의 바탕에는 '기계영혼주의'가 있다. 일상도구를 '살아 있는 것'으로 간주하고 숭배하는 물신숭배(Fetishism)의 사상이다.

이런 관점에서 컴퓨터를 대상으로 형상화한 위 시는 '기계영혼주의'의 현대성을 적절하게 드러내고 있다. 그러나 문제는 "내 컴퓨터 안에 얼음여왕이 산다"고 말한 '얼음여왕'이다. 왜 하필이면 '얼음여왕'인가. 안데르센의 '눈의 여왕'과 '빨강구두'가 이 시의 모티브 역할을 하고 있다. 인간의 사랑을 얼어붙게 하는 '눈의 여왕'과 '분홍 신'으로 상징되는 유혹을 이겨내지 못한 벌로 결국 도끼로 자기 두 발을 잘라내야 했던 소녀의 이야기를 통해 자신의 나르시스를 드러낸다. 컴퓨터 중독과 이 중독에 사로잡힌 화자의 나르시스적 반성이 이

시의 주제이다.

앞서 말한 바와 같이 예술이란 일종의 '편집증'이다. 사물에의 편집과 환각이 아니고서는 다른 세계는 그 비밀을 드러내지 않는다. 이 시의 화자처럼 예술가는 중독의 위험을 알면서도 예술의 사랑에 빠지는 자다. 황진성이 내면의 자아 즉 나르시스를 소재로 한 시를 한 편 더 들여다보자.

화려한 대리석 천장 사방에 그려진 춘화
여자의 집 돌침대 누워 무엇을 보고 있었을까
이천년 전 그녀는

1000℃ 욕정으로 불타는 사내
칼자국 채 아물지 못한 등에서 떨어져 내리는 땀방울
젖가슴사이 골을 타고 흐느끼는
그 물길 느끼고 있었을까

검투장에서 다섯 번 승리하면
배를 타고 고향으로 돌아 갈 수 있다
바다의 가슴팍에 수 만 번 칼을 꽂은 사내
거친 파도의 울부짖음을 듣고 있었을까

사내처럼 당당하게 세금을 내리라
돌침대 반질반질해 지도록 밤 낮 없이 일하다
한 순간 베수비오 화석 안에 갇혀
지금 나를 바라보는

내 안의 또 다른 나

— 「폼페이 여자」 전문

화자는 폼페이 벽화에 그려진 이천 년 전의 창녀를 통해 자신의 나

르시스를 드러낸다. 이탈리아 남부 나폴리만에 있던 번영도시 폼페이
는 베수비오의 화산 폭발로 잿더미가 되고 사람들은 미라가 되었다.
당시의 벽화에는 '에로스'를 주제로 한 그림들이 많아서 사회적으로
지금 세기보다 자유롭고 지위가 높았던 고급 창녀들이 있었음을 알
수 있다.

　그리스의 '헤따이라' 나 동양의 기생처럼 나폴리 직업여자들이 예술
과 성의 자유를 누리고 살았는지는 알 수 없다. 다만 화자는 벽화의
아름다운 그림을 통해 그런 개연성의 여자를 바라보고 있다. 벽화는
그림이며 이미지이다. 화자의 욕망이 투사된 응시에 의해 이천 년 전
의 그림은 '지금 여기' 에서 살아난다. 죽은 "폼페이 여자"를 산 여자
(화자)로 보게 하는 힘은 무엇일까. 라깡이 말하는 주이상스이다. 그
림은 일종의 이미지이며 베일이다. 벽화를 파보았사 회벽과 대리석의
돌뿐이다. 실체가 없는데도 그림은 베일에 의해 상상 속에 있는 '그
무엇' 이 된다. 인간은 보는 존재이고 그중에서도 시인은 일상적인 보
기를 넘어서 사물을 '특별하게 보기' 에 훈련된 사람이다. 화자가 폼페
이 여자를 왜 특별하게 보았을까. 화자의 억압된 무의식을 폼페이 여
자가 드러냈기 때문이다. 의식(언어/상징계)이 무엇을 억압했기에? 화
자와 독자 모두 답을 알고 있다. 자유로움에 있는 '원초의 여자' 이다.
에덴에서 타인의 부끄러운 시선을 의식하지 않았던 여자. 뱀의 유혹
에 저항하지 않았던 여자(소통/혹은 性). 아담의 부속과 神(상징계의
대타자)의 제한을 벗어버린 여자가 화자의 무의식 속의 나르시스이
다. 그러나 에덴을 벗어난 현실계는 언어/질서에 의해 재편된 세상이
고 욕망을 제한하는 현실법칙이 지배한다. "내 안의 또 다른 나"는 벽
화의 거울 속에 비쳐 있고 "폼페이 여자"는 이미지이자 상상이다. 베
일 뒤에 숨겨진 여자는 아름답다. "내 안의 또 다른 나"도 현실 저편에

있기 때문에 아름답다. 나르시스가 자신의 얼굴을 우물 속에서 홀로
보았듯이 화자도 벽화의 폼페이 여자에게 투사한 자신의 모습을 홀로
보고 기쁨과 슬픔을 느낀다.

3. "가위의 길"과 "길 아닌 길"

가위 같은 길, 그 안에서 먹고 잠자고 사랑 한다 잘 벼린 두 개의 날 서로
악수 할 때 장미꽃 피고 가시 찔린 공기 파르르 숨을 멈춘다 길고 날렵한 손
가락은 하얀 종이의 공포를 단호하게 베어 낸다 그의 길에는 언제나 장미꽃
잎 깔리고 환호성 메아리친다 간혹 실수로 핏방울 꽃잎처럼 떨구며 춤추기도
하지만 반창고 한 개로 가볍게 해결 될 뿐,

그러나 세월의 배신으로 이제 무디어진 칼날에 햇살 더 이상 춤추지 않는
다 두 손 맞잡은 힘 가을바람으로 풀릴 때,

누가 이 길 위에 다시 나를 세워다오 나는 두드리다 외치다가 목이 쉰 여름
을 잃은 매미, 썰물 나간 갯벌에 주저앉은 조개껍데기, 한 때는 들끓었지만
이제는 식어버린 주전자 꽂힌 하얀 장미.

—「가위의 길」 전문

인간에 대한 여러 정의가 있지만 도구를 사용하는 인간(Homo faber)
도 중요한 인간의 특성이다. 인간은 도구를 사용해서 자연을 정복했
다. 침팬지 등 일부 동물이 도구를 사용하는 경우도 있지만 인간에 비
할 수가 없다. 가위가 절단기가 되고 강철을 끊어내는 물의 고압사출
기가 되었다. 도구적 이성은 자연을 정복하는 이성이다. 이때 도구는
인간의 몸과 뇌운동의 연장延長으로 작용한다.

황진성은 "가위"라는 도구를 통해 세상(문명)과 시간을 지배했던 날
카로운 의식과 정신의 추억을 드러낸다. 이 추억은 정신이 가위처럼
벼려져서 언어를 다루었던 시작詩作이기도 하다. 그러나 "세월의 배신

으로 이제 무디어진 칼날에 햇살 더 이상 춤추지 않는" 시간이 왔다. "가위의 길"에서 벗어난 화자는 "가위의 길"을 다시 가고 싶은 열망으로 "누가 이 길 위에 다시 나를 세워다오"라고 호소한다. 이 때 '가위'란 사물을 재단하는 언어의 은유이자 상징이다. 언어란 사물을 인간의 의식의 통제 아래 두고자 하는 도구(가위)이다.

사물은 이름(기호)과는 독립해서 존재한다. 인간은 이름(기호)을 통해 사물을 인식하면서 사물 사이의 관계와 운동을 파악한다. 이 이름(언어)이 인간이 자연을 지배하는 핵심기제이다. 인간은 정丁으로 돌을 깨는 것처럼 사물 자체의 에너지로 사물을 지배하는데 이 체제를 매개하는 도구(가위)가 언어이다. 황진성은 가위/언어/도구적 이성을 통해 세계를 지배하는 인간 실존을 알레고리로 처리한 시를 만들었다. 도구란 힘이며 나를 드러내는 표현(언어)이기에 황진성은 "가위의 길", 즉 언어의 길에서 벗어난 "목이 쉰 여름을 잃은 매미" 같은 자신의 시간을 회한한다.

인간의 의지로 사물을 정복하는 길을 보기도 하지만 황진성은 인간의 문명이 아닌 자연의 길을 쳐다보기도 한다. 황진성은 "가위의 길"과는 정반대의 시선으로 다음 시를 썼다.

요즘도 짚신을 신는 수도승이 있는 거 아세요? 성근 짚 사이 풀 한 포기 벌레 한 마리라도 살아남도록 길을 열어 주려는 거지요. 사람 발자국은 얼마나 독한지 지나가는 자리마다 모든 것이 사라지네요. 우리 머리를 사정없이 밟고 가는 발자국들 밑에서 삐죽이 잠망경을 밀어 올려봐요. 저 환한 햇살과 차가운 늦가을의 공기를 폐 깊숙이 들이마셔요. 하얀 새끼 왜가리가 뒤뚱거리며 걷고 배암이 흐르듯 몸을 뒤채며, 어린도꼬마리 깔깔대고 산국이 조용히 씨앗을 떨구는 길. 무성하게 우거진 풀들이 스크럼을 짜서 어쩌다 발자국이 찍혀도 금세 묻어 버리는, 길 아닌 길을 바라 보네요.

—「길 아닌 길」 전문

‘길 아닌 길’이라는 선문답의 주제가 나와서 언뜻 불교적 사유를 연상했다. “수도승”까지 나와서 더 긴장했지만 큰 주제는 생태시이다. 그러나 이 시는 인문학적인 사유를 동원해서 적극적인 읽기를 한다면 여러 함의를 가지고 있다. 그 이유는 「길 아닌 길」이라는 제목의 암시 때문이다. ‘모든 생명이 불성을 가지고 있다’라는 불교의 교리에 따르면 인간은 자연생명을 귀중히 여기고 인과의 업을 짓지 말아야 한다. “사람 발자국”은 문명과 문화의 상징이며 ‘불도저’와 ‘포크레인’으로 연결되는 유추를 불러온다. 그래서 인간(문명)이 걸어가는 길은 “모든 것이 사라지네요”의 언술이 표현하는 길이다.

황진성은 인간이 아닌 타자(자연)의 입장에서 세상을 바라보라고 호소한다. “잠망경”을 올려 아래 세상에서 위 세상을 보니 “하얀 새끼 왜가리가 뒤뚱거리며 걷고 배암이 흐르듯 몸을 뒤채며, 어린도꼬마리 깔깔대고 산국이 조용히 씨앗을 떨구는 길”이 나타난다. 황진성은 미물도 인간의 길과 똑같다는 대긍정과 평등사상을 주장한다. ‘인간의 길’이 아니기에 “길 아닌 길”이지만 불교적 관점에서는 이 길은 사통팔달 십방세계로 난 인과응보의 길이다. 드러난 현실은 드러나지 않은 현실(다른 차원)의 세계와 연결되어 있고 그 길은 우리의 인식에는 잡히지 않지만 존재한다고 황진성의 무의식은 생각한다.

이 소재는 과학적인 설명도 가능하다. 숲이라는 집(시공간)에서 “왜가리”와 “배암”과 “어린도꼬마리”와 “산국”은 각자의 ‘삶의 눈’을 가지고 있고 환경과 생태에 적응한 길(삶)을 간다. 우리의 눈에는 숲이라는 범주의 공간이지만 이들이 보는 세상의 스펙트럼은 다르다. 그러기에 그들은 ‘자신만의 길’을 간다. 시공간과 생태는 인간의 상상을 뛰어넘는 ‘기이한 세계’이다. 황진성이 그려낸 시세계를 적극적으로 들여다보자. 인간의 눈에 보이지 않는 온갖 길들이 ‘인드라망’의 그물처럼 드러난다.

4. 타지마할과 세렝게티

황진성이 여자와 모성의 자의식을 드러낸 시편들이 눈길을 끈다. 일
상 현실을 다룬 「다리미」, 「내 사내」 같은 시편들도 주부와 아내로서
강인하게 살아내는 여성상이 투사된 작품들이지만 상징성과 메시지
가 적절하게 조화된 작품이 「나의 타지마할」과 「세렝게티」이다.

지독한 사랑이 그녀를 죽였다

샤자한의 둘째 왕비
정복욕 불타던 샤자한의 전쟁터에 동행하며
열네 번째 왕의 아이를 낳다 죽은
키 작고 얼굴도 예쁘지 않았는데
착한 성품이 사나운 왕의 마음 사로잡았다

십사 년 간 뱃속에 아이를 품고
전쟁터의 막사 속에서 사육된 암소
짐승 같은 생을 사랑으로 믿고 살다 간 여자

한 번의 포옹과 따뜻한 말 한마디에
그의 옆에 눕는다
나의 타지마할, 휘황찬란한 무덤을 적시며
독한 사랑의 비는 내린다

— 「나의 타지마할」 전문

인생이란 종種의 입장에서 보면 태어나서 결혼을 하고 자식을 낳고
죽는 프로세스이다. 사회생물학의 입장에서는 인간이라는 주체는 없

고 유전자가 주인이다. 생명은 유전자의 프로그램으로 구성된 유기체이기에 유전자의 보존(개체의 보존)과 유전자의 전달(종족의 보존)이 가장 중요한 일이다. 인간의 생존하면서 겪는 고통과 희로애락, 욕망과 행동, 문화가 모두 이 과정을 위한 일이다. 『이기적 유전자』를 쓴 리차드 도킨스의 주장인데 이 강력한 해석은 생(에로스)과 사(타나토스)를 포함해서 인간의 정신과 의식까지 모두 '진화심리학'으로 설명한다. 도킨스는 인간의 문화가 드러낸 '창조주'를 부정한다. 자연이 '신'이다.

황진성이 이 시에서 드러내고자 하는 메시지는 사자한이 '타지마할'을 지어서 사랑한 왕비는 얼굴이 예쁘지 않았으나 현명한 주부와 생의 조언자로서 사자한의 아이를 열넷이나 낳은 강인한 여자라는 점이다. 화자는 이 왕비에 자신을 투사하고 "무덤"(타나토스)에 내리는 "독한 사랑의 비"(에로스)로 승화된 인생의 욕망을 찬양한다. 도킨스의 시선으로는 '유전자의 욕망'을 찬양한다. 이 표현이 너무 생물학적이라면 다산을 숭배했던 고시대의 '대모신'을 찬양했다고도 말할 수 있다. 황진성이 여자와 어머니로서의 의지(대모신의 모성)를 드러낸 이 시의 메시지는 다음 시에도 잘 표출된다.

마라 강 거센 물살을 백오십만 마리 누우 떼가 건넌다
피난민처럼 앞 다투어 건너와 보니 새끼가 없다
되돌려 강을 건너간다
언덕에서 강으로 뛰어내리다 발이 다쳐 누워 있는 새끼
저 무리를 놓치면 안돼, 빨리 가자 아가야
비틀거리며 일어서는 새끼 누우
빨리 내 뒤를 따라 오렴
악어를 조심해라
반대편 기슭에서 악어가 입을 벌리고 있단다

난 악어를 향해 헤엄쳐간다
내가 악어에게 발목을 내어주고 있는 동안
새끼는 천천히 강을 건너간다
물어뜯고 쳐내는 필살의 사투
살아야 한다 저만치 다 건너가는 새끼를 보며
우-욱 내 목젖을 찢는 단말마의 괴성
순간 악어가 입을 벌린다.
절뚝거리며 강기슭으로 도망쳐 나온다
이미 한쪽 다리가 잘려 댕강거린다
하얀 뼈가 삐죽이 나와 있다.
부들부들 떨리는 한발을 내딛는다
채 몇 발자국을 옮기지 못해 쓰러진다
천천히 눈을 감는 나, 어미 누우
둥근 눈 속에 잠기는 세렝게티 초원
파아란 하늘 새끼 구름떼

—「나 죽은 후, 세렝게티」 전문

이 시의 메시지는 내가 죽은 후에도 자식이 살아있기에 '나는 죽은 존재가 아니다'라는 영생불멸의 관념을 드러낸다. 인간의 자식에 대한 욕망은 나르시스의 욕망이며 다른 관점으로는 타자(대타자)의 욕망이다. 삶이란 상상계의 꿈과 상징계의 기호로 이루어진 세계이지만 진리는 실재계(죽음)이다. 꿈과 기호는 언제나 충족되지 않는 욕망의 여분을 남기지만 죽음은 그렇지 않다. 존재를 완벽하게 설명하기에 '진리'라고 라깡은 말한다. 인간에게는 죽음만이 숭고한 진리다.

황진성은 강을 건너는 "누우 떼"의 생존 스토리를 통해 인간의 실존과 존재의 위치를 드러낸다. "나, 어미 누우"는 새끼를 살리고 죽음으로서 한 생을 살아가는 프로세스를 마감한다. 존재의 기표는 순환하고 생명은 "새끼"를 통해 이어진다. 「나 죽은 후, 세렝게티」에는 "파아란 하늘 새끼 구름떼"가 있어서 자연물이나 생명이나 같은 기표이며 모두 대타자의 영원회귀의 놀이라는 암시를 이 시는 드러낸다.

　황진성의 시 몇 편을 통해 시인의 무의식이자 나의 무의식이자 대타자(세계)의 무의식을 드러내 보았다. 문장이 단어의 관계에 의해서 성립하듯 시란 시인의 무의식과 사물이라는 타자의 무의식이 관계해서 만들어내는 통찰이다. 시의 해석이란 이 해석에 해석자의 통찰이 다시 만나서 만들어내는 아라베스크와 모자이크이다. 정신의 문양을 통해 시인과 해석자의 인식이 만들어낸 상상공간이 있고 표현의 배치와 구조가 있다. 들뢰즈의 표현으로는 시의 기쁨과 에너지는 이 사이를 질주한다. '별빛 찬란한 길로 부는 바람' 처럼 시는 저 홀로 불고 있고 아무도 없는 길로 산책을 가는 정신만이 시의 청량함을 만난다.

『푸른 눈』이 바라본 시의 거울과 기호풍경들
한영숙의 『푸른 눈』

1. 기호세계로서의 현실

한 시인을 말하는 데는 시 자체만을 기호학적으로 들여다보고 시의
코드가 만들어낸 시의 의미와 세계관을 분석해내는 방법이 있다. 글
을 쓰는 입장에서는 이 방법이 제일 쉬운 방법이다. 그러나 시인이 자
라온 배경과 삶의 태도를 조금 더 알아볼 필요가 있어서 서울행사에
참석하는 길에 한영숙 시인과 점심을 같이 하기로 했다.

"2010. 03. 27. 13시 인사동에 있는 '종가집'에서 만나지요."라고 전
화통화를 끝냈다. 나는 일말의 의심도 없이 약속시간과 장소가 상대
방에게 명확히 전달되었으리라고 생각한다. 이 표현이 지시한 의미작
용에 다른 해석의 여지가 없기 때문이다. 시간(Time)을 분절해서 일
년365일을 연속적으로 기표한 역학체계(태양력)는 이슬람권을 제외한
유럽과 아시아가 공통으로 사용한다. 공통문화권에 사는 사람들은
'2010. 03. 27. 13시'의 기호를 같은 약속으로 받아들인다. '인사동에

있는 종가집'도 자연의 대지를 인위적으로 분할하고 이름을 붙인 기호이다. 인간은 아날로그인 자연을 디지털로 분할한 후 기호를 붙여 사고하고 통제한다. 문자를 포함한 상징(Symbol)과 도상(Icon), 지표(Index)가 문화의 옷이다. 시도 기호이고 인간의 정신에 반영된 현실도 기호세계의 집합과 매트릭스(Matrix)에 갇혀 있다.

2010. 03. 27일 나는 미리 예약한 대전발 KTX 11시 29분차를 타고 정확하게 12시 24분에 서울역에 도착한다. 인간의 삶이 문화코드의 집합에 갇혀 있는 현실을 생각하며 지하철역으로 내려간다. 서울은 기호작용의 복잡성과 총체성에 있어 밀도가 높은 곳이다. 상하행선의 기차들. 가방과 짐을 든 승객들. 창밖의 상가와 사무실. 간판을 달은 음식점들. 기차시간을 알리는 전광판. 모두 기호가 관계를 통제한다. 나는 입체기호가 문장을 이루고 있는 문명이라는 책속을 걸어간다. 오늘 만나기로 되어 있는 한영숙시인과 나도 이 삶의 집합에 갇혀 있다. 인간정신은 기호의 세계에서 태어나 기호 안에서 죽는다.

시인들이 시를 쓰는 이유는 여러 가지 있겠으나 자신의 고급한 느낌과 생각을 일반기호가 아닌 메타기호(시나 수학 등)로 드러내 더 입체적이고 광범위한 관계망을 드러내고자 함이다. 그러나 이런 작업이 쉬운 일은 아니다. 어느 뇌 과학자의 견해를 빌리면 언어 같은 추상抽象은 인간만이 누리는 고도의 정신작용인데 시는 이 추상의 정점에 있다고 했다.

이 뇌 과학자에 생각에 시를 이해하고 표현하는 능력은 '신의 선물과 축복' 이었다. 일반인들이 언어를 익히고 쓰는 일에 불편이 없는 것처럼 시인은 시를 이해하고 표현하는데 큰 불편이 없다. 시가 돈이 안 되는 세상이지만 '신의 선물과 축복'을 낭비해서는 안 되겠기에 시인은 시를 읽고 쓰는 지도 모른다. 한영숙 시인은 '신의 선물과 축복' 인 시를 어떤 식으로 생각하고 드러내고자 하는 것일까.

가로 5㎝ 세로 7㎝ 되는

꽤 바랜 수첩 속에는

모나미볼펜심 서툴게 눌러쓴 낯익은 필체가 고물거린다

'82年 9月 5日 돼지 딩갓슴' 을 시작으로

페이지마다 소, 염소, 토끼들 교배 날짜들이 빼곡히 적혀 있다

'98年 6月 10日 소 딩갓슴' 을 마지막으로

마저 채우지 못하고 끝이 나있는 남은 페이지 한 장

그 곳엔 오직 잉태의 순간만을 손꼽아 기다리며

도수 높은 돋보기로

벽에 걸린 달력 숫자들을 뚫어지게 들여다보았을

허리 구부정한 그가

아직도 뒷짐 지고 골똘히 서성이고 있다

요즘 조금만 심사가 뒤틀려도

그 사람 전화번호 박박 지워버리는

내 수첩과는 달리

이빨 악 물고 산통 참아내는 가축들이

그의 수첩에서

머리받이물 터트리며 우렁차게 환희를 쏟아내었다

참으로 애썼다며 말없이

그 등 토닥여주는 갈라터진 손가락마디에는

메추리알만한 관절염이 여전히 팅팅 눈알을 부라리겠지만

그래도 식을 줄 모르는

새 생명이

꽤 바랜 저 수첩 속,

갈피마다 옹알옹알 옹알이를 하고 있다

—「그 수첩 속에는」 전문

　　기호란 현실에서 발생한 사건이나 느낌과 생각을 적는 수단이지만 기호는 어떤 의미에서는 살아있는 존재이다. 수첩이나 책속에서 '병

속에 들어 있는 약' 처럼 인간에게 사용되기를 기다린다. 기호는 기억을 위해 일종의 메모장(고대의 죽간이나 파피루스 두루마리가 생각난다)에 기록된다. 현대문명의 사무실에서도 여전히 메모장을 사용한다. 키워드로 적혀진 메모장의 내용이 나중에 보고서도 되고 기안문도 된다. 작가의 경우에는 시가 되거나 기행문이 되거나 소설이 된다.

한영숙 시인은 "82年 9月 5日 돼지 딩갓슴"과 "98年 6月 10日 소 딩갓슴"이라는 아버지의 메모기록을 보고 시를 착상했다. 한 시인의 생각에 아버지의 수첩에 적힌 기록으로서의 기호는 단순한 기록이 아니다. "새 생명이/ 꽤 바랜 저 수첩 속,/ 갈피마다 옹알옹알 옹알이를 하고 있다"는 진술을 하게하는 살아 있는 존재로서의 기호이다.

'말이 상처를 입고 피를 흘리면 사물도 똑같이 피를 흘린다.' 라는 옥타비아 빠스의 생각이 있다. 시인은 기호 = 사물의 관계를 공감력(Empathy)으로 매개하는 사람이다. 한영숙 시인은 아버지의 기록에서 기호가 살아있는 모습을 보고 시의 모티브를 얻는다. 생명이 태어나게 하는 아버지의 수첩기호가 인간의 얄팍한 사랑놀음을 기록한 "내 수첩"보다 더 깊은 생명을 다루고 있다고 본 시각이 담겨 있다. 기호가 관계하는 삶을 자연물과 대비시켜본 시를 한편 더 살펴보자.

눈 뜨면 컴퓨터 모니터부터 켠다
갓 잡아 올린 자연산 활어들이 hts에서 퍼덕거린다
산지에서 직송한 한정된 횟감들을
서로 낙찰 받으려고
떼개미들 경매꾼처럼 수신호를 보내며 시커멓게 몰려든다
한바탕 폭우가 쏟아질 듯 장관이다
전날 시세보다 후한 값을 치룬 도다리
알고 보니 양식종.
감칠맛 나는 미끼에 제대로 아가미 꿰인

그 개운찮은 뒷맛이
계좌잔고 구석구석 폐가 거미줄처럼 처져있다.
어닝쇼크니 블랙먼데이니
검은 뉴스들로
온 세상 신문과 인터넷이 날밤을 꼬박 새우기도 했다
오히려 대범하게
실탄 비축한 조사釣師들을 여汰까지 출조 시키는
간 졸이는,
모니터 속 전광판을 숨도 못쉬고 바라다본다
어쩌다
대박에 눈멀어 고, 고하다 졸지에 피박에 쪽박까지 쓰지만
그래도 쥐젖만한 미련 버리지 못하고
여전히 산지에서 낚아 올린 몇 수 안되는 자연산 횟감 맛에
오늘도 모니터부터 켠다

—「하루」 전문

　증권을 거래하는 홈 트레이딩 시스템(hts)이 모니터에 뜬 풍경이 시인의 눈에 펼쳐진다. 현대 생활이 기호의 추상 즉 메타기호(관계의 관계를 나타내는 기호)가 관여하는 기호의 고도화세계라는 점을 미리 말했다. 물류와 서비스를 생산 분배 판매하는 기업이라는 실체가 있다. 기업의 가치(Valus)는 통화가치로 표시한다. 총 자산가치에서 채무를 뺀 순자본이 기업의 명목가치인데 이를 발행주식수로 나눈 것이 증권이다. 증권의 실질가치는 당초자본에서 기업이 번 이익잉여금(또는 결손금)과 미래이익(혹은 손실)을 반영해서 시세로 나타난다. 미래의 시세를 낙관(혹은 비관)하는 투자자들이 증권을 사고 파는데 사실은 권리를 나타내는 기호를 사고 판다. 기호이지만 실제의 현물을 담보하기 때문에 투자가들은 기호의 가치를 의심하지 않는다.
　한영숙 시인이 상상력을 발휘한 지점은 증권을 살아있는 자연물인

'생선'으로 환치한 시각이다. 기호는 사실은 인간의 욕망을 반영하고 있다. 기호 자체는 퓨식이며 물질이지만 인간의 욕망이 수혈되면서 인간의 인식 내에서 살아있는 '아바타'로서의 역할을 한다. 그런 의미에서 한영숙 시인이 본 증권 = 기호 = 생선이라는 환치는 의미 있는 시각을 제공한다.

2. 리얼리즘과 기호세계

예술창조에 있어 경험과 체험을 중시하는 사조가 '리얼리즘'이다. 객관적 사물을 있는 그대로 재현하려는 태도를 말한다. 한영숙 시인은 자신의 시 소재를 일상생활과 현실의 경험에서 차용한다. 이러한 시작 태도는 한 시인의 당선소감에 이미 드러나 있다.

> 우리 동네 제과점 앞을 지나칠 때면 언제나 빵 냄새가 입 안 곳곳 군침을 돌게 만들었다. 그 빵가게 말고도 두어 군데가 더 있었지만, 이처럼 향기롭지는 못했다. 하나 둘씩 문을 닫고 이제는 그 제과점만 남았다. 늘 빵처럼 부풀던 주인 여자의 미소는 더 이상 이스트를 첨가하지 않았고, 나무토막 같이 생긴 주인 남자는 점점 뱀눈을 닮아갔다. 전에는 물건 사기가 무섭게 10%를 적립시켜 주었지만 이제는 마지못해 point를 얹어준다.
>
> 향기 속에 감추어진 구린내 나는 일상들을 종종 목격하곤 한다. 쓰고자 하는 주제가 조금 빗나갔을지 모르지만 나는 겉과 속이 다르지 않은 그런 시를 쓰고 싶다. 꼭 향기가 나지 않아도 좋다. 들판의 꽃들이 모두 다 향기를 낼 수는 없지 않은가. 하지만, 모진 비바람 속에서도 당당하게 꽃을 피우는 들꽃처럼 뿌리 튼실한 그런 시를 쓰고 싶다. 꼭 그래야만 할 것 같다. 아직 詩에게 나의 전부를 걸기는 적잖은 망설임이 있겠지만 후회는 하지 않을 것 같다.[1]

1 한명숙, 「뿌리 튼실한 시를 쓰고 싶다」,《문학선》 2004. 상반기.

아파트 앞을 지나다가 '빵 냄새'가 나는 '제과점'의 삽화가 동원된다. 한영숙 시인은 현실이란 '빵 냄새'가 나는 '향기'와 '구린내 나는 일상'이 동시에 공존한다고 생각한다. 그러기에 '겉과 속이 다르지 않은 그런 시'를 쓰기 위해서는 '구린내 나는 일상'도 솔직하게 드러내야 한다고 믿는다. 개인이 시인으로 태어나는 등단제도는 우리 시단의 고유한 특색이다. 나는 등단신인들의 '당선 소감'을 유심히 보는 편이다. 오랜 산고의 시작 끝에 나온 '당선 소감'은 일종의 태몽과도 같다. 그 시인의 세계관과 시에 대한 열정이 대개 '당선 소감'에 무의식으로 깔려 있기 때문이다. 한영숙 시인은 현실의 경험으로 길어올린 이미지들로 "비바람 속에서도 당당하게 꽃을 피우는 들꽃처럼 뿌리 튼실한 그런 시"를 쓰겠다는 각오를 내비친다. 리얼리즘에 대한 많은 논의가 우리 문학사의 페이지를 장식했지만 나는 기호의 관점에서 리얼리즘 색채가 강한 한영숙 시인의 시를 들여다보고자 한다.

그들도 한때는 봉인된 캔 속에 쭈그리고 앉아 자유를 쬔 적이 있다. 고작해야 유통기한 6~7주의 브로일러 生이지만 골목 입구마다 바삭 튀겨지고 있다. 억압당한 누런 스트레스들이 밑바닥까지 빠짐없이 걸러진 채 릴에 켜켜이 꿰어져 있다. 날갯짓도 뒷발길질도 없이 웅크린 육신 속에 체지방만 초고속으로 내쏟고 있다. 시원한 캔 맥주 따듯 그 명줄들을 푸드득 따주었다면 지금쯤 거품 넘치는 활력들이 가려운 곳 슬픈 곳 어두운 곳 못이 박힌 발갈퀴로 마음껏 헤집고 속깃털 휘날리도록 쪼고 있을 텐데. 그러나 로또 5등 당첨보다 더 희박하다. 벌건 오븐 속 쇠꼬챙이에 끼워져 마천루의 시간을 힘겹게 넘고 있다. 채 경험하지 못한 카타르시스 몽땅 비워낸 알몸이 쇼 윈도우에서 번들거리며 돌아간다.
　한 방울의 군더더기도 용납 않는
　저 황홀한 주검의 自由,

　쪽방에서 갇혀 지내온 내 두꺼운 뱃가죽이 문득 허전하다.
　　　　　　　　　　　　　　　　　　─「통닭집 앞을 지나가다가」 전문

현실現實이란 무엇일까. 정의란 반대되는 개념을 제시해야 그 초점이 명확하다. 사전적 정의로는 비현실이나 초현실과 대립되는 용어이다. 인간의 구체적이고 개별적인 경험을 일반적으로 현실이라 칭하지만 윤리적으로는 '이상理想'이나 '이념理念'의 반대개념으로 사용하기도 한다. 초현실주의(Surrealisme)는 현실세계를 초월한 꿈이나 잠재의식의 세계를 드러내는 문예사조를 드러내는 용어이다. 현실現實을 대조해볼 수 있는 용어로서 가상현실(Virtual reality)이 있다. 인간이 일상적으로 경험하기 어려운 경험을 직접 체험하지 않고도 그 환경에 직접 있는 것처럼 보여준다. 컴퓨터 안의 게임이나 인터넷 상의 웹서핑이 가상현실이지만 실제로는 책이나 영화도 가상현실이다. 시도 물론 가상현실이다. 이런 저런 개념을 대조하면 현실現實의 경험을 재현하는 리얼리즘의 그림이 대략 그려진다. 산수山水나 꽃과 나무를 노래하는 일도 현실의 경험이니 넓은 의미에서는 리얼리즘이라 해야 한다. 그러나 우리나라에서 통용되는 한국적 리얼리즘은 이탈리아의 네오리얼리즘과 가깝다. 억압된 정치현실과 사회의 모순을 드러내어 일상의 비극적 상황을 드러내는 태도를 말한다.

한영숙 시인이 「통닭집 앞을 지나가다가」 본 풍경은 어떤 억압기제를 드러내고자 하는 것일까. '통닭'은 자본주의가 선사한 '패스트 푸드'의 대표적인 식품에 들어간다. '켄터기 치킨'이라는 서양식 닭튀김이 들어온 이래 '통닭'은 한국의 서민들이 영양을 보충하는 수단이 되었다. '캔'에서 부화하는 병아리에서부터 닭장속의 '영계'를 거쳐 튀김 닭으로 변신하기 까지 대량생산공정의 자동화시스템이 '통닭'의 일생을 관리한다. 시에서는 가엾은 통닭의 일생이 극사실주의(hyper realism)의 수법으로 드러나 있다. "벌건 오븐 속 쇠꼬챙이에 끼워져

마천루의 시간을 힘겹게 넘고 있다."는 한계상황의 현실감이 생생하다. 이런 표현이 '통닭' = 인간으로 환치되는 알레고리가 없다면 이 시는 평범한 사진속의 장면으로 떨어진다. 마지막 연 "쪽방에서 갇혀 지내온 내 두꺼운 뱃가죽이 문득 허전하다."는 표현으로 한 시인은 '통닭' = 화자의 삶을 드러낸다. 독자는 화택火宅과 고해苦海의 삶을 살아야 하는 현대인의 운명을 이 시에서 읽는다. 한영숙 시인은 이 시를 통해 자본주의 시스템에서 노예로 살아야 하는 인간의 운명을 고발한다. 죽어야만 해탈의 기쁨을 느낄 수 있다는 시적 진술은 다음과 같이 표현된다. "한 방울의 군더더기도 용납 않는/ 저 황홀한 주검의 自由,"

3. 기호와 표현과 시

시가 현실의 경험을 드러내는 재현으로 만족하는 예술일까, 많은 문예사조를 보면 그렇지 않은 문학사와 작가와 작품들이 있다. 하이쿠의 대가가 '시란 두 가지 현실을 결합하는 일'이라는 정의를 말했을 때 그는 재현이 아닌 표현으로서의 창조된 현실을 말했다. 하이쿠는 짧은 시형 안에 이미지의 비약으로 일상의 경험에서 벗어난 세계를 보여주고자 하는 경향이 있다. 한영숙 시인이 일상경험을 확장해서 자신의 상상력을 보여주고자 한 표현의 시가 있다.

고작 1m 쇠사슬에 묶여
저 불길 속을 정녕 탈출할 수 없었단 말인가
산불 화마가 지나간
아침 한나절
뚝딱 비우고 간 임자 없는 개밥 그릇 하나

덩그러니,

비로소 자유다

—「자화상」 전문

이 시는 하이쿠의 문체와 닮아 있다. 하이쿠의 대가가 말한 '시란 두 가지 현실을 결합하는 일'의 시적구조를 이 시에서 살펴본다. 중치법重置法으로 알려진 이 수사기법은 러시아 형식주의 '낯설게 하기'와 비슷해 보이지만 암시에 의한 큰 주제가 뒤로 숨어 있는 비약구조가 있는 점에서 좀 다르다.

이 시에서는 화자의 삶과 개의 삶이 결합한 표현된 삶이 있고 이 세상은 화택火宅이라는 불가佛家의 주제가 뒤로 숨어 있다. 직장에 새벽같이 출근해야 하는 현대인의 전쟁 같은 현실이 "1m 쇠사슬"에 묶인 개의 현실과 비유되었다. 바쁘게 움직이는 인간의 삶이 움직이지 못하는 개의 삶에 대비되어서 독자는 다른 현실(시인이 표현한 현실)을 경험한다. 시가 경험의 단순 재현이라면 이 시는 바쁘게 출근하는 일상인의 삶을 세부적으로 드러내서 같은 경험을 독자들에게 보여주면 된다. 그러나 시인은 자신이 본 생각(현대의 삶이 '자본과 제도'라는 개목걸이에 걸려 있다는 통찰)을 표현하고 싶었다. 이 생각은 불가의 상징인 화택을 암시하기 위해 "산불 화마가 지나간 자리"와 결합한다.

이 시에서는 "임자 없는 개밥 그릇 하나"가 묘하다. 매이지 않은 사물로서의 그 자체인 "개밥 그릇"이 풍경으로 드러나고 마지막 연의 "비로소 자유다"라는 해석으로 끝났다. 시인은 독자의 이해를 위해 친절하게 설명했지만 마지막 연은 내가 생각하기에는 사족이다. "임자 없는 개밥 그릇 하나/ 덩그러니"가 이미 "자유"의 암시를 품고 있다. 일본식의 하이쿠라면 1연의 묘사로서 충분하다.

이 시가 하이꾸로서 일본시단에 발표되었더라면 반향을 일으키지 않았을까. 일본에는 하이쿠 동호인이 몇 백만이 있다고 들었다. 현대의 일본 하이쿠들을 좀 보았는데 대가로 알려진 마쓰오 바쇼松尾芭蕉(1644~1694)를 뛰어 넘는 작품을 못 본 것 같다. 한영숙 시인이 동일한 시야가 숨겨진 작품이 하나 더 있다.

> 지하도 입출구 한켠 좌판에
> 쌍쌍이 짝 맞춰놓은 중국산 핀들이
> 먼 유성처럼 반짝인다
>
> 낯선 대륙하늘에서
> 낙하한 운석들
>
> 핀 하나도 얹기 힘든
> 그 노점상 할아버지 민머리가 유난히 더 반들거린다
>
> ―「생존권 때문에」 전문

이 시에서 "쌍쌍이 짝 맞춰놓은 중국산 핀들"과 "낯선 대륙하늘에서/ 낙하한 운석들"이라는 두 가지 현실(이미지)이 만나고 있다. 이미지즘을 제창한 에즈라 파운드는 일본의 하이쿠를 높이 평가했다. 그는 이미지로서 시를 말해야지 설명을 해서는 안 된다고 생각했다. 이런 시작 태도라면 이 시에서도 마지막 연은 설명이 된다. 예를 든 시편들에 한영숙 시인이 본 하이쿠적인 비약 이미지들이 칠보석처럼 숨어 있다. 모래를 치우면 세계의 숨겨진 풍경을 암시하는 이미지들이 반짝거린다.

4. 현실과 가상의 이중국적

다른 시인들의 시를 볼 때 나는 시를 쓴 시인의 마음을 들여다본다. 시는 현실로서의 대상과 시인의 환상이 결혼해서 만들어지는 자식들이다. 나는 시인들의 마음에 자리한 환상에 관심이 많다. 환상은 사물에 투사한 시인자신의 욕망이며 그의 개성(Personality)과 원형(Identity)이 보여주는 내면의 그림이기 때문이다. 아이가 레고조각을 모아서 유럽풍의 성을 만들었을 때 우리가 보는 것은 실물인 레고더미일까? 아니면 표현된 성城의 이미지(가상세계)일까? 시인의 시를 읽으면서 독자는 흰 종이 위에 쓰인 검은 글씨(현실풍경)를 읽는 걸까? 시인이 표현한 이미지(가상세계)를 읽는 것일까? 예술이라는 가상(환상)세계는 현실과 결합에서 콘텍스트의 풍요로움을 인간에게 제공한다.

최근 신문기사를 보니 자코메티의 조각 '걷는 사람 1'이 브라질 출신 여자 갑부에게 1억 달러가 넘게 팔렸다. 조각 사진을 보니 자코메티의 개성적인 환상이 투사된 작품이지만 그 환상의 깊이가 내가 읽은 현대시의 훌륭한 작품보다 깊다고 생각되지 않았다(같은 환상인데 시의 환상에는 돈을 지불하지 않으면서 조각이나 그림의 별거 아닌 환상에 과다한 돈을 내는 구조가 현실 자본 세계이다. 실물가치와 결합한 숫자기호가 만든 가상시스템이 파생 자본 같은 거품구조를 만들어냈는데 거대한 환상구조이다).

구매자는 자코메티의 청동조각(실물)에 돈을 낸 것이 아니다. 작가의 환상(이미지)에 돈을 낸 것으로 보아야 한다. 가상(환상)은 인간 욕망의 절실함에 의해서 탄생한다. 배고프니까 밥의 환상이 눈에 어리고 사랑의 절실함이 연인의 초상화를 그린다. 영생에 대한 욕망이 천국과 지옥을 상상하고 투사로서의 종교를 만들어낸다. 한영숙 시인의 시편들에서 현실과 환상이 결합해서 마음의 상처가 드러난 작품을 소개한다.

> 내일 모레면 팔순인 어머니
> 만날 젊을 줄 알았습니다.
> 모처럼 함께 길산책을 하였습니다
> 두어 발짝 떼시고는 쉬엄쉬엄 저만치 오시는,
> 차멀미가 싫어서 걷는 게 오히려 자신 있다던
> 그 말이 참으로 무색했습니다
> 주어진 트랙의 완주를 눈앞에 두고 서서히
> 탈진해 가는 무명선수
> 나는 보았습니다
> 결승선을 막 통과하려고 안간힘 쓰는
> 미래 어느 날
> 내가 바로 거기에 있었습니다
>
> —「50보 100보」 전문

늙어가는 어머니와 딸이 산책하는 현실 속에 "트랙의 완주를 눈앞에 두고 서서히 탈진해 가는 무명선수"의 마라톤을 그려보는 화자의 환상이 있다. 화자와 어머니와 마라톤 선수는 "결승선을 막 통과하려고 안간힘 쓰는/ 미래 어느 날"의 가상지점에서 모두 만난다. 세 사람의 일생이 모두 하나인 환상구조가 이 시의 핵심이다(현실 세계에서는 물론 이런 현상이 있을 수 없다. 경험만이 진리라고 주장하는 사람들에게는 이 스토리는 거짓이다).

타인과 사물의 거울에서 자신이 보고자 하는 바를 보는 것이 인간이다. 현실 경험이라고 하지만 그 경험은 매순간 파도처럼 일어났다가 스러지는 환상과 가상이 개입된다. 김치찌개 속에 끓는 소고기는 미국산과 한국산의 브랜드가 만들어낸 기호세계와 결합하여 가치(가상세계)를 만들어낸다. 물리세계와 결합한 인간의 가상세계가 우리가 현실이라고 부르는 경험 세계이다. 현대인은 이른바 정보와 기호가 경험을 대치하는 하이퍼 리얼리즘에 살고 있다. 한영숙 시인의 다음 시는 미디어의 기호가 현대인의 삶을 구성하고 있는 현장을 반영하고 있다.

> 8톤 과적차량들이 밤새 덮치고 간 아스팔트 노면마다 스키드 마크 선명하게 찍혀 있네 브레이크 파열된 그 광란의 질주들. 모텔촌 하얀 침대시트 위에도 웬 타이어자국들이 어지럽게 뒤엉켜 있네
> 연필구멍만한 은밀한 몰카 현장들은 어디론가 무작위로 전송되네
> 클릭하는 순간 또 아우성이네
>
> 느릿한 민달팽이 한 마리 더듬이 곧추세우며 부드럽게 아스팔트 목덜미를 애무하네 아스콘들이 정신없이 녹아 흘러내리네
> 도살장 행 돼지 가득 실은 과속트럭 한 대 기우뚱 달려오네
> 클릭하는 순간 서로 대가리 디미는 렉카들 짓이겨진 여린 꽃숭어리 한 잎 쟁탈전이네 살찐 돼지들은 TV 메인뉴스 창을 뚫고 아파트 거실들로 튕겨져 나오네
>
> 220V 쿠쿠밥솥에 플러그를 꽂네
> 어제 안친 설익은 내가 요란스레 들끓고 있네
> 아주 몸부림을 치네
>
> 지금 쿠쿠밥솥에 내가 뜸 들여지고 있네
> 화장빨 잘 받은 오늘 조심스레 클릭해 보면
> 아, 또 삼층밥이네
>
> ──「접속」 전문

이 시에서 화자의 외부 경험은 실재 사물과의 접촉에 의해 이루어지지 않는다. 그가 접하는 외부 세계의 정보는 텔레비전이 제공하는 내용에 의해 지배된다. "8톤 과적차량"이 "아스팔트 노면마다 스키드 마

크”를 찍고 시간에 쫓기는 남녀의 성행위가 “모텔촌 하얀 시트”위에서 “타이어 자국”으로 뒤엉켜진 현실을 화자는 텔레비전으로 체험한다. “클릭”은 “느릿한 민달팽이 한 마리 더듬이 곧추세우며 부드럽게 아스팔트 목덜미를 애무하네”처럼 자연생물과 문명이 만나는 장면을 보여준다. “클릭”은 “도살장 행 돼지 가득 실은 과속트럭 한 대”가 과속으로 뒤집혀진 상황도 보여준다. 기호자본이 지배하는 문화코드의 삶에서 화자의 삶은 “220V 쿠쿠밥솥”에서 “몸부림”치는 시간을 거쳐 “뜸 들여지는” 적응기제를 거친다. 일상은 “화장빨”을 잘 받아 타인의 시선을 의식해야 하는 텔레비전의 배우이다. 그런 화자가 ‘밥’(현실)을 ‘클릭’하면 “아, 또 삼층밥이네”의 탄식처럼 기호세계의 환상이 “현실”과 같지 않음이 드러난다.

‘포스트 모던’이라는 문화조류에서 현실이란 가짜(Simulation)가 진짜(Reality)를 대체하는 이미지 세계라고 생각하는 학자들이 생겨났다. 보드리야르는 인간의 행동과 가치판단이 매스미디어의 시뮬레이션에 의해 프로그램되기 때문에 인간의 자유의지와 주체판단의 신화가 환상이라고 진단한다. 우리가 생각하는 현실이란 실재에 근거하지 않은 이미지가 결정한다. 인간은 이미지의 요람에서 태어나 무덤까지 가는 부박한 존재이다. 보드리야르는 시뮬레이션이 새로 구성한 현실을 초실재(Hyper reality)라고 부른다. 진실과 허위의 경계가 없는 시대상황이 기호의 물신숭배를 낳고 있다고 비판한다. 기호 인간은 ‘풍요 속의 권태’에 갇히고 실재 대신 허위를 구매한다. 보드리야르는 고도 자본 시대에 사는 우리 무의식에는 ‘소외와 억압’이 만연하고 있다고 보았다.

한영숙 시인이 이 시를 쓴 상황은 무엇일까? 시뮬레이션의 기호세계가 나를 길들이고 있는 현실의 풍경에 대한 반성일까? 또는 상황에 길들여진 자아가 "화장빨" 잘 받은 현실미학을 시라는 거울풍경으로 즐기려는 것일까. 내 생각에는 두 상황의 양가감정(Ambiguity)이 동시에 존재한다. 인간은 복잡한 생각과 가치판단의 존재이다. 하이퍼리얼리티 시대의 시가 복잡해지는 것도 필연이다.

5. 기호세계를 넘어선 삶과 문학

한영숙 시인이 이런 삶에 만족하고 있을까. 자본주에 사는 현실인으로서는 그럴 수 있다. 단편적인 대화나 지식으로 판단한 한영숙 시인은 가정주부로서 문학도로서 문화사회적 단체활동에 열심히 적응한 '똑순이' 같은 인상이다. 한 시인이 보내준 석사학위논문을 일부 인용해보기로 한다. 시작에 대한 다양한 시인들의 다양한 시각이 존재하지만 한 시인이 생각하는 시작은 그리 어렵지 않은 다음과 같이 소박하다.

> 나에게 시적 장치란? 일상생활에서 일어나는 일들을 체험을 통해 은유로 재 생산하는 일이다. 문득 길 가다가도 틈새 하나 없는 보도블록 사이로 이름 모를 풀들이 상처 하나 없이 비집고 나오는 것을 종종 접할 때가 있다. 그 끈질긴 생명력의 신비 앞에 어떻게 그냥 지나칠 수가 있단 말인가. 비록, 당시에는 마음속 감탄으로만 그치는 게 다반사이지만, 언제인가는 하나의 재료로 사용하는 날이 분명히 온다는 것을 나는 시 쓰기를 통해서 알게 되었다. 붕어빵 찍어내 듯 수박 겉핥기식의 시들을 다량으로 찍어낼 수 많은 없지 않은가. 잠시 스쳐가는 일상사라도 어느 한순간 마음속에 파종을 해 놓으면 언젠가는 수확할 시기가 도래한다는 것을 나는 체험하고 있다.[2]

시적 환상과 표현의 불꽃에 갇힌 시와 시인들

---

2 한영숙, 「일상의 성찰과 은유의 시학」, 동국대 석사학위논문.

글이 한 개인의 무의식을 반영하고 있다고 본다면 이 글에서 내가 주목한 생각은 밑줄 친 부분의 표현이다. 한영숙 시인은 "보도블록"사이로 "이름 모를 풀들이 상처 하나 없이 비집고 나오는 것" "그 끈질긴 생명력의 신비 앞에 어떻게 그냥 지나칠 수가 없단 말인가."의 진술로 자신의 감탄을 표시했다. 한영숙 시인이 공감을 표시한 "풀"과 "생명력"이 한 시인의 콤플렉스를 반영하고 있다는 생각이 들었다. 내 직관에 비친 한 시인의 적극적인 언사와 활동이 이런 생각을 하게 했다. 이 글을 쓰기 위해 정독한 시집『푸른 눈』에서도 일상 속에서 자신의 시적 자아를 확립하려는 시들이 많았다. 위 글에서 한 시인이 자신의 시학을 "일상생활에서 일어나는 일들을 체험을 통해 은유로 재생산하는 일"이라고 정의한 점도 한 시인의 세계관을 나타내고 있다. 여러 정의가 있지만 은유란 현실 세계의 경험을 확장하여 이해하려는 태도이다. 우리시단의 기호과잉과 환유시학의 범람을 비판하는 입장에서는 상대적으로 은유적 시학 태도는 건강하다고 말할 수 있다. 한영숙 시인의 다음 시가 일상에서 일어난 일로 성찰을 보여주는 '은유의 시학'을 보여주는 사례라 생각되어 소개한다.

갑자기 폭우가 쏟아지던 날
나, 산 속 샛길에서 길 잃었었네
주변을 둘러봐도 왁자글 사우社友들은 통 보이질 않았네
주위는 칠흑으로 변해 갔고 휴대전화는 먹통이었네
(그때까지 아무도 나 찾지 않았다네)
공포는 롤러코스터를 타고 내 목줄을 옥죄어 왔었네
길은 어둠과 삽시간에 하나로 통합되었고,
속을 알 수 없는 흑점들
그 점點, 점들이
내 몸 곳곳에 통점痛點으로 돋아났었네

절망보다 더 무서운 고독이,

쿵,

심장에서

낭떠러지로

낭떠러지에서

또다시 심장으로

쿵, 쿵 쿵 쿵

끊임없이 추락하고 있었네

그러다 잠시 혼절을 하였네

(시간이 얼마쯤 지났을까)

비 그친 뒤,

입냄새 훅 끼치고 풀벌레들 실룩 다가왔네

이빨자국 난장판 같은 충치 먹은 나뭇잎들이

그토록 아름다운 적은 없었네

갉아 먹힌 구멍 사이로

별들도 난전 펴고 히죽대고 있었네

통점과 별빛이 곧 내통을 하기 시작하고,

(그때까지 아무도 나 찾지 않았다네)

겉과 속이 똑같은 풀벌레는

양치한 입냄새나 똥냄새나 늘 같은 냄새였었네

풋풋한 냄새로 내 얼굴을 어루만져주니

통점이 별빛처럼 좔좔좔 빛나고는 하였네

그간 거추장스런 명품 액세서리들 하나씩 미련 없이 던져버리네

나는 더욱더 가벼워지네

— 「목숨도 때론 액세서리에 불과하다」 전문

이 시에서 화자는 문명에서 미아가 된 경험을 말하고 있다. 문명세계와 접속하는 도구인 "휴대폰"이 먹통이 되고 자연인 산속에서 '로빈슨 크루스'가 된 심정을 토로한다. 기호세계란 실제 현실에 부딪히

면 거울유리처럼 산산조각이 나는 '신기루'이다. 라깡은 인간의 의식이 기호와 문명이 만든 '상징계'에 갇혀 있지만 죽음이라는 '실재계'에 의해 구멍이 나고 진리와 조우한다고 갈파했다.

화자는 문명세계에 구멍을 낸 자연이라는 '대타자'와 조우한다. 화자는 "혼절"에 의해 과거세계가 죽고 자연에 의해 새로 태어나는 경험을 한다. "이빨자국 난장판 같은 충치 먹은 나뭇잎들이/ 그토록 아름다운 적은 없었네"라는 인식이 들어온다. "통점이 별빛처럼 좔좔좔 빛나고는 하였네"라는 경험은 흔히 할 수 있는 경험이 아니다. 어떤 힘이 화자를 일상상황에서 높이 들어올려 '다른 세계'의 경험을 하게 한다. 나는 이 힘이 아마도 자연과 인간을 동시에 지배하는 '보이지 않는 질서'의 힘이라고 생각한다. 시인은 자신의 내면에서 이러한 힘의 움직임과 말씀을 받아 적는 자이다.

기호과잉의 시대에 우리가 살고 있지만 나는 기호란 인간의 삶과 현실을 반영하는 또는 상상의 근거로서 삶과 현실에 관계하는 매개항이어야 한다고 생각한다. 기호가 현실이상의 '초현실'의 상태나 말씀을 드러내는 시절도 과거에는 있었다. '금과옥조金科玉條'란 말 속에는 말씀의 영속적인 기능을 강조한 생각들이 들어 있다. 과거에는 거룩한 말씀을 담은 '양피지 두루마리'나 '죽간竹簡'을 대할 때에는 무릎을 꿇고 '말씀'에 대한 경외심 속에서 기호 즉 살아 있는 '생각'을 들었다. 그러나 지금은 보드리야르에 의하면 기호가 만든 '초실재'의 세계 속에 인간의식이 갇혀 있다. '초실재'는 인공실재이며 자연과 죽음이라는 '실재계'에 의해 무너지는 가상이다. 시인은 이러한 가공현실을 비판하고 인간의 삶과 세계의 참모습을 드러내야 한다고 생각한다.

한영숙 시인이 진술한 "그간 거추장스런 명품 액세서리들 하나씩 미련 없이 던져버리네/ 나는 더욱더 가벼워지네"와 같은 표현이 귀중해 보인다. 이 시는 기호세계가 만든 욕망의 고치가 깨지면서 한영숙 시인의 심혼이 나비처럼 가벼워진 경험을 말하고 있다. 나는 한영숙 시인이 걸어가는 앞으로의 시세계가 이러한 '초현실'의 세계가 간섭하는 새로운 세계로의 변모이기를 기원한다.

찾아보기

시적 환상과 표현의 불꽃에 갇힌 시와 시인들

■저자 **김 백 겸**

1953년 대전 출생.
1983년 《서울신문》 신춘문예 「기상예보」로 등단.
시집으로 『비를 주제로 한 서정별곡』, 『가슴에 앉힌 山 하나』,
『북소리』, 『비밀방』, 『비밀정원』이 있음.
2005년 제17회 대전시협상 수상.
2006년 제1회 충남시협상 대상 수상.
웹진 《시인광장》 주간.
계간 《문학마당》, 《시와시》, 《시선》 편집자문위원.
한국민예총, 대전 · 충남지회장.

시적 환상과 표현의 불꽃에 갇힌 시와 시인들

인쇄 2010년 9월 20일 | 발행 2010년 9월 30일
지은이 · 김백겸
펴낸이 · 한봉숙
펴낸곳 · 푸른사상사
등록 제2-2876호
주소 서울시 중구 을지로3가 296-10 장양B/D 7층
대표전화 02) 2268-8706(7) | **팩시밀리** 02) 2268-8708
메일 prun21c@yahoo.co.kr / prun21c@hanmail.net
홈페이지 www.prun21c.com

@ 2010, 김백겸

ISBN 978-89-5640-775-3 93810

값 25,000원

☞ 21세기 출판문화를 창조하는 푸른사상에서는 좋은 책을 만들기 위해 노력하고 있습니다.
저자와의 힙의에 의해 인지는 생략합니다.